TRAVEL CRIME

Janwillem
van de Wetering

Der Commissaris
fährt zur Kur

Roman

Scherz

Einmalige Ausgabe 1999
Einzig berechtigte Übertragung aus dem Englischen
von Hubert Deymann
Titel des Originals: »Streetbird«
Copyright © 1983 by Janwillem van de Wetering
Lizenzausgabe mit freundlicher Genehmigung der
Rowohlt Taschenbuch Verlag GmbH
Copyright © 1983 by Rowohlt Taschenbuch Verlag GmbH,
Reinbek bei Hamburg
Umschlaggestaltung: Manfred Waller
Umschlagbild: Harald Sund/The Image Bank, Hamburg
Gesamtherstellung: Ebner Ulm

1

Adjudant Grijpstra schlief, eingemummt zwischen nagelneuen Schlafsäcken aus Armeebeständen, die um eine Schaumgummimatratze gewickelt waren. Bis auf die Campingausrüstung und den schnarchenden massigen Grijpstra war das Zimmer leer. Obwohl die Wohnung an der Amsterdamer Olieslagersgracht alt war und der Adjudant sie schon vor vielen Jahren gemietet hatte, sah das Zimmer neu aus. Seine Wände waren vor kurzem getüncht und der Fußboden geschliffen worden, so daß alle Spuren der Abnutzung verschwunden waren. Die anderen Zimmer im Obergeschoß waren ebenfalls hergerichtet worden, vor allem von Grijpstra selbst, aber auch von seinem Freund und Mitarbeiter, Brigadier de Gier. Der Brigadier war gekommen, gleich nachdem Mevrouw Grijpstra und die Kleinen ausgezogen waren, eingezwängt in einen Lastwagen, der mit den Möbeln der Familie und ungezähltem Kleinkram vollgestopft war. Nur der Adjudant war zurückgeblieben, gleichsam vergessen, sich selbst und seiner Arbeit überlassen; dem Aufspüren von Missetätern, die von der Mordkommission oder dem Dezernat für Kapitalverbrechen der Amsterdamer Polizei gesucht wurden.

Jetzt war auch de Gier nach einem langen und arbeitsreichen Wochenende gegangen. Er hatte seinen Vorgesetzten unbelastet von Besitztümern und in glücklicher Geistesverfassung zurückgelassen. Grijpstras Glück hatte bis in seinen Schlaf hinein angedauert und würde jetzt aufhören, um halb vier am Montagmorgen.

Das Telefon klingelte. Der Adjudant öffnete das linke Auge und tastete mit der rechten Hand den Fußboden ab. Als er sie zurückzog, hielt sie eine Pistole. Der Adjudant befahl seiner Hand, die Waffe hinzulegen und es noch einmal zu versuchen. Diesmal gab sie ihm den Telefonhörer.

»Was ist?«

»Ich habe ebenfalls geschlafen«, sagte de Giers Stimme anklagend, »aber anscheinend hat es einen Mord gegeben.«

»Warum sagst du mir das?«

»Ich sage es dir nicht nur, sondern ich werde dich auch abholen, gleich, denn jetzt liege ich noch im Bett.«

»Tstsschik.«

»Was sagst du? Ich habe dich nicht ganz verstanden.«

»Ich habe mit den Lippen geschmatzt«, sagte Grijpstra geduldig, »um etwas Spucke zu bekommen, weil mein Mund trocken war. Das ist er oft, wenn ich geschlafen habe. Wo war dieser Mord?«

»Sint Olofssteeg, Ecke Zeedijk.«

»Du übertreibst«, sagte Grijpstra. »Wie so oft. Vielleicht ist es nur ein bißchen Totschlag, Brigadier, und ich werde nicht mitkommen. Versuch's bei Cardozo, der mag so kleine Sachen. Mach gute Arbeit. Bis später.«

»He.«

»Ich bin dabei«, sagte Grijpstra freundlich, »den Hörer aufzulegen.«

»Halt!« brüllte de Gier. »Ich hab gesagt, es ist Mord! Mit einer automatischen Waffe. Nicht nur ein fehlplaziertes kleinkalibriges Geschoß, sondern ein regelrechter Feuerhagel. Ein tödliches Knattern; die Leiche wird dir gefallen.«

»Kenne ich den Toten?«

»Aber sicher.«

Grijpstras Zehen tasteten nach dem Fußboden. »Wer?«

»Luku Obrian«, sagte de Gier triumphierend.

Wäre Grijpstra ganz wach gewesen, hätte er vielleicht geschrien. Aber er war nur ein bißchen wach und brummelte etwas lauter. »Der Herrscher des Viertels? Ermordet? Verdammt sei seine schwarze Seele!«

»Hätten wir seine Seele nicht auch gern gehabt?« murmelte de Gier sehnsuchtsvoll. »Sie entkam«, sagte er laut, »und der Mörder ebenfalls. Aber ihn gibt es noch, und wenn du dich anziehen und rauskommen würdest, könnten wir ihn schnappen.«

Grijpstra ließ den Hörer fallen und zog sein Hemd an, die Rückseite nach vorn. Er zog es aus und an, wiederum falsch. Erschöpft setzte er sich hin und überlegte, bis ihn das lärmende Scheppern eines Mülleimers, gegen den draußen ein Betrunkener gestolpert war, an den Brigadier erinnerte, der gewiß schon auf halbem Wege zu ihm war.

De Gier kam in einem neuen Volkswagenmodell, bereits rostig und zerbeult. Grijpstra zwängte sich in den Wagen. »Der Commissaris dürfte ebenfalls auf dem Wege sein«, sagte der Brigadier. »Die Revierwache im Nuttenviertel hat ihn direkt benachrichtigt.

Er wird Cardozo abgeholt haben. Ein prima Mord, Adjudant, er wird sehr nützlich sein.«

»Für wen?«

»Für uns.« De Gier strich seinen Schnurrbart zurecht, der so geschnitten war, wie ihn die Kavallerie der Königin im vorigen Jahrhundert trug. Mit seinen großen braunen Augen warf er einen Blick auf seinen Beifahrer. De Giers stark riechendes Aftershave veranlaßte Grijpstra, das Fenster herunterzukurbeln. Der Brigadier sah flott aus in seiner engen, frisch gewaschenen Hose und der maßgeschneiderten Jacke mit den breiten Aufschlägen sowie dem locker geknoteten Seidenschal.

Grijpstra saß schwerfällig da in seinem Nadelstreifenanzug mit Weste. Die Hände hielt er über den Bauch gefaltet. Der Wagen fuhr doppelt so schnell wie gesetzlich erlaubt, aber de Gier war ein guter Fahrer. Fröhlich sprach er über Abfall und Beseitigung und sechs schwarze Löcher in einer Brust von gleicher Farbe.

Der Wagen raste durch Amsterdams Innenstadt. Grijpstra schaute an die Wagendecke, um die vorbeiflitzenden Laternenmasten und die peitschenden Baumäste nicht zu sehen. Er riß am Schiebedach und betete zum Himmel, der unerschütterlicher als die verschwimmenden Gegenstände war.

»Nein!« schrie de Gier.

Grijpstra stöhnte. »Was heißt hier nein?«

»Das kann nicht wahr sein«, sagte de Gier. »Nicht einmal in Amsterdam. Hast du das auch gesehen?«

Die drei Männer, weit hinter dem Wagen, fuhren auf Rollschuhen. Es waren sehr vornehme Herren, korrekt gekleidet, in makellos weißen Hemden unter dreiteiligen Anzügen mit gut gebundenen Krawatten und angemessenem Haarschnitt, nicht zu lang und nicht zu kurz. Sie trugen neue Aktentaschen, schwangen den freien Arm im gleichen Takt und fuhren mühelos auf dem glatten Asphalt in Richtung Dam und des Nationaldenkmals auf diesem Platz, vielleicht in der Absicht, es dreimal zu umrunden, um dem Land die Achtung zu erweisen.

»Was hast du gesehen?« drängte Grijpstra. »Was *gibt* es um vier Uhr morgens zu sehen?«

De Gier erklärte es. Grijpstra brummte.

»Also wirklich«, flehte de Gier. »Drei rollschuhfahrende Herren, gelassen auf dem Weg wohin?«

»Zu ihrem Büro. Gleitende Arbeitszeit. Wen kümmert's? Wir fahren zum Sint Olofssteeg. Dort drüben. Rechts rein. Paß auf den Radfahrer auf«

Der Volkswagen wich dem Radfahrer aus, aber der fiel dennoch um, und das Auto hielt an. Griijpstra stieg aus. »Alles in Ordnung?«

»Nein«, sagte der Betrunkene. »Ich bin soeben vom Rad gefallen.«

Grijpstra stieg wieder ein. »Herren«, murmelte de Gier. »Auf Rollschuhen.«

Grijpstra hantierte mit einer Zigarre. Der VW fuhr mit einem Satz los. Die Zigarre zerbrach. Grijpstra warf sie zum Fenster hinaus. »Warum nicht? Es gibt Herren und Rollschuhe. Diese Begriffe können kombiniert werden.«

»Um vier Uhr morgens?«

»Alles ist miteinander verbunden«, sagte Grijpstra. »Man schaffe nur die Möglichkeit dazu. Und einen Zeitpunkt dafür muß es auch geben. Was ist so schlimm am frühen Morgen?«

Der Wagen fuhr auf den Zeedijk; sie hielten an. Die Kriminalbeamten schlenderten zur Gasse. Niemand wartete auf sie, aber ihr Eintreffen schien willkommen zu sein. Der Commissaris streckte eine kleine Hand aus und ließ sie sich schütteln, zuerst von Grijpstra, dann von de Gier. Der Commissaris war alt, ein unbedeutender Schatten neben dem großen uniformierten Brigadier mit dem roten Haar. »Hallo, Jurriaans«, sagten Grijpstra und de Gier gleichzeitig. »Hallo, Cardozo.« Dieser stand auf der anderen Seite vom Brigadier und kontrastierte ebenfalls mit dessen martialischer Gestalt, denn Cardozo war jung, locker, nachlässig mit einer abgetragenen Samtjacke und einer zerknautschten Cordhose bekleidet. Cardozo hatte ein klassisches Profil, und seine Augen, zu groß für sein Gesicht, glänzten neugierig. Er konnte nicht ruhig bleiben und zog Grijpstra am Ärmel. »Komm, Adjudant, die Leiche ist drüben.«

Die Leiche begrüßte die Neuankommenden mit breitem Grinsen zwischen verzerrten Lippen, wobei sie starke weiße Zähne mit hervorragenden Goldfüllungen entblößten. Obrian war im Tod ebenso imposant, wie er im Leben gewesen war. Sein zugeknöpftes weißes Leinenjackett war mit Blut befleckt, das auf die Hose getropft und dann entlang den tadellosen Bügelfalten bis zu glänzenden weißen Lederstiefeln gelaufen und geronnen war.

»Da hat ihn ein Meisterschütze erwischt«, sagte Jurriaans, hockte sich hin und zeigte auf die blutigen Löcher im Jackett. »Sechs Schüsse, alle in die Brust. Maschinenpistole, meinen die Experten. Mit einer automatischen Waffe richtig zu zielen ist nicht einfach. Eine hervorragende Arbeit, Kollegen.«

Die enge Gasse war voller Menschen, und überall waren Polizisten in Uniform und Zivil. Grijpstra und de Gier nickten Bekannten zu. Zwei Konstabel kamen, um den Toten zu betrachten. Die Konstabel ähnelten sich.

»Hallo, Ketchup«, sagte Grijpstra. »Hallo, Karate.«

»Hallo«, sagte de Gier.

»Die haben den Halunken ganz schön erwischt, nicht wahr?« fragte Karate.

»Wer?« Der Commissaris kam herangeschlurft, auf seinen Stock gestützt. »Wer hat ihn erwischt, Konstabel?«

»Schwer zu sagen, Mijnheer. Und so nahe bei unserer Wache. Wir hörten den Mörder feuern, aber wir dachten, die Heizung sei wieder mal nicht in Ordnung; vor kurzem hatten wir statt heißem Wasser Luftblasen in den Rohren. Oder vielleicht ein Wagen mit kaputtem Schalldämpfer.«

»Und du?« fragte der Commissaris Brigadier Jurriaans.

»Mir war auch nicht klar, daß da was nicht stimmte.«

»Wie hast du es denn erfahren?«

»Der verrückte Chris hat es uns gesagt, Mijnheer.«

»Und wer ist der verrückte Chris?«

»Er trinkt Methylalkohol, Mijnheer«, sagte Ketchup. »Der alte Dachs hatte Obrians Wagen beobachtet. Der verrückte Chris verkauft tagsüber Gemüse und so 'n Zeug von seinem Karren und kann nicht schlafen, deshalb ist er auch nachts hier. Einer aus Obrians Gefolge, Mijnheer, unbezahlt selbstverständlich und dumm genug, kleine Aufgaben zu übernehmen, wie das Bewachen des Porsche; nagelneue Maschine mit allen Extras.«

»Hat der verrückte Chris den Mord gesehen?«

»Nicht so richtig«, sagte Jurriaans. »Das wäre zu schön gewesen. Er hörte Schüsse und sah Obrian fallen, soweit ganz gut, aber Chris dachte nicht daran, festzustellen, woher die Kugeln kamen. Er verlor den Kopf und rotierte ein Weilchen, es dauerte ein bißchen, bis er begriff, daß er uns rufen sollte.« Jurriaans streckte den Arm aus. »Dort stand der Mörder, Mijnheer.«

Der Commissaris schaute auf das Obergeschoß des Eckgebäudes. »Die ausgebrannte Ruine?«

»Ein Sexladen, der seine Rechnungen nicht bezahlen konnte. Gültige Versicherung, ein Streichholz und eine alte Zeitung. Vergangene Woche, Mijnheer. Wird demnächst abgerissen.«

»Spuren«, sagte der Commissaris. »Die Fährte ist frisch. Drinnen wird es jede Menge Holzkohle geben, in der sich Abdrücke gut halten. Haben wir Abdrücke?«

Cardozo wollte losflitzen. Jurriaans hielt ihn zurück, Kamerablitze waren im Gebäude zu erkennen. »Du brauchst jetzt nicht hineinzugehen«, sagte er freundlich. »Du könntest im Wege sein.«

»Maschinenpistole?« fragte der Commissaris. »Warum?«

Jurriaans wandte sich schwerfällig dem alten Mann zu. »Ein Knattern, Mijnheer, sagen der verrückte Chris und eine alte Dame weiter hinten in der Gasse. Die Waffe wurde gehört, nicht gesehen. *Trrrrr.* Eine wirkungsvolle Waffe, denn die Geschosse durchschlugen den Körper; wir haben alle sechs gefunden. Neun Millimeter.«

»Ein schweres Kaliber«, stimmte der Commissaris zu, »vielleicht zu schwer für einen Revolver oder eine Pistole, obwohl es, wie ich glaube, beim Militär Faustfeuerwaffen dieser Größe gibt. Maschinenpistole? Eine bestimmte Marke? Die Deutschen hatten eine Neun-Millimeter, fällt mir ein.« Er überlegte, wobei er vorsichtig die Spitze seiner kleinen Nase berührte. »Vielleicht eine Schmeisser?«

»Oder eine britische Waffe, Mijnheer, die Sten.«

Der Commissaris nickte. »Wo war Chris, als Obrian getroffen wurde?«

Jurriaans ging ein paar Schritte. »Hier stand Chris.« Er streckte den Arm anklagend aus. »Dort wohnt die alte Dame, Sie können sie jetzt sehen. Es ist ein großer Tag in ihrem Leben. Und dort war der Mörder. Er brauchte nur die Treppe hinunterzulaufen und über den Zeedijk zu entkommen, dann zur Damstraat und in ein Gewirr von Gassen auf der anderen Seite, um für immer zu verschwinden.«

Der Commissaris stützte sich auf seinen Stock und betrachtete das Gesicht der Leiche. »Stimmt, Brigadier. Tja, wem nützte der Tod dieses Mannes?«

»Der Konkurrenz, Mijnheer.«

»War der Tote ein Zuhälter?«

Jurriaans lächelte. »Der Zuhälter aller Zuhälter. Der Herrscher des Viertels. Sozusagen des Teufels Bruder.«

Die schwachen Augen des Commissaris blinzelten hinter der randlosen Brille. »Die Konkurrenten dürften also ebenfalls Zuhälter sein. Habt ihr jemand im Sinn?«

»Lennie«, sagte Ketchup.

»Gustav«, sagte Karate.

Der Stock des Commissaris rutschte auf einem blutigen Pflasterstein weg. Mit der Hilfe von de Gier gewann er sein Gleichgewicht wieder. Er rieb sich die Hüfte.

»Schmerzen, Mijnheer?«

»Ja«, sagte der Commissaris. »Und ich sollte gar nicht hiersein. Das ist die schlimmste Zeit für mein Rheuma, und ich bin außerdem krankgeschrieben. Morgen reise ich nach Österreich; wie man sagt, gibt es dort irgendein schlammiges, heißes Wasser, und darin werde ich eine Woche lang sitzen. Wenn ich nicht schnell nach Hause gehe, wird meine Frau mich umbringen, bevor ich kuriert werden kann. Dieser Mord kommt wirklich sehr ungelegen.«

Diese Bemerkung löste Schweigen aus, ein achtungsvolles und mitfühlendes, wie Grijpstra, de Gier und Cardozo es zeigten, ein achtungsvolles und leicht amüsiertes im angedeuteten Lächeln von Jurriaans, Karate und Ketchup. Eine Drossel auf der Ecke einer Dachrinne rahmte die Pause mit klaren, kräftigen Tönen ein, die sie lautstark an ihre Zuhörer unten richtete. Heiseres Singen unterbrach den Vogel. Eine Horde betrunkener Seeleute oder Touristen tauchte im zarten Licht des frühen Morgens auf, hatte einander die Arme um die Schultern gelegt und taumelte vorwärts. Karate und Ketchup, die mit dem Gummiknüppel gestikulierten, wollten sie abdrängen.

Der vielköpfige Trupp senkte das Kinn.

Die Konstabel gingen auf sie zu. Die Gruppe teilte sich in strategisch wichtig placierte Einzelkämpfer auf und schwang die Fäuste. Brigadier Jurriaans richtete sich zu seiner vollen Größe auf. De Gier spreizte die Beine und beugte sich sprungbereit vor. Cardozo schlich sich nach vorn. Grijpstra erstarrte. Der Commissaris trat einen Schritt zurück.

Der Commissaris hatte den Feind tatsächlich noch nicht gesehen. Ihn interessierte die Drossel. Er grübelte, wieder auf seinen Stock gestützt, und hob den kleinen Kopf, den spärliches, ordentlich gekämmtes Haar bedeckte. Die Drossel war gefällig und ließ ein neues Arpeggio nach unten erklingen, brach aber wieder ab, als ein großer Schatten über die Dachrinne hinwegschwebte und den Singvogel veranlaßte, sein Lied abzubrechen und davonzuflattern. »Meine Güte«, murmelte der Commissaris, als der Schatten davonschwang und hinter den Giebeln verschwand. »Was auf Erden...,« murmelte der Commissaris. »Schwärzer als eine Krähe? Größer als ein Falke? Ein breiter Schwanz über steifen gelben Beinen? Ein scharfer Krummschnabel?«

»Mijnheer?« fragte Grijpstra.

»Ich habe mit mir selbst gesprochen«, sagte der Commissaris. »Alte Menschen, weißt du, tun das nun mal.« Sein Stock berührte die Leiche. »Schade.«

Grijpstra schaute nach unten. »Ein ganz übler Bursche, Mijnheer.«

»Tatsächlich?« fragte der Commissaris. »Und warum? Ich würde es gern wissen, aber ich werde im Schlamm sitzen müssen. Dabei möchte ich das eigentlich gar nicht.«

Der Feind hatte wieder eine Kette gebildet, zog sich aber dann schweigend zurück, umrundet von Ketchup und Karate, die mit den Gummiknüppeln wedelten. »Schlagt sie nicht«, rief Jurriaans. »Es gibt schon genug Ärger«, sagte Brigadier Jurriaans zu niemand im besonderen. »Mijnheer? Kann die Leiche weggeschafft werden?«

»Auf jeden Fall.« Der Commissaris berührte den Brigadier am Ärmel. »Ein leichter Fall?«

Jurriaans schüttelte den Kopf »Nein. Verzwickt, würde ich meinen. Es erfordert einen schlauen Menschen, um den Herrscher selbst zu beseitigen. Und einen niederträchtigen Menschen. Einen wirklich niederträchtigen. Wie Lennie. Wie Gustav. Krieg zwischen den großen Zuhältern – schwierig, ihr Vorgehen zu berechnen, und dazu noch als Außenseiter.«

»Es gibt auch eine Innenseite«, sagte der Commissaris. »Grijpstra?«

Grijpstra schaute zum Himmel empor. Sein Mund stand offen. Jurriaans klopfte ihm auf die Schulter. »Der Commissaris will was von dir.«

»Mijnheer?«

»Du hast die Verantwortung, Adjudant, weil ich nicht hiersein werde. Such dir ein Zimmer zum Wohnen, in der Nähe, wenn's recht ist, und Cardozo kann sich dir anschließen. De Gier ebenfalls. Aber de Gier sollte in Uniform arbeiten, denke ich.«

De Gier, der zugehört hatte, protestierte, aber die Drossel war zurückgekommen und sang seine Bemerkungen in den Wind.

»Herrlich«, sagte der Commissaris und lächelte über den abwärts geneigten Kopf und die kleinen glänzenden Augen des Vogels. »Brigadier Jurriaans?«

»Mijnheer?«

»Ich möchte, daß du den Frontalangriff führst, während meine Leute im verborgenen operieren. Ich werde mich mit deinem Chef in Verbindung setzen, damit du von deiner Routinearbeit befreit wirst. De Gier kann als eine Art Verbindungsmann dienen. Geht das in Ordnung?«

»Selbstverständlich, Mijnheer«, bestätigte Jurriaans.

Karate und Ketchup kamen anmarschiert und nahmen Haltung an.

»Habt ihr sie geschlagen?« fragte Jurriaans.

»Es waren Deutsche«, sagte Ketchup.

»Ihr dürft auch keine Deutschen prügeln.«

»Siehst du?« sagte Ketchup zu Karate.

»Du hattest recht«, sagte Karate traurig. »Aber es ist kaum zu glauben.«

»Ich habe oft recht.« Ketchup lächelte stolz.

»Du hast sie auch geschlagen«, sagte Jurriaans. »Als du außer Sichtweite warst. Das hättest du nicht tun dürfen.«

Der Commissaris wandte sich ab, nachdem er sich verabschiedet hatte. De Gier ging mit ihm zu einem alten, aber gut erhaltenen Citroën, der halb auf dem Fußweg im Zeedijk parkte. »Soll ich Sie heimfahren?«

»Nein«, sagte der Commissaris. »Es schmerzt nicht mehr so sehr, wenn ich erst einmal sitze. Es wird immer schlimmer, Rinus, die Schmerzen steigen bis in den Nacken. Ich werde bald aufgeben müssen, meine Frau hat recht.«

Die anderen beobachteten das ungleiche Paar – den großen, breitschultrigen Brigadier, federnd auf seinen langen Beinen, ein Beispiel männlichen Selbstbewußtseins, und den kleinen, alten Chef, auf den Arm seines Beschützers gestützt, das kranke Bein nachziehend.

»Läßt er sich pensionieren?« fragte Jurriaans.

Grijpstra runzelte die Stirn. »Niemals.«

Cardozo hüpfte auf und ab. »Einen solchen Mord, noch dazu an einem Zuhälter, haben wir seit Jahren nicht gehabt. Ein richtiger Killer, der alles geplant und eine Maschinenpistole benutzt hat. Den schnappen wir schon, Adjudant, was?«

»Selbstverständlich«, sagte Grijpstra.

Jurriaans zog seine Mütze unter dem Arm hervor. »Ich bewundere deinen Optimismus. Hast du eine Ahnung, worauf du dich da einläßt?« Er rückte die Mütze mit beiden Händen zurecht. »Dies ist kein ordentlicher Mord, sauber geplant von fröhlichen Vorstadtganoven. Diese Gegend ist krank, total verrottet.«

»Okay«, sagte Cardozo.

»Eine Tasse Kaffee?« fragte Jurriaans.

»Und eine Wohnung«, sagte Grijpstra. »In der Nähe, aber frei, damit wir gleich einziehen können.« Seine Unterlippe hing traurig herab. »Dabei will ich gar nicht umziehen, wo ich jetzt selbst ein hübsches Haus habe.«

»Du?« fragte Cardozo. »Wo? Du sagst doch immer, du magst dein Haus nicht. Bist du umgezogen?«

De Gier war zurückgekommen. Er lächelte Cardozo an. »Man braucht die Gegenstände nicht umstellen, damit sich etwas ändert, weißt du. Sie können an Ort und Stelle bleiben und anderes bedeuten.«

»So schnell?« Cardozo klatschte in die Hände. »In der letzten Woche hat der Adjudant darüber gejammert.« Er rümpfte die Nase. »Über den Gestank.« Er hielt sich die Ohren zu. »Über den Lärm.« Er faßte sich an den Hals. »Über die Enge.«

»Pssst«, machte Grijpstra. Eine Ambulanz war eingetroffen. Die Sanitäter legten die Leiche auf eine Trage. Obrians lange Arme baumelten und wurden verstaut. Er lächelte in alle Richtungen, während sein Kopf von einer Seite zur anderen rollte. Die Polizisten folgten, wobei sie automatisch Gleichschritt aufnahmen, Jurriaans neben dem Adjudant, de Gier mit Cardozo, Ketchup mit Karate. Sie reihten sich auf und warteten, daß die Sanitäter die Türen der Ambulanz schlossen.

»Der Herrscher des Viertels«, sagte Jurriaans. »Ich dachte, er würde nie abhauen.«

»Wir sind die Krone.«

Jurriaans schaute Grijpstra an. »Wie bitte?«

Der Adjudant nahm dem Brigadier die Mütze ab. »Hier, die Krone, das höchste Emblem an deiner eigenen Kopfbedeckung.«

Jurriaans nickte. »Das vergißt man hier manchmal.«

De Gier sprach mit Cardozo. »Vor einer Weile sah ich drei feine Herren, die auf Rollschuhen liefen.« Er legte eine Hand auf den Rücken und lief auf imaginären Rollschuhen. Er wedelte mit der anderen Hand vor Cardozos Gesicht. »Sie trugen Aktentaschen. Kannst du dir das vorstellen?«

»Muß ich das?« fragte Cardozo. Er knuffte de Giers Arm. »Mord! Ich hätte es fast vergessen. Wir haben einen Mord, Brigadier. Juchhu!«

»Fünf Jahre lang«, sagte Ketchup, »hat Obrian uns verarscht. Er hat Idioten aus uns gemacht, uns beim Schlafittchen gehabt, mit uns gespielt wie mit Stoffpuppen. Und jetzt ist er weg für immer.« Er schüttelte den Kopf. »Kaum zu glauben.«

Karate schüttelte ebenfalls den Kopf »Ich kann es noch nicht fassen, auf diese, wenn auch illegale Art befreit zu sein; wir können dem Mörder nicht einmal danken.«

Die beiden Konstabel liefen zusammen die Stufen zur Revierwache hinauf.

»Dumme kleine Arschlöcher«, sagte Grijpstra.

»Meinst du?« fragte Jurriaans.

Grijpstra stieß einen dicken Finger dem Brigadier in die Magengegend. »Ja. Sie waren hier, fünfzig Schritte vom Mord entfernt, und sie machten sich nicht einmal die Mühe, nach draußen zu gehen, um zu sehen, warum jemand eine Maschinenpistole abfeuert. Luft in den Heizungsrohren! Kaputter Auspuff!«

»Ich war ebenfalls drinnen«, sagte Jurriaans. »Es muß ein sehr kurzes Knattern gewesen sein. Maschinenpistolen haben eine Feuergeschwindigkeit von fünf- bis sechshundert Schuß pro Minute, aber sie fassen nur dreißig Patronen oder so. Sechshundert pro Minute, das sind zehn in der Sekunde. Sechs Schuß dauern etwas länger als eine halbe Sekunde. Bamm!« Er schnippte mit den Fingern. »Das war's schon.«

»Trrrrr, hast du vorhin gesagt. Nicht bamm.«

»Adjudant«, sagte Jurriaans vergnügt, »ich höre oft, wie es hier bamm macht. Aber das sind keine Schüsse. Dies ist eine üble Gegend, aber kein Schlachtfeld. Hier gibt es üblen Sex und übles Rauschgift und Diebstahl und Erpressung und Raubüberfall. Alles sehr übel. Aber es gibt kaum jemals üble Schießereien.«

De Gier setzte sich in Bewegung. »Kaffee?«

»Kuchen?« fragte Grijpstra.

»Ihr seid eingeladen.«

Jurriaans ging voraus. Grijpstra folgte. Cardozo stand noch auf der Straße und beobachtete eine geschmeidige schwarze Katze mit langen Beinen und einem zierlichen kleinen Kopf.

»Kommst du?« fragte de Gier.

»Ja.«

»Was ist mit der Katze?«

Cardozo streichelte der Katze den Rücken. »Ich habe sie vorhin schon gesehen, als sie bei der Leiche herumlungerte. Ich habe sie verjagt, weil ich dachte, sie könnte das Blut auflecken, aber sie ist wiedergekommen und hat sich einfach hingesetzt und gestarrt.«

»Und?«

»Das bedeutet Pech.«

»Also wirklich«, sagte de Gier. »Katzen bringen nie Pech. Geh in die Wache.« Er packte Cardozo am Arm und schob ihn die Stufen hinauf. Ein lautes Kreischen ließ ihn aufblicken. Auf einer Fernsehantenne, die aus dem eingefallenen Dach des ausgebrannten Eckhauses ragte, saß ein Geier. Der Vogel war nicht besonders groß, aber mindestens doppelt so groß wie eine Krähe. Seine gelben Füße umklammerten die oberste Querstange der Antenne, und ein scharf gebogener Schnabel ragte am haarlosen grauen Kopf hervor.

Cardozo war hineingegangen. »Ich glaub, ich werd verrückt«, flüsterte der Brigadier. Er fuchtelte mit der Hand in Richtung Vogel. Der erhob sich langsam, ungeschickt flatternd. Als er an Höhe gewann, flog er geschickt davon, schwebte er tief über den Dachziegeln, änderte er mühelos die Richtung durch ein Krümmen der fingerartigen Federn am Ende der Schwingen.

2

»Nein«, sagte die Frau des Commissaris.

Der Commissaris, der das Messer locker in der Hand hielt und sein gekochtes Ei betrachtete, schaute auf und lächelte. »Wegen des Geldes, Schatz? Du meinst, wir büßen die Anzahlung im Reisebüro ein? Soviel ist es nicht. Und Österreich wird warten, der Heilschlamm ewig weiterblubbern. Ich denke doch, daß ich noch eine Chance haben werde, meine Knochen einzuweichen.«

»Eine Verschwendung.«

»Weißt du«, sagte der Commissaris, »eigentlich habe ich nichts dagegen, hin und wieder etwas Geld zu verlieren. Erinnerst du dich an diese Fonds auf Gegenseitigkeit, zu denen uns dein Bruder überredet hat? Sie haben ständig an Wert verloren, seit ich sie kaufte.« Er köpfte ärgerlich das Ei und stocherte mit dem Löffel darin herum. »Aber was ist schon Geld? Mit komischen Gesichtern bedrucktes Papier. Man braucht es selbstverständlich für Lebensmittel und so weiter, aber bei einem gewissen Punkt ist man damit fertig. Glücklicherweise wolltest du nie Pelzmäntel oder Schmuck, und den Kindern geht es gut. Nein, Geld . . .«

Sie stand auf und machte die Türen zum Garten auf. Sie wandte sich um. »Ach, Geld . . . Das ist es nicht. Ich mache mir Sorgen um deine Gesundheit. Diese Bäder haben viele Patienten geheilt. Wenn du dir nur mal Ruhe gönnen und etwas von der Arbeit anderen überlassen würdest. In den Zeitungen steht, daß es in dieser Stadt mehr als dreitausend Polizisten gibt. So wichtig bist du also nicht, oder?«

»Der Hoofdinspecteur hat eine Migräne.«

Sorgfältig legte sie Salatblätter in eine Schüssel. »Schildkröte?« rief sie. Das Unkraut am Fuße der Treppe bewegte sich, und das kleine Reptil zeigte seinen Kopf. »Hier, Frühstück.« Sie setzte die Schüssel ab und beobachtete, wie die Schildkröte zuschnappte und kaute. »Der Hoofdinspecteur? Ich glaube, der stellt sich wieder mal an. Und der Inspecteur?«

»Der lernt Türkisch. Nachdem wir alle unerwünschten Chinesen geschnappt und nach Singapur und Hongkong zurückgeflogen haben, stehen wir mit den Türken da. Deren Heroin ist anscheinend noch besser. Der Inspecteur leistet gute Arbeit.«

»Und Grijpstra? Ich bin sicher, Grijpstra kann mit diesem Mord an einem Zuhälter fertig werden.«

Er schob seinen Stuhl vom Tisch zurück. »Das Ei war ausgezeichnet.« Er leerte seine Tasse. »Und der Tee hervorragend.« Er streichelte ihren Rücken. »Ich muß jetzt wohl gehen. Hilfst du mir, ein paar passende Sachen zum Anziehen rauszusuchen?«

Sie steckte ein paar lose, silbrige Haare in den Dutt zurück. »Nein. Du versuchst nur wieder einmal, mich weichzukriegen. Ich weiß, was du vorhast. Es ist verrückt; ich will damit nichts zu tun haben.« Eine Träne rann ihr die Wange hinab, sie wischte sie ungeduldig weg. »Du bist jetzt alt, Jan, du brauchst Ruhe, der Arzt sagt es immer wieder. Erwartest du wirklich von mir, daß ich ruhig zusehe, wie du in die Unterwelt hinabsteigst? Und dazu allein? Wie oft war ich nachts auf und habe mir Sorgen gemacht, aber dann wußte ich wenigstens, daß Grijpstra bei dir war oder de Gier, obwohl der auch ziemlich verrückt ist. Wohin gehst du denn? Etwa in dieses Zuhältervirtel? Womöglich finden sie dich in einer Gracht wieder.«

Er legte ihr den Arm um die schmalen Schultern und steckte die Nase in ihren Nacken. »Ich werde dich anrufen. Ich bleibe in Amsterdam, Schatz, ich werde in der Nähe sein. Ich fahre ja nicht nach Beirut. Ich geh nur ein bißchen herum, um zu sehen, was los ist, und wenn etwas schiefläuft, rufe ich einen Konstabel. In der Gegend gibt es davon Hunderte.«

»Und wenn du wieder Schmerzen hast? Was ist, wenn du stürzt, schlagen sie dich dann zusammen?«

»Ich werde nicht zusammengeschlagen und kann mir ein Taxi nehmen.«

Sie ergriff seine Hand und fuhr mit sanftem Finger eine blaue Ader entlang. »Du gehst gern dorthin, stimmt's? Einige von diesen Frauen sind schön.«

»Also wirklich, Schatz, in meinem Alter.«

»Du hast dich nicht geändert, Jan. Äußerlich vielleicht, ein bißchen. Aber im Grunde deines Herzens bist du der gleiche geblieben.«

»Ich bin treu gewesen.«

»Seit wann?«

»Seit langer Zeit.«

Ihre Hand fuhr seinen Ärmel entlang und klopfte ihm auf die Schulter. »Ja, wegen fehlender Auswahl.«

»Wegen großer Liebe. Hilfst du mir jetzt?«

»Nein«, sagte sie im Schlafzimmer. »Die Jacke ist am Ellbogen durchgescheuert. Ich mag es nicht einmal, wenn du sie im Garten trägst. Kannst du nicht den grauen Anzug nehmen? Der ist zwar auch abgewetzt, hat aber wenigstens keine Löcher.«

»Und der Hut?«

Sie mußte lachen. »Der hat mal meinem Vater gehört.«

»Er paßt.« Der Commissaris schaute in den Spiegel. »Und er hat einen schönen breiten Rand, um mein Gesicht zu verbergen. Weißt du, was aus der runden Brille geworden ist, die ich mal hatte?«

»Die Brille für Behinderte?«

Er fand sie in einer Schublade. »Du übertreibst wirklich. Nicht für Behinderte, für Widerstandsfähige. Ich habe sie gekauft, als ich das unbewaffnete Kämpfen lernte. Da wurde ich ganz schön verprügelt, aber die Brille ging nicht kaputt.«

»Nimm die.« Sie reichte ihm eine Pistole, vorsichtig auf der Handfläche.

»Zu groß«, sagte der Commissaris. »Warum wir uns auf dies Monstrum umstellen mußten, leuchtet mir immer noch nicht ein. Die Walther P 5 ist ihr Gewicht in Gold wert; sie wurde in großer Menge eingekauft ohne Rabatt. Sie trifft alles auf zweihundert Meter, rostet nicht, weil sie größtenteils aus Plastik besteht, aber es ist einfach unmöglich, sie zu verstecken.« Er öffnete seine Jacke und steckte die Waffe ins Polster. »Selbst ein kaputter Fixer könnte sie von der anderen Straßenseite aus erkennen.«

Sie verschränkte die Arme. »Ich laß dich nicht unbewaffnet gehen.«

Der Commissaris schwang seinen Stock. »Aber ich *bin* bewaffnet, Schatz. Der Griff ist bleibeschwert. Der Brigadier der Waffenkammer hat mich damit vertraut gemacht. Paß auf.«

Er drehte den Stock und schwang ihn mehrmals. »Siehst du den Aschenbecher?«

»Nicht, Jan.«

Der Stock traf. Der Aschenbecher explodierte. Der Glasteller darunter zerbrach. »Ha«, sagte der Commissaris. Er schaute seine Frau an. »Tut mir leid, Schatz. Tödlicher, als ich dachte.«

Seine Frau ging aus dem Zimmer und kam mit Kehrblech und Handfeger zurück. Er half ihr, indem er mit dem Stock auf die Scherben zeigte. Sie stand auf und preßte eine Hand an ihr Kreuz.

Er streichelte ihren Arm. »Ich bitte um Vergebung, Schatz. Ich weiß, du solltest dich nicht bücken, aber mein Bein ist so steif.«

»Und du solltest keine Straßenräuber mit diesem blöden Stock bekämpfen. Glaubst du wirklich, sie lassen sich von dir schlagen? Die werden mit dem Messer nach dir werfen.«

Der Commissaris kniff die Augen zusammen. »Ich fang es mit den Zähnen auf. Jetzt brauche ich nur noch diese Tasche. Mit der bin ich mal zum Angeln gegangen und habe sie in den See fallen lassen. Grijpstra hat sie Stunden später rausgeholt. Danke, Schatz. Sie sieht schäbig genug aus.«

Sie half ihm in den Mantel. »Der gehörte auch meinem Vater. Er ist dir zu groß, aber er wird dich warm halten.«

»Aber es ist Sommer, Schatz.«

»Die Nächte sind kühl. Wo, denkst du, wirst du schlafen?«

Er musterte sich im Flurspiegel, Tasche in der Hand, auf seinen Stock gestützt. »In einem hübschen Zimmer. Ich suche mir ein Hotel. Ich gebe dir Bescheid, in welchem ich bin.«

»Kann ich dich besuchen?«

»Wenn du mußt.« Er spähte sie unter der herabgeklappten Hutkrempe an. »Aber es wäre mir lieber, wenn du nicht kämst. Grijpstra und de Gier werden dort sein, sie könnten dich sehen. Cardozo ebenfalls.«

»Dich werden sie bestimmt erkennen.«

Der Commissaris schlurfte gebückt durch den Flur und stach mit dem Stock in den Teppich. »In diesem Aufzug? Die suchen nicht mich, sondern einen verächtlichen Charakter, der einen Verbrecherkumpanen mit einer Automatik niedermähen kann. Weshalb sollten sie nach mir Ausschau halten. Ich bin in Österreich und sitze mit dem Hintern im Moorbad.«

»Oh!« Sie stampfte mit dem Fuß auf

Er schob den Hut mit dem Stock hoch. »Sagtest du ›oh‹?«

»Oh, Jan. Warum kannst du dich nicht wie ein normaler Polizeichef benehmen? Bequem hinter deinem Schreibtisch sitzen? Warum mußt du dich unbedingt draußen herumtreiben?«

Er richtete sich auf und präsentierte den Stock. »Weil dies ein kniffliger Fall ist. Er hat zu viele Seiten.«

»Du siehst lächerlich aus.«

Er nickte. »Ja, lächerlich ist der Fall auch.«

Sie umarmte ihn mitsamt dem Stock. »Grins mich nicht so an.

Benimm dich anständig. Du bist jetzt eine Vaterfigur, da finden dich junge Frauen doppelt attraktiv. Vielleicht werden sie versuchen dich rumzukriegen.«

»Meinst du?« fragte der Commissaris.

»Du lachst über mich«, sagte sie.

Er befreite sich sanft aus ihren Armen. »Nein, ich habe nur nach Luft geschnappt. Ich rauche zuviel, davon werde ich kurzatmig.«

Etwa eine Stunde später schleppte sich ein armselig gekleideter, kleiner alter Mann durch eine der Nebengassen vom Zeedijk. Eine abgewetzte und verfärbte Ledertasche baumelte an seiner schmalen, welken Hand. Runde, kleine Brillengläser blitzten unter der breiten Krempe seines altmodischen Filzhutes und schützten farblose Augen, die neugierig und irgendwie einfältig die Gegend musterten. Sein Stock klopfte energisch auf das Kopfsteinpflaster, bis ihm das fröhliche Ticken auffiel und er den Stock schleifen ließ.

3

»Unsere Wache«, sagte Brigadier Jurriaans, »ist vor kurzem in Schuß gebracht worden, so daß wir hier jetzt alles haben, einschließlich Sitzungsraum für die mit Sternen auf den Schultern, die morgens nie vor elf oder später kommen, weil sie zu tun haben. Kommt bitte rein.«

Der Raum war groß, hatte eine hohe Decke und schmale altmodische Fenster. Um einen alten Eichentisch standen gerade, ledergepolsterte Stühle. »Du kannst an der Stirnseite sitzen«, sagte Jurriaans zu Grijpstra, »da du der Chef bist.«

»Ich bin Gast«, sagte der Adjudant und runzelte die Stirn über Karate und Ketchup, die sich geräuschvoll setzten. »Ist das hier unser Arbeitsteam?«

Ein gutaussehender weiblicher Konstabel brachte Kaffee. De Gier musterte sie und lächelte. »Eine Frau«, sagte de Gier, »und das hier im Nuttenviertel. Sollten wir in unserem Team nicht auch eine Frau haben?«

Der Konstabel sah ihn kalt an. De Gier stand auf und verbeugte sich von der Hüfte aus. Sein Lächeln wurde breiter. Der Konstabel runzelte die Stirn.

Jurriaans hüstelte. »Gestatte, daß ich dir diese Kollegin vorstelle.« Er nannte Namen. »Und diese Dame ist Konstabel Anne, aber sie ist noch nicht voll ausgebildet. Unsere Vorschriften besagen, daß Konstabel mit einem Ärmelstreifen nicht an gefährlichen Aktionen teilnehmen dürfen.«

»Aber euch den Kaffee zu servieren, das ist in Ordnung«, sagte Konstabel Anne, verließ den Raum und knallte die Tür zu.

»Eine Frau«, sagte Grijpstra. »Ah, ja.«

Jurriaans zog das Telefon zu sich heran. Er blätterte in seinem Notizbuch und wählte eine Nummer. »Hallo, Adjudant. Ich weiß, daß du noch geschlafen hast, aber es hat einen Mord gegeben, und wir haben Ermittlungen aufgenommen. Glaubst du, daß du uns unterstützen kannst?«

Er legte den Hörer auf. »Adjudant Adèle wird in fünfzehn Minuten hiersein, nehme ich an, da sie gleich um die Ecke wohnt. Kennt ihr den Adjudant?«

»Ich habe ihr Aussehen bewundert«, sagte de Gier.

»Mich hat ihr Verstand beeindruckt«, sagte Grijpstra, »die erste Frau, die vom Konstabel zum Adjudant befördert wurde, mit lauter Einsen in der Prüfung und öffentlichem Lob.«

»Ich habe sie auf dem Schießstand kennengelernt«, sagte Cardozo, »sie hat geglaubt mich zu schaffen, aber ich war an dem Tag einsame Klasse.«

»Wir kennen sie auch sehr gut«, sagten Karate und Ketchup. »Eine ausgezeichnete Ergänzung unseres Teams«, fügte Karate hinzu. »Ich träume oft von ihr«, sagte Ketchup.

»Sollen wir anfangen oder warten?« fragte Jurriaans.

»Warten wir lieber«, sagte Grijpstra.

Der Adjudant kam, eine stattliche Frau mit dem Gesicht einer Madonna, wie von einem naiven Meister gemalt, gemildert durch feine Sommersprossen, die ihr einen mehr menschlichen Anstrich gaben. Sie begrüßte jeden einzeln und bekam einen Stuhl angeboten. Der Konstabel brachte noch mehr Kaffee und Kuchen, auf Grijpstras Wunsch und de Giers Kosten.

»Was haben wir also?« fragte Jurriaans. »Einen toten Zuhälter. Wen? Luku Obrian, schwarz, geboren in Paramaribo, Surinam, früher Niederländisch-Guinea, an der südamerikanischen Ostküste, vor achtunddreißig Jahren. Wer sein Vater war, ist unbekannt, aber wir dürfen annehmen, daß sein Großvater, auf jeden Fall sein Urgroßvater Sklave war und aus Afrika stammte. Unser Mann traf vor fünf Jahren auf dem Amsterdamer Flughafen ein, vor der Unabhängigkeit Surinams, aber nicht aus Furcht vor der unsicheren Zukunft seines Landes oder aus Habgier, weil er nur Sozialhilfe zu beantragen brauchte, um nie mehr zu arbeiten, sondern aus purer Bosheit. Er wollte das Schicksal seiner Vorfahren rächen. Er hat es mir am Abend seiner Ankunft gesagt, als er in diese Revierwache, wegen ungebührlichen Benehmens, geschleppt wurde. Betrunkene sagen nicht immer die Wahrheit, aber Obrian hat nicht gelogen, als er ankündigte, er werde uns *aus der Fassung bringen.* Das war seine Formulierung, denn sein Niederländisch war perfekt, besser als unseres, und er drückte seine Gedanken sehr genau aus, wobei er grammatisch unübertrefflich war. Er *hat* uns aus der Fassung gebracht, fünf schreckliche Jahre lang, uns und die Bevölkerung. Gestern abend wurde er nun endgültig aus unserer Mitte gerissen mit Hilfe von sechs Neun-Millimeter-Geschossen, abgefeuert aus einer automatischen Waffe.« Jurriaans schaute Adjudant Adèle an. »Ecke Olofssteeg und Zeedijk. Hast du etwas gehört?«

»Ich habe geschlafen«, sagte Adjudant Adèle.

Jurriaans telefonierte. Er dankte der anderen Seite und legte den Hörer auf. »Das war das Präsidium. Der Brigadier der Waffenkammer sagte, die Waffe müsse eine Schmeisser gewesen sein.«

Cardozo hob fragend einen Finger. »Wie sieht eigentlich eine Schmeisser aus?«

Jurriaans hielt seine Hände etwa fünfundsechzig Zentimeter auseinander. »So lang.« Er verringerte den Abstand auf fünfundzwanzig Zentimeter. »So groß ist das Magazin, wird senkrecht in die Kammer eingeschoben. Im Magazin sind zweiunddreißig Patronen. Eine alte Maschinenpistole, ein Modell aus dem Zweiten Weltkrieg, benutzt von SS und Gestapo, bekannt aus Konzentrationslagern und von Straßenrazzien, funktioniert angeblich gut und schießt genau. Als die deutsche Wehrmacht kapitulierte, händigte sie ihre Waffen dem Vernehmen nach aus, aber wir kriegten nicht alle, denn immer wieder taucht eine auf und wird mißbräuchlich benutzt, wie in der vergangenen Woche, als Türken eine Bank überfielen.«

Adjudant Adèle stand auf »Die Waffe ist noch hier. Ich werde sie holen, damit du siehst, wonach wir suchen.«

De Gier sah zu, wie Adjudant Adèle hinausging. Ihr steht die Uniform gut, dachte der Brigadier, seltsam, da unsere Polizistinnen meistens etwas reizlos aussehen. Ich frage mich, wieso. Weil sie so lange und schlanke Beine hat? Und sich beim Gehen in den Hüften wiegt?

Auch Cardozo grübelte über die weiblichen Reize seiner Kollegin. Am liebsten hätte er seine Hände auf die Waden des Adjudanten gelegt und sie langsam gestreichelt bis zu der Stelle, wo die Strümpfe enden und die weiche Haut beginnt. Er war überrascht von seinem Verlangen. Er schaute auf die Uhr. Es war noch viel zu früh für solche Gedanken. Aber es ist ihre Schuld, dachte Cardozo. Sie ist zwar meine Vorgesetzte und von allen sehr geachtet, aber sie ist auch hinreißend gewachsen. Eine so attraktive Frau lenkt zwangsläufig die Männerblicke auf sich. Wie komme ich bloß auf solche Gedanken? Normalerweise bin ich rücksichtsvoll in weiblicher Gesellschaft. Weshalb provoziert sie mich? Warum ist sie nicht stämmig und dumm wie die anderen?

Adjudant Adèle kam zurück und legte eine Maschinenpistole auf den Tisch. Sie sprach leise, aber deutlich. »Dies ist eine japanische Imitation des deutschen Originals. Sie schießt nicht und ist als Modell für Sammler gedacht. Sie wurde einem eingewanderten türkischen Arbeiter verkauft, der das Instrument in London erwarb. Er hat es eingeschmuggelt, da nach unseren Gesetzen die Einfuhr verboten ist, weil solche Modelle zu echt aussehen und mißbraucht werden können. Der erwähnte Türke mißbrauchte die Waffe und richtete sie auf einen Bankkassierer. Der Türke ist nicht mehr unter uns; er bekam zwei Schüsse in den Bauch von einem Kollegen, der es eilig hatte.« Sie schaute Karate an.

»Ja«, sagte Karate. Er nahm das Modell auf und legte es wieder hin. »Sieht echt genug aus, nicht wahr?«

»Unsere eigene Waffe«, sagte Adjudant Adèle und schaute auf die Tischplatte, die Karates Pistole vor ihrem Blick verbarg, »ist als Instrument der Verhütung gedacht, nicht zur sofortigen Tötung. Ein Verdächtiger, auch ein Türke, der mit einem Spielzeug hantiert, kann vielleicht vorher gewarnt werden, damit er die Möglichkeit hat, sich zu ergeben und einige Fragen zu beantworten.«

»Luku Obrian«, sagte Jurriaans, »war schwarz und bewegte sich in schwarzen Kreisen, in die wir nur schwer hineingelangen können, aber ich glaube nicht, daß er von einem Angehörigen seiner Rasse umgebracht wurde. Obrian war das Beispiel eines Mannes, der weiß, wie er seine Hilfsmittel organisieren muß, ein reicher und erfolgreicher Unternehmer, Besitzer eines kostspieligen Wagens und einer Luxuswohnung an der Keizersgracht sowie von mindestens zwei Bars, von . . .«

»Warte«, sagte Grijpstra. »Wenn du das alles wußtest, hättest du die Steuerfahnder alarmieren können. Zuhälter geben selten ihr Einkommen an. Wenn ein Zuhälter Besitzer von teurem Eigentum ist – wie von einem Porsche-Cabrio und einer Wohnung in der besten Gegend der Stadt –, dann wird diese Tatsache als Beweis für Steuerhinterziehung angesehen. Er hätte festgenommen und sein Eigentum beschlagnahmt werden können.«

»Außerdem ist es eine gute Möglichkeit, Verdächtigen Schulden aufzubrummen«, sagte de Gier.

»Weil«, sagte Cardozo, »die Geldstrafe höher als der Wert ihres Besitzes ist.«

Grijpstra nahm seine Untertasse, kippte sie, ließ in seine hohle Hand die Kuchenkrümel fallen und beförderte sie mit einem Schwung in den Mund. Er kaute und schluckte. »Na?«

»Sehr einfach«, sagte Jurriaans. »Schade nur, daß Obrian kein einfacher Mensch war. Der Porsche hat eine ausländische Zulassung, und wir können seinen rechtmäßigen Eigentümer nicht ermitteln. Offiziell hat Obrian seine Wohnung gemietet, aber er zahlte keine Miete. Die Bars, die ihm gehörten, betrieben seine Angestellten, die ihm achtzig Prozent der Gewinne in Bargeld übergaben. Obrian gab an, was er nicht verstecken konnte, und das war nicht wenig, es reichte, um die Steuerfahnder zu besänftigen.«

Grijpstra zog eine Zigarre aus seiner Weste. »Darf ich?«

»Lieber nicht«, sagte Adjudant Adèle.

»Darf ich etwas sagen?« fragte Ketchup.

»Dürfte ich vielleicht eine Zigarette rauchen?« fragte Grijpstra.

Adjudant Adèle steckte eine Haarsträhne hinters Ohr zurück. »Wenn du den Rauch in die andere Richtung bläst.«

»Hört mal«, sagte Ketchup. »Wißt ihr, was Obrian getan hat? Es gab hier mal eine Nutte, die hieß Madeleine, eine unheimlich schöne Frau, wie eine Dame, arbeitete auf eigene Rechnung, vom bestplazierten Schaufenster des ganzen Viertels aus. Sie konnte ihre Tür elektrisch öffnen und drückte nur dann auf den Knopf, wenn der Kunde aussah, als habe er genug Kohle. Die verdiente täglich ein Vermögen.«

»Mit gewaltigen, aber noch gut geformten Titten«, sagte Karate, »und Beinen, wie man sie in Videofilmen für die Ölscheichs sieht.«

»Ja«, sagte Ketchup, »kein Zuhälter kassierte bei ihr. Mann, und die Kunden schleppten die Kohle massenhaft an. Tag für Tag. Sie war kalt wie 'n Frosch, wie die meisten von ihnen, aber sie hatte sanfte, geheimnisvolle Augen und ein leises Lächeln. Eine Schauspielerin mit Charakter und Seele.«

Karate knallte die schmale Faust auf den Tisch. »Und wir dachten alle, Obrian konnte nicht an sie ran.«

Ketchup schlug ebenfalls mit der Faust auf den Tisch. »Selbst wenn er jede Nutte im Viertel hatte, selbst wenn sie sich alle für ihn abrackerten und das Zittern kriegten, wenn er zufällig an ihren Fenstern vorbeikam, unsere Madeleine war aus Stahl, er würde Madeleine nie bekommen. Er würde mit seinen dreckigen Pfoten nie an sie herankommen.« Ketchup stand auf.

Karate war ebenfalls auf den Beinen. »Wißt ihr, wie er Madeleine kriegte?«

»Indem er ihr einen Blick zuwarf«, rief Ketchup, »von der Seite, als er an ihrem Fenster vorbeikam.«

»Und wißt ihr, wozu er sie zwang«, schrie Karate, »an einem schönen Sonntagmorgen, als das Wetter so hell und frisch wie heute war? An einem herrlichen Sommertag, als wir alle auf der Straße waren, um in Ruhe auf alles ein Auge zu haben.«

»Er ließ sie zu der kleinen grünen Brücke kommen«, flüsterte Ketchup, »zu der gußeisernen Brücke am Oudezijde Kolk, nur für Fußgänger, mit Löwenköpfen am Geländer, viele Jahrhunderte alt, eine geschätzte Antiquität, von den Touristen begafft.«

»Sie gafften auch«, flüsterte Karate, »und wir ebenfalls und alle anderen. Auch Obrian schaute, aber er war kalt wie eine Hundeschnauze.«

»Er hat nichts Besonderes gemacht, dieser Obrian, nicht wahr?«

»Er stand nur da, oben auf der Brücke.«

»In seinem maßgeschneiderten Tausend-Gulden-Leinenanzug, mit Panamahut und einer Havanna zwischen den goldgefaßten Zähnen.«

»Und ein seidenes Taschentuch steckte in seiner Brusttasche.«
»War unbewaffnet, völlig sauber.«
»Unangreifbar, ein Zivilist darf auf jeder Brücke stehen, die ihm gefällt.«
»Und da stand Luku Obrian, und da kam sie, unsere Madeleine, in ihrem neuen hübschen Kleid, der Rock nicht zu kurz und der Busen dezent bedeckt. Unsere *Dame*.«
»Und sie kniete vor ihm nieder.«
»Und sie öffnete seinen Hosenstall.«
»Ich will das nicht hören«, sagte Grijpstra.
»Und dann?« fragte Cardozo.
»Na, was glaubt ihr wohl?« fragte Karate. »Hä? Nach ihrem Belieben, sanft und fest, als gäbe es nichts, was sie lieber täte. Als sei sie dankbar für den Gefallen, den er ihr erwies.«

Es war still am Tisch. Adjudant Adèle betrachtete ihre Fingernägel, mit durchsichtigem Lack überzogen, perfekt gefeilt. Grijpstra drückte seine Zigarette im Aschbecher aus, langsam, wütend. Karate und Ketchup sanken auf ihre Stühle zurück und seufzten. Jurriaans zog mit einem spitzen Bleistift einen Kreis auf eine neue Seite seines Notizbuchs. De Gier wartete darauf, daß sein Erröten verging.

»Und Madeleine?« fragte de Gier.

»Sie arbeitete weiter«, sagte Jurriaans, »aber nicht mehr lange, denn Obrian nahm sie aus, und das Heroin, das er ihr verschaffte, reichte nie. Sie erhängte sich an der Lampe in ihrem Zimmer. Ich habe ihre Akte noch, komplett mit Fotos. Ich werde sie euch zeigen, wenn ihr mal Zeit habt.«

Grijpstra griff in seine Tasche, holte die Zigarre heraus, die er vorher weggesteckt hatte, ließ sie an seinem Ohr knistern, roch daran und legte sie auf den Tisch. Er betrachtete die Zigarre. Er murmelte.

De Gier murmelte auch.

»Es hört sich an, als wäret ihr beide überrascht«, sagte Adèle.

»Ich bin immer überrascht«, sagte de Gier, »wenn ich nicht aufpasse. Weil ich an bestimmte Grenzen glaube, die ich mir selbst gesetzt habe, da die Wirklichkeit sich nicht an Grenzen hält. Nehmen wir zum Beispiel heute morgen – drei rollschuhfahrende Herren mit neuen Aktentaschen, und es war noch vor vier Uhr, und jetzt wieder dieser Obrian, auf einer gußeisernen Brücke, nuckelt an seinem kommunistischen Glimmstengel, während ihm die Hurendame einen ablutscht, vor aller Augen.«

»Egal«, sagte Grijpstra. Er holte tief Atem und räusperte sich. »Seht mal. Die Zahl der Nutten ist nicht unbegrenzt. Wenn Obrian mehr kriegte, hatten die anderen weniger. Es ist eine menschliche Gewohnheit, ärgerlich zu werden, wenn einem etwas weggenommen wird. Ich habe die Namen Gustav und Lennie gehört. Wie ärgerlich können diese Zuhälter werden, und was würden sie tun, nachdem sie erst einmal aufgebracht waren?«

Jurriaans lächelte. »Genauso muß man vorgehen, Adjudant. Eine Ursache aus ihrer Wirkung folgern, mit der unnachgiebigen Logik, mit der jeder Polizist angemessen ausgerüstet ist. Ich bin froh, daß wir dich haben.« Er zog zwei Kreise. »Wer sind unsere Verdächtigen? Alle kriminellen Typen in diesem Viertel. Wie viele bleiben übrig, wenn wir mit Scharfsinn unsere Thesen weiter verfolgen? Zwei.« Er machte zwei Punkte in die Mitte der Kreise. »Wer sind jetzt unsere Verdächtigen? Gustav und Lennie. Obrian war der zufriedene Sieger, und seine Rivalen knirschten mit den Zähnen. Erkennen wir eine geeignete Motivation in unseren Verdächtigen, in Gustav und Lennie? Ja. Hatten sie die Gelegenheit? Die hatten sie. Schnappen wir sie?« Sein Bleistift durchstach die Kreise. »Aber mit Sicherheit.«

Jurriaans beugte sich zu Grijpstra hinüber. »Dies, Adjudant, ist unsere Gelegenheit. Wir werden in diesem Viertel so gründlich aufräumen, daß unsere Straßen für immer sauber bleiben. Wir haben den Segen eures Commissaris, des Kripochefs, der – könnte es besser sein? – soeben seine Kur angetreten hat. In seinem Namen werden wir reinen Tisch machen. Danke, Karate.«

Er nahm das von Karate angebotene Taschentuch und tupfte den Speichel ab, der in seinen Mundwinkeln schäumte. Er beugte sich wieder vor und streckte die Hände aus. Seine Zeigefinger wurden zu Pistolenläufen. Lautlos strichen Kugeln an Grijpstras Ohren vorbei. »Ist euch klar, welche Macht man uns gegeben hat? Unsere Macht plus eurer? Unsere Revierwache verbunden mit der Mordkommission? Ohne Einschränkungen von oben?«

»Bravo«, sagte Adjudant Adèle.

»Wir werden sie alle zerschmettern und mit Fußtritten die Treppen hinunterbefördern«, rief Karate.

»Wir werden sie in den Fußboden unserer schlimmsten Zelle

rammen«, rief Ketchup, »und ihren Überresten nichts zu essen geben.«

»So etwa hätte ich es gern«, sagte Jurriaans und wischte sich den Schweiß von der Stirn. »Mit gebührender Rücksicht auf Verhältnismäßigkeit und Anständigkeit. Wir dürfen nicht vergessen, daß wir keinen SS-Totenkopf an unserer Mütze haben und sogar Gustav und Lennie zu dem Schatten gehören, den unser eigenes Licht wirft. Sie müssen selbstverständlich mit dem Schwert der Gerechtigkeit in Stücke gehauen werden, aber mit jenem Anflug von Liebe und Güte, wie es unsere Gewohnheit ist.«

De Gier stand auf. »Ich gehe nach Hause, meine Katze muß gefüttert werden. Ich werde wiederkommen.«

»In Uniform«, sagte Grijpstra, »und warte auf mich, ich muß auch nach Hause.«

»Bitte, Adjudant.«

»Hast du etwas gegen meine Begleitung?«

»Wenn du auf meiner Uniform bestehst.«

»Ich bestehe auf gar nichts«, sagte Grijpstra und stemmte sich von seinem Stuhl hoch. »Der Commissaris bestand darauf. Er sagte Uniform, und so wird es gemacht.«

»Laßt euch Zeit«, sagte Jurriaans, »unsere Wache ist ganz annehmbar; wir akzeptieren nicht nur die Bedürfnisse unserer Leute, sondern verstehen sie auch. Füttere deine Katze, zieh deine Uniform an, und komm dann wieder. Es gibt viel Arbeit.«

»Ich muß eine Tasche packen«, sagte Grijpstra, »wir sollen hier vom Viertel aus arbeiten. Wir sollen sogar hier wohnen.«

»Eine Wohnung«, sagte Jurriaans, »für unsere geschätzten Kollegen.«

Adjudant Adèle hatte den Tisch verlassen, war jedoch zurückgekehrt. »Steht zur Verfügung. Ein Verdächtiger, ein Einbrecher namens Kavel, der jetzt in einer unserer Zellen sitzt, wohnt am Zeedijk, aber er wird für ein Weilchen nicht nach Hause gehen können. Der Hauseigentümer hat uns gefragt, ob wir die Wohnung im Auge behalten könnten, denn selbst in das Heim von Einbrechern wird heutzutage eingestiegen. Ich werde die Schlüssel holen.«

»Ha«, sagte Cardozo. »Wir drei zusammen, das wird prima.«

»Das wird schrecklich«, sagte de Gier, der den Volkswagen durch den dichten Verkehr zwängte. »Einfach grauenhaft. Warum müssen wir uns nur immer solchen idiotischen Situationen anpassen?«

»Weshalb sollte es nicht prima werden?« fragte Grijpstra. »Wir werden unser Bestes tun und uns ranhalten, bis der Fall erledigt ist, damit wir uns des nächsten Falls annehmen können, der zweifellos nicht so schwer sein wird.«

De Gier trommelte ungeduldig auf das Lenkrad. »Und während der Besprechung darfst du nicht mal Zigarre rauchen.«

»Adjudant Adèle«, murmelte Grijpstra, »ist eine hübsche Frau. Ich arbeite gern mit hübschen Frauen.«

»Und die Zahl der Verdächtigen ist auf zwei reduziert worden. Wir können nicht einmal etwas dagegen einwenden.«

»Wir werden die beiden schnappen und später die anderen.«

De Gier trat aufs Gaspedal. »Dieser Obrian muß ein höchst ungewöhnliches Exemplar gewesen sein. Stell dir diese schwarze Lady auf der Brücke vor. Ich hätte nichts dagegen gehabt, das auch zu sehen, obwohl es entwürdigend ist, einfach abstoßend.« Er bremste und kurvte um einen Bus herum. »Unglaublich.«

»Anhalten«, sagte Grijpstra. »Halt dort drüben, und laß mich raus. Ich gehe von hier nach Hause, und du brauchst mich auch nicht abzuholen. Ich gehe zu Fuß zur Wache, sobald ich meine Tasche habe.«

»Aber kapierst du, was dort geschehen ist?«

»Voll und ganz«, sagte Grijpstra, »aber ich habe gelernt, mit dem Bösen zu leben, was nicht heißt, daß ich den Geschmack an einem Kampf verloren hätte. Hältst du jetzt endlich an oder nicht?«

De Gier zerkleinerte Leber für seine Katze und löste Pflanzendünger für seine Geranien auf. »Täbris«, sagte der Brigadier, »Grijpstra ist nicht klar, in welches Elend wir geraten sind. Das Viertel liefert nichts als Schmutz, dicke Brühe bis zu den Ohren. Wir sind in die falsche Gegend versetzt worden.«

Täbris betrachtete den Inhalt ihres Napfes und fegte den Fußboden mit dem kurzen gestreiften Schwanz. Sie legte die dicken Vorderbeine übereinander und grunzte beim Fressen.

»Benimm dich gefälligst.«

Täbris schaute auf. »Vielleicht bist du irgendwie fett und häßlich«, sagte der Brigadier, »aber deshalb brauchst du dich nicht wie ein Ferkel zu benehmen.«

Täbris schlabberte weiter. Der Brigadier wartete, bis die Katze fertig war, hob sie auf und trug sie zu seinem Balkon. Er setzte sich auf einen Korbstuhl und legte die Beine auf das Geländer. Die Katze rülpste auf seinem Schoß. De Gier machte die Augen auf.

»Rülpse in die andere Richtung.«

Die Katze schnurrte und legte die Pfoten um seinen Hals. De Gier schlief ein und träumte, daß nichts mehr wichtig war, während er mit einem Mercedes-Sportwagen durch leere Amsterdamer Gassen fuhr, Adjudant Adèles milchweiße Schenkel streichelte und sich in einen Kondor verwandelte, der über dem Ärmelkanal flog. Er wachte auf, weil Täbris eine Kralle in seine Unterlippe gehakt hatte.

»Na, na.« Er zog die Kralle aus seinem Mund. Täbris sprang von seinem Schoß und begann, mit ihrem Napf zu spielen.

De Gier zog die Uniform an und nahm Haltung vor dem Spiegel ein. Täbris ließ ihren Napf in Ruhe und stellte sich neben ihn.

»Was du hier siehst«, sagte de Gier, »ist ein Verrückter im Rock der Königin, der losgelassen wird, um unter den Perversen ein Blutbad anzurichten.« Er zog den Gürtel fest und legte die Hand auf den Griff der Pistole. »Ein Irrer, bis an die Zähne bewaffnet, der die Wahnsinnigen umbringen wird.« Er setzte die Mütze auf und salutierte. »Ein Bekloppter, der am frühen Morgen rollschuhfahrende Herren sieht und einen Geier auf einer Fernsehantenne.«

Täbris rieb sich an seinem Bein. »Behalte deine bunten Haare selbst«, sagte de Gier. »Setz dich auf den Balkon und fang Insekten, bis ich zurückkomme.« Er schob die Katze mit dem blankgeputzten Stiefel zur Seite. »Und dann erzähle ich dir, wie ich einen Fall vermurkst habe, der von vornherein hoffnungslos gewesen war.«

4

Grijpstra setzte sich mißtrauisch auf eine mit rotem Vinyl bezogene Couch und versuchte, seinen Blick auf der verblichenen, mit toten Blumen bedruckten Tapete ruhen zu lassen. Cardozo kam in das Zimmer mit einem Tablett aus imitiertem Bambus, auf dem zwei angeschlagene Becher wackelten. »Tee, Adjudant, meinst du, daß wir jetzt fertig sind, oder soll die Dachkammer auch noch ausgeräumt werden?«

»Völlig fertig«, sagte Grijpstra, »danke.« Er rührte die helle Flüssigkeit um. »Ist das richtige Milch?«

»Pulver, Adjudant. Ist ebensogut. Schmeckt genauso.«

»Plastikmilch«, sagte Grijpstra. »Weshalb mache ich mir eigentlich die Mühe, mit einem richtigen Körper herumzulaufen? Kann ich mir nicht einen in einer Form gießen lassen und ein Tonbandgerät verschlucken?«

Cardozo setzte sich auf die Fensterbank neben eine Vase mit Papierblumen. Grijpstra zeigte darauf. »Schmeiß sie raus.«

»Aber ich habe sie abgestaubt.«

»Weg mit den Fetzen.«

Cardozo brachte den verblichenen Strauß hinaus und kam mit einem Schwamm wieder. Er kniete nieder und wischte verschütteten Tee von dem rissigen Linoleumboden weg. »Paß bitte auf, Adjudant. Wir haben acht Stunden gebraucht, um hier sauberzumachen.«

Grijpstra nickte. »Verbrecher sind dreckige Kerle. Wir haben sechs Beutel mit Müll im Korridor. Wenn der Bursche jemals wieder nach hier zurückkommt, wird er dieses Loch nicht wiedererkennen. Wie war das, weswegen sitzt er bei uns ein?«

Cardozo ordnete auf einem Regal einen Satz Elefanten aus Kunststoff, von der Größe eines massigen Kaninchens bis zu der einer kleinen Maus. »Wegen Einbruchs.«

»Wegen einfachen oder schweren?«

»Schweren. Er hat auch auf den Teppich geschissen. In dem Vorort, wo de Gier wohnt. Er ist wohl kaum ein Profi, dieser Kavel. Die fahren dort neue Wagen, und er kam in einer Schrottkiste. Aber er hatte vorher angerufen, um sich zu vergewissern, daß sein Opfer nicht zu Hause ist. Er schleppte sein ganzes Werkzeug in den Aufzug und wurde von einem Nachbarn gesehen, der so freundlich war, uns anzurufen. Kavel brach die Tür auf, füllte seinen Beutel mit versilberten Sachen, der wertlosen nigerianischen Briefmarkensammlung des Eigentümers und vergaß auch nicht das Sparschwein des Kindes. Ein Vorhang bewegte sich im Luftzug, und er kriegte Angst und kackte auf den Teppich, als gerade unsere Leute kamen. Als Gewohnheitsverbrecher wird er diesmal einige Jahre bekommen.«

»Gekackt hat er?«

»Genau, Adjudant. Das gehört zu ihrem Verhalten. Immer im besten Zimmer und immer auf den Perserteppich.«

»Ekelhaft.« Grijpstra biß auf seine Zigarre und spuckte. Cardozo funkelte ihn an. Der Adjudant stöhnte, bückte sich und hob die Tabakreste auf. »Und jetzt?«

Cardozo hielt ihm ein Papier hin. »Darauf, Adjudant. Tu das nicht wieder.« Es klingelte, Cardozo zog an einem Seil. Er begrüßte de Gier, der die Treppe hinauflief.

»Rechtzeitig zum Tee, aber viel zu spät, um mitzuhelfen«, sagte Grijpstra. »Warum bist du nicht in Uniform?«

Cardozo stand an der offenen Tür. »Zucker, Brigadier, oder Milch?«

»Gern«, sagte de Gier. »Ich bin nicht in Uniform, weil ich sie in Adjudant Adèles Schrank gelassen habe. Eine Uniform erregt unerwünschte Aufmerksamkeit. Man kann nicht einmal im Schein einer Laterne die Straße überqueren, ohne angemotzt zu werden.«

»Von den Beamten?«

»Von einem schwarzen Kind.« Der Brigadier schaute sich um. »Wurde der vorherige Mieter wegen schlechten Geschmacks verurteilt?«

Grijpstra verschüttete wieder Tee. Cardozo machte sich erneut an die Arbeit. Grijpstra schob den Schwamm zur Seite. »Du machst Flecken auf meine Hose. Der Brigadier hat herumgetrödelt, während wir gearbeitet haben, und jetzt ist er müde. Bring den Brigadier doch in sein hübsches sauberes Zimmer.«

De Gier setzte sich zu Grijpstra auf die knarrende Couch. »Der Brigadier hat seine Arbeit getan. Jetzt weiß er etwas.«

»Teil's mit«, sagte Grijpstra. »Ich werde daraus den richtigen Schluß ziehen und hinausgehen, um eine angemessene Festnahme vorzunehmen, damit wir hier rauskommen. Ich habe jetzt eine eigene gemütliche Wohnung und möchte ein Bild von einem exotischen Vogel malen. Was weiß der Brigadier?«

»Daß der Mörder Schuhgröße siebenundvierzig trug.«

»Nein«, sagte Grijpstra. »Ich will nicht gegen Riesen kämpfen.«

»Gummisohlen?« fragte Cardozo.

»Neu?« fragte Grijpstra.

De Gier nickte.

»Galoschen«, sagte Cardozo. »Jetzt in einem Müllboot unter zehn Tonnen Unrat.«

»Was weiß der Brigadier sonst noch?« fragte Grijpstra.

De Gier schaute auf seine Uhr. »Daß wir Mittag haben. Wo essen wir?«

»Wir werden zu einem Chinesen gehen.«

»Lennie«, sagte de Gier, »einer der beiden anderen Zuhälter, hat eine schlimme Zeit gehabt, seit Obrian hier tätig geworden ist. Ich habe Lennies Foto bewundert und seine Akte gelesen. Er sieht unauffällig aus, was ihm vermutlich zu seinem Erfolg verholfen hat. Dreiundvierzig Jahre alt und in dieser Stadt geboren, wie sein Vater, und der taugte ebenfalls nichts. Auch ein Zuhälter, der an einigen hier und da verteilten Nutten verdiente. Der Vater hatte wenig Verstand, aber er schickte seinen Sohn zur Schule. Lennie studierte Mathematik, als sein Vater wegen Hehlerei verhaftet wurde und im Knast einen Herzanfall erlitt.«

»Mathematik? Universität? Und wurde trotzdem Zuhälter?«

»Warum nicht, Cardozo? Auch in diesem Geschäft wird gerechnet. Lennie erbte sieben Nutten. Er verlegte sie in die beliebteste Gasse und erweiterte seine Tätigkeit von dort aus, zog mit seiner Zentrale auf einen schwimmenden Erotikklub für Auserwählte auf der Kattenburgergracht.«

»Außerhalb des Viertels«, sagte Cardozo. »Eine ruhige Gegend.«

»Die Auserwählten wollen nicht gesehen werden, aber sie kennen die Adresse.«

»Rauschgift?« fragte Grijpstra.

»Viel Rauschgift, mehr und mehr, vor allem seit Obrian ihn aus den Gassen vertrieb.«

»Und wo war Lennie angeblich in der vergangenen Nacht?«

»Auf seinem Boot. Der Rausschmeißer, die dort residierenden Damen und der Barkeeper werden sein Alibi bestätigen. Heute morgen, um zwanzig nach drei, als Obrian im Sint Olofssteeg vom Maschinenpistolenfeuer getroffen wurde, war Lennie gerade zu Bett gegangen. Sein Mazda-Sportwagen stand auf dem Kai, soviel stimmt, denn ein Polizist in der Gegend hat den Wagen zum Zeitpunkt der Tat gesehen. Aber Lennie hätte einen anderen Wagen benutzen oder zu Fuß gehen können. Die Kattenburgergracht ist in der Nähe.«

»Und war er froh, daß Obrian jetzt im Kühlfach liegt?«
»Entzückt ist er«, sagte de Gier.
»Hat er das gesagt? Nicht zu dir, hoffe ich.«
»Er hat es zu einem Kriminalbeamten der Revierwache gesagt.«
De Gier stellte seinen Becher auf den Fußboden. Teetropfen spritzten über den Rand. Cardozo sprang auf.
»Bleib hier«, sagte Grijpstra. »Du hast jahrelang als uniformierter Konstabel in dieser Revierwache gearbeitet. Wie kommt es, daß so ein schwimmender Edelpuff außerhalb des Viertels toleriert wird?«
»Moment, Adjudant. Ich ehre meine Arbeit.« Cardozo nahm den Schwamm und rieb den Fußboden sauber. »Wie es kommt? Aus Trägheit, Adjudant.«
»Das ist alles?«
»Tja«, sagte Cardozo, »Lennie verkauft Heroin en gros. Heroin ist teurer Stoff. Er kommt in kleinen Päckchen. Geld kommt ebenfalls in kleinen Päckchen. Diese Päckchen sind leicht zu öffnen, und die obersten Scheine können davonschweben.« Er prüfte den Fußboden und hielt den Schwamm parat. »So ähnlich habe ich es jedenfalls gehört.«
»Und Jurriaans?«
»Ein unbestechlicher Beamter.« Cardozo schaute Grijpstra in die Augen. »Der König des Viertels. Jurriaans hat lange Arme, aber ich bin mir nicht sicher, ob sie bis zur Kattenburgergracht reichen.«
»Die Revierwache hier beschäftigt einige hundert fähige Leute«, sagte de Gier. »Wie ist es mit einer gelegentlichen kleinen Razzia über die Reviergrenzen hinweg?«
»Schon geschehen.«
»Und?«
»Wenn sie beim Boot eintreffen, ist das Licht aus und niemand dort. In der Wache hier sind viele Telefone. Ich stelle mir vor, die meisten Kollegen kennen Lennies Geheimnummer.«
»Soweit Lennie«, sagte Grijpstra. »Und was ist mit Gustav?«
»Zuerst Mittagessen«, sagte de Gier.

»Du kannst hier nicht essen, Adjudant«, sagte Cardozo und zog Grijpstra am Ärmel. Grijpstra wies mit dem anderen Arm. »Ist das Schild chinesisch oder nicht?«

»Das ist ein Spielsalon, Adjudant. Die Schriftzeichen sind anders. Wir können auf der anderen Straßenseite essen. Siehst du?«
Grijpstra schwenkte die Hand hinüber. »Das gleiche Gekritzel.«
»Nein, Adjudant. Siehst du die auf dem Schild dort drüben? Die bedeuten *Speisehaus*.«
»Gekritzel.«
»Schau dir das linke an. Siehst du die kleinen laufenden Beine, die herausragen? Es bedeutet *speisen*. Und das auf dieser Seite, schau mal, unter dem der ungekämmte Bart hängt, das bedeutet *spielen*.«
Grijpstra kniff die Augen zusammen. Seine Hand legte sich schwer auf Cardozos Schulter. »Seit wann kannst du Chinesisch lesen?«
»Ich habe hier gearbeitet. Ich mußte lernen, zu unterscheiden. Ich mußte die Schriftzeichen kennen, um zu wissen, was drinnen los ist.«
»Der Junge ist intelligent«, sagte de Gier. »Er kann nichts dafür. Können wir jetzt zum Speisehaus gehen, oder zieht ihr es vor, Mah-Jongg zu spielen?«
Grijpstra ging über die Straße. Er hielt Cardozo immer noch fest. »Konstabel?«
Cardozos Kinn ruhte auf Grijpstras Hand. »Ja?«
»Wenn Glücksspiel illegal ist, wieso haben die Schlitzaugen dann das Schild an ihrer Tür?«
Cardozo quiekte. »Aber dies ist das *Viertel*. Hier geht alles.«
»Aber das geht zu weit«, knurrte Grijpstra.
Ein Schwarzer in mittleren Jahren hockte auf dem Bürgersteig, an die Giebelseite des Restaurants gelehnt. Er trug trotz der Hitze eine dicke Strickjacke und rollte den zerfetzten Ärmel auf. Der Mann war nicht interessiert an dem untersetzten Herrn im Nadelstreifenanzug, der ihn beobachtete. Er starrte auf die Spitze seiner Hohlnadel, die eine milchige Flüssigkeit aus einem verbogenen Teelöffel sog. Als die Spritze voll war, entleerte sie sich in den Arm des Mannes, nachdem er eine heile Hautstelle zwischen eiternden Wunden gefunden hatte. Der Mann zog die Nadel heraus, schaute auf, grinste albern, seufzte dann und schloß die Augen. Grijpstra machte die Augen ebenfalls zu. De Gier schob den Adjudant an der Schulter vorwärts. »Komm essen. Mandarinküche. Etwas ganz Besonderes.«

Grijpstra betrachtete die dunkelrot glänzenden, nackten Kadaver, die an einer durchhängenden Strippe hinter den schmutzigen Fenstern des Restaurants baumelten.

»Vögel«, sagte Cardozo. »Exotische Vögel.«

»Bah.«

»Ente ist gut«, sagte de Gier. »Häßliche Ente ist auch gut. Komm mit, mein Lieber.«

Der Kellner brachte die Speisekarte.

»Beeilt euch«, sagte de Gier. »Ich habe Hunger.«

Grijpstra starrte immer noch durch seine Brille mit halben Gläsern. »Ich möchte gebratenen Reis mit einem Spiegelei obendrauf. Ich kann es auf der Karte nicht finden.«

»Das kannst du überall essen.«

»Also auch hier.«

Der Kellner stellte den Tisch mit Schüsseln voll. Die waren nicht für Grijpstra. Er bekam einen kleinen Napf, gehäuft mit dunkelbraunem Reis, obendrauf ein Spiegelei von der Größe eines Mantelknopfes.

»Ein kleines Ei«, sagte der Adjudant.

»Ein Entenei«, sagte der Kellner.

»Das Ei eines kahlen Entenkükens«, sagte Cardozo. »Würdest du uns etwas über Gustav erzählen, Brigadier? Fährt er noch eine Corvette? Zu meiner Zeit ja, immer das neueste Modell.«

Grijpstra stach mit einem Eßstäbchen in das Ei.

»Halte sie so, Adjudant«, sagte Cardozo. »Das eine festgeklemmt und das andere wie einen Bleistift. So. Du schaffst es.«

Grijpstra hob die Schüssel an den Mund und schlürfte das Ei. »Was ist eine Corvette?«

»Amerikanisches Modell«, erläuterte de Gier. »Flach. Wie ein Bügeleisen ohne Griff, innen hohl. Fährt schnell, kostet viel Geld.«

»Wieviel?«

»Was du und ich in einem Jahr verdienen.«

»Aber er hat auch andere Wagen«, sagte Cardozo. »Gustav liebt Autos. Frauen auch, er hat 'ne ganze Anzahl, jedenfalls zu meiner Zeit. Schau mal, Adjudant, es ist wirklich ganz einfach. Halte deine Eßstäbchen so, dann kannst du alles damit aufnehmen. Siehst du das Stückchen Fleisch neben de Giers Schüssel? Ich werde es nehmen.«

Cardozo steckte das Fleisch zwischen die Zähne und kaute.

»Es ist ein Knochen drin«, sagte de Gier. »Ich habe auch schon ein Weilchen darauf herumgekaut. Gut, also Gustav fährt eine Corvette. Kein Alibi für die vergangene Nacht. Aber er liebt die Frauen nicht, sondern nur das Geld, das sie ihm geben. Er schläft allein in seinem mit städtischen Mitteln restaurierten Giebelhaus aus dem siebzehnten Jahrhundert.«

»Hol ihn der Teufel!« sagte Cardozo, den Mund voller Nudeln.

»Wie bitte?« fragte Grijpstra.

Cardozo schluckte. »Handschellen. Schleppt ihn zum Revier. Er hat das Motiv und die Gelegenheit, also haben wir einen begründeten Verdacht. Ich sage, Gustav ist unser Mann. Er liebt die Großwildjagd, mit einer Kanone in Afrika. Warum sollte er also nicht einen Konkurrenten mit einer Maschinenpistole jagen? Brigadier Jurriaans hat recht, wir sind von der Mordkommission, und hier ist das Viertel. Da geht alles. Die hiesigen Polizisten sind leicht einzuschüchtern, aber wir sind Außenstehende. Hol ihn der Teufel, sage ich, und . . .«

»Richtig«, flüsterte de Gier hitzig. »Schaltet den Klingelknopf in seiner Zelle aus. Nagelt ein Brett über das Fenster in seiner Tür. Vergeßt sein Essen. Füllt seinen Krug mit Seewasser. Prügelt den Bastard.«

»Nein, nein«, sagte Grijpstra.

Cardozo hörte auf, sein Nudelgericht zu schlürfen. »Warum nicht, Adjudant?«

»Weil das nicht die richtige Methode ist.«

»Und wenn wir es nur ein bißchen tun?«

»Ich muß nachts schlafen.«

»Der Himmel harret unser«, sagte de Gier. »Gustav und Lennie. Wie viele Feinde hatte Obrian? Nur die beiden? Was ist mit der Lady auf der gußeisernen Brücke mit den Löwenköpfen? Sie könnte einen Freund gehabt haben, einen Verwandten, einen Sohn. Rache, versteht ihr. Wir denken immer nur an Habgier und Neid. Vielleicht war's ein schwarzer Seelenbruder, den Obrian in die Gosse gestoßen hat? Ein Heroinhändler, der von Obrian gelinkt worden ist? Oder einfach moralische Entrüstung? Irgendein gutmeinender Kerl, der die Waffe abfeuerte?«

Grijpstra hielt inne in seinem Bemühen, den Reis mit dem dicken Ende der Eßstäbchen einzuschaufeln. »Wir haben noch nicht einmal angefangen zu denken. Von dem Toten wissen wir auch nichts. Er hatte ein Haus. Es wird noch nach ihm riechen. Ich möchte hingehen und schnüffeln. Vielleicht jetzt? Wenn Cardozo die Rechnung beglichen hat?«

»Später«, sagte de Gier. »Ich bin spät zu Bett gegangen und früh aufgestanden. Ein Nickerchen.«

Cardozo zahlte. »Zum *Hotel Hadde* müssen wir auch, heute abend vielleicht. Es hat die ganze Nacht geöffnet, und die Bar ist ein Treffpunkt der Zuhälter. Vielleicht werden wir etwas erfahren.«

»Ein Nickerchen.«

»Und das Leichenschauhaus«, sagte Grijpstra. »Dort werden sie inzwischen Obrians Taschen durchsucht haben. Danke, Cardozo. Ich mochte das Essen nicht. Und weil du mich hierhergeschleppt hast, kannst du jetzt einige Stunden allein verbringen. Schau dich um. Tu mal mehr, als wir von dir normalerweise erwarten können.«

»Und du?«

»Ich gehe spazieren«, sagte Grijpstra. »Ich wollte es schon vorhin, aber da fühlte ich mich nicht wohl. Jetzt geht es mir besser. Wenn ich zurückkomme, wecke ich den Brigadier.«

»Auf diese Weise sind wir alle beschäftigt«, sagte de Gier.

De Gier ging als erster durch die Tür und stolperte an der Schwelle. Er stieß einen kleinen, alten Mann an, der auf dem schmalen Bürgersteig vorbeischlurfte, auf seinen Stock gestützt. Der alte Mann konnte sich kaum auf den Beinen halten.

De Gier entschuldigte sich.

Der alte Mann, den kleinen Kopf unter der breiten Krempe seines Filzhuts versteckt, ging langsam weiter. Grijpstra stellte sich neben de Gier. »Kann der keinen besseren Mantel bekommen? Die Sozialfürsorge expandiert von Jahr zu Jahr. Ich dachte, mottenzerfressene Lumpen seien passé.«

»Alter Säufer«, sagte de Gier.

»Ein Ausländer«, sagte Cardozo. »Die bekommen keine Unterstützung. Vielleicht sollte ich ihm nachgehen und ihn zur Heilsarmee bringen. Mijnheer?«

Der alte Mann watete durch eine schlammige Pfütze, wobei er wütend mit dem Stock auf die Platten des Bürgersteigs stieß.

»Laß ihn ziehen«, sagte Grijpstra. »Es ist nicht deine Aufgabe, alte Landstreicher zu retten.«

5

Der Commissaris bog um eine Ecke und ging wieder langsamer. Die Atmosphäre in diesem Viertel wurde durch das schöne Wetter kaum verbessert, die Gasse, in der er sich befand, war grau und übelriechend, ein Abwassersiel, dachte er, durch das Zwei- und Vierbeiner schlichen.

Ältere Frauen putzten mit schmutzigen Lappen noch schmutzigere Fensterscheiben, das Quietschen von Dreck auf Dreck paßte zu den schrillen Stimmen, die stritten oder klagten. Verkaterte Gäste schlurften aus schäbigen Stundenhotels und starrten blicklos in das trübe Tageslicht. Ein Straßenhändler schob einen Karren und schrie heiser aus einem zahnlosen Mund zwischen eingefallenen, stoppeligen Wangen: »Radieschen und Räucheraal.«

Eine Katze auf hohen Beinen rieb sich am Stock des Commissaris und warf aus leuchtendgelben Augen einen schrägen Blick nach oben. Der Commissaris kraulte das glänzende Fell des Tieres.

»Haben wir uns nicht schon mal gesehen?«

Die Katze miaute leise.

»Ja. Heute morgen im Olofssteeg.« Der Commissaris erschauderte heftig, als ein stechender Schmerz in seinem Schenkel entbrannte und bis zu den Hüftknochen reichte. Er konzentrierte sich auf die Katze, streichelte ihr den Hals und spürte, wie der weiche Körper unter seiner Hand vibrierte.

»Nicht genug Liebe?«

Die Katze glitt davon und lief voraus, sie blieb stehen und sah sich um, bevor sie um die nächste Ecke bog.

»Liebe dürfte hier kaum zu finden sein«, murmelte der Commissaris und folgte der Katze.

»He, Opa«, sagte eine weibliche Stimme. Der Commissaris schaute nach oben. Eine junge Frau, vielleicht ein Mädchen, beugte sich in der ersten Etage aus einem Fenster. Er sah, wie ihre Brüste hüpften. »Er nimmt mich von hinten«, sagte das Mädchen, »und ich muß warten, bis er fertig ist. Willst du dich inzwischen mit mir unterhalten?«

Der Commissaris konnte den Mann nicht sehen, aber er hörte ihn stöhnen. Er ging weiter, sein Stock kratzte über die Pflastersteine in der Gasse. Das Mädchen rief ihm nach: »Komm später wieder, Opa, ich bin heute billig.«

»Radieschen und Räucheraal.«

Etwas essen, dachte der Commissaris, und dann eine Stunde ruhiger Überlegungen in einem sauberen Zimmer. Er bog um die Ecke, um die vorher die Katze gelaufen war. Die Katze saß wartend am Rande des Bürgersteigs und leckte an einer Pfote. Sie sprang auf, als sie ihn sah, und lief weiter.

Sie führt mich, dachte der Commissaris. Die Gasse endete am breiten Oosterdok. Er ging am Wasser entlang unter hohen Ulmen mit ihrer stolzen Last kleiner, frischer grüner Blätter. Eine alte Frau, in einen Plaid gehüllt, zerkrümelte Brot für quakende Enten, die einander bespritzten, um rasch an das kostenlose Mittagsmahl zu gelangen. Zwei kleine Jungen, der eine hellhäutig mit langem blondem Haar, der andere schwarz mit glänzenden Augen unter einem Krauskopf, paddelten in einer Plastikbadewanne. Die Katze stand neben ihm, stützte die Vorderbeine auf einen Stapel Ziegelsteine und fauchte die schnatternden Enten an. »Nicht ganz deine Kragenweite«, sagte der Commissaris, »versuch's mit einem Spatzen.« Einige Spatzen waren auch da und hüpften nach Krumen.

Ich brauche wirklich etwas zu essen, dachte der Commissaris. Sein ursprünglicher Plan, als Landstreicher im Schlafsaal der Heilsarmee unterzukommen und sich den Klatsch anzuhören, war dahingeschwunden. Im Geiste sah er einen Steinkrug mit silberner, klirrend kühler Tülle, aus der kalter Genever in ein hochstieliges, tulpenförmiges Gläschen lief. Er sah auch heißen Toast, dick mit Butter bestrichen, belegt mit weißen und rosa Aalscheibchen, dekorativ umgeben von Radieschenscheiben und Gürkchen. Er schaute sich um und suchte nach dem Schild eines ansprechenden Lokals, aber er sah nur die frisch gestrichenen Fenster hoher Giebelhäuser, die einander in uraltem Vertrauen stützten. Er lüftete den Hut und sprach eine alte Frau an. »Gibt's hier ein kleines Hotel? Wo das Essen gut ist?«

Die Frau betrachtete zweifelnd die an den Säumen geborstene Ledertasche, die an seiner gestikulierenden Hand baumelte. »Darf es einige Cents kosten?«

»O ja.«

Sie zeigte ihm die Richtung. »Recht Boomssloot. Fragen Sie nach Nellie. Drittes Haus rechts.«

»Ich bin Ihnen sehr verbunden.«

»Zimmer« stand auf dem Schild in vier Sprachen. Das Schild

war hübsch beschriftet und hing an einer frisch gestrichenen schweren Stange, die in einer Kupferkugel endete. Der Commissaris bewunderte das schmale, fünfstöckige Haus mit seinen hölzernen Blumenkästen voller rosa Geranien, die an jedem Fenster angebracht waren. Die dunkelbraunen Ziegelsteine schimmerten, und die weiß eingefaßten Fensterbretter und Türpfosten bildeten einen schönen Kontrast zum Rosa der Vorhänge. Ein ziemlich fleischiges Rosa, dachte der Commissaris, aber was ist schlimm an Fleisch? Die Katze hatte das Interesse verloren und tänzelte mit erhobenem Schwanz davon.

Der Commissaris stützte sich auf seinen Stock und versuchte sich zu erinnern, warum ihm das Haus bekannt vorkam. War er hier schon mal gewesen? In dieser Straße hatte es einen Mord gegeben, vor einigen Jahren, aber auf der anderen Seite des Wassers, dachte er, und weiter runter. Rosa? Was war rosa in dem Fall gewesen, der inzwischen anständig gelöst und längst vergessen war? Er bemühte sich, sein langsames Gehirn zu aktivieren, und war bekümmert über den altersbedingten Verfall der Zellen.

Aal auf Toast.

Ich will jetzt nicht ans Essen denken, sagte sich der Commissaris. Aber warum eigentlich nicht? Was auch immer rosa gewesen war, würde ihm später einfallen. Er klingelte. Die Tür wurde durch einen Summer geöffnet.

»Herein«, rief eine volltönende Frauenstimme. »Ich bin in meinem Büro, links, kommen Sie herein.«

Der Commissaris schleppte sich weiter, müde vom langen Gehen und vom zunehmenden Gewicht seiner Tasche. Er trat mit der Schuhspitze gegen die Türschwelle des Raums und mußte sich zwingen, den Fuß zu heben. Er nahm den Hut ab. »Ich suche für einige Nächte ein Zimmer.«

Sie antwortete nicht gleich, und er sah sie ruhig an, den Hut in der einen Hand, die andere um den Griff der Tasche geklammert. Die Brüste der Frau, eingezwängt in ein enges Jerseykleid, kamen ihm abnorm groß vor; er hatte das Gefühl, als zeigten die massiven Hügel auf ihn mit ihren aggressiven Warzen, die durch das dünne Material schwollen. Sie lächelte, und er sah das Weiß ihrer starken Zähne, die aus dem gesunden Zahnfleisch ragten. »Dieser Laden ist nicht billig, Opa.«

»Macht mir nichts aus.«

»Sind Sie da so sicher? Sind Sie in der Stadt, um Verwandte zu besuchen? Es gibt preiswerte Zimmer, gar nicht weit von hier.« Ihre Hand berührte das Telefon. »Soll ich versuchen, Ihnen eins zu besorgen?«

»Ich habe Geld.« Der Commissaris stellte die Tasche ab und zog die Brieftasche.

Sie zeigte auf einen Stuhl. Er schüttelte den Kopf. »Kann ich das Zimmer sehen? Ich möchte mich gern ein wenig hinlegen und dann vielleicht etwas essen.« Er trat vor, legte die Brieftasche auf den Schreibtisch und zog seine Zigarrendose heraus. »Haben Sie etwas dagegen, wenn ich rauche?«

Sie zündete ein Streichholz an. »Sie können tun, was Sie wollen, solange Sie im voraus bezahlen.« Ihre Brüste waren nahe, und er hatte Mühe, ihr in die Augen zu schauen. Er wußte jetzt, wer sie war, und er fragte sich, ob er sie erinnern sollte. Sie war damals vertrauenswürdig gewesen, warum jetzt also zimperlich sein?

»Nellie?«

Sie lächelte. »Hat Ihnen jemand meinen Namen gesagt?«

Der Commissaris setzte sich. »Denken Sie mal nach. Fünf, nein, sechs Jahre muß es her sein. Ein Straßenhändler, der auf der anderen Seite bei seiner Schwester wohnte, wurde mit einer Art Morgenstern umgebracht, der an der Spitze einer Angelrute befestigt war. Damals herrschte Unruhe auf den Straßen, und die Polizei bekämpfte die Aufrührer, deshalb brachte mein Adjudant mich hierher. Aber Sie hatten kein Hotel, sondern eine Art Bar.«

Sie schlug die Hand vor den Mund.

»Sie kochten uns Kaffee. Adjudant Grijpstra hatte einen bösen Husten, und Sie gaben ihm Sirup zu trinken.«

Sie stand auf und ging um den Schreibtisch herum. »Und ich habe Sie einfach stehenlassen und Sie Opa genannt.«

»Tja.« Er berührte seinen schäbigen Mantel. »Ich sehe ein bißchen seltsam aus. Kann ich bleiben? Falls ja, dürfen Sie niemand sagen, wer ich bin. Es hat wieder einen Mord gegeben, im Olofssteeg, und ich arbeite eine Weile allein.«

Sie senkte die Stimme. »Ich weiß. Luku Obrian ist erschossen worden. Weiß niemand, daß Sie hier sind?«

»Angeblich bin ich auf Urlaub.« Er verfehlte den Aschbecher. »Verzeihung. Nur meine Frau weiß Bescheid. Es ist wohl besser, wenn ich sie anrufe.«

»Henk weiß es auch nicht?«
»Henk?«
»Ihr Adjudant. Henk Grijpstra. Gewiß haben Sie es ihm gesagt.«
Richtig, dachte der Commissaris. Ich habe es mir damals gedacht. Henk und Nellie, eine Romanze. Und Nellie war Prostituierte, die ihre Gäste in einer gemütlichen Bar ohne Lizenz bewirtete. Das ist zwar nicht ganz in Ordnung, aber auch ein Adjudant hat sein Privatleben.
»Nein, Grijpstra weiß es nicht.«
»Trauen Sie ihm nicht?«
Er nickte. »Doch, selbstverständlich, aber dieser Fall ist nicht gut, und ich ziehe es vor, daß wir ihn von verschiedenen Seiten aus betrachten. Wir werden uns später sehen, wenn sich der Verdacht ein wenig gefestigt hat. Ich brauche einige Tage, vielleicht länger.«
»Also nein, wirklich«, sagte Nellie, »und ich mache mir Gedanken, ob Sie bezahlen können.«
Er lächelte. »Das sollten Sie auch, dies Hotel ist viel zu gut für Landstreicher, aber ich will versuchen, Ihnen nicht im Wege zu sein.«
Sie verbarg Nase und Mund hinter ihrer Hand. Ihre Augen blinzelten.
»Ja?«
»Von wegen Landstreicher«, sie lachte laut auf. »Ein Spitzenbeamter, der jährlich ein Vermögen verdient. Es ist mir eine Ehre, Sie hierzuhaben, Mijnheer.«
Er lachte ebenfalls. »Ich bin froh, daß Sie Ihre Bar losgeworden sind. Wie gefällt es Ihnen, sich hier um alles zu kümmern?« Er machte eine ausholende Handbewegung. »Es sieht so hübsch aus.«
Sie schob die Unterlippe vor. »Erst kam ich zurecht, aber dann fiel es mir von Nacht zu Nacht schwerer. Bah!« Sie schüttelte den Kopf. »Ich habe zum Schluß zehnmal täglich gebadet und mich auch übergeben. Die vielen Hände, die einen überall betatschen.« Sie klopfte sich auf die Hüften. »Ich war auch dünner geworden, stand mir besser, aber innerlich war ich völlig durcheinander. Ich mußte aufgeben. Das Geld steckte ich in das Hotel, aber allmählich kommt es wieder rein, die meisten Gäste zahlen bar, so daß es nicht in meinen Büchern auftaucht. Henk hat jetzt auch ein gutes

Gefühl. Er hat sich zwar nicht beklagt, aber eine Frau, die ein horizontales Gewerbe betreibt, ist nicht ganz das, womit ein Beamter wie Henk ausgehen sollte oder, na ja . . .« Sie rieb sich die Wange. »Ich bin seine Freundin, wissen Sie.«

»Ich weiß.«

»Commissaris?«

»Ich denke, Sie sollten mich jetzt nicht so anreden.«

»Nein, weil Sie inkognito arbeiten, stimmt's? Lieber ›Opa‹?«

Er hob die Hand. »So alt bin ich nun auch nicht.«

»Papa? Aber wir sind einander gar nicht ähnlich.«

»Jan«, sagte der Commissaris. »So heiße ich, aber nur meine Frau nennt mich so. Onkel Jan? Aus Utrecht? Zu Besuch bei seiner Nichte? Wie wäre das?«

»Gut«, sagte Nellie. »Onkel Jan, und wegen des Geldes wäre es mir lieber, wenn Sie nicht zahlen würden. Henk hätte es nicht gern, da bin ich mir sicher.«

»Nein.« Der Commissaris öffnete seine Brieftasche. »Ich muß zahlen. Was nehmen Sie pro Tag?«

Sie nannte einen Preis. »Aber Sie können mir die Hälfte geben.«

»Nein.« Er zählte die Scheine. »Hier, drei Tage im voraus.«

Das Zimmer war im ersten Stock, tadellos sauber mit einem großen, behaglichen Bett, auf dem eine rosa Häkeldecke lag, auf dem Nachttisch eine rosa Rose in einer schlanken Vase.

»Rosa ist Ihre Lieblingsfarbe, nicht wahr?«

»Die Farbe meines früheren Gewerbes, damit ich nicht vergesse.« Sie drückte seinen Arm. »Ehemalige Huren werden hochnäsig, wissen Sie. Henk mag das nicht. Er mag es lieber, wenn ich ruhig bin und ihm zuhöre. Nebenan ist das Bad. Henk hat die Fliesen gelegt, und dann haben wir es zusammen gestrichen; es hat seinen eigenen Wasserboiler. Sie können so oft baden, wie Sie wollen, das heiße Wasser ist im Preis einbegriffen.«

»Wunderschön«, sagte der Commissaris. »Ich hatte keine Ahnung, daß Grijpstra so geschickt ist. Darf ich auch den Rest des Hauses sehen? Sie haben nicht zufällig eine Hintertür, oder? Damit ich rein und raus kann, ohne gesehen zu werden?«

Nellie führte ihn am Arm die Treppe hinunter durch die Küche in den kleinen Garten.

»Ist das die Pforte?«

»Nein, sie führt in den Garten meines Nachbarn.« Sie kicherte.

»Noch ein Onkel, er nennt sich Wisi und ist schwarz, aber wir sind gute Freunde, und ich bin sicher, er läßt Sie seinen Ausgang benutzen.«

Der Commissaris bewunderte die Salatpflanzen und die Tomaten, die an der Mauer wuchsen. »Meine Frau sollte die sehen, mit unseren haben wir nie Glück. Ein Schwarzer, sagten Sie? Aus dem Westen?«

Sie pflückte eine kleine Tomate, spülte sie unter dem Wasserhahn ab und gab sie ihm. »Ja, aber er ist nicht mit den anderen gekommen. Er ist schon lange hier, er kam, bevor ich geboren wurde. Sie kennen ihn vielleicht, er hat früher Gemüse auf dem Straßenmarkt verkauft.«

Der Commissaris stieß seinen Stock vorsichtig in die Erde. »Warten Sie mal. Weißes Haar? Trägt einen Umhang und ein Käppchen aus Glasperlen?«

»Genau das ist er.« Sie lachte. »Sie kennen wohl jeden, nicht wahr, Onkel Jan?«

»Das ›Sie‹ lassen wir besser weg, sonst glaubt uns keiner den ›Onkel‹. Aber zu deiner Frage, zum Glück übertreibst du, daß ich jeden kenne. Ich habe den Mann jedoch früher schon mal gesehen. Hatte er nicht ein Hausboot auf der Prinsengracht? Er hielt auch Tiere? Ich glaube, ich erinnere mich an einen Esel, an einen Fuchs oder Wolf und an Vögel. An Vögel erinnere ich mich genau.«

»Ja, aber das muß schon eine Weile her sein. Und er hat jetzt noch Tiere, aber nicht sehr viele.«

Der Commissaris schaute auf seine silberne Taschenuhr. »Ich habe Appetit auf ein kleines Mittagessen. Gibt es ein Restaurant, das du empfehlen kannst?«

»Ja. Hier.« Nellie machte eine ausholende Armbewegung in Richtung Küche. »Ich werde etwas zu essen machen, und du kannst, wenn du möchtest, im Garten sitzen und die Sonne genießen.« Sie brachte ihm einen Stuhl und holte einen kleinen Tisch aus dem Haus. »Henk ißt auch gern draußen. Was möchtest du? Viel Auswahl habe ich heute nicht. Vielleicht Spiegeleier? Auf Toast mit etwas Roastbeef? Oder Räucheraal? Mit Salat, ja?«

»Ja.« Der Commissaris rieb sich die Hände, während sie den Tisch deckte. »Hast du auch Radieschen? Und kalten Genever, zur besseren Verdauung?«

Warum klagen die Leute so viel? dachte der Commissaris beim Essen. Das Leben ist wirklich nicht so schlecht, und mit einem bißchen Geduld bekommt man so ziemlich alles, was man sich wünscht. Ich dachte schon, ich müßte auf der Straße herumlungern und mir ganz und gar deplaciert vorkommen. Penner spielen ist nicht einfach. Aber man muß nur fähig sein, seine Wünsche auszudrücken, wie etwa Räucheraal auf Toast, damit das Schicksal weiß, was es zu bescheren hat.

»Du scheinst glücklich zu sein«, sagte Nellie.

Der Commissaris hob sein Glas. »Bin ich auch. Auf dein Wohl.«

»Henk ißt auch gern«, sagte Nellie, »und er liebt den Garten. Ich mag Männer, die es verstehen zu genießen. Aber er kommt nicht sehr oft. Wie geht es seiner Frau?«

Der Commissaris zeigte auf seinen Mund, den er soeben mit Salatblättern vollgestopft hatte. Er kaute eifrig.

»Kennst du seine Frau?« fragte Nellie.

»Nur flüchtig.«

Nellie interessierte sich plötzlich für den Saum ihrer kleinen Schürze. »Ist sie nicht ziemlich dick?«

Der Commissaris stopfte den Mund wieder voll.

Nellies Finger zupften am Schürzensaum. Sie schaute nach unten. »Ich habe auch Gewichtsprobleme, aber Henk mag es nicht, wenn ich zu viele Pfunde draufhabe, deshalb sehe ich mich vor.« Sie machte gymnastische Bewegungen. »Jeden Morgen gibt's im Radio Gymnastik mit Musik. Manchmal verrenke ich mich dabei ganz. Irgendwie schade, ich mag so gerne Fruchttorte mit Sahne.« Sie klopfte sich auf die Hüften. »Aber die Sahne macht dick. Doch was soll's. Er kommt sowieso nicht sehr oft.«

»Sein Pflichtgefühl«, sagte der Commissaris. »Die Kinder brauchen einen Vater im Haus.«

»Aber werden die nicht allmählich erwachsen?« Nellie holte einen Stuhl unter der Küchentreppe hervor und klappte ihn energisch auseinander. Sie setzte sich an die andere Seite des Tisches. »Ich will ja nicht einmal, daß er bei mir wohnt, obwohl das gar keine schlechte Idee wäre. Er brauchte nicht einmal mehr zu arbeiten, sondern könnte um seine vorzeitige Pensionierung bitten. Er sagt immer, er möchte malen, aber sein Haus sei so voll, daß er keinen Platz habe. Er könnte meinen Keller haben oder draußen sitzen, wenn das Wetter wie jetzt ist.«

Der Commissaris steckte eine Zigarre an. »Ein ausgezeichnetes Essen, Nellie. Ich danke dir sehr.«

»Noch ein Schnäpschen?«

»Nein, danke.«

»Kaffee? Er dürfte jetzt fertig sein.«

Der Commissaris betrachtete ihre schlanken, gepflegten Hände, die auf der Tischdecke miteinander spielten. »Ich arbeite, Nellie, auch wenn du es nicht glaubst. Es geht um diesen Obrian, den Mann, der heute früh erschossen wurde. Kanntest du ihn?«

»Ich bin froh«, sagte Nellie, »daß ich ihm nie wieder begegnen werde. Es ist natürlich eine Sünde, aber ich hoffe, daß Luku Obrian zur Hölle fährt. Er war schlimmer als die schlimmsten Kerle, die man hier sieht. Wenn der Schweinehund mit seinen großen feuchten Augen eine Frau anschaute, dann konnte sie ihre Zukunft vergessen und alles andere auch. Er wollte einen nur so lange ausnutzen, bis er genug hatte, weil man dann für ihn nichts mehr wert war.«

»Er war Zuhälter, nicht wahr?«

Nellies Knöchel knackten, als sie an den Fingern zerrte. »Na klar. Ich weiß alles über Zuhälter, hatte selbst einen, als ich anfing. Er konnte prima reden, aber er war wie alle anderen, nur hinter dem Geld her, um es mit anderen auszugeben. Wenn man denen erst in die Hände gerät, kommt man nicht mehr heraus, und als meiner ein Messer in seinen reizenden flachen Bauch kriegte, schwor ich mir, nie wieder einen zu nehmen.«

»War Obrian auch hinter dir her?«

Sie schaute auf. »Wie kommst du denn darauf?«

Der Commissaris zerknüllte seine Papierserviette. »Tja, er war Zuhälter, oder? Und er kannte dich, und du bist eine attraktive Frau. Ich frage nur. Polizisten fragen immer. Ich wollte dich nicht beleidigen.«

Nellie lachte. »Du bist ein Bulle, nicht wahr? Wer hätte das je gedacht?« Sie schob die Hand über den Tisch und berührte seine.

Der Commissaris lächelte. »Grijpstra ist ebenfalls ein Bulle.«

»Ja. Ich kann es kaum glauben. So ein lieber Kerl. Der ideale Vater, und du wärest der passende Großvater.«

»Na, na.«

»Nur wenn du dich komisch anziehst. Alte Kleidung läßt dich

älter aussehen, aber ohne den Mantel siehst du schon viel jünger aus.«

Der Commissaris wartete.

»Du hast recht«, sagte Nellie, »Obrian war hinter mir her.«

»Wie hast du ihm Widerstand leisten können?«

»Ich hatte Henk.«

»Selbstverständlich«, sagte der Commissaris leise. »Daran hatte ich nicht gedacht.«

»Und Brigadier Jurriaans«, sagte Nellie. »Er ist sehr stark und kommt manchmal auf einen Kaffee herein, immer in Uniform.«

Sie hielt seine Hand. Der Commissaris zog sie zurück und reckte sich. »So ruhig hier, und dennoch sind wir mitten in der Stadt.«

»Solltest du jetzt nicht ein Nickerchen machen? Henk ruht sich immer nach dem Essen aus.«

»Nein«, sagte der Commissaris, »aber weißt du, was ich jetzt gern hätte? Ein heißes Bad. Ich habe manchmal Rheuma, und heißes Wasser läßt den Schmerz vergehen.«

»Geh nur.« Nellie räumte den Tisch ab.

»Ja, bitte?« fragte der Commissaris in der Wanne.

Nellies Hand erschien mit einem Silbertablett. »Ich dachte, du hast gegen eine weitere Tasse Kaffee nichts einzuwenden.«

»Danke, sehr gern.«

»Darf ich einen Augenblick hereinkommen? Ich guck auch nicht hin.«

Sie nahm Platz auf einem Schemel neben der Wanne. Der Commissaris richtete sich vorsichtig auf, darauf bedacht, die Zigarre trockenzuhalten.

»Ich bin manchmal einsam«, sagte Nellie. »Es ist angenehm zu wissen, daß jemand im Haus ist. Die Gäste zählen nicht, und gegenwärtig sind sowieso keine hier. Ist das Wasser heiß genug?«

»Es wird kühler. Würdest du bitte den Hahn aufdrehen?«

Nellie streckte die Hand zum anderen Wannenende aus. »Der Wasserbehälter ist riesig, du kannst den ganzen Tag lang baden.«

»Gut zu wissen«, sagte der Commissaris. »Heißes Wasser ist so ziemlich das einzige, auf das der Schmerz reagiert. Ich sag dir was, Nellie, ich denke immer noch an Obrian. Er wurde mit einer Maschinenpistole erschossen. Hast du eine Ahnung, wer eine so ungewöhnliche Waffe benutzt haben könnte?«

Nellie stützte das Kinn auf die Hand. »Ein Zuhälter, wer sonst? Luku riß alles an sich, die anderen konnten seine Habgier nicht einfach hinnehmen. Leben und leben lassen, von dieser Idee hat Luku nie gehört.«

»Mit einer Maschinenpistole«, wiederholte der Commissaris. »Ist schon seltsam, wie? Wer könnte so eine Waffe haben?«

»Es ist schwierig, damit umzugehen. Sie ruckt so in den Händen.«

»Du kennst etwas vom Schießen?«

»Ein bißchen«, sagte Nellie. »Ich bin eine Bauerntochter. Mein Bruder und ich mußten Krähen schießen, um Papas Hühner zu schützen. Und eine Maschinenpistole habe ich auch benutzt. Im Krieg hatten wir deutsche Soldaten auf dem Hof. Damals waren wir noch Kinder, und ich erinnere mich kaum an die Soldaten, aber viele Jahre später fand mein Bruder ihre Ausrüstung, die mein Vater versteckt hatte. Gewehre, Handgranaten, Munition. Die Handgranaten machten Spaß, wir benutzten sie zum Fischen. Man wirft sie einfach hinein, es gibt eine Fontäne, so hoch«, sie zeigte nach oben an die Decke, »und dann kommen die toten Fische an die Oberfläche. Wir haben auch mal mit einer Maschinenpistole auf eine Krähe geschossen; nur zerfetzte Federn sind von ihr übriggeblieben.«

»Meine Güte, du warst ja ein gefährliches Mädchen. Wie alt warst du damals?«

»Vierzehn, glaube ich. Mein Vater war entsetzt, und der Ortspolizist kam und nahm die Schußwaffen mit. Mein Vater wäre bestraft worden, aber er hat selbst den Polizisten verständigt, deshalb ging alles gut.«

»Man sollte keine Schußwaffen haben.«

Nellie lächelte. »Nein? Bei den vielen Überfällen, die es gibt? In dieser Gegend?«

»Hast du eine Schußwaffe?«

Sie reichte ihm ein Badetuch. »Solltest du nicht herauskommen? Wenn du zu lange drin bleibst, wirst du ganz knitterig. Schau mal deine Finger an.«

»Ja«, sagte der Commissaris. Er stand mit Mühe auf und wickelte sich in das Badetuch. Nellie schaute weg. »Ich bin jetzt verhüllt«, sagte der Commissaris. »Sag mal, denkst du an einen Bestimmten?«

»Wer könnte Obrian erschossen haben? Lennie, würde ich meinen, oder Gustav. Sie haßten ihn am meisten. Hier, laß mich deinen Rücken abtrocknen.«

»Nein«, sagte der Commissaris und wandte sich ab. »Was ist, wenn Henk plötzlich hereinkommen und uns so sehen würde?«

Sie lächelte traurig. »Ich wollte, er käme. Er hat selbst schuld. Abwesenheit hilft unserer Beziehung nicht sehr.« Sie folgte ihm in sein Zimmer und schlug die Bettlaken auf. »Schlafenszeit, Onkel Jan.«

»Nein. Ich werde mich nur hinlegen und nachdenken.«

Sie ging zur Tür. »Das sagt Henk auch, und dann schnarcht er stundenlang.«

»Ich nicht«, sagte der Commissaris zu sich selbst. »Es ist eine Frage der Selbstdisziplin. Mit Willenskraft den Schlaf verdrängen und das davorliegende Traumland betreten, in dem sich alle Fakten miteinander verbinden.« Er seufzte, schloß die Augen und schlief ein.

6

De Gier schlief auf der mit rotem Plastik bezogenen Couch in der Wohnung des Einbrechers. Er hatte die Vorhänge zugezogen, bevor er sich hinlegte. Speicheltropfen kühlten seinen Schnurrbart, und er drehte sich auf die Seite, als die Tür quietschte. Er war noch zu verschlafen, um ganz aufzuwachen, oder vielleicht lähmte ihn die Furcht; diese Möglichkeit fiel ihm später ein, allerdings machte er sich nicht die Mühe, sie zu bestätigen.

Ob er träumte, blieb ebenfalls unklar. Er sah eine schwarze Form, die er als Vogel deutete, als Geier. Der Geier ging nicht, sondern er hüpfte. Jeder Hüpfer brachte ihn näher an die Couch heran. Der Geier sah aus wie der Vogel, den er am frühen Morgen auf der Antenne im Olofssteeg gesehen hatte. Dieser Geier war jedoch beträchtlich größer, noch größer als die Greifvögel im Zoo, hockende, traurige gefiederte Körper, die trübselig auf eine feindselige Welt starrten.

Der Geier hatte es nicht eilig. Der Brigadier hörte, wie die Füße auf dem Linoleum kratzten. Er sah die ungeschickt flatternden

Schwingen. Er bemerkte auch den unheilvoll gekrümmten Schnabel und die bösen Augen, umgeben von trockenen Hautfalten.

Szenenwechsel im Traum. Der Brigadier lag in einer gelblichweißen Wüste unter sengender Sonne. Der Geier hüpfte näher, beugte sich über den entkräfteten Körper und starrte neugierig nach unten. Geier warten nicht, bis man tot ist, dachte der Brigadier, die kommen gleich zur Sache, meißeln den Schädel auf, reißen das Gehirn heraus, hacken drauflos.

Er dachte auch, daß der Vogel ein Aspekt von ihm selbst sein konnte, der das Böse in ihm repräsentierte, ein Wesen, das sich wegen seiner falschen Lebensweise gebildet hatte und jetzt stark genug war, sich abzuspalten und eine eigene Gestalt anzunehmen.

Daß er sich fürchtete, war ihm klar. Aber die Impulse, die sein Gehirn aussandte, verbanden sich nicht miteinander.

Gelähmt vom Schrecken, versuchte er, sich auf das Gefühl der Nässe am unteren Ende seines Schnurrbarts zu konzentrieren; es war der einzige Körperteil, dessen er sich noch bewußt war. Seine Furcht war irgendwie komisch. Es war seltsam, daß er nichts tun konnte, um sich zu schützen. Hier bin ich, dachte der Brigadier, Judomeister der Amsterdamer Stadtpolizei, die tödlichste Pistole der Welt in der Armhöhle und bereit, in Fetzen gerissen zu werden.

Der schreckliche Vogel stand neben ihm, hochgereckt, den Kopf zurückgelegt, um kräftiger hacken zu können. Der Brigadier wollte schreien, brachte aber nur ein schwaches Piepsen zustande, das sofort im entsetzlichen Kreischen des Geiers unterging. Der beißende Einschlag betäubte seinen Kopf. Der wütende Vogel schlurfte davon, die Zimmertür knallte zu.

Der schmerzhafte und trotz der langen Einleitung ziemlich plötzliche Angriff hob seine vom Schlaf herrührende Lähmung auf. Der Brigadier stöhnte, setzte sich hin und schaffte es sogar, auf die Beine zu kommen und an die Fenster zu wanken, um die Vorhänge zu öffnen. Er sah, daß die Couch mit weichlich weißen Würmern bedeckt war, die auch auf seinen Schultern klebten und die Jacke hinabrutschten. Die Würmer brannten auf seinen Händen, und er schrie, als er versuchte, sie wegzuschnippen. Die Couch sah zu ekelhaft aus, und er wankte zu einem Stuhl. Er hörte, wie die Tür wieder geöffnet wurde, und versuchte aufzustehen, um sich gegen den zurückkommenden Vogel zu verteidigen.

»Was ist hier los?« fragte Grijpstra.

»Adjudant«, stammelte de Gier. »Adjudant. An die Gewehre!«

»Warum in aller Welt?« Grijpstra wollte sich auf die Couch setzen.

»Nein!«

Grijpstra betrachtete die Würmer auf dem roten Vinyl. »Was ist das für eine Schweinerei?«

»Mein Gehirn.«

»Sieht eher wie Spaghetti aus.«

»Schau, mein Blut auch.«

»Spaghetti mit Tomatensoße?« Grijpstra beschmierte einen Finger mit der warmen Flüssigkeit. »Noch heiß. Schmeckt gut. Warum hast du es weggeschüttet?«

»Ich wurde angegriffen. Von einem Geier. Während ich schlief«

»Dir wurde übel«, sagte Grijpstra. »Unwohl. Hast dich erbrochen, denke ich.«

»Nein, nein, nein.« De Gier griff sich an den Kopf. »Ich wurde getroffen. Von einem *Schnabel*. Von einem Vogel.« Er kniete vor dem Adjudant nieder. »Fühle meinen Kopf.«

»Niemals«, sagte Grijpstra im Bad, wo er de Gier beim Duschen zusah und versuchte, den unzusammenhängenden Erklärungen des Brigadiers zu folgen. »Tatsache ist nur, daß dir jemand mit einem Topf einen auf die Rübe geknallt hat.« Er ballte die Faust. »Klarer Fall von tätlichem Angriff. Soll ich die Revierwache verständigen? Wir brauchen einen Fingerabdruck-Spezialisten.«

»Nein.«

»Und was macht dein Kopf jetzt? Soll ich dich ins Krankenhaus bringen?«

De Gier zog sich ein sauberes Oberhemd über den Kopf. »Nein.« Er folgte dem Adjudant ins Wohnzimmer.

»Laß mich wenigstens saubermachen, ehe Cardozo zurückkommt, sonst geht alles von vorne los. Hol einen Eimer mit heißem Wasser und den Scheuerlappen, und ich mach sauber.«

Grijpstra wischte auf. De Gier saß am Tisch und versuchte, sich eine Zigarette zu drehen. Seine Hände zitterten. »Ich muß geträumt haben.«

»Ja, aber den Angriff hast du nicht geträumt, sonst hättest du keine Beule auf dem Kopf. Woher hast du die Idee mit dem Geier?«

»Es war ein Geier.«

Grijpstra brachte den Eimer hinaus und kam wieder. Er setzte sich neben den Brigadier, legte sein Notizbuch aufs Knie und zeichnete einen Vogel.

»Das ist er«, sagte de Gier. »Woher wußtest du?«

»Weil ich so einen Vogel im Olofssteeg gesehen habe, gleich nachdem die betrunkenen Seeleute die Schlacht verloren hatten. Ich schaute nach oben und sah über den Dächern einen Geier fliegen. Aber da es in diesem Land keine Geier gibt und nie gegeben hat, nahm ich an, daß ich mich irrte. Vielleicht war es ein Falke. Es gibt in der Stadt Falken, die Tauben jagen.«

»Ein Geier mit gelben Beinen und einem gelben Schnabel.«

»Richtig. Aber Geier sind hier noch nie gesehen worden.«

»Dieser wurde aber gesehen«, sagte de Gier. »Ganz deutlich, und er war auch hinter mir her und wartete auf dem Dach, bis ich schlief. Er schlich sich ein und hackte mit seinem verpesteten Schnabel auf meinen Kopf«

»Warum auch nicht?« sagte Grijpstra. »Schließlich ist alles möglich. Ich habe in der Stadt auch schon Kamele gesehen, die für Reisen nach Nordafrika Reklame machten, und Elefanten, die um einen Zirkus herum trompeteten. Aber warum sollte der Geier einen Topf mit Spaghetti tragen?«

De Gier versuchte, sich eine neue Zigarette zu drehen. Grijpstra nahm ihm Papier und Tabak aus den Händen. »Laß mich das für dich tun.« Er steckte de Gier die Zigarette zwischen die Lippen und schnippte sein Feuerzeug an. »Hier.« De Gier inhalierte und hustete. Grijpstra klopfte ihm auf den Rücken. »Du bist immer noch nicht ganz da. Armer Rinus. Schläft ruhig, kümmert sich nicht um anderer Leute Sachen, und siehe da, was passiert? Wie wäre es mit einer ordentlichen Tasse Kaffee?«

Grijpstra brachte den Becher. »Hier, einen halben Teelöffel Zukker, sieben Tropfen Milch, genau wie der Herr es mag. Leicht aus dem Handgelenk heraus umgerührt.«

De Gier starrte den Kaffee an.

»Aber trinken mußt du ihn schon selbst. Soll ich deine Hand festhalten?«

Cardozo kam herein. »Wird der Brigadier gefüttert?«

»Ich sage immer guten Tag, wenn ich ein Zimmer betrete«, sagte Grijpstra.

»Guten Tag«, sagte Cardozo. »Ich habe Neuigkeiten. Ich habe den verrückten Chris gefunden, als er einen Karren mit Aal und Radieschen schob. Der verrückte Chris hat den Verdächtigen gesehen, aber sein Gedächtnis ist etwas mangelhaft, zurückzuführen auf seine permanente Alkoholisierung, die, wie wir wissen, die Intelligenz nicht stimuliert. Ich rüttelte ihn ein bißchen, und er schaffte es, sich zu erinnern.«

»Woran hat er sich erinnert?«

»Daß der Verdächtige groß, schwarz, ungestalt und unheimlich war. Er trug ein schwarzes Cape und einen Schlapphut. Er ging den Zeedijk entlang nach Westen, also weg von der Revierwache. Sein Gang war irgendwie sprunghaft, und ihm fielen die Schuhe fast von den Füßen.«

De Gier ließ den Becher sinken.

»Du verschüttest alles«, sagte Cardozo. »Bitte. Wir bemühen uns, es hier sauberzuhalten.«

»Sah der Verdächtige einem Vogel ähnlich?« fragte de Gier.

Cardozo schaute Grijpstra an. »Er muß die Schmeisser unter dem Cape gehabt haben, und er hat wirklich seltsam ausgesehen. Ein wahnsinniger Mörder mit einer automatischen Waffe, ich meine, wir sollten versuchen, ihn zu schnappen.« Er nickte de Gier zu. »Was ist eigentlich mit dem Brigadier los?«

»Der Brigadier hat geträumt, er sei von einem großen Vogel angegriffen worden, hier im Zimmer, während er auf der Couch sein Nickerchen machte.«

»Bist du sicher, daß er nicht zufällig wach war?« fragte Cardozo. »Heute früh hat er drei rollschuhfahrende Herren gesehen. Ich bin sicher, der Psychiater kann eine geeignete Therapie empfehlen.«

»Komm her«, sagte de Gier. »Fühl mal meinen Kopf.«

Cardozo fühlte. »Eine Beule.« Er fühlte noch einmal. »Ziemlich groß.«

»Ein Schlag auf den Kopf«, sagte Grijpstra, »mit einem Topf voll Spaghetti und Tomatensoße. Das heiße Abendessen von irgend jemand. Ich habe die Schweinerei saubergemacht, und du wirst ermitteln, wer den Brigadier belästigt hat.«

Cardozo saß auf der Couch, die Ellbogen auf den Knien, das Kinn in den Händen. Er nickte heftig. Grijpstra betrachtete Cardozos hüpfende Locken.

»Was tust du da?«

»Ich konzentriere mich, Adjudant. Wenn die Spaghetti noch warm waren, kam der Täter hier aus der Nähe. Er hatte außerdem einen Schlüssel.«

»Stimmt sehr wahrscheinlich.«

»Ein Nachbar?«

»Möglich«, sagte Grijpstra. »Der frühere Bewohner lebte allein. Er könnte einem Nachbarn einen Zweitschlüssel gegeben haben.«

Cardozo zeigte auf den Fußboden. »Nur unten sind Nachbarn. Beiderseits vom Haus sind Kneipen, über denen keine Wohnungen sind.«

»Überlege weiter.«

»Soll ich den Nachbarn aufsuchen?«

Grijpstra lächelte ermutigend.

Cardozo sprang von der Couch hoch.

7

»Aha«, sagte Grijpstra. Er stand auf einem großen cremefarbenen Berberteppich, der zwischen Ornamenten aus stilisierten Blumen lag. Der Teppich bedeckte einen kleinen Teil des glänzenden Parkettbodens. Möbliert war das Zimmer mit einer großen Ledercouch, dazu passenden Sesseln und einem niedrigen Tisch mit einer Platte aus ziegelroten Kacheln. Auf dem Tisch stand eine Alabastervase mit frischem Flieder. Ein antiker Schreibsekretär stand an einer weißverputzten Wand. Das Zimmer nahm die gesamte erste Etage eines Patrizierhauses in der feinen Wohngegend an der Biegung der Keizersgracht ein. Durch hohe Bogenfenster aus leicht getöntem Glas sah man ein Jahrhundert alte Ulmen an der Vorderseite und durch eine Glasveranda einen gepflegten Garten an der Rückseite. In der Veranda standen mannshohe exotische Pflanzen in Tontöpfen. Im aufgeklappten Deckel eines Flügels aus Rosenholz spiegelte sich ein Bambusstrauch wider.

»Hat ein guter, einfacher Geschmack, verfeinert durch Geld, etwas mit Intelligenz zu tun?« fragte de Gier.

Grijpstra schlenderte umher, die Hände auf dem Rücken, die Halbbrille auf der Nasenspitze. Er unterbrach seine Runde, um ein Gemälde zu betrachten. Der schmale Silberrahmen enthielt ein tanzendes schwarzes Paar; der Mann hatte die Arme gehoben und tanzte mit schlanker Taille auf der Stelle, die zarte Frau ging mit tänzelnden Schritten um ihn herum. Die Gestalten waren nicht bis ins einzelne ausgeführt, sondern bestanden aus Farbsegmenten – hellrot, tropischblau, weiß und dunkelbraun. Die Tanzenden bewegten sich auf dem Hof eines flüchtig skizzierten Hauses, beschattet von Bäumen mit leicht gebeugten Stämmen und fröhlich winkenden Blättern. »Gut«, sagte Grijpstra. »Ich füge immer zu viele Einzelheiten hinzu, aber dieser Bursche hat gelernt, wie das Aufgesetzte zu vermeiden ist. Nur das Wesentliche zu erfassen, das ist nicht so leicht.«

»Wie lange hat Obrian«, fragte de Gier, »Besitzer dieses außerordentlichen, geschmackvoll arrangierten Ambientes, in unserem Land gelebt?«

»Fünf Jahre.«

»Und wieviel ist das Haus samt Inhalt wert? Rechne noch den Porsche mit allen Extras dazu. Ganz schön wohlhabend, oder?«

»Doch, und zwar reich, ohne einen Finger zu rühren.«

»Durch die Arbeit schwacher Frauen«, sagte de Gier. »Wenn Intelligenz die Fähigkeit ist, auf immer andere Umstände in einer Weise zu reagieren, daß jemand einen optimalen Gewinn erlangt, dann würde ich sagen, Luku Obrian war ein sehr kluger Bursche.«

Grijpstra hatte die Couch gefunden und legte sich in ganzer Länge darauf. »Aber er wurde mit einer Maschinenpistole ermordet, was irgendwie dumm ist.«

»Ein Augenblick der Unaufmerksamkeit?«

»Ein unglücklicher Augenblick«, sagte Grijpstra. »Solche Momente gibt es von Zeit zu Zeit. Schauen wir uns mal die Sache genau an. Ein Verbrecher kommt vor fünf Jahren ohne einen Cent in der Tasche über die Grenze zu uns. Aber er kennt die Sprache und hat Freunde. Sie gehen mit ihm in eine Bar; die Gesellschaft wird betrunken und erregt öffentliches Ärgernis. Eine Polizeistreife nimmt die Spaßmacher fest, und Obrian trifft seinen Gegner, unseren Brigadier Jurriaans. Jurriaans repräsentiert Gesetz und Ordnung des Vaterlandes, Obrian das rebellische Chaos der Kolonie. Wir sind auf Jurriaans Seite. Was sagt Luku zu uns? Daß er uns das Fürchten lehren will. Was er auch tut. Wie?«

De Gier schwenkte die langen Arme, bezog alle Teile im geräumigen Zimmer in die Bewegung ein. »Durch Diebstahl«, sagte der

Brigadier. »Alles hier ist gestohlen. Wir sind fassungslos, weil wir beraubt worden sind. Er nahm sogar unsere Frauen, versklavte die armen Geschöpfe, die wir so schätzen.«

Grijpstra schwang sich von der Couch und stellte sich vor den Brigadier, fest und unerschütterlich in seinen schweren Schuhen, die im Teppich versanken. »Ich glaube nicht, daß Schwarze dumm sind, aber ich meine, Obrian hatte Glück. Und da Glück irgendwo seinen Ursprung haben muß, würde ich gern wissen, woher es kam. Was können wir in diesem Haus noch durchforschen?«

»Hier«, sagte de Gier und öffnete eine Etage höher eine Tür. »Was haben wir denn hier?«

Gemeinsam betrachteten die Kriminalbeamten mit den Händen in den Taschen seltsame Gegenstände, die auf einem Gestelltisch aus ungehobelten Brettern lagen.

»Rattenschädel«, sagte Grijpstra. Er zählte. »Dreizehn insgesamt, sieben in einem Halbkreis und sechs in einem konzentrischen Halbkreis. Sowohl die Anzahl als auch die Art ihres Arrangements sollte von Bedeutung sein. Und das sind bunte Flicken, ebenfalls zu einem bestimmten Zweck hingelegt. Ich meine, er ging nicht mit Textilmustern hausieren, oder?«

»Und die kleine Statue stellt Christus dar«, sagte de Gier. »Jemand anders kann es nicht sein, auch wenn er mit einem Rock bekleidet und sein Gesicht rosa angemalt ist.«

»Eine Trommel«, sagte Grijpstra. Sie war aus flachgeklopften Büchsen hergestellt und straff mit Fell bespannt. Der Adjudant schlug mit dem Knöchel darauf. »Laß das«, sagte de Gier. »Bitte.«

»Durchdringender Klang«, sagte der Adjudant und stellte die Trommel behutsam wieder hin. »Etwas hoch.« Er zeigte mit dem Finger auf die rechte Seite des Tisches. »Wie würdest du das Konglomerat beschreiben?«

De Gier trat einen Schritt zurück. »Das Bild einer nackten Frau, die sinnliche Freuden erlangt, indem sie eine große Flasche Tomatenketchup umarmt. An ein Stück Treibholz geklebt, das in einer Gracht gefunden wurde, und eingefaßt mit Muscheln, die in die Kante gesteckt sind. Ein Altar, wie mir scheint, denn das alles ist auf einer Marmorplatte, die aussieht wie ein Bruchstück aus einer Kirchenruine. Der Penis und die Hoden sind eine zufällig so gewachsene Wurzel und richten sich auf die sich erregende Frau. Die Knochen stammen von einem Vogel und bilden das vollständige

Skelett eines Geiers von der Art, die wir schon kennen. Die mit Sand gefüllte Kupferschale ist ein Weihrauchgefäß.«

»Religiös?«

»Bestimmt«, sagte de Gier. »Spirituelle Symbole, auf bedeutungsvolle Weise kombiniert, außerdem geschmackvoll arrangiert; der Tisch wäre ein erstklassiges Exponat in einem Museum für moderne Kunst.«

Grijpstra nahm die Trommel wieder in die Hand. »Bitte, laß das«, sagte de Gier. »Ich mag die Vibrationen nicht, sie durchdringen meine Beule.«

»Ich werde nicht hart darauf schlagen.« Grijpstra kratzte über das Fell. »Kannst du dir vorstellen, was in diesem Zimmer vor sich ging? Obrian in ritueller Kleidung, bei Tagesanbruch oder Sonnenuntergang oder vielleicht um Mitternacht mit brennenden Kerzen? Er wiegt seinen Körper, eingehüllt in Weihrauchwolken? Er beschwört...«

»Das Glück?« fragte de Gier.

»Genau. Er produzierte sein Glück selbst, ganz konzentriert, aber nicht kugelsicher.« Grijpstra stellte die Trommel wieder hin. »Und jetzt möchte ich seine Leiche sehen.«

»Ich habe sie bereits in der Gasse gesehen.«

»Da war zu dem Zeitpunkt zuviel los. Im stillen, meine ich, aber du brauchst nicht mitzukommen.«

Der Wagen blieb hinter einem Möbelwagen stecken, der abgeladen wurde. Ein neuer Mercedes war ebenfalls steckengeblieben, zwischen dem Lastwagen und dem Volkswagen der Kriminalbeamten. De Gier zog das Mikrophon unter dem Armaturenbrett hervor. »Präsidium? Drei-vierzehn.«

»Ich höre, drei-vierzehn«, sagte eine Frauenstimme.

»Könntest du mir vom Rauschgiftdezernat den Ranghöchsten geben, der verfügbar ist?«

»Ich werde mein Bestes tun. Bist du es, Rinus?«

»Ja. Ich warte.«

»Drei-vierzehn? Hier Ober.«

»Mijnheer Ober«, sagte de Gier. »Ein dunkelblauer Mercedes mit elektronischer Benzineinspritzung, ich sage Ihnen die Zulassungsnummer.«

»Hab ich.«

»Ein Schwarzer am Steuer, in den Vierzigern, breitschultrig,

Afro-Frisur, goldener Ring im linken Ohr, begleitet von einer blonden jungen Frau, gefärbtes Haar, Pelzmantel, Jaguar.«
»Hab's notiert.«
»Kennen wir die?«
»Einen Augenblick.«
»Wir stehen hier bestimmt noch eine Weile«, sagte Grijpstra. »Die haben eben erst angefangen. Ich würde sagen, es sind knapp zehntausend Gegenstände in dem Wagen, die alle mehrere Treppen hoch geschleppt werden müssen.«
»Wir kennen das Pärchen nicht«, kam es aus dem Funkgerät. »Wollt ihr sie festnehmen?«
»Lieber nicht, Mijnheer, wir sind gerade mit einer Aufgabe beschäftigt.«
»Ich werde einen Wagen schicken.«
»Keizersgracht, Mijnheer, Ecke Berenstraat. Der verdächtige Wagen steckt zwischen uns und einem Möbelwagen fest.«
»Verstanden.«
Der Fahrer des Mercedes stieg aus und ging auf den Volkswagen zu. De Gier drehte sein Seitenfenster herunter und lächelte. »Könnten Sie bitte zurücksetzen?« fragte der Mann. »Dann können wir alle wegfahren. Wenn wir hier warten, wird es ewig dauern.«
»Nein.«
Der Mann zog die Augenbrauen hoch. »Warum nicht?«
»Im Zurücksetzen bin ich nicht gut.«
»Wollen Sie sich mit mir schlagen?« fragte der Mann.
De Gier machte sein Fenster zu. Der Mann klopfte an die Scheibe. De Gier starrte nach vorn. Der Mann zog am Türgriff des Wagens. Die Tür war verschlossen. Der Mann ging zur Wasserseite, schaute sich um und hob einen Ziegelstein auf. Er zeigte de Gier den Stein. De Gier stieg aus.
»Entweder setzen Sie zurück«, sagte der Mann, »oder ich hau Ihren Wagen kaputt.«
Zwei junge Männer in verblichenen Jeans und Lederjacken gingen auf den Mann zu. »Was ist hier los?«
»Dieser Herr«, sagte de Gier, »bedroht mich mit dem Stein. Er will, daß ich zurücksetze, aber ich warte lieber.«
»Kümmern Sie sich um Ihre eigenen Angelegenheiten«, sagte der Mann.

Die jungen Männer zeigten ihren Polizeiausweis.

»Und?« fragte der Mann.

»Sie sind festgenommen.«

»Paßt auf«, sagte de Gier. »Der Herr scheint ziemlich jähzornig zu sein.«

Die jungen Männer starrten den Mann an, bis er den Stein fallen ließ. Sie ergriffen seine Arme, drehten ihn herum und legten ihm Handschellen an.

»He, paßt auf«, sagte de Gier. »Die Dame haut ab.«

Einer der Polizisten lief der Frau nach und brachte sie zurück.

»Sie hat etwas fallen lassen«, sagte de Gier. »Ich hole es.« Er kam mit einem Plastiktütchen zurück, gefüllt mit weißem Pulver. Der Polizist wog es auf der Hand. »Zehn Gramm.« Er sprach den Schwarzen an. »Sie sind festgenommen, wegen Belästigung eines Bürgers und Besitz von Rauschgift.« Er schaute die Frau an. »Sie sind auch festgenommen.«

Der andere Polizist durchsuchte den Mann. Er zeigte seinem Kollegen ein Stilett. »Noch ein Anklagepunkt. Wir können den Wagen beschlagnahmen.«

»Ihr Wagen ist beschlagnahmt. Ich fahre ihn zum Präsidium. Der Schlüssel steckt im Zündschloß?«

Der Mann antwortete nicht.

»Alles klar?« fragte de Gier.

»Ja. Danke für die Zusammenarbeit.«

De Gier setzte zurück. »Weißt du«, fragte Grijpstra, »daß du soeben eine Diskriminierung begangen hast? Seit wann sollen wir einen Schwarzen verdächtigen, den wir nicht kennen und der einen neuen Mercedes fährt?«

»Ich war neidisch«, sagte de Gier. »Weißt du, dieser Lump ist vor einigen Jahren ohne einen Cent in der Tasche hier angekommen, ausgeflogen aus seinem Höllenloch mit einer Regierungsmaschine, bezahlt mit meinen Steuergulden, und schau ihn dir jetzt an, fährt einen nagelneuen Superwagen und hat ein Stück junges Fleisch an seine pockennarbige Haut geschmiegt. Ich meine, ist das nicht *schrecklich*?«

»Genau«, sagte Grijpstra. »Ein Paradebeispiel für Diskriminierung der Unterschicht. Wäre der Verdächtige weiß gewesen, würde er noch frei sein.«

»Aber er taugt nichts, Adjudant.«

»Nein, nein, so kannst du nicht argumentieren.«
»Nein?« fragte de Gier.
»Nein.«
»Und wenn ich dir jetzt erzähle, daß ich das, was ich eben gesagt habe, mit Absicht so formuliert habe, um zu sehen, ob du darauf hereinfällst, daß ich in Wirklichkeit aber diesen Verdächtigen vor zwei Tagen im Vishoekerpad aus einem Haus habe kommen sehen, das als Treffpunkt für Rauschgiftsüchtige bekannt ist? Und wenn ich dir außerdem erzähle, daß dieser Verdächtige zu dem Zeitpunkt alte Klamotten trug und ein rostiges Fahrrad fuhr?«

De Gier parkte. Grijpstra klingelte an der Tür.

»Keiner da«, sagte de Gier.

Der Adjudant klingelte noch einmal. »Da sind sie, aber das Unangenehme ist, sie sind alle tot.« Er schaute sich um. »Daß ein so hübscher Ort, umgeben von blühenden Sträuchern, in denen Singvögel trällern, ein Leichenschauhaus sein kann, ist kaum zu glauben.«

Die Tür ging auf. »Guten Tag, Jacobs«, sagte de Gier.

Der alte Mann schob sein Käppchen auf den Hinterkopf und spähte über seine beschlagene Brille hinweg. »Ah, Brigadier. Ich grüße dich. Guten Tag, Adjudant.«

Jacobs schlurfte voraus. Er schaute über seine Schulter. »Ihr kommt wegen Obrian, denke ich.«

»Ja«, sagte Grijpstra.

Jacobs drückte gegen eine Metalltür. »Der ist nicht gut. Kommt nur. Nummer elf.« Die Kriminalbeamten fröstelten. »Ich weiß«, sagte Jacobs. »Ziemlich kühl hier drin, aber bei der Hitze draußen könnten sie stinken, und die Kälte hindert sie daran, sich aufzulösen und herumzugeistern.«

De Gier zerrte an einer Schublade. »Klemmt ein bißchen«, sagte Jacobs. »Warte, ich helfe dir. Eins, zwei, hoppla.« Der Blechbehälter kam frei, und Obrian bewegte sich darin, der Kopf nickte, die Arme schlugen hin und her. De Gier schaute weg.

Grijpstra beugte sich nieder zu dem grinsenden Kopf. Er runzelte die Stirn. »Da gibt es nichts zu lachen, Freundchen.«

De Gier berührte Jacobs' Arm. »Kann ich den Inhalt seiner Taschen sehen?«

Jacobs brachte ein glänzend gelbes Plastiktablett. Unter seinem grauen Leinenkittel waren die zerknitterten Hosenbeine zu sehen, in die Socken gesteckt und von vernickelten Klammern festgehalten. Eine Socke war braun, die andere rotgefleckt. »Zigaretten«, sagte de Gier. »Goldenes Feuerzeug, sauberes Taschentuch, Brieftasche.« Er schaute Jacobs an. »Das Geld kam zum Präsidium, nehme ich an. Wieviel war es?«

»Viel. Große Scheine.«

»Also kein Raub«, sagte de Gier. »Warum nicht? Leichen werden immer beraubt, auch durch wohlmeinende Mörder. Vielleicht keine Zeit gehabt.«

Grijpstra schob den Behälter in die Wand zurück. Er berührte sein Kinn, während er das Tablett betrachtete. »Große Scheine? Noch da? Eigenartig.«

»Große Löcher in der Brust«, sagte Jacobs. »Müssen große Geschosse gewesen sein. Was war es? Ein Armeerevolver?«

»Eine Maschinenpistole. Eine Schmeisser. Weißt du, was das ist?«

»Warum sollte ich nicht wissen, was eine Schmeisser ist?« fragte Jacobs. »Hatten die Herren von der SS die Schmeisser nicht vor der Brust hängen? Habe ich sie in Dachau nicht jeden Tag hundertmal gesehen? Werkzeuge zum Liquidieren? Speziell konstruiert, um die Untermenschen auszurotten?«

Grijpstra schüttelte den schweren Kopf »Ich kann nicht sagen, daß ich diesen Ausdruck gutheiße.«

»Gehören oder gehörten nicht Neger auch zu den Untermenschen?«

»Das würde ich nicht sagen«, erwiderte de Gier.

»Ich darf es sagen, weil ich selbst einer Minderheit angehöre«, sagte Jacobs. »Haben Burschen wie ihr sie nicht früher im Dschungel gefangen? Und habt ihr sie nicht in den stinkenden Laderäumen von Sklavenschiffen aneinandergekettet?« Er nickte. »Gewiß habt ihr das. Und sechs von zehn krepierten auf der Reise, aber was machte das schon? Der Verlust war im Preis einkalkuliert. Habe ich recht?«

»Ich glaube, ich mache mich auf den Weg«, sagte Grijpstra. »Sei bedankt, Jacobs. Kommst du, Brigadier?«

De Gier griff in seine Tasche und gab Grijpstra die Wagenschlüssel. »Ich komme bald, Adjudant, ich möchte Jacobs noch etwas fragen.«

Die Ausgangstür schloß sich hinter Grijpstra. De Gier lächelte Jacobs an. »Mach nicht so ein besorgtes Gesicht, ich möchte mich nur ein wenig mit dir unterhalten, wir haben uns schon eine Weile nicht gesehen.«

Jacobs lächelte zögernd. »Freundschaft?«

De Gier legte einen Arm um Jacobs' Schultern. »So ist es.«

8

Cardozo sah sich im Zeedijk der gelangweilten Aggression gegenüber, die aus kleinen Bars, Peepshows und Schnellimbißhöhlen gähnte.

»Haschisch?« fragte ein junger Mann, der an seinen eiternden Ohren Cola-Kronenkorken befestigt hatte.

»Bist du mein Schatz?« fragte eine kleine, dicke Frau, die mühsam auf abgelaufenen Pfennigabsätzen balancierte und im Vorbeigehen den Rock hob, so daß kränklich weißes Fleisch zu sehen war, irgendwie zusammengehalten durch Netzunterwäsche.

»Ramón?« fragte ein Mann, der stehenblieb und traurig Cardozos Blick suchte. Der Mann hatte braune Haut, sein langes Haar war verfilzt, der hängende Schnurrbart verbarg kaum die fehlenden Zähne. Er trug keine Schuhe. »Bist du Ramón?«

»Heute nicht«, sagte Cardozo. Der Mann zog ein rostiges Messer. »Zahlst du?« Cardozo kratzte sich am Magen. Sein Pistolengürtel war zu sehen. Der Mann ging weiter und zog seine abgetragene Hose hoch, die von einem zerfaserten Strick gehalten wurde. Eine magere Schwarze tauchte auf, in der Hand eine Einkaufstasche.

»Ich wohne dort drüben«, sagte die Frau und trat vom Bürgersteig herab.

Cardozo lief ihr nach. Ein Moped raste zwischen ihn und die Frau. »Vorsicht«, rief Cardozo und nahm sie beim Arm. Die Frau blickte ihn finster an. »Hau ab!« Er senkte den Kopf und sagte ihr etwas ins Ohr. »Hier ist es gefährlich.« Er lächelte aufmunternd. »Ich werde Sie begleiten, Mevrouw.«

»Schwachsinnige«, sagte die Frau ernst. »Alle. Fahren einen über den Haufen und denken sich nichts dabei. Mich haben sie schon mal angefahren und meine Tochter auch.« Sie fummelte in ihrem Mantel herum.

»Soll ich die Tasche halten, Mevrouw?«

Sie zeigte die Zähne und kräuselte die Nase. »Behalten Sie Ihre dreckigen Finger bei sich. Mein Zeug schnappen und damit wegrennen, wie? Meinen teuren Genever klauen?« Sie schüttelte die Tasche. Flaschen klirrten.

»Aber, Mevrouw, ich bin Ihr neuer Nachbar. Und Nachbarn bestehlen einander nicht, oder?«

Sie stellte die Tasche ab. »Und ein Lügner obendrein. Sie denken wohl, ich kenne meinen eigenen Nachbarn nicht. Das ist Kavel, und der ist im Gefängnis.«

»Deshalb bin ich jetzt Ihr Nachbar. Ich habe Sie vor einer Weile aus Ihrem Haus kommen sehen, und jetzt sind Sie zurück.« Cardozo tätschelte den mageren Arm der Frau. »Meine Kollegen und ich haben Kavels Wohnung übernommen.«

»Zeigen Sie mal.«

»Was möchten Sie sehen?«

Sie zeigte auf die Tür. »Das ist Ihre. Lassen Sie Ihren Schlüssel sehen.«

Cardozo holte den Schlüssel hervor, öffnete die Tür und schloß sie wieder.

»Also nein«, sagte die Frau leise. »Und ich habe Ihnen nicht geglaubt, das war nicht nett von mir. Möchten Sie einen mit mir trinken, Nachbar?«

»Gern«, sagte Cardozo.

Er wartete geduldig, bis sie ihren Schlüssel aus der mit einem Portemonnaie und einem zerknitterten Halstuch vollgestopften Tasche gezogen hatte, und folgte ihr in einen engen Korridor. Das Wohnzimmer war klein und muffig. »Wir brauchen Gläser«, sagte die Frau. Cardozo ging mit ihr in die winzige Küche, sah eine Reihe Töpfe, die über dem Ausguß hingen. Die Töpfe waren alle gelb, ein Haken war frei. Im Ausguß stand der fehlende Topf mit am Boden angesetzten Spaghetti. Die Frau stolperte umher und verlor den Halt. Er fing sie auf, bevor sie fiel. »Nur mit der Ruhe, Mevrouw.«

»Ich bin betrunken«, sagte die Frau. »Aber ich trinke noch einen, um wieder sicher auf den Beinen zu stehen. Ihr Wohl, Nachbar.«

»Auf Ihr Wohl, Mevrouw.«

Sie schmatzte und setzte das Glas ab. »Sie sind also ein Freund von Kavel, wie?«
»Nein, Mevrouw.«
»Wie haben Sie denn die Wohnung bekommen?«
»Vom Eigentümer.«
»Und Sie wohnen nicht allein da oben?«
»Nein, Mevrouw, ich habe zwei Kollegen.«
»Und Sie arbeiten?«
»Manchmal, aber jetzt gibt es keine Arbeit, deshalb leben wir von Arbeitslosenunterstützung.«
»Kennt Kavel nicht«, sagte die Frau zu sich selbst, als erstaune sie diese Schlußfolgerung. Ihre Augen funkelten plötzlich. »Kavel ist gemein.«
»Tatsächlich, Mevrouw?«
»O ja«, sang sie. »O ja, o ja.« Sie schielte, ihre Hand angelte nach dem Glas.
»Warum ist Kavel gemein?«
»Weil er meiner Tochter 'n Kind gemacht hat, und dann hat er sie getreten. Jetzt ist sie im Krankenhaus, und ich glaube, sie wird sterben.« Die Frau begann zu weinen.
Cardozo stand auf und gab ihr sein Taschentuch. Sie grinste unter Tränen. »Ich habe ihn heute erwischt, ja, Mijnheer. Am Kopf mit meinem Topf«
»Aber ist Kavel denn nicht im Gefängnis, Mevrouw?«
Die Frau trank, setzte das Glas wieder ab, schloß die Augen und schüttelte den Kopf.
Cardozo hatte sich wieder gesetzt. »Sie hatten seinen Schlüssel von Ihrer Tochter und sind heute hinaufgegangen, um zu sehen, wie es ihm geht, und Kavel schlief, deshalb haben Sie ihn geschlagen, stimmt's?«
»Ich habe ihn geschlagen?«
»Weil er schlief. Wäre er wach gewesen, hätten Sie ihm von den guten Spaghetti gegeben.«
»Ja?«
»Das glaube ich«, sagte Cardozo.
Sie öffnete die Augen. »Das stimmt. Ich ging hinauf, um ihm Essen zu bringen, aber dann wurde ich ärgerlich. Weil er meine Tochter getreten hat.«
»Und Sie waren betrunken.«

»Ja«, sagte die Frau. »Gestern war ich auch betrunken. Onkel Wisi hat das nicht gern. Heute morgen habe ich ihn besucht, aber er wollte nicht mit mir sprechen, weil ich betrunken war.«

»Onkel Wisi?«

»Heilig, heilig«, sang die Frau. Sie versuchte, ihren Blick zu konzentrieren. »Onkel Wisi *weiß* es.«

»Man kann es beim Namen nennen oder nicht. Onkel Wisi weiß es dennoch.« Sie leerte ihr Glas. »Und jetzt gehen Sie wohl besser. Sie sind zu weiß für eine ehrliche Frau wie mich. Und wenn Sie nicht gehen, dann rufe ich den Lukumann.«

Sie begleitete ihn zur Tür. »Und wenn ich wieder nüchtern bin, werde ich für Ihren Kollegen etwas Obia bringen.«

»Was ist Obia, Mevrouw?«

Sie kicherte. »Medizin. Medizin für den müden Mann mit der Beule auf dem Kopf.« Sie kniff Cardozo in den Arm. »Oder habe ich ihn umgebracht?«

»Nein, Mevrouw.«

»Prima«, sagte die Frau, »denn wenn man erst einmal tot ist, hilft Obia nicht.«

»Und der Lukumann?«

»Der ist ebenfalls tot«, sagte die Frau.

9

Nellie hockte zwischen ihren Salatreihen. Sie schaute auf. »Hast du gut geschlafen?«

»Ja«, sagte der Commissaris. »Ich glaube, ich bin kurz eingenickt, während du so fleißig gearbeitet hast. Unkraut jäten?«

Nelli ließ wieder Gras in ihren Eimer fallen. »Ja, ich kann Unkraut nicht ausstehen. Bei mir muß alles ordentlich sein, aber Onkel Wisi sagt, daß ich übertreibe. Er läßt das meiste Unkraut wachsen, das sei besser, sagt er, denn jedermann ziehe seine eigenen Pflanzen um sich herum an, und was man anziehe, sei gut für einen.«

Der Commissaris setzte sich und schaute sich zufrieden um. »Dann würde ihm mein Garten gefallen, denn ich habe alle Arten von Unkraut. Einige wachsen ziemlich hoch, und alle blühen. Man muß nach ihnen suchen, aber sie sind immer da. Mir gefällt Unkraut und meiner Schildkröte auch.«

»Du hast eine Schildkröte?«

»Sie ist meine Freundin«, sagte der Commissaris. »Sie hat keinen Namen und bringt nicht viel zustande, und gewöhnlich kann ich sie nicht einmal finden, aber wenn ich warte, zeigt sie sich und bleibt eine Weile bei mir.«

Nellie wischte sich die Hände an der Schürze ab. »Ja, ich erinnere mich. Henk hat mir von deinem Haustier erzählt. Er spricht oft von dir, weißt du. Ich habe ihn mal gefragt, ob ihr beide Freunde seid, aber er sagt, daß du nur mit deiner Schildkröte und selbstverständlich mit deiner Frau befreundet bist. Du hast eine gute Frau.«

Der Commissaris rieb sich die Schenkel. »Freut mich, daß der Adjudant meine Frau gut findet. Ich auch. Sie kümmert sich besser um mich als ich mich um sie. Vielleicht habe ich mal Zeit, mich besser um sie zu kümmern, wenn ich nicht mehr auf Achse sein muß.«

»Hast du Schmerzen?« fragte Nellie. »Möchtest du in der Hängematte liegen? Henk benutzt sie auch und schaukelt dann gern ein bißchen, und ich muß ihm immer einen Schubs geben.«

Sie holte ein zusammengerolltes Bündel aus dem Haus. »Hier, ich brauche sie nur in diese Ringe einzuhaken. Stell dich auf den Stuhl, dann kommst du leichter hinein.«

Wie eine Fliege in einem Spinnennetz, dachte der Commissaris, hilflos gewiegt, dem Schicksal ausgeliefert, wirklich ein ganz angenehmes Gefühl.

»Der Tee ist gleich fertig«, sagte Nellie. »So siehst du gut aus, weißt du? Und du paßt besser hinein als Henk. Er beult sie immer ziemlich aus, und es ist die größte Hängematte, die ich finden konnte.«

Der Commissaris schlürfte seinen Tee. Vielleicht sollte ich ein wenig arbeiten, dachte er, ein paar kluge Fragen stellen. Oder soll ich hier einfach liegen und den Himmel bewundern? Nach oben zu schauen ist erfreulicher als nach unten. Da ist eine wunderschöne Wolke, die kunstvoll im göttlichen Nichts schwebt. Es ist nicht ganz das Nichts, denn es ist noch blau. Ein schöner Blauton, Und dort sind Ranken, die an den rötlichen Ziegelsteinen hochkriechen. Der Duft von Blumen. Auch horizontal ist der Ausblick angenehm, denn ich sehe Gebäck und Kuchen, hübsch arrangiert, und hinter allem Nellies sanft wogender Busen. Von mir aus könnte die Zeit jetzt stillstehen, für immer.

Er nahm das Stück Kuchen, das sie ihm anbot, und naschte daran. »Köstlich. Du, sag mal, Nellie, wo könnte ich diese verdächtigen Gustav und Lennie finden?«

Nellie verzog das Gesicht. »Wenn du die nicht findest, ist dir nicht viel entgangen. Am späten Abend kannst du jedenfalls Gustav treffen, da er noch einige Frauen im Viertel hat und kassieren muß. Lennie ist in seinem Luxusboot auf der Kattenburgergracht. Er kommt nur ins Viertel, um im *Hotel Hadde* am Oosterdok einen zu trinken. Ich habe ihn dort in der vergangenen Woche gesehen, als er sich mit Gustav unterhielt. Sie sprachen über Obrian, verfluchten ihn wieder einmal.«

»*Hotel Hadde*. Ich glaube, ich weiß, wo das ist. Ein Lokal für die Zeit nach der Polizeistunde, illegal, darf ich wohl sagen.«

»Hier ist das meiste illegal.« Sie versetzte der Hängematte einen sanften Stoß. Der Commissaris setzte sich hin. »Vielleicht sollte ich jetzt Onkel Wisi besuchen.«

»Ich habe noch nicht gehört, daß er zurückgekommen ist, aber ich bin mir sicher, er hat nichts dagegen, wenn ich dir seinen Garten zeige. Er hat ein Glasdach, das er im Winter schließen kann, so daß er zu einem Treibhaus wird. Dann verbrennt er Holz in einem Ofen, damit die tropischen Pflanzen nicht eingehen.«

»Ich glaube, ich brauche Hilfe.«

Sie griff nach ihm, aber er rutschte ihr durch die Arme und fiel gegen sie. Sie gluckste besorgt. »Du hast dir doch nicht etwa weh getan, oder?«

Der Commissaris befreite seinen Kopf vom Druck ihrer Brust. »Ich möchte mich einen Moment hinsetzen.«

Sie hielt seine Hand. »Das war keine gute Idee, tut mir leid. Auch Henk kommt nur mühsam aus der Hängematte heraus. Vielleicht solltest du Onkel Wisi wegen deiner Schmerzen fragen. Die Schwarzen hier suchen ihn alle auf, er kann fast alles heilen.«

»War Obrian sein Patient?«

»Luku ging auch zu ihm.«

»Ist Onkel Wisi ein richtiger Arzt? Hat er den Doktortitel?«

Sie schüttelte den Kopf. »Nein, aber er war Arzt, als er kam, er muß drüben studiert haben.«

Der Commissaris zog eine Grimasse und betastete seine Beine. »Ein Kräuterdoktor?«

Nellie lachte. »Einer wie die häßliche Frau im Fernsehen, meinst du? Die mit dem Löwenzahntee? So ist Onkel Wisi nicht. Das halte ich alles für Torheit, das Zeug, das schlecht schmeckt und einen zum Rülpsen bringt.« Sie setzte sich neben ihn. »Hier, das muß ich dir erzählen. Vor ein oder zwei Jahren versuchte ich, meinen Führerschein zu machen. Ich fiel immer wieder durch und dachte, ich würde es nie schaffen. Ich erzählte Onkel Wisi davon, und er gab mir den Saft von einer seiner Pflanzen. Kaykay-Kankan heißt sie, glaube ich. Ich wurde davon sehr ruhig, und er hielt mich fest und sang. Unmittelbar vor der Prüfung war das, und mir war alles einerlei. Und während der Prüfungsfahrt hörte ich seine Stimme, und mir kam gar nicht der Gedanke, ob ich bestehen würde oder nicht, aber ich schaffte es.«

»Eine Droge?«

Sie lächelte. »Nee. Nicht das dumme Zeug, das sie im Viertel schnupfen. Der Mann, der die Prüfungsfahrt mit mir machte, faßte mich auch nicht an, was er vorher immer getan hatte, weil ich so nervös war, vermute ich.«

»Hast du den Saft noch einmal getrunken?«

Sie schüttelte den Kopf. »Onkel Wisi sagte, der sei nur für das eine Mal. Und zu der Zeit habe ich auch Sachen verloren, das war auch sehr ärgerlich, und Onkel Wisi gab mir einige kleine Blumen, die ich in eine Vase stellen sollte. Damals arbeitete ein Mädchen für mich, das ich schreien hörte. Ich lief nach oben, und das Mädchen starrte und gaffte mich nur an. Mein goldenes Armband lag auf dem Boden, und das Mädchen hatte Geld in der Hand, aus meinem Portemonnaie genommen. Sie gab es mir und lief aus dem Haus, und ich habe sie nie mehr gesehen. Und ein anderes Mal hatte ich einen Gast hier, der hinter mir her war und nachts an meine Tür klopfte, weil er wußte, was ich früher gewesen war, und obendrein wollte er einen Rabatt auf den Zimmerpreis. Für den gab mir Onkel Wisi einige zerdrückte Blätter, die ich dem Kerl auf den Mantel schmieren sollte, auch er lief weg und kam nicht wieder.«

»Magische Kräuter?«

»Ja, aber sie schaden nicht.«

Der Commissaris grinste. »Sie schaden *dir* nicht, meinst du wohl. Nun dieser Obrian, du hieltest ihn für schädlich, nicht wahr?«

Sie kniff die Augen zusammen. »Und ob.«

»Und du sagst, er besuchte Onkel Wisi regelmäßig?«

»Ist dir nicht kalt?« fragte Nellie. »Soll ich dir einen Schal holen?«

»Nein, ich fühle mich ganz behaglich.«

»Mir ist kalt.«

»Zieh dir etwas an«, sagte der Commissaris, »ich werde hier auf dich warten.«

Sie ging ins Haus und zog eine Jacke an. »Also dieser Kerl, der, den ich soeben erwähnte, der einen Rabatt und so weiter wollte – nachdem ich ihm das Zeug auf den Mantel geschmiert hatte, da hättest du ihn sehen sollen. An dem Tag hat er alles mögliche gesucht, seine Tasche, seinen Hut, sein Rasiermesser, und er hat immerzu telefoniert und sich verwählt.«

»Armer Kerl.«

Sie zuckte die Achseln. »Aber vielleicht hatte er nur einen schlechten Tag. Er war Vertreter in Knöpfen und hatte hunderttausend Muster in seinem Koffer, selbstverständlich immer durcheinander. Vielleicht wurde es ihm zuviel, diese Knöpfe zu sortieren.«

»Und Obrian?«

Sie knöpfte ihre Jacke zu. »Was meinst du, wieso Obrian?«

»Tja«, sagte der Commissaris. »Ich verstehe das nicht so ganz. Ich sah ihn heute morgen, und er kam mir gar nicht ungewöhnlich vor. Was könnte so speziell an dem Mann gewesen sein, daß er alle rumkriegte?«

»Begreifst du das wirklich nicht?«

»Nein«, sagte der Commissaris.

Nellie seufzte. »Vielleicht weil du keine Frau bist. Alle Zuhälter kennen den Dreh. Die ziehen einen unwiderstehlich an, ich weiß nicht wieso, aber man kann es nicht ändern. Die schauen einen irgendwie von der Seite mit einem halben Lächeln an, und man wird innerlich ganz warm und feucht und möchte mit ihnen gehen und alles tun, was sie wollen.«

»Eine Art von Macht?«

»Ja«, sagte Nellie. »Und sie wirkt auf Frauen, aber manchmal auch auf Männer. Nimm den verrückten Chris. Er hat seinen Karren, verkauft gute Sachen und verdient damit seinen Lebensunterhalt. Ich dachte immer, er sei Herr seiner selbst, aber wenn er Obrian sah, folgte er ihm wie ein Hund. Er konnte für den Nigger nie genug tun, und Obrian zahlte ihm nichts, der gab keinem einen Cent.«

»Kräuter, die Macht verleihen«, sagte der Commissaris. Ein Schmetterling landete auf seinem Knie und schlug langsam mit seinen zarten Flügeln. Er betrachtete das bunte Insekt. »Oder Einsicht, das Wort ist vielleicht besser.« Er schaute auf. »Kräuter wirken. Nimm zum Beispiel Kaffee, ein sehr anregendes Getränk, und Kakao direkt vor dem Zubettgehen, aber mit Wasser und nicht mit Milch, versagt nie und bringt mich immer auf gute Gedanken.« Er schob seine Hand langsam auf den Schmetterling zu und lächelte, als der auf seinen Finger kletterte. »Kakao stopft selbstverständlich, aber in kleinen Mengen genossen läutert er.«

»Kakao ist ein Kraut?«

Er stand auf. »Er wächst an einer Pflanze.« Der Schmetterling saß noch auf seiner Hand; er blies sanft, bis er davonflog.

»Er wollte nicht weg«, sagte Nellie.

»Wie die Katze«, sagte der Commissaris. »Mir lief heute eine Katze nach. Seltsam, man sollte erwarten, daß die Sinne schwächer werden mit zunehmendem Alter, aber wenn ich Tiere anschaue oder Vögel, sogar Insekten, scheine ich viel mehr als vorher zu sehen, als könnte ich mich mit ihrem Wesen identifizieren, tja...« Er sah, wie der Schmetterling auf einer Tomatenpflanze landete. »Ein herrliches Geschöpf.«

»Erzähl weiter«, sagte Nellie. »Männer sprechen nicht oft mit mir, bis auf Henk natürlich, er murmelt hin und wieder ein bißchen drauflos. Du sagst, mit dem Wesen von Tieren könntest du dich identifizieren?«

Der Commissaris stützte sich auf seinen Stock. Ihm wurde bewußt, daß er wieder auf ihren Busen schaute, der majestätisch die enge Jacke weitete. »Wesen ist ein großes Wort. Ich möchte nicht übertreiben, aber ich glaube doch, daß ich der Natur jetzt näher bin. Es ist vielleicht eher Einsicht als intellektuelles Verstehen. Äußerst wundersam, dieser Schmetterling soeben und die Katze vorher. Ich bin selbst ein Tier, eins, das jagt, ja.« Er schaute weg, als er ihr mütterliches Lächeln bemerkte.

»Ja«, sagte Nellie. »Du redest wie Henk, aber er sagt so etwas nur, wenn er von seiner Malerei erzählt.«

»Geh du vor«, sagte der Commissaris, als sie die Gartenpforte öffnete. »Du kennst Onkel Wisi.«

Sie rief, aber es kam keine Antwort. »Er muß ausgegangen sein. Ins Haus möchte ich eigentlich nicht gehen, wenn er nicht da ist. Da drinnen ist es gruselig.«

»Dann werden wir hier warten.« Eine Katze schlief in einem strohgefüllten Korb. Sie gähnte, als sie den Commissaris sah, und streckte ein Bein, das lässig über den Korbrand hing. Er kraulte ihr weiches Fell. »Das ist die Katze, von der ich soeben sprach. Schau mal. Sie zieht nicht einmal die Pfote zurück. Du wirst mich doch nicht etwa kratzen?«

Er spürte das langsame Ziehen der Krallen und den Druck der samtigen Pfotensohle auf seiner Haut. Die Katze begann zu schnurren.

»Das ist Tigri«, sagte Nellie. »Sie ist immer hier, wenn sie nicht auf den Dächern ist. Tigri bedeutet Tiger in der Sprache der Schwarzen.«

Der Commissaris zog seine Hand zurück. »Ist dieser Garten nicht genau wie das Gewächshaus im Zoo? Das muß ein Maulbeerbaum sein. Ich habe die gleichen Bäume in Südfrankreich gesehen. Was ist in den Schüsseln? Hat Onkel Wisi noch andere Tiere?«

»Nur den Vogel.« Nellie lächelte. »Onkel Wisi sagt, der Gott des Gartens wohne in dem Baum. In der einen Schüssel ist gebratener Reis mit Banane und in der anderen Rum. Das Essen vergräbt er jeden Abend, aber den Rum trinkt er.«

»Der Gott?«

Sie lachte. »Nein, Onkel Wisi.«

»Sehr praktisch. Diese Pflanze kommt mir auch bekannt vor. Wolfsranke, glaube ich, aber diese ist doppelt so groß wie die in meinem Garten. Und hier ist es auch viel wärmer.« Er schaute nach oben. »Eine schöne Konstruktion, das Glasdach.«

Nellie zeigte auf Stahltrossen, die an den Wänden entlangliefen und mit einer Winde verbunden waren. »Zuerst hat er alles mit Plastik abgedeckt, aber das zerriß immer. Deshalb kamen die Schwarzen aus der Nachbarschaft und bauten ihm das Dach. Man hört von den Leuten immer, die Schwarzen hier könnten nur Arbeitslosengeld kassieren und alte Frauen überfallen, aber einige von ihnen können herstellen, was du willst. Onkel Wisi sagt, sie hätten auf den Plantagen zu schwer arbeiten müssen und seien zuviel ausgepeitscht worden. Deshalb wollten sie nie wieder hart arbeiten, aber das heißt nicht, daß sie dumm sind.«

Der Commissaris pflückte ein Blatt. »Ich bin mir sicher, daß dies Wolfsranke ist. Enthält Gift, glaube ich.«

»Das hat er mir gegeben, um es dem Kerl auf den Mantel zu tun.«

»Der Mann, der dich mißbrauchen wollte?«

»Ja, der Kerl, der sich dann nie mehr blicken ließ.«

Der Commissaris berührte den Pflanzenstengel mit seinem Stock. »Ah, jetzt fällt es mir ein. Meine Frau sagte, ich solle es rausreißen, weil es die Liebe zerrütte. Ich machte einen Scherz darüber und sagte, sie solle es in mein Bad legen, um all den Ärger loszuwerden, den ich ihr mache.«

»Ziehst du deine Frau oft auf?«

»Nur wenn sie nörgelt.«

Nellie wandte sich ab. »Ich wollte, ich könnte mit Henk nörgeln, aber ich traue mich nicht, ihn zu kritisieren. Falls ich es täte, käme er vielleicht nie mehr zu mir.«

Die Spitze des Stocks vom Commissaris schoß hoch. »Was krächzt da?«

»Das ist Opete. Er sitzt dort hinter den Büschen. Möchtest du ihn sehen?«

Der Commissaris war kaum überrascht. Der Schmutzgeier auch nicht. Der Vogel hockte auf einer Stange, die durch Löcher in den Seiten einer Kiste gesteckt war. Er beugte sich vor.

»Er ist ganz zahm«, sagte Nellie. »Stimmt's, Opete?«

Der Vogel krächzte.

»Wird er je eingesperrt?« fragte der Commissaris.

»Nein, aber im Winter kann er nicht raus, weil das Dach dann geschlossen ist. Ihm macht es nichts aus, denke ich. Es wird dann zu kalt für ihn sein.«

»Ich dachte, ihr Geier seid viel größer«, sagte der Commissaris zu dem Vogel. »Ich hielt dich zuerst für eine Krähe, als ich dich heute morgen sah, und es ist deine Schuld, daß ich jetzt nicht in Österreich bin. Ein schwarzer Geier, der über einer schwarzen Leiche in meinem Olofssteeg fliegt, ist zuviel. Weißt du, daß du eine unpassende Erscheinung bist?«

Der Vogel legte den Kopf auf die Seite und trippelte auf der Stange.

»Armes Ding«, sagte Nellie. »Du magst es nicht, beschimpft zu werden, nicht wahr?« Sie lief davon und kam mit einem Stück Fleisch zurück. »Steak. Nicht zuviel, weil der Preis wieder gestiegen ist.«

Der Geier nahm ihr das Fleisch vorsichtig aus den Fingern und schloß die Augen, während er schlang. Der Commissaris grinste. »Wo hat Onkel Wisi den nur gefunden?«

»In Luku Obrians Armhöhle«, sagte eine trockene Stimme hinter ihm. »Bebrütet in einem Jumbo, aber aus dem Ei geschlüpft ist er hier.«

Der Commissaris drehte den Kopf. »Onkel Wisi«, sagte Nellie, »ich hoffe, du hast nichts dagegen, daß wir hier sind. Der, äh, Onkeljan wohnt bei mir und wollte dich kennenlernen, aber du warst nicht zu Hause.«

Das Sonnenlicht wurde in den Glasperlen der Kopfbedeckung des alten Mannes reflektiert. Er streckte die Hand aus. »Guten Tag, *Opo*.«

Der Commissaris spürte die Knochen von Onkel Wisis Hand, umhüllt von spröder Haut. »Man nennt mich Onkel Jan.«

»Opo«, sagte der Schwarze, »so werde *ich* dich nennen. Opo macht *tapu*, aber meine Sprache ist dir fremd.«

»Ja«, sagte der Commissaris. »Und Ihr Land kenne ich auch nicht, was ich sehr bedaure. Sie haben einen herrlichen Garten, Mijnheer.«

Der Vogel hüpfte aus seiner Kiste und ging mit ausgebreiteten Schwingen zu Nellie. Sein Schnabel berührte ihren Rock.

»Nicht betteln, Opete«, sagte Onkel Wisi. Er legte einen Finger unter den kahlen kleinen Kopf und hob ihn etwas an. »Versuch doch mal, dich zu benehmen, auch wenn man dich in Surinam einen Straßenvogel schimpft.«

Nellie streichelte Opetes Schwinge. »Weil sie die Straßen sauberhalten, stimmt's, Onkel Wisi?«

»In den Städten?« fragte der Commissaris. »Wir sollten ein paar Tausend importieren, die würden bessere Arbeit leisten als die Leute, die wir beschäftigen.«

Onkel Wisi lachte. Gleichmäßige starke Zähne glänzten zwischen seinen schmalen Lippen. Er berührte den Stock des Commissaris. »Bist du lahm, Opo?«

»Rheuma«, sagte der Commissaris. Er faßte an seine Hüfte. Onkel Wisi fuhr mit der Hand über die angegebene Stelle. Die großen Augen über der schmalen Adlernase waren geschlossen.

»Dich hatten sie ins Gefängnis gesteckt, Opo.«

»Ja«, sagte der Commissaris.

Onkel Wisis Lider flatterten. Er schüttelte den Kopf. »Opo im Gefängnis. Mich hatten sie auch da, aber nicht zu lange, und in meiner Zelle stand kein Wasser. Juden und Neger, die Mützen und Stiefel machten sich nichts aus unserer Art. Aber du hattest auch eine Mütze.« Er öffnete die Augen ganz. »Und du hast auch jetzt eine.«

Der Commissaris bohrte seinen Stock in den Kiesweg, während er in Onkel Wisis dunkle Pupillen schaute, die in tiefen Teichen aus blutunterlaufenem Weiß schwammen.

»Ja?« fragte Onkel Wisi.

»Selbstverständlich nicht«, sagte Nellie. »Onkel Jan trägt keine Mütze. Er hat einen Hut, einen hübsch altmodischen Hut mit breiter Krempe.«

»Haben Sie früher auf einem Hausboot gewohnt?« fragte der Commissaris. »Ich glaube, ich erinnere mich an Sie. Sie hielten Tiere. Einen Esel, nicht wahr? Und einen Wolf?«

»Nur einen Fuchs, aber die deutschen Soldaten erschossen ihn, weil er sie biß, als sie mich holten. Aber sie waren nicht schlau genug, diese Deutschen. Sie paßten nicht auf, deshalb konnte ich aus dem Gefängnis entkommen.«

»Das ist schon eine Weile her, Mijnheer. Wie alt sind Sie jetzt?«

»Genaue Angaben gibt es nicht«, sagte Onkel Wisi. »Meine Mutter konnte nicht gut zählen. Aber ich bin älter als du, viel älter. Du bist noch zu jung für den Stock. Ein Täßchen Tee, Opo? Was ist mit dir, Nellie?«

»Nein, danke«, sagte Nellie. »Ich muß noch Essen vorbereiten. Ich bin sicher, Onkel Jan möchte Tee.«

Sie ging eilig davon. Onkel Wisi grinste. »Du kannst immer noch gehen, Opo.«

Der Commissaris hatte Mühe, Onkel Wisi anzublicken. Er lächelte vage. »Nein, ich bleibe.«

Onkel Wisi drehte sich um und ging voraus. »Das ist gut, gelegentlich müssen wir uns fest entscheiden. Aber ich glaube nicht, daß ich dir Tee anbieten werde.« Er kicherte. »Zu schwach für Leute wie uns. Meinst du nicht auch?«

10

»Dies ist kaum der geeignete Ort für ein Treffen von Freunden«, sagte Jacobs und schaute auf die Uhr über seinem Schreibtisch. »Es ist fast Feierabend, ich denke, ich kann zuschließen und die Toten allein lassen. Die Sonne dürfte scheinen. Was hältst du davon, wenn wir uns zu lebenden Menschen auf eine Terrasse setzen?«

»Einverstanden«, sagte de Gier. »Und dazu kalter Genever. Nein, vielleicht nicht. Lieber Eiskaffee.«

»Gehen wir zu Fuß?« fragte Jacobs. »Ich glaube, ich bin in meinem Leben genug zu Fuß gegangen. Wie wäre es mit einem Fahrrad?«

»Du fährst, ich laufe?«

»Auf dem Gepäckträger«, schlug Jacobs vor.

»Selbstverständlich«, sagte de Gier, »geht das, auch wenn ich es seit Jahren nicht mehr getan habe.« Er zeigte auf Jacobs' Hosenbeine. »Trägst du die Klammern, damit deine Hose nicht in die Kette gerät? Hast du schon mal von einem Kettenschutz gehört?«

»Ich lebe in anderen Zeiten.«

»Sieht so aus«, sagte de Gier und drückte auf den Gepäckträger. »Bist du sicher, daß der hält?«

»Setz dich drauf. Ich habe ein anständiges Fahrrad, das nicht versagt. So leistungsfähig wie mein Körper. Eigentlich sollte ich meinen Körper nicht mehr haben. He!«

Ein kleiner schwarzer Junge auf Rollschuhen kam dem Fahrrad quer in den Weg. Jacobs bremste, das Rad drehte sich nach links und wäre fast gegen eine vorbeifahrende Straßenbahn geprallt. De Gier drohte dem Jungen mit der Faust. Der Junge streckte die Zunge heraus.

»Frecher Bengel«, sagte de Gier.

»Warum?« fragte Jacobs.

»Weil er nicht guckt, wohin er fährt, und andere in gefährliche Situationen bringt.«

Jacobs schaute über die Schulter. »Hör auf. Liest du keine Zeitungen? Mich würde es nicht überraschen, wenn das der kleine Junge war, der in einem Artikel groß herausgestellt wurde. Der Junge war ebenfalls schwarz und fuhr mit Rollschuhen auf dem Bürgersteig. Links, rechts, völlig unbekümmert. Er hätte selbstverständlich aufpassen sollen, denn der Bürgersteig ist für Fußgänger da. Auf diesem Bürgersteig überfiel jedoch ein Türke eine Frau, entriß ihr die Tasche und schlug der Armen ins Gesicht.«

»Ich habe es gelesen«, sagte de Gier. »Und der Junge fuhr hinterher und folgte dem schrecklichen Türken, bis ein Streifenwagen aufkreuzte. Daraufhin zog unser Junge einige raffinierte Fratzen, direkt vor der Nase der Polizisten, die versuchten, ihn zu fangen, um ihn zu verprügeln, aber er erzählte ihnen alles über den Türken, und sie schnappten statt dessen den Räuber. Ein guter Junge. Ein Commissaris gab ihm die Hand, und sein Bild wäre in die Zeitung gekommen, wenn er keine Angst gehabt hätte, dem Türken noch einmal in die Quere zu kommen.«

»Was möchtest du?« fragte de Gier, als er sich in dem Sessel neben Jacobs nach hinten lehnte.

»Einen doppelten Genever.«

»Zwei?« fragte der Kellner.

»Nein, nein. Für mich einen Eiskaffee. Sag mal, Jacobs . . .«

»Willst du mich wirklich jetzt etwas fragen?«

»Ja, ich denke schon«, sagte de Gier. »Als der Adjudant und ich dich vorhin in deiner gemütlichen Einrichtung besuchten, sagtest du etwas, dem ich nicht ganz folgen konnte. Du sagtest: ›Als ihr‹ – also der Adjudant und ich – ›sie‹ – nämlich die Schwarzen – ›im Dschungel gefangen, auf Schiffe gebracht und in den Laderäumen aneinandergekettet habt . . .‹, das hast du doch gesagt, nicht wahr?«

»Ja.«

»Aber ich«, sagte de Gier und nippte an seinem Glas, »habe in meinem ganzen Leben noch keinen Schwarzen in einem Dschungel gefangen, und der Adjudant bestimmt auch nicht.«

»Und habt ihr mich auch nicht aus dem Bett gezerrt?« fragte Jacobs. »Im Frühjahr 1942, an einem Tag etwa so strahlend wie heute? Und habt ihr mich nicht mit Tritten in den Güterwagen befördert und die Schiebetür gegen meine Hand geknallt, so daß mein Finger zerquetscht wurde? Ist nicht mehr viel davon übrig, stimmt's?«

»Stimmt«, sagte de Gier.

Jacobs grinste. »Komisch, wenn man etwas zu zeigen versucht, das nicht da ist. Ich habe ihn im Lager selbst mit einer Glasscherbe amputiert. Er stank allmählich zu sehr und pulsierte immerzu.«

»1942 war ich ziemlich klein«, sagte de Gier. »Ich machte noch in die Windeln, wenn ich meiner Mutter glauben darf.«

»Ich machte mir in die Hosen, als deine Kollegen mich festnahmen.«

De Gier setzte sein Glas ab. »Amsterdamer Polizisten haben dich geschnappt?«

»Ja«, sagte Jacobs. »Denn die SS hatte zu tun, deshalb halfen städtische Bullen aus. Die mochten auch keine Juden. Und jene schwarzen Sklaven wurden von Amsterdamer Geschäftsleuten verkauft. Ihre Porträts hängen jetzt im Rijksmuseum, und einer von ihnen sieht genauso aus wie du. Der gleiche Schnurrbart und große, unschuldsvolle Augen. Dicke Unterlippe. Ein Händler zwischen Ost und West. Seine Schiffe brachten Sklaven hin und kamen mit Zucker zurück, geerntet von den Schwarzen. Ein höchst profitables Karussell. Was meinst du wohl, wie die prächtige Amsterdamer Innenstadt finanziert wurde?«

De Gier antwortete nicht.

»Ist dir nie eingefallen, woher das ganze Geld kam?«

»Mein Vater wurde in Rotterdam erschossen«, sagte de Gier. »Er kam aus seinem Büro, und Leute von der Widerstandsbewegung erschossen einen Deutschen. Deshalb haben die anderen Deutschen die ersten zehn zufällig vorbeikommenden Männer festgenommen und sie an die Wand gestellt.«

»Ich weiß«, sagte Jacobs, »ich neige zum Vereinfachen. Die Wirklichkeit ist weitaus komplizierter. Manchmal denke ich, daß es die Leute sind, die nichts taugen. Nicht diese oder jene Leute, sondern wir alle. Vielleicht sind wir ein Versehen und sollten gar nicht hiersein.«

»Ich mag die Deutschen noch immer nicht«, sagte de Gier, »aber es gibt Gelegenheiten, da ich ihnen helfen kann und es auch tue.«

»Und Schwarze?«

De Gier verschluckte sich an seinem Kaffee. Jacobs klopfte ihm den Rücken. De Gier setzte sein Glas wieder ab. »Schwarze?«
»Schwarze.«
De Gier zuckte die Achseln. »Ich glaube, die sind mir sympathischer. In meinen Augen sehen sie gut aus. Schmucke Farbe, flott gekleidet. Ich glaube, ich bin froh, daß sie gekommen sind. Eine Kontrastfarbe verbessert das allgemeine Bild.«
»Und all die Verbrechen?«
»Und?«
»Das macht dir nichts aus?«
»Kein Verbrechen«, sagte de Gier, »keine Polizisten. Ich bin Polizist. Außerdem ist es verständlich, meinst du nicht? Sie fliegen innerhalb von Stunden von einer Lebensweise in die andere. Das ist schon eine Veränderung. Sie müssen sich anpassen. Es wird vermutlich einige Generationen dauern, bis ihre Verbrechensrate der unseren gleichkommt. Bis dahin wird es etwas anderes geben. Es gibt immer irgendwas, das unrecht ist.«
Jacobs hob die Hand. »Herr Ober? Das gleiche.«
»Zuviel Genever macht dich betrunken«, sagte de Gier.
Jacobs hob sein Glas. »Sehr wahr. Dein Wohl, Brigadier.«
De Gier trank seinen Kaffee. »Noch eine Frage. Du sagtest, Luku Obrian sei ›nicht gut‹. Erinnerst du dich, daß du das gesagt hast?«
Jacobs hörte auf zu nippen. »Daran erinnere ich mich auch.«
»Du kanntest ihn?«
»Ja, seit man ihn in meine Obhut gegeben hat.«
»Nicht, als er noch lebte?«
»Ich habe ihn gesehen«, sagte Jacobs. »Auf der Straße. Ich wohne ebenfalls im Viertel.«
»Hör mal«, sagte de Gier, »wir beide haben früher schon zusammengearbeitet, und deine Ideen haben mir geholfen. Im vorigen Jahr hast du dich um einen gewissen Boronski gekümmert.«
Jacobs runzelte die Stirn. »Laß mich mal nachdenken. So viele Leichen. Boronski. Gut, ich erinnere mich, äußerlich nett, aber innerlich verdorben.«
»Seine Leiche hat dich belästigt«, sagte de Gier. »Jedenfalls hast du mir das damals erzählt. Du mußtest dich mit einem Schild schützen, mit einer Art dicken transparenten Folie, die du wie ein Zelt um deinen Körper hängtest, damit Boronskis Gespenst dich nicht ärgerte.«

Jacobs nickte. »So kann man das nennen; ich mache das immer, wenn sie versuchen, an mich heranzukommen.«

De Gier grinste. »Ein guter Trick. Ich wende ihn manchmal selbst an, nicht bei Toten, sondern bei den Lebenden. Beispielsweise in einer Straßenbahn oder in der Kantine.«

Jacobs schüttelte mehrmals den Kopf Er seufzte. »Der Alkohol wirkt. Ich brauche jetzt mehr Genever als früher. Es ist nicht so, daß ich mich immerzu betrinke, aber gelegentlich hilft es. Du hast Obrian erwähnt. Was genau möchtest du wissen?«

»Alles. Warum wurde er umgebracht? Kenne die Leiche, dann kennst du den Mörder. Aber meine Schwierigkeit ist, daß ich Obrian nicht kannte. Ich sah seine Leiche, aber ich bin nicht so sensibel wie du. Ich weiß, daß er Zuhälter war und die Leute herumkommandieren konnte, vermutlich durch hypnotische Kräfte. Ich sah sein Haus und seinen Altar.«

»Altar?« fragte Jacobs.

De Giers gestikulierende Hände schufen den Tisch nach. »Beladen mit außergewöhnlichen Sachen. Knochen. Christus im Strohröckchen. Flüssigkeiten in Flaschen, unheimliche Düfte, wie man sie auf dem Straßenmarkt riecht, auf dem die Schwarzen ihre Kräuter kaufen. Weihrauch hatte er auch verbrannt.«

»Ich habe sein Formular gelesen«, sagte Jacobs. »Louis alias Luku Obrian. Luku war sein Spitzname, und ich weiß, was das Wort bedeutet. Ich habe ein Zimmer gemietet in einem Haus, in dem Schwarze wohnen. Ich habe ihrer Folklore zugehört. Ein Luku kennt Tricks. Manchmal kann er wahrsagen.«

De Gier drehte sich eine Zigarette. »Obrian nicht. Wenn er hätte vorhersehen können, was kam, würde er sich nicht so benommen haben. Er hat seine Konkurrenz belästigt, bis sie ihn belästigte.«

»Mit einer Schmeisser.«

»Stimmt.«

»Eine gute Waffe«, sagte Jacobs und bestellte ein neues Gläschen beim Kellner.

»Außerdem eine neutrale Waffe. Die Deutschen haben sie zwar geschaffen, aber sie erschoß auch die SS, was ich nach der Befreiung gesehen habe. Es kommt nur darauf an, wer den Finger am Abzug hat. Die Schwarzen, die in meinem Haus wohnen, fürchten sich vor Wisi, denn das ist ihr Wort für das Böse, und sie beten zu

Opo, dem Gegenteil, aber es ist die gleiche Macht. Es kommt ganz darauf an, wie man sie anwendet. Weißt du...«

Jacobs trank.

»Ja?« fragte de Gier.

»Bah«, sagte Jacobs. »Genever schmeckt großartig, aber nur ein Weilchen, oder haben die mir jetzt eine andere Marke gebracht?«

»Wisi und Opo.«

»Ja. In ihrem Wesen ist diese Macht neutral. Ich kannte einen SS-Mann in Dachau, der seine Schmeisser *mein Halt* nannte. Damit wollte er sagen, er könne jeden stoppen, auf den er ihre häßliche Mündung richtete. Als wir ihm die Waffe wegnahmen, war er ebenso ängstlich wie jeder andere. Ich nenne meine Schmeisser meinen Freund.«

»So?«

»Herr Ober?«

Der Kellner kam. »Noch einen«, sagte Jacobs, »aber diesmal einen einfachen und einen Kaffee für meinen Freund.«

»Wo hast du deine Schmeisser?«

»Zu Hause.«

»Und wie hast du sie bekommen?«

»Ich habe sie aus Dachau mitgenommen. Sie gehörte dem besagten SS-Mann, von dem wir sie kriegten, während ihm die anderen mit Ziegelsteinen den Kopf einschlugen, nahm ich die Schmeisser und versteckte sie in meinen Sachen. Sie neutralisierte meine Furcht.«

»Furcht«, sagte de Gier.

»Sie vergeht nicht.« Jacobs schnappte nach seinem Glas. »Immer wenn ich nachts aufwache, denke ich, sie sind es, an der Tür. Dann greife ich nach meinem Freund.«

»Und dann legst du deinen Freund wieder hin.«

»Ja. Ich benutze sie als *Tapu*, als Mittel zum Schutz. Tapu ist das Mittel, Opo die Macht hinter ihm.«

»Sagst du das noch einmal?« fragte de Gier.

Jacobs' ausgemergelte Gesichtszüge waren sanft geworden. Sein Käppchen klebte an dem schütteren grauen Haar. Er schlug die Beine übereinander; die Sonne schien auf die vernickelten Hosenklammern. »Begriffe der Schwarzen«, sagte Jacobs. »Heraufbeschworen, weil ich Obrian im Leichenschauhaus habe. Kein guter Mensch, dieser Kerl, den ihr mir geliefert habt. Ein zorniger Mann, der seine Wut herauszischt. Wenn ich nicht aufpasse, gelangen die Toten in mich, und ich denke ihre Gedanken. Man muß lernen, wie man mit dem *Yorka* umgeht, aber ich komme allmählich dahinter.«

»Noch ein schwarzes Wort?«

»Pechschwarz. Der Yorka ist das Gespenst, die Seele, der Geist, der seinen Körper verloren hat, sich aber immer noch nach ihm sehnt.«

De Gier prägte sich die Wörter ein. »*Wisi*«, murmelte er. »*Tapu. Opo. Yorka.*«

»Sie brachten die Wörter mit«, sagte Jacobs. »Von der afrikanischen Westküste zur südamerikanischen Ostküste und dann nach hier. Es sind starke Wörter, und sie stützen die umherirrenden Gemüter. Ich habe meine eigenen Wörter. Meine Leute sind auch gewandert. Wo sind wir nicht überall gewesen? Zweitausend Jahre in der Wüste, nach Armenien, nach Polen, nach Danzig, hierher, wieder nach Deutschland, wieder in Amsterdam, aber immer jüdisch, ein Leben nach dem andern brachten wir unsere Magie mit.«

»Ich frage mich, ob ich sie auch habe«, sagte de Gier.

»Du hast, aber du brauchst sie nicht so sehr wie die Minderheiten.« Jacobs zeigte auf sich. »Ein magischer Jude mit einer magischen Schmeisser, um auf die magische SS zu schießen, damit sie gehindert wird, mich in die Hölle zu bringen.« Er stand auf.

»Du gehst?«

»Ich muß noch ein Ritual vollziehen. Die spirituelle Wand mit meiner essentiellen Flüssigkeit nässen. Ich bin gleich wieder da.«

Jacobs stolperte, als er zurückkam, und hielt sich an Stühlen und Gästen fest. Der Kellner brachte die Rechnung. »Ich glaube, Ihr Freund ist ein bißchen angeheitert, Mijnheer.«

»Das überrascht mich kaum.« De Gier zahlte. »Ich bringe ihn nach Hause.«

Jacobs sang Kinderlieder im Taxi, leise, um den Taxifahrer nicht zu irritieren. »Hoppe, hoppe Reiter«, sang Jacobs, »wenn er fällt, dann schreit er.« Er stieß de Gier den Ellbogen in die Seite. »Was blöd ist, Brigadier. Hinzufallen ist prima, aber wir sollten deswegen nicht zuviel Krach machen.«

»Das ist völlig richtig«, sagte de Gier. »Wir sind da, Fahrer. Du wohnst doch ungefähr hier, nicht wahr, Jacobs?«

Jacobs spähte durch das Wagenfenster. »Wollen wir mal sehen.

Ja, ich glaube, die Häuser sind mir bekannt. Wenn hier Recht Boomssloot und Krom Boomssloot zusammentreffen, dann wohne ich hier.«

Jacobs schwankte davon, während de Gier dem Fahrer einen Schein in die Hand drückte. Er stieg aus. »Warte auf mich, ich bringe dich hinein.«

Jacobs legte sich auf das altmodische Eisenbett in dem Zimmer, in dem sonst nur noch ein wackeliger Tisch, ein Stuhl und ein Küchenschrank standen. Er legte sich die Hand auf ein Auge und versuchte, de Gier anzuschauen. »Kaffee, Brigadier? Pulver ist im Schrank. Die Küche ist unten.«

»Nein«, sagte de Gier, »aber ich würde gern mal einen Blick auf deine Schmeisser werfen.«

»Einen Moment.« Jacobs schaffte es, aus dem Bett zu kommen, und kroch auf dem Fußboden herum. Er versuchte, ein Brett anzuheben, aber sein Finger verfehlte den Spalt. De Gier kniete neben ihm nieder. »Mal sehen, ob ich es kann.« Das Dielenbrett schwenkte hoch.

»Da ist sie«, sagte Jacobs und fiel wieder auf das Bett.

De Gier nahm die Waffe, riß das Magazin aus dem Griff und zog die Kammer zurück. Eine Patrone sprang heraus und prallte auf den Fußboden. »Du bist unvorsichtig, nicht wahr? Das Ding hätte losgehen können. Jacobs?«

Jacobs' Mund verzog sich nach unten, während er leise schnarchte. De Gier öffnete den Schrank und nahm ein Handtuch heraus. Er wickelte die Waffe in das freundlich gestreifte Material ein.

»Hoppe, hoppe Reiter.« Jacobs' Augen waren immer noch geschlossen.

»Das nenne ich begabt«, sagte de Gier. »Du singst im Schlaf. Ich glaube nicht, daß sehr viele Leute das können. Oder bist du jetzt wach?«

»Ich bin mir nicht zu sicher«, sagte Jacobs. »Ich könnte auch träumen. Ein guter Traum. Bringt mich zum Singen.«

»Hör mal«, sagte de Gier. »Ich bin ein Teil deines guten Traums. Ich nehme das Ding mit. Der Besitz von Feuerwaffen ist illegal. Ich weiß, du arbeitest für die Stadt und bist Beamter, aber nur die Polizei sollte bewaffnet sein. Ich werde die Schmeisser abliefern, aber nicht sagen, wo ich sie gefunden habe. Ja?«

»*Fällt er in den Graben . . .*«
»Und ich hole dein Rad, bevor es jemand klaut.«
»*Fressen ihn die Raben.*«

De Gier schüttelte den Kopf. »Geht es dir heute nicht gut?« Er verließ auf Zehenspitzen das Zimmer. »Zurück zu den Lebenden«, sagte der Brigadier, als er die Haustür hinter sich zumachte.

Zwanzig Minuten später war er wieder da und klingelte. Eine junge schwarze Frau öffnete die Tür.

»Das Fahrrad von Mijnheer Jacobs«, sagte de Gier. »Kann ich es in den Korridor stellen?«

Die Frau trat einen Schritt zurück, damit er leichter manövrieren konnte. »Und wo ist Mijnheer Jacobs?«

»Im Bett. Haben Sie nicht gehört, wie er gesungen hat?«

»Ich bin soeben erst nach Hause gekommen.« Die Frau lächelte. »Ist es wieder mal passiert?«

»Betrunken«, sagte de Gier. »Sehr. Er ist oft betrunken, nicht wahr?«

»Nicht zu oft. Er ist immer sehr nett, wenn er sich einen gönnt. Ein so liebenswerter Mensch, und außerdem ist er gläubig. Das hilft.«

»Das wußte ich nicht.«

»Daß Mijnheer Jacobs gläubig ist?« fragte die Frau.

»Nein, Mevrow. Daß der Glaube hilft.«

»Mir hilft er«, sagte die Frau. »Ich bin selbst eine Gläubige. Ich glaube an alles, aber Mijnheer Jacobs hat da Grenzen.«

»Kommen Sie.« Die Frau begleitete ihn nach draußen. »Drehen Sie sich um. Was steht da?«

De Gier las das kleine Plastikschild, das an den Türpfosten geschraubt war. »Eliazar Jacobs.« Er las auch die Worte, die in unbeholfener Schrift auf einem Holzbrettchen standen, das an einem Nagel hing. »*Der an das Gute glaubt.*«

»Verstehen Sie?«

»Ich verstehe«, sagte de Gier.

»Nimm doch Platz«, sagte Onkel Wisi. »Nun, was kann ich einem Menschen von deinem erhabenen Rang anbieten?« Seine Hand tauchte zwischen aufgestapelte Bündel getrockneter Blätter und kam mit einem Steinkrug wieder heraus. »Ein Gläschen vollmundigen Korngenever?«

»Nehmen Sie auch einen?« fragte der Commissaris.

Onkel Wisi hob ein Stück Tuch an und nahm zwei gläserne Eierbecher von einem verwitterten Regal. »Aber gewiß doch. Hier wirst du nicht vergiftet, Opo. Korn schenkt Gesundheit, aber es ist eine Sünde, ihn nur zur Herstellung von Butterbroten zu verwenden.« Der Krug gluckerte. »Hier. Auf dein vortreffliches Wohl!«

Der Genever brannte dem Commissaris in der Brust, während er versuchte, sich auf Onkel Wisis Umgebung einzustellen. Er befand sich im niedrigen, langen und schmalen Wohnzimmer eines Handwerkers aus früherer Zeit unter einer Stuckdecke, die von durchhängenden Kiefernbalken gestützt wurde. Die alten Farben – das gelbliche Weiß des dicken Stucks und das vergehende Dunkelrot des gealterten Holzes – rahmten eine tropische Überfülle ein. Leuchtendbunte Textilien waren an Pfosten und Regalen befestigt, und Sammlungen von Töpfen und Krügen füllten jeden verfügbaren Platz aus zwischen Pflanzen, die blühten und rankten und überall hingen, einige wuchsen zum Licht hin, andere begnügten sich mit dunklen Ecken. Sein Gastgeber sprach, aber was Onkel Wisi sagte, drang kaum in das Gehirn des Commissaris ein. Als er schließlich zuhörte, fiel ihm das perfekte Niederländisch des Medizinmannes auf. Diesem seltsamen Mann, dachte der Commissaris, ist es gelungen, sich gut anzupassen, oder ist es vielleicht umgekehrt? Könnte es sein, daß die ehrwürdige Zuverlässigkeit einem ausländischen Einfluß dient? Er stand auf und schaute zum Fenster hinaus.

Onkel Wisi stellte sich neben ihn. Der Commissaris zog angesichts der üppigen exotischen Vegetation draußen die Augenbrauen hoch. »Meine Privatplantage«, sagte Onkel Wisi. »Sie wurde mir geschenkt, da sie aus dem Samen wuchs, die ich in eurem Botanischen Garten sammeln durfte. Alles ist immer verfügbar, eine bemerkenswerte Tatsache, und wie leicht ist etwas zu finden, sobald man weiß, wonach man sucht. Die Welt enthält einem nichts vor, man muß einen besonderen Wunsch nur richtig formulieren. Ich habe immer gedacht, die Idee, daß die Götter nur in der Heimat leben, zeugt von einem verkümmerten Wachstum.«

Der Commissaris suchte in seinem Gedächtnis, bis er einen Volksschullehrer sah, dessen dünner Zeigestock über eine Leinenkarte vor der Wandtafel glitt. Die Stockspitze berührte einen roten Punkt, Paramaribo, Hauptstadt von Surinam. Die eintönige Stimme berichtete, nur die Küstenregion sei entwickelt worden und Hügel und Dschungel des fernen Landes seien wild. Nachfahren entlaufener Sklaven durchstreiften die Wildnis, fern jedes zivilisatorischen Einflusses, nur ihren eigenen Häuptlingen gehorsam. Die Niederländer erkannten notwendigerweise die Macht der Häuptlinge an und schickten einmal jährlich Geschenke: silberne Orden und abgelegte Offiziersuniformen für die Anführer, um deren Autorität zu bestätigen. In früheren Tagen mußten die Anführer versprechen, entlaufene Sklaven auszuliefern, aber das taten sie nicht. Sie waren keine Idioten, sogar der Lehrer meinte das.

»Massa Gran-Gado ist immer überall gewesen«, sagte Onkel Wisi, »aber dennoch kommen wir nicht an ihn heran, weil er geschickt genug ist, sich unseren Bemühungen zu entziehen. Nur seine Wintis leben in uns seit dem ersten Tage, an der afrikanischen Küste, in Südamerika und an unserem gegenwärtigen Aufenthaltsort. Noch ein Schlückchen, Opo?«

»Nein, danke.« Der Commissaris verbarg seinen Eierbecher unter einem passenden Blatt. Die Stimmung, die Onkel Wisis Ausstrahlung hervorrief, erinnerte ihn an seine frühe Jugend, und er sah sich als Kind, wie er sich unter einer Glaskuppel in einem Pflanzenhaus versteckte. Er war der Menge entflohen, die sich durch den städtischen Zoo bewegte und sich mit dem Betrachten kranker Tiere amüsierte: ein magerer Löwe mit eiternder Haut, ein Kamel, das schlecht gelaunt rülpste und seine Peiniger aus entzündeten Augen anblinzelte. Die schreienden Knirpse, die einander um einen Käfig mit kreischenden Papageien jagten, waren ihm zuviel geworden, und er war dem Würgegriff belehrender Eltern entronnen. Im Pflanzenhaus war es ruhig, so ruhig wie in Onkel Wisis Zimmer, auch wenn der alte Mann redete, denn seine Stimme war nur wie das Flüstern großer Blätter, die eine kühle Brise bewegt.

Onkel Wisi verkorkte den Krug. Er steckte die Hände in die Ärmel seines Gewands und schlurfte auf den Commissaris zu. »Ich setze mich neben dich, Opo, weil ich dich berühren muß. Schnaps verbessert das Beisammensein, aber vielleicht brauchen wir keinen Alkohol, um uns einander zu öffnen. Warte, ich will Bacchus wieder auf sein Regal stellen.« Der Krug verschwand hinter dem kleinen Vorhang. »Bei uns heißt er anders. Als ich ankam, fiel es mir schwer, die neuen Namen zu lernen. Neue Namen für alte Helfer, die zudem anders arrangiert sind. Es erfordert Zeit, die Einfachheit wiederzufinden, die im Chaos verborgen ist, und wenn man sich im vielen verirrt, verpaßt man das Eine. Nur das Eine ist wichtig, denn es gebar alles andere.« Er setzte sich neben den Commissaris. »Verirrst du dich jemals, Opo?«

»Oft«, sagte der Commissaris. »Neulich abends erst wieder. Meine Frau ging mit mir zur Geburtstagsfeier ihrer Schwester. Ich redete zuviel und langweilte mich.«

»Man muß eine Entscheidung treffen, jeden Tag aufs neue, sogar viele Male täglich.« Die Beine von Onkel Wisis Stuhl quietschten, als er damit näher heranrückte. »Immer mit dem Risiko, daß wir eine falsche Entscheidung treffen. Auch ich habe das viele Male getan, manchmal aus Torheit und Unwissenheit, aber auch mit Absicht, um zu sehen, wie tief ich sinken konnte.« Er zeigte auf das Tuch vor dem Geneverkrug. »Der vollmundige Korn-Winti hat mir viel gezeigt in einer Bar gegenüber meinem Hausboot, als ich noch auf der Prinsengracht wohnte. Ich trank an jedem Morgen, und langsam glühten die Farben wieder, und meine Gedanken kochten, so daß ich meine eigene Weisheit hören konnte. Damals kam ich sogar ohne den Mond aus, das gemeinsame Auge aller *Gados*. Die Götter kamen direkt zu mir herunter, und statt den Palmen zu lauschen, hörte ich, wie das Wasser gegen mein Boot plätscherte.«

Der Commissaris bemühte sich verzweifelt, Onkel Wisis Flüstern von sich zu schieben. Er versuchte sich zu erinnern, weshalb er gekommen war. Die seltsamen Wörter tanzten in seinem Schädel herum. *Wisi* würde Magie bedeuten, und zwar nicht die wünschenswerteste Art, denn sein Gastgeber unterhielt Beziehungen zu kriminellen Elementen im Viertel, oder hatte er Nellies Information falsch verstanden? Das Nuttenviertel war von dem dunklen Treiben der Zuhälter, Straßenräuber und Händler schlechter

Drogen beschmutzt worden, aber das Verbrechen war nicht abhängig von schwarzer Hautfarbe. Wurde er jetzt von einem Geisterbeschwörer angegriffen, von einem Diener importierter böser Götter? Waren die *Gados* schlecht? Er selbst, ein höherer Kriminalbeamter, der inkognito herumschnüffelte, war als *Opo* erkannt worden. Opo war das genaue Gegenteil von Wisi. Ich darf es nicht mehr zulassen, daß mir das scharfe Schwert der Logik aus der Hand geschlagen wird, dachte der Commissaris. Ich will hier nur Wissen erlangen, um meinen Kampf zu erleichtern. Das Wissen stellt sich so dar, wie es will, aber die Interpretation ist meine Sache. Er blickte zur Seite und sah, wie das Perlenkäppchen des alten Mannes sich vor und zurück bewegte und Onkel Wisis empfindsame Hände die warme Luft streichelten, die im Zimmer über dem fließenden Atem ausländischer Gewächse schwebte.

Aber dies ist meine Umwelt, dachte der Commissaris. Hier ist Amsterdam, meine eigene Stadt, und die niederländischen Götter unterstützen mich. Sie können nicht hinter bunten Lappen versteckt werden, und Wisis magische Pflanzen schaden ihnen nicht. Sogar die Katze, die mich mit ihren tückischen gelben Augen anstarrt, wurde in einer hiesigen Gasse geboren.

»Dir tut etwas weh«, sagte Onkel Wisi, »und du möchtest deine Schmerzen loswerden. Ich glaube, du bist zum richtigen Ort gekommen.«

Der Commissaris wollte sich nach hinten lehnen, aber sein Hokker bot keine Stütze, und er wäre fast heruntergefallen. Er versuchte noch einmal, seine Gedanken zu sammeln. Habe ich Schmerzen? Aber nein. Die Zimmertemperatur ist zu hoch. Mir tut nur etwas weh, wenn mir kalt ist oder ich müde bin. Oder wenn ich Angst habe, räumte er ein, aber Furcht hatte ihn seit langem nicht belästigt.

Ein Ticken war zu hören. Opetes Haifischschnabel berührte das Glas in der Tür zum Garten. Der kahle Kopf des Geiers hob sich vom feuchten Grün des Gartens ab. Stimmt, dachte der Commissaris, der Vogel ist exotisch, bereit, in unseren friedlichen Seelen Verwüstung anzurichten. Aber dennoch, dachte er, sogar Opete kann friedlich sein, wenn man ihm höflich entgegenkommt.

Onkel Wisi ließ die Aaskrähe herein und legte die Hand auf den Kopf des Vogels. Opetes Lider schlossen sich, als er den Schnabel an den Fingern seines Besitzers rieb. »Da haben wir einen guten

Opete«, sagte Onkel Wisi. »Ist er nicht gut?« Der Vogel schlug mit einem Flügel. »Braucht er mehr Liebe? Oder haben ihn die Läuse mal wieder? Du willst gekratzt werden, nicht wahr? Schon gut, hüpf jetzt los.« Er schob den Geier hinaus. »Siehst du, Opo? Sogar der Dämon des Todes braucht gelegentlich eine Bestätigung, sogar der *Sukujan*, der Stinkvogel.«

»Ich dachte, Sie nannten ihn Straßenvogel?«

»Der Dämon hat viele Namen.« Onkel Wisi griff hinter ein anderes Tuch, kunstlos bemalt mit einem Menschenschädel, eine Rose im grinsenden Mund. Er holte eine kleine Trommel aus gebranntem Ton hervor, straff bespannt mit Fell. »Ich singe ein bißchen für dich, um die Behandlung zu beginnen.«

Onkel Wisis Lied erfüllte das Zimmer. Die Trommel pochte. Vielleicht sollte ich aufgeben, dachte der Commissaris. Wenn er mich wirklich heilen will, sollte ich mich ergeben. Durch Widerstand erreiche ich nichts, und sogar der falsche Ort sollte interessante Tatsachen enthüllen. Er und ich können einander nicht viel mitteilen, es sei denn, wir finden eine gemeinsame Ebene, auf der wir beide zu Hause sind. Der Feind öffnet sich, wenn er angreift. Wollen wir mal sehen, wo er seine Schwäche verbirgt. Aber ist er wirklich feindselig? Will er mich nicht vielmehr verleiten, in meine eigene Tiefe zu fallen, wo die wahren Gründe verborgen sind?

Onkel Wisi benutzte keine Worte mehr. Sein Summen machte nasal klingenden Lauten Platz, als zupfe er die straffen Saiten einer Gitarre. Andere, viel tiefere Laute entstanden in der Kehle und wurden heftig durch geblähte Nasenlöcher gepreßt. Das Trommeln war lauter und höher geworden.

Er reißt mir die Seele aus dem Leib, dachte der Commissaris, und das mit meiner Zustimmung.

Onkel Wisi wurde eifriger. Er stand zwischen dem Commissaris und einem Schrank mit einigen hundert Flaschen, die durch die Vibrationen seiner stampfenden Füße auf den Regalen hüpften. Die Flaschen enthielten farbenprächtige Bohnen und zerquetschte Blätter in zarten Grüntönen. Die Musik ließ sie schimmern. Der Commissaris begann zu frösteln. Er verdrängte die Furcht. Alles Quatsch, dachte er. Damit bin ich fertig und mit dem Sinn auch. Es gab nie einen Sinn. Das wußte ich, als ich klein war, und ich vergaß es, als ich aufwuchs, aber vor kurzem bin ich auf die alte Wahrheit zurückgekommen. Was kann mir dieser Mann antun außer seine Spielchen treiben? Es ist alles ein Spiel, auch wenn wir eine Maschinenpistole aus einem ausgebrannten Sexladen in einer Gasse abfeuern, die in das kühle Licht des frühen Morgens gebadet ist, während eine Drossel singt. Zu dem Zeitpunkt war es nicht wichtig, jetzt bedeutet es auch nichts.

Der Singsang brach ab. »Ja?« fragte Onkel Wisi.

»Ja«, sagte der Commissaris. »Machen Sie nur weiter.«

Onkel Wisi stellte die Trommel weg und zog mit dem Fuß seinen Hocker zu sich heran. Er ordnete sein Gewand, als er sich setzte. »Würde es dir etwas ausmachen, dich hinzustellen, Opo?«

Der Commissaris spürte, wie die trockenen Hände seine Hüften und Schenkel betasteten. Onkel Wisi murmelte. Die knisternde Atmosphäre des Zimmers, aufgeladen durch das vorangegangene Musizieren, machte sich noch mehr bemerkbar.

Der Commissaris lächelte. »Nun? Doktor?«

»Eine lindernde Salbe«, sagte Onkel Wisi. »Sie wird helfen, aber an deinen Schmerz ist schwer heranzukommen. Ich werde etwas Stärkeres versuchen. Wiriwiri mit Extrationssalz und ein bißchen von diesem und jenem. Sag mal, kommt die Sonne in dein Badezimmer?«

Den Commissaris amüsierte Onkel Wisis familiärer Ton, unerwartet nach der feierlichen Einleitung. »Ja, morgens.«

»Gut, vielleicht solltest du früh baden. Laß dich zuerst von der Sonne bescheinen, es macht nichts, wenn sie hinter Wolken steckt, das Licht dringt trotzdem durch. Danach streust du Obia in die Wanne, nicht zuviel, gerade genug, damit das Wasser etwas farbig wird. Reibe auch etwas auf die schmerzenden Stellen. Dann weich dich ein.«

»Gewiß, Doktor.«

»Du hast eine Frau«, sagte Onkel Wisi. »Ich konnte ihre Gegenwart spüren. Sie muß Teil der Behandlung werden.«

»Meine Wanne ist nicht ganz so groß.«

»Sie braucht nicht mit ins Badewasser zu steigen. Bitte sie, bei dir zu sitzen. Sie kann sprechen, wenn sie will. Vielleicht möchte sie dich besprühen, einige Tropfen auf die schmerzenden Stellen.«

»Sehr gut«, sagte der Commissaris.

»Ich werde eine gute Portion zubereiten, damit du nicht immer kommen mußt. Du bist ein vielbeschäftigter Mann. Wenn ich fertig bin, werde ich Nellie die Flasche geben.«

»Und die Kosten?«

Onkel Wisi rieb sich die Nase. »Ziemlich teuer, Opo. Ich brauche drei Arten von Wiriwiri: Mangrasi, Sisibi und Smiri. Mein Sisibi ist fast verbraucht, aber es gibt bald eine neue Ernte im Garten.«

»Wieviel?«

»Gib Nellie das Geld. Es ist nicht für mich, ich muß es weitergeben, damit sichergestellt ist, daß Obia bei dir wirkt.«

»Wie ist es gelaufen?« fragte Nellie, als der Commissaris in ihre Küche kam.

»Eine höchst eindrucksvolle Darbietung«, sagte der Commissaris, »aber ich habe vergessen, was ich ihn fragen wollte.«

»Unheimlich, wie? Ich hörte, wie er sang. Hat er dir angst gemacht?«

»Ein wenig«, sagte der Commissaris. »Aber das ging vorbei, und nachher hatten wir Spaß.«

Sie hörte auf, die Karotten zu schaben. »Spaß? Als er es bei mir machte, fühlte ich mich innerlich ganz hohl. Das ist überhaupt kein spaßiges Gefühl.«

Der Commissaris zog ein Lid hoch und schnupperte. »Hohl zu sein ist ein ziemlich gutes Gefühl, würde ich sagen. Je leerer, desto besser. Was soll das werden? Ein Eintopfgericht?«

»Wenn es fertig ist, wird es Ragout sein. Ich bin eine Köchin für Feinschmecker, ich bereite keine Eintopfgerichte zu. Und zum Nachtisch gibt es Beeren mit Sahne. Beeren aus dem Garten, meinst du, daß du sie magst?«

»Und ob«, sagte der Commissaris. »Ich sollte jedoch arbeiten. Hinausgehen, herumschnüffeln.«

Nellies Messer schnitt wieder Karotten. »Das kommt später, das Viertel erwacht erst um Mitternacht, und du hast schon gearbeitet, nicht wahr? Ich meine, du solltest noch ein Nickerchen machen.«

12

»Du stehst auf dem Dreckhaufen«, sagte Cardozo. »Endlich hatte ich es zusammengefegt, und jetzt trittst du es im ganzen Haus herum.« Grijpstra trat zur Seite. Cardozo ließ den Besen fallen und trottete zur Küche. Er kam sofort zurück, kniete zu Füßen des Adjudant nieder und fegte den Staub auf das Kehrblech.

»Du mußt nicht übertreiben«, sagte Grijpstra. »Sauber ist ja gut, aber ich will nicht bei jedem Schritt ein Schuldgefühl haben. Das erinnert mich an zu Hause.« Er schlug an einen Schrank. »Die Farbe geht ab, diese Wohnung produziert ihren eigenen Schmutz. Ich habe nie begriffen, warum die Leute so viele Möbel ansammeln, sie vergrößern doch nur das Durcheinander. Du solltest meine Wohnung jetzt sehen. Ich dachte immer, meine Zimmer seien zu klein, aber jetzt, da der ganze Mist raus ist, habe ich plötzlich ungeheuer viel Platz. Und auch viel Licht. Sogar der Lärm verging. Wir müssen weniger haben, nicht mehr.«

Cardozo betrachtete den Schmutz auf seinem Kehrblech. »Was ist aus all deinen Möbeln geworden?«

»Sie folgten meiner Frau und den Kindern.«

»Und wohin sind sie gezogen?«

»Nach Arnheim.«

»Und wirst du auch dorthin gehen?«

Grijpstra kratzte sich am Kinn. »Tja, was soll ich denn in Arnheim tun?«

Cardozo machte eine anklagende Stechbewegung mit dem Handfeger. »Dich um Frau und Kinder kümmern.«

»Kann ich das nicht an den Wochenenden?«

»Ich kann dir nicht folgen«, sagte Cardozo.

»Ich hielt dich für einen Kriminalbeamten. Kannst du nicht selbst deine Schlüsse ziehen?« Grijpstra hob einen Finger. »Meine Frau hat eine Schwester, etwa so fett wie sie und ähnlich süchtig nach Fernsehserien. Die Schwester hatte einen Mann mit Geld und ohne Arbeit. Er trieb Zinsen ein, auf dem Lande ein ziemlich verbreitetes Phänomen. Keine Kinder, nur der Mann, der in der Kneipe Billard spielte. Ein Mann mit rotem Gesicht, weil er versuchte, die Politik zu verfolgen. In meinem Alter und tot, ganz plötzlich, als er auf der Toilette die Zeitung las.« Grijpstra schaute Cardozo triumphierend an. »Kannst du jetzt folgen?«

»Nein«, sagte Cardozo.

»Immer noch nicht klar? Es war Ostern, die Kinder hatten Ferien. Meine Frau nahm sie mit nach Arnheim. Ein riesiges Haus am Waldrand. Die Kinder hatten ihren Spaß. Meine Schwägerin hatte ebenfalls ihren Spaß.«

»Eine einsame Frau?«

»Nicht wenn meine Frau da ist, weil sie den ganzen Tag redet, und die Kinder rennen rein und raus. Ein großes Herrenhaus, in dem die meisten Zimmer leer sind.«

»Deine Frau ist also für immer dort eingezogen?«

Grijpstra steckte sich eine Zigarre an und warf das Streichholz auf das Kehrblech. »So ist es.«

»Und hat dich in einer leeren Wohnung zurückgelassen?«

Grijpstra zog an seiner Zigarre. Er lächelte. »Ja.«

»Du könntest um eine Versetzung bitten.«

»Ich könnte.«

»Aber du wirst nicht?«

»Ich glaube nicht, daß ich qualifiziert wäre. Ich bin nicht spezialisiert, weißt du. Ich bin sicher, die verüben sehr subtile Morde in den Provinzen.«

De Gier kam herein. »Was ist in dem Handtuch?« fragte Grijpstra.

De Gier faltete das Handtuch vorsichtig auseinander.

»Du hast auf mein Kehrblech getreten«, sagte Cardozo. »Warum haut ihr nicht ab, ihr beide, damit ich endlich hier mal fertig werde?«

Grijpstra ergriff Cardozo beim Kragen und riß ihn hoch. »Schau dir das an.«

»Unsere Mordwaffe?« fragte Cardozo.

»Nur eine andere Schmeisser«, sagte de Gier. »Nicht die, nach der wir suchen. Laut Handbuch für automatische Waffen ein Exemplar des verbesserten Modells MP 40. Die Deutschen haben davon bis zum Kriegsende mindestens eine Million hergestellt.«

Cardozo nahm die Waffe in die Hand. »Geladen?«

»Jetzt nicht mehr.«

»Paff-paff-paff.« Cardozo erschoß Staatsfeinde. Er legte die Waffe wieder hin. »Aber wenn es nicht die Waffe ist, die wir suchen, dann brauchen wir diese doch nicht, stimmt's?«

»Ich dachte, es würde dich interessieren«, sagte de Gier. »Die Waffe, hinter der wir her sind, ist ähnlich. Schau sie dir an, und denk nach. Vielleicht hast du einige nützliche Assoziationen. Außerdem ist ihr früherer Besitzer nicht ganz richtig im Kopf, und indem ich sie dem leicht Minderbemittelten aus der Hand nehme, helfe ich, die Ordnung zu wahren. Ich bin ein Allround-Polizist, nicht auf den besonderen Fall spezialisiert, der gerade akut ist.«

»Ich wollte, du würdest dich irgendwie spezialisieren«, sagte Grijpstra. »Hör auf herumzustreichen, Brigadier. Wie kommt's, daß du Zeit hattest, nach illegalen Waffen zu suchen, wenn du dem Arbeitsteam am Mordfall Obrian zugeteilt bist?«

De Gier wickelte die Maschinenpistole wieder ein. Grijpstra zog ihn am Ärmel. »Woher hast du sie?«

»Du bist mein Vorgesetzter, deshalb sollte auch deine Fragestellung deinem Rang entsprechen. Also: Wo war ich, als du mich verlassen hast?«

»Du hast sie im Leichenschauhaus gefunden?« fragte Grijpstra.

»In der Privatunterkunft des Aufsehers vom Leichenschauhaus.«

»Erklär mal.«

Grijpstra hörte zu.

»Ein Zufall«, sagte Cardozo. »Es trifft sich, daß wir nach einer Schmeisser fahnden, und du findest zufällig eine. Sogar ohne danach zu suchen. Ich habe auch etwas gefunden. Soll ich es ihm sagen, Adjudant?«

»Was?« fragte de Gier.

»Einen gelben Topf mit Metallstiel.«

De Gier setzte sich, drehte eine Zigarette, kniff den überflüssigen Tabak mit den Fingernägeln ab und knipste sein Feuerzeug an. »Das freut mich, nicht nur, weil du einen gelben Topf mit Metallstiel gefunden hast, sondern auch, weil du es mir erzählst.«

»In dem Topf waren noch Spaghetti«, sagte Cardozo, »und etwas Tomatensoße.«

»Nochmals vielen Dank. Für die zusätzlichen Einzelheiten.«

»Du bist doch nicht wirklich so dumm, oder?« fragte Cardozo. »Stimmt es nicht, daß du heute mit irgendeinem harten Gegenstand auf den Kopf geschlagen wurdest?«

De Gier sprang auf.

»Wieder auf mein Kehrblech«, sagte Cardozo, »aber ich will mich nicht beklagen, denn in der Polizeiausbildung wird Geduld gelehrt.«

De Gier versuchte, Tabak aus seinem Schnurrbart zu zupfen.

»Die Nachbarin«, sagte Cardozo, »eine Schwarze, die infolge unkontrollierbarer Umstände dem Alkohol verfallen ist.«

»Erzähl ihm den Rest«, sagte Grijpstra, »bevor er sich mit seinem Zupfen die Lippe abreißt.«

Cardozo berichtete.

»Gut gemacht«, sagte de Gier. »Ich hatte eine Frage, und ausgerechnet du hast mir prompt die Antwort geliefert. Danke, wenn uns auch dein erfolgreiches Schnüffeln zu nichts führt. Ich habe nur einen Kratzer abgekriegt, und die Frau hat sich geirrt. Mit ihrer Festnahme werden wir nicht viel erreichen. Deshalb werden wir sie nicht belästigen. Aber wir werden den Verdächtigen belästigen, der gestern abend im Olofssteeg Blei verstreut hat, denn wenn wir das nicht tun, macht er es wieder, und wir werden keine Zuhälter mehr in der Stadt haben. Keine Zuhälter, keine Huren, und die will die Bevölkerung nun mal haben. Wir dürfen nicht vergessen, daß wir den Bürgern dienen.«

»Dürfte ich einen Vorschlag machen?« fragte Cardozo.

»Daß ich auf das Philosophieren verzichte und statt dessen arbeite?«

»Ja, die Revierwache hier hat einen Schießstand. Können wir nicht hingehen und die Schmeisser dort abfeuern?«

»Wozu?«

»Zum Spaß?«

»Gute Idee«, sagte Brigadier Jurriaans. »Ich habe auch noch nie mit einer automatischen Waffe geschossen. Ich hole Adjudant Adèle, sie ist für den Schießstand verantwortlich.«

Grijpstra, de Gier und Cardozo standen vor der Schranke in der Wache, die Jurriaans hütete. Er öffnete die kleine Pforte, während er telefonierte. Er legte den Hörer auf. »Sie kommt. Folgt mir.«

»Adèle darf als erste schießen«, sagte de Gier.

Sie schaute zu, als de Gier das Magazin lud. Er drückte auf einen Knopf. »Hier, auf Schnellfeuer eingestellt. Nur den Abzug berühren, und paß auf, daß dir die Waffe nicht aus den Händen springt.«

Die Schmeisser feuerte. Jurriaans spähte durch sein Fernglas. »Gut, aber ein bißchen zu hoch.«

»Wie viele Patronen habe ich verbraucht?« fragte Adjudant Adèle.

Jurriaans zählte. »Sechs Treffer, und es waren zweiunddreißig im Magazin.«

»Du bist dran«, sagte de Gier zu Cardozo.

»Etwas zu weit nach rechts«, sagte Jurriaans. »Kann ich mal versuchen?« Er gab Grijpstra das Fernglas.

»Zu tief«, sagte Grijpstra, »aber dicht beieinander.«

»Laß mal sehen, wie gut du bist.«

Grijpstra schoß ebenfalls zu tief. Er gab de Gier die Waffe. »Jetzt zu unserem Meister.«

»Perfekt«, sagte Adjudant Adèle. »Alle ins Herz. Prächtig, Brigadier, und mit einer Waffe, die dir nicht vertraut ist.«

»Brigadier de Gier gibt ein bißchen an«, sagte Cardozo. »Er weiß nichts von der Bescheidenheit, die unter Kollegen üblich ist. *Wir* haben absichtlich schlecht gezielt.«

Adjudant Adèle lächelte de Gier an.

Ihr Lächeln betonte ihre Schönheit. De Gier registrierte ihre attraktive Figur, hervorgehoben durch die maßgeschneiderte Uniform, die sie geradezu sinnlich erscheinen ließ. Sie hatte einen sanft geschwungenen Mund, eine zarte Nase, und ihre Augen schimmerten feucht und verlockend unter dichten Wimpern.

»Ein Scherz«, sagte Cardozo. »Der Brigadier ist ein ausgezeichneter Schütze, und ich bin neidisch.« Seine Entschuldigung löste keine Kommentare aus. Cardozo zuckte die Achseln und ging zum Ende des Schießstands, um in einer mit Sand gefüllten Kiste zu graben.

»Kommst du?« rief Adjudant Adèle. »Ich muß die Tür verschließen.«

Cardozo lief auf sie zu. »Was wird aus der Waffe?«

»Bring sie ins Präsidium«, sagte Grijpstra. »Der Brigadier der Waffenkammer kann sie in seine Sammlung aufnehmen.«

»Und was sage ich ihm, wenn er fragt, woher sie kam?«

Grijpstra schaute de Gier an.

»Sag ihm, ich hätte sie auf der Straße unter einem Baum gefunden«, sagte de Gier. »Ein kleiner Junge habe sie mir gezeigt und sei dann gleich weggerannt. Sei so vage wie möglich. *Gefunden*, das genügt. Die im Präsidium kümmert's sowieso nicht, die wollen sie nur weglegen.«

»Ich weiß nicht«, sagte Grijpstra. »Warum soll er ihm nicht die

Wahrheit sagen? Jacobs ist beliebt und würde nicht angeklagt werden; jeder weiß, was ihm im Krieg zugestoßen ist.«

»Ich will kein Formular auf dem Schreibtisch des Staatsanwalts haben«, sagte de Gier. »Gefunden, sage ich.«

»Also gefunden.« Grijpstra folgte Jurriaans und de Gier zur Schranke. »Dein Adjudant Adèle ist eine wunderschöne Frau«, sagte de Gier. »Verheiratet, wie ich annehme?«

»Vor kurzem geschieden«, sagte Jurriaans, »aber sie hat jetzt einen Freund, es ist einer von uns, ein schwarzer Reserve-Brigadier, ein außergewöhnlicher Mensch, ein Soziologe in seiner Freizeit und ein Dozent.«

»Ein ernsthaftes Verhältnis?«

»Er ist verheiratet.«

»Warum«, fragte Grijpstra, »ist alles immer so kompliziert? Ich finde, daß ein Mann zu seiner Frau und seinen Kindern gehört und alle im selben Haus leben. Der Mann geht zur Arbeit, die Frau führt den Haushalt, die Kinder gehen zur Schule. Allgemeine Zufriedenheit an den Wochenenden und in den Ferien. Wenn wir es so halten könnten, wäre sogar unsere Arbeit ein Vergnügen.«

»Meinst du das wirklich, was du da sagst?« fragte de Gier.

Grijpstra brummte. »Na ja, mein Fall ist eher anders gelagert.«

»Jeder Fall ist anders«, sagte Jurriaans. »Meine Frau hat mich auch verlassen, nachdem wir jahrelang fröhlich und zufrieden zusammengelebt haben, aber ich habe keine Kinder. Es war wohl alles meine Schuld.«

»Hatte sie einen anderen?«

»Das hat sie mir nicht erzählt«, sagte Jurriaans.

»Unverantwortliches Verhalten von diesem Reserve-Brigadier«, sagte Grijpstra. »Die Leute von der Reserve sind zwar kaum professionell, weil sie keine Erfahrungen sammeln können, wenn sie sich nur in ihrer Freizeit mit unserer Arbeit befassen, aber immerhin ist das noch besser als gar nichts. Unsere Leiche ist schwarz, vielleicht könnte ein schwarzer Kollege die Situation ein bißchen erläutern.«

»Dieser Mann arbeitet in deiner Wache?« fragte de Gier. »Wie gut ist er?«

»Er ist ausgezeichnet«, sagte Jurriaans. »Er arbeitet hier fast jeden Abend.«

»Ein Soziologe«, sagte Grijpstra. »Alles langhaariger Unsinn, aber wenn er Dozent ist, ist er vielleicht doch ganz intelligent.«

»Und ob«, sagte Jurriaans, »außerdem hat er kurzes Haar. Er ist seit sechs Jahren in der Reserve. Die legen die gleichen Prüfungen ab wie wir. Man hat mir gesagt, die Reserve-Polizisten seien in einer besseren Lage als wir – sie steckten nicht bis zum Kragen in Routinearbeit und hätten deshalb einen objektiveren Gesamtüberblick.«

»Wie heißt er?« fragte Grijpstra.

»John Varé.«

»Ich möchte ihn gern kennenlernen.«

»Das wirst du bald.« Jurriaans lehnte sich an die Schranke. »Denkst du, der Mörder ist auch schwarz?«

»Wir denken nicht viel«, sagte de Gier.

»Wir versuchen, nicht zu denken, aber manchmal können wir nicht anders. Ich denke nicht, daß der Mörder schwarz ist.«

»Ich bin sicher, er ist es nicht«, sagte Jurriaans. »Obrian wurde von seinen schwarzen Brüdern bewundert. Die Schwarzen hier bedauern seinen Tod. In ihren Augen war er ein Halbgott, der das weiße Gesetz von innen nach außen kehren konnte. Seit Obrian die Schau abzog auf der Brücke, wo die schönste Frau des Viertels vor ihm auf die Knie ging und . . .«

»Schon gut«, sagte Grijpstra, »wir wissen es. Belassen wir es dabei, ja? Der Mann war schwarz und wurde ermordet. Er hatte eine schwarze Seele, und ich kann nicht in sie hineinschauen. Wenn du diesen John Varé auftreiben könntest und er uns führen würde, könnten wir vielleicht etwas rauskriegen. Ich will nur wissen, wodurch Obrian seinen Tod provoziert hat.«

»Varé kommt wahrscheinlich heute abend«, sagte Jurriaans, »aber dann habt ihr beide etwas anderes vor. Soviel ich weiß, wollt ihr ins *Hotel Hadde,* um Zuhälter zu beobachten, und für morgen abend plane ich eine kleine Razzia auf Lennies Bordellboot. Kein Wort darüber, damit nicht alle Welt weiß, was wir vorhaben, ehe wir überhaupt losgelegt haben. Ich nehme am besten nur Ketchup und Karate mit, die Lennie aus verschiedenen Gründen wie die Pest hassen, und wenn ich mehr Leute brauche, muß ich sie mir zusammensuchen, unmittelbar bevor wir losziehen.«

»Wie wäre es mit uns?« fragte Grijpstra. »De Gier und ich könnten Freier spielen und auf dem Boot sein, vielleicht ein bißchen Ärger machen.«

»Ja«, sagte de Gier, »und ihr seid draußen und fragt euch, was da los ist, und kommt dann rein.«

Jurriaans wurde nachdenklich. »Das könnte Ärger geben, provozieren ist illegal. Die Richter mißbilligen so was.«

»Wir gehen jedenfalls hin«, sagte de Gier. »Wir verhalten uns ruhig, nehmen jedoch einen Freund mit, der ein bißchen Putz macht.«

»Was für einen Freund?«

»Einen Kollegen.«

Jurriaans ordnete einen Stapel Formulare auf dem Tisch. »Wenn er Polizist ist, geraten wir immer noch in Schwierigkeiten.«

»Ein Polizist von außerhalb.«

»Von wo?«

»Von jenseits der Grenze.«

»Ah«, sagte Jurriaans. »Das ist besser. Hier spielt er dann den Touristen. Hast du einen bestimmten im Auge?«

»Kriminalhauptmeister Röder«, sagte de Gier. »Hamburger Polizei. Er war vor nicht allzu langer Zeit hier. Er bedankte sich bei uns überschwenglich. Er bettelte geradezu, daß er uns auch einen Gefallen tun möchte.«

»Das hört sich immer besser an.«

De Gier schaute in sein Notizbuch. Jurriaans schob dem Brigadier das Telefon herüber. De Gier wählte. »Was wird dieser Röder tun?« fragte Jurriaans.

»Sich mit dem Rausschmeißer prügeln«, sagte Grijpstra. »Sein Getränk verschütten. Fluchen. Er wird alles tun, was auf dem Boot nicht erlaubt ist.«

Jurriaans nickte. »Die haben einen Rausschmeißer. Einen Affen namens Baf. Muskelkerl, wiegt eine Tonne, war mal Berufsboxer, aber hat zuviel aufs Haupt gekriegt.«

»Ich kenne Baf«, sagte Grijpstra, »aber er mich nicht. War er nicht mal Rausschmeißer in einer Champagnerbar? Und hat einen Gast zusammengeschlagen? Hat drei Monate gekriegt, nicht?«

»Genau der.«

»Überrascht mich, daß Lennie ihn angeheuert hat. Ich hatte Lennie für schlauer gehalten.«

»Ist er auch«, sagte Jurriaans, »und Baf ist ruhiger geworden. So ruhig wie Lennies Bordellkunden. Du vergißt, daß Lennies Lokal ein Puff ist; wenn die Kunden gehen, haben sie alles bekommen. Das macht sie ruhig und höflich. Gäste einer Champagnerbar bekommen nur Champagner und ein Küßchen auf die Wange. Das erregt sie. Also legen sie sich mit dem Rausschmeißer an. Freier dagegen geben dem Rausschmeißer ein Trinkgeld.«

»Herr Röder?« fragte de Gier.

Grijpstra und Jurriaans hörten dem Gespräch auf ihrer Seite der Leitung zu. De Gier legte die Hand auf den Hörer. »Er will wissen, wer zahlt.«

»Also wirklich«, sagte Grijpstra, »was ist das für ein Gefallen? Wir laden ihn ein, im tollsten Puff unserer großen Stadt Krawall zu machen, und er erwartet noch, daß wir die Rechnung bezahlen? Was ist mit dem Verdächtigen, den wir ihm damals auf dem Tablett serviert haben?«

De Gier wartete.

»Warum guckst du mich so an?« fragte Grijpstra.

»Du hast die Verantwortung.«

»Fürs Geldverschwenden?«

»Kein Geld, kein Röder.«

Grijpstra nickte. »Wir zahlen«, sagte de Gier. »*Grüß Gott*, Herr Kommissar.«

»*Kriminalhauptmeister*«, sagte Grijpstra. »Und weshalb soll er Gott grüßen?«

»Es ist höflich, jemand mit einem höheren Rang anzureden. Und Gott wird es nichts ausmachen, auch wenn Röder ihn grüßt.«

Jurriaans holte Kaffee und verteilte die Tassen. »Ihm könnte es etwas ausmachen, wenn Baf wieder zu alter Form aufläuft und deinen Deutschen umbringt, aber wenn wir zahlen, dann passiert vielleicht nichts. Vorausgesetzt, daß er der Gott der Gerechtigkeit ist.«

»Gibt es noch andere?«

»Ich glaube schon, Adjudant.«

»Und John Varé? Kriege ich ihn oder nicht?« fragte Grijpstra.

»Was willst du denn von Varé?«

»Ethnische Informationen«, sagte Grijpstra. »Was ist beispielsweise ein Luku-Mann?«

»Was glaubst du denn, was das ist?«

»Ich stelle mir vor«, sagte Grijpstra, »daß ein Luku-Mann jemand sein muß, der in die dunklen Mächte eingeweiht ist.«

»Gönne mir eine Pause«, sagte Jurriaans, »und Varé auch. Selbstverständlich kämpft ein Luku-Mann für den Feind. Du glaubst doch nicht, ein gewöhnlicher, blöder Buschneger hätte eine solche Verheerung anrichten können, wie sie unser dahingeschiedener Herrscher des Viertels zustande brachte?«

De Gier legte den Hörer auf. »Röder wird morgen nachmittag hiersein.«

Cardozo kam an den Tisch, das zusammengerollte Handtuch unter dem Arm und einen kleinen Karton in der Hand. »Ich möchte auch Kaffee.«

»Später«, sagte Grijpstra, »wir gehen.«

Cardozo ging mit seinem Vorgesetzten zur Tür. »Warum hat Brigadier Jurriaans so nervös ausgesehen?«

»Weil er eifersüchtig ist«, sagte Grijpstra. »Er ist hoffnungslos in Adjudant Adèle verliebt, aber sie hat schon einen Freund, der außerdem schwarz ist.«

»Ich möchte alles wissen«, sagte Cardozo. »Und ohne um Informationen betteln zu müssen. Wenn ihr meine Intelligenz und Loyalität nutzen wollt, dann könnt ihr nicht wertvolle Tatsachen für euch behalten.«

»Hör nicht auf Adjudant Grijpstra«, sagte de Gier. »Jurriaans ist eifersüchtig auf mich, weil ich es so arrangiert habe, daß ich die Nacht mit Adjudant Adèle verbringen werde. Was möchtest du noch wissen?«

»Hat Adjudant Adèle wirklich einen schwarzen Freund?«

»Ja, einen Kollegen.«

»Es gibt keine schwarzen Polizisten in Amsterdam, bis auf drei Studenten, die für eine reife Frau viel zu jung sind.«

»Er ist Reserve-Brigadier.«

»Mehr.«

»Was mehr?«

Cardozo stieß mit der Schachtel nach de Gier. »Mehr Informationen.«

»He, was soll das?«

»Du machst mich verrückt, Brigadier. Was ist mit dieser schwarzen Polizei-Imitation?«

»John Varé«, sagte Grijpstra. »Soziologe. Stammt aus Surinam.

Freiwilliger in der Reserve. Dozent hier an der Universität. Intim mit unserem Adjudant Adèle, gelegentlich, denn er ist verheiratet.«

»Danke.«

»Und das nächste Mal bitte ein bißchen weniger Wirbel«, sagte Grijpstra. »Du nervst mich. Ich habe auch herausgefunden, was ein Luku-Mann ist. Ein Luku-Mann ist ein Zauberer, der sich auf die falsche Seite geschlagen hat.«

»Und tot ist«, sagte Cardozo. »Das sagte die Alkoholikerin, die de Gier mit ihrem Essen attackierte. Und jetzt? Wir wissen bereits, daß Obrian nicht ein typisches Durchschnittsopfer war, angesichts der Szene auf der Brücke. Erinnert ihr euch? Mit dieser tollen Edelnutte, die Obrian einen . . .«

»Ich will nichts mehr davon hören«, sagte Grijpstra.

»Aber das war es doch. Oraler Sex, wenn du die deutliche Sprache nicht ausstehen kannst. Ich brauche wirkliche Neuigkeiten, nicht nur Informationen, die unseren Verdacht lediglich bestätigen.«

»Darf ich dir mal einen guten Rat geben?« fragte de Gier.

»Ja, Brigadier?«

»Du bist zu eifrig. Mach mal halblang.«

Cardozo sah verletzt aus.

»Und hier sind die Wagenschlüssel«, sagte de Gier. »Immer mit der Ruhe.«

»Unser kleiner Hitzkopf«, sagte Grijpstra, als der Volkswagen mit kreischenden Reifen vom Straßenrand abfuhr. »Wenn er so übermütig wird, muß ich mich am Riemen reißen. Ihm gehören die Ohren langgezogen.«

»Cardozo provoziert gern und neigt dazu vorzupreschen«, sagte de Gier. »Schau mal, was wir da haben.«

Grijpstra nickte der schwarzen Katze zu, die, den Schwanz eng um Hinterteil und Füße gelegt, sie vom gegenüberliegenden Bürgersteig aus beobachtete. Grijpstra verdrehte den Hals. »Der Geier scheint zu einem Nickerchen nach Hause geflogen«, sagte de Gier grinsend. »Man könnte fast den Eindruck gewinnen, daß man hinter uns herspioniert.«

Sie gingen zur Revierwache zurück. »Was könnte in der Schachtel gewesen sein, die Cardozo hatte?« fragte Grijpstra. »Im Handtuch war die Waffe. Ich hoffe, er hat nicht versucht, die Schmeisser auseinanderzunehmen, wobei dann einige Teile übriggeblieben sind.«

Jurriaans winkte ihnen von seinem Tisch aus zu. »Ein Anruf für euch. Mijnheer Ober vom Präsidium. Er wartet auf euch in der Polizeigarage, irgendwas mit einem neuen Mercedes, der auf euren Wunsch hin beschlagnahmt worden ist.«

13

»Herein«, sagte der Commissaris.

Nellie zeigte ihm eine Flasche mit einer dicken grünen Flüssigkeit. »Dein Obia. Onkel Wisi hat es für dich gemacht.«

Der Commissaris betrachtete die Flasche. »Gut und frisch. Was ist das für Schaum?«

»Ich habe sie beim Treppensteigen geschüttelt. Du mußt es in die Haut reiben, sagt Onkel Wisi, und dann ein bißchen ins Badewasser gießen.«

»Stellst du sie bitte auf den Nachttisch?« Er öffnete seine Brieftasche. »Und könntest du dies Onkel Wisi geben?«

»Ist das nicht ziemlich viel Geld?«

»Umsonst gibt es nichts«, sagte der Commissaris. »Er hat sein Bestes getan, nehme ich an. Und er sagte, er werde das Geld weitergeben.«

»Du bist doch hoffentlich nicht sarkastisch«, sagte Nellie. »Onkel Wisi ist sehr ehrlich, mußt du wissen. Er verschenkt Sachen und behandelt viele Leute gratis. Aber die Reichen müssen zahlen, weil sie genug Geld haben. Eine Schlange kann man nicht rasieren, sagt Onkel Wisi immer.«

»Ich wollte ihn nicht beleidigen«, sagte der Commissaris und blickte auf die Flasche. »Glaubst du wirklich, daß es wirkt? Ich möchte keinen Ausschlag bekommen. Mit den Schmerzen werde ich irgendwie fertig, aber eine Hautkrankheit wird meinen Zustand nicht verbessern.«

»Glaubst du tatsächlich, daß mein Nachbar dir was anhexen will?«

Der Commissaris richtete sich im Bett auf. »Du nicht?«

»Nein«, sagte Nellie. »Zuerst war ich auch sehr mißtrauisch, bis ich ihn besser kennenlernte. Damals war ich noch im Geschäft und hielt die meisten Männer für Betrüger und Widerlinge.«

Nellie steckte die Geldscheine in ihre Schürzentasche. Sie schaute auf einen Stuhl. Der Commissaris erhob sich von seinem Bett. »Möchtest du dich setzen?«

Sie lächelte. »Du bist immer so höflich. Erst jetzt lerne ich wieder, daß es auch Gentlemen gibt. Du hättest meine Gäste sehen sollen. Zum Beispiel diese Japaner. Sie sahen wie richtige Gentlemen aus, wenn sie in die Bar kamen, aber wenn ich nicht aufpaßte, wurden sie brutal. Ich ziehe die Schwarzen vor, aber die hörten nie auf, so daß ich einen Wecker stellen mußte. Wenn er klingelte, war Schluß.«

»Nicht sehr romantisch.«

»Romantiker hatte ich auch. Die wollten flirten und so; für die mußte ich auch den Wecker stellen.«

»Macht es dir etwas aus, wenn ich mich wieder hinlege?«

»Soll ich dich zudecken? Ich habe eine hübsche Reisedecke.«

»Nein«, sagte der Commissaris. »Sag mal, Nellie, welche Verbindung bestand eigentlich genau zwischen Onkel Wisi und Obrian, es muß etwas zwischen ihnen gegeben haben. Und wie viele Tiere hat Onkel Wisi jetzt?«

»Zwei. Opete und Tigri. Du hast sie ja beide kennengelernt.«

»Und wenn ich dir jetzt sage, daß der Geier gestern abend über dem Olofssteeg geflogen ist und die Katze ebenfalls in der Gasse war?«

»Verdammt.«

Der Commissaris wandte den Kopf »Was hast du gesagt?«

»Ich sagte ›verdammt‹. Das muß es gewesen sein, was Onkel Wisi am Sonntagabend getan hat. Ich war mir nicht sicher, aber ich glaube, jetzt bin ich es.«

Der Cormmissaris wartete.

»Weißt du«, sagte Nellie, »als du heute nachmittag bei Onkel Wisi warst, ich meine, nachdem ich gegangen war, da hat er für dich gesungen, nicht wahr?«

»Ja?«

»Und getrommelt?«

»Er machte eine angenehme Musik.«

Nellie beugte sich vor, die Hände auf ihren Schenkeln. »Am Sonntagabend hat er auch Musik gemacht. Nicht so angenehme. Er krächzte und schrie, und auch die Trommel klang häßlich. Ich konnte nicht schlafen, und als er endlich aufhörte, hatte ich die schrecklichsten Träume.«

»Was für welche, Nellie?«

»Über ihn selbstverständlich. Ich hatte Angst vor Onkel Wisi, zum erstenmal überhaupt.«

»Du meinst, er hat Obrian verdammt?«

»Ja.«

»Aber waren sie denn nicht Freunde?«

Nellie schüttelte den Kopf »Nein, sie waren keine Freunde.«

»Aber sie trafen sich. Du hast mir selbst gesagt, daß Obrian Onkel Wisi besuchte.«

Nellie stand auf und schaute zum Fenster hinaus.

»Ich verstehe nicht«, sagte der Commissaris.

Sie schaute über die Schulter. »Wie kann ich es dir erklären? Nimm zum Beispiel Henk. Er besucht dich manchmal, nicht wahr?«

»Gewiß.«

»Ohne Grund?«

»Nein, gewöhnlich gibt es einen Grund. Wir arbeiten zusammen, deshalb bitte ich manchmal meine Frau, ihn zum Abendessen einzuladen. Wir sind Freunde.«

»Du bist sein Chef«, sagte Nellie.

Der Commissaris lächelte. »Die Zeiten haben sich verändert, Nellie. Keiner ist mehr Chef. Wir arbeiten alle im Team.«

»Aber er muß tun, was du ihm sagst.«

»Tja«, sagte der Commissaris, »in gewisser Weise vielleicht.«

»In jeder Weise. Nimm mal an, Henk würde nicht tun, was du sagst. Es ablehnen, meine ich.«

»Das würde unsere Zusammenarbeit ziemlich stören«, sagte der Commissaris, »aber ich glaube nicht, daß ich den guten Adjudant verdammen würde.«

»Ich drücke mich nicht sehr verständlich aus, nicht wahr? Aber kannst du mir überhaupt nicht folgen?«

»Doch«, sagte der Commissaris. »Bis wann hat Onkel Wisi in der vergangenen Nacht gesungen und getrommelt?«

»Bis zum Morgengrauen.«

»Also war er um zwanzig nach drei noch auf?«

»Du glaubst doch nicht etwa, daß Onkel Wisi die Waffe abgefeuert hat, oder? Onkel Wisi schießt nicht.«

»Er verflucht eher«, sagte der Commissaris. »Und die Verdammung hat bestimmt gewirkt. Ich brauche jetzt nur noch den Namen der Person zu wissen, die den Fluch in die Tat umsetzte, damit ich den Fall abschließen kann.«

Nellie setzte sich auf sein Bett. »Ich weiß den Namen nicht, aber wenn Onkel Wisi wirklich etwas will, dann schafft er es auch.«

»Gleichgültig, ob die Leute es wollen oder nicht?« fragte der Commissaris. »Das ist schlimm. Die Vorstellung gefällt mir überhaupt nicht. Stell dir nur mal vor, wir würden uns alle auf so etwas einlassen. Etwa Puppen von Verdächtigen machen und mit Nadeln in sie stechen? Oder abgeschnittene Nägel oder Haare sammeln, um sie zu verbrennen; das wird ebenfalls gemacht. Hexerei ist das, einfach verabscheuenswürdig.«

Sie versuchte zu lächeln. »Du glaubst doch nicht etwa, daß Zauberei wirkt.«

»Es würde mich nicht überraschen«, sagte der Commissaris. »Und wenn Onkel Wisi wirklich die Schwarze Magie ausübt, sollten wir ernsthaft mit ihm sprechen.«

»Das tut er nicht«, sagte Nellie. »Du kennst ihn noch nicht. Ich sehe, wie er Menschen hilft. Er hat für jeden Zeit, und es macht ihm nichts aus, wenn er nicht bezahlt wird. Er hört sich an, welche Schwierigkeiten und Sorgen anliegen, und überreicht dann seine Medizin und singt und ...«

»Er sang für Obrian, und schau dir an, was passiert ist.«

Nellie kräuselte die Lippen.

»Nun?« fragte der Commissaris.

»Obrian war schlecht. Er mußte verschwinden. Wie sollte es sonst weitergehen? Er wurde immer mächtiger, und die Polizeiwache hier konnte ihn auch nicht länger unter Kontrolle halten. Du hast keine Ahnung, zu was Obrian fähig war.«

»Und was war das?«

»Wir hatten hier mal eine Frau, sie hieß Madeleine«, sagte Nellie.

Der Commissaris nickte.

»Was hältst du davon: Die Bullen waren dabei, sahen sich das alles an. *Die* wußten auch nicht, was sie tun sollten.«

»Hmm.«

»Was hättest du getan?«

»Ich glaube, ich hätte ebenfalls zugeguckt.«
»Und dann?«
»Dann hätte ich mich ein bißchen mit Obrian befaßt.«
»Und hättest du ihn verhaftet?«

Der Commissaris betrachtete seinen Zigarrenstummel. Nellie stellte einen Aschbecher auf das Bett.

»Danke. Ja, ich glaube, ich hätte ihn verhaftet. Er war Zuhälter und handelte mit Drogen. Einem solchen Verbrecher kann man immer ein Bein stellen.«

»Obrian nicht«, sagte Nellie. »Luku Obrian kannte Tricks. Wer auch immer hinter ihm her war, der stellte sich selbst ein Bein.«

Der Commissaris rieb sich das Bein.

»Würde es dir etwas ausmachen, die Hose auszuziehen?«
»Was soll ich tun?«

Nellie hatte die Flasche genommen. »Zieh bitte die Hose aus.« Sie streifte ihm die Hosenträger von den Schultern. »Onkel Wisi sagte, du solltest nicht zu lange damit warten. Wo sind die schmerzenden Stellen?«

Der Commissaris schloß die Augen.

»Bitte.«
»Nein.«

»Doch.« Sie zog ihm die Schuhe aus und zerrte an seiner Hose. »Ich habe schon Männerbeine gesehen, und die Unterhose kannst du anbehalten. Ich stecke meine Hände von der Seite hinein, damit ich dir nicht zu nahe komme.«

Der Commissaris stöhnte.

»Tut es weh?«
»Es brennt.«

»Ist das kein schönes Gefühl?« Nellie verrieb die Flüssigkeit. »Ist das die richtige Stelle?«

»Etwas höher.«

»Dann muß die Unterhose auch runter.« Sie goß sich mehr von der grünen Flüssigkeit in die Hand. »Es brennt etwas, nicht wahr? Aber nur ein bißchen. Jetzt umdrehen, damit ich es überall einreiben kann. Rheuma steckt in den Knochen, daß muß richtig einziehen. So. Wie fühlst du dich jetzt?«

Der Commissaris zog sich an. »Danke. Jetzt bin ich wieder müde, praktisch reif fürs Sanatorium.«

»Du ruhst dich aus, und ich bereite unterdessen das Abendessen vor. Magst du Steak mit Bratkartoffeln und jungen Erbsen aus dem Garten?«

»Das hört sich ausgezeichnet an.« Er ging zur Tür. »Hast du was dagegen, wenn ich dein Telefon benutze?«

»Es ist im Büro.«

»Ja, Liebling?« fragte der Commissaris.

»Jan? Oh, ich freue mich so, deine Stimme zu hören. Ist alles in Ordnung?«

»Es könnte nicht besser sein. Ich bin doch ein richtiger Glückspilz. Ich sitze in einem freundlichen kleinen Hotel und arbeite auch ein wenig. Du siehst zwar nicht viel davon, aber ich beschäftige mich tatsächlich.«

»Was tust du denn?«

»Vor allem schlafen, meine Liebe. Und im Garten gibt's eine Hängematte und Blumen und ein paar interessante Tiere. Kurz, es ist ein Ort zum Wohlfühlen.«

»Übertreib's nicht.«

»Ich treib's, soweit ich es kann.«

»Und wo ist dieser Ort?«

»Im Recht Boomssloot. Die Nummer fällt mir nicht ein, aber draußen hängt ein Schild in mehreren Sprachen.«

»Und wissen die anderen, wer du bist?«

»Nur die Besitzerin, meine Liebe, eine gewisse Nellie.«

»Jan?«

»Ja?«

»Findest du das Haus wirklich angenehm?«

»Es ist bescheiden, aber gemütlich, Liebling.«

»Und wie lange wirst du bleiben?«

»Vielleicht noch einen Tag oder etwas länger. Heute abend werde ich im Viertel herumschnüffeln.«

»Sei vorsichtig, und melde dich mal.«

Er las die Nummer, die auf dem Telefon stand.

»Wiedersehen, Lieber.«

»Wiedersehen.«

Der Commissaris stolperte die Treppen hinauf und hielt sich mit beiden Händen am Geländer fest. Seine Beine waren verkrampft und glühten. »So ein Hexengebräu, warum lasse ich mich auf ein solches Zeug ein?« Er schlug die Tür hinter sich zu und wankte zum Bett. Er fühlte sich kraftlos, als er hinfiel. Er versuchte wieder aufzustehen, aber seine Muskeln waren anscheinend zu schlaff, und er sank zurück. Krampfhaft bemühte er sich, wach zu bleiben.

Ich rudere auf einer Gracht. Wie lange arbeite ich schon für die Stadt und bin nie dazu gekommen mal zu rudern, jetzt zum erstenmal. Er zog die Riemen durch, und das Boot schob seine schlanke Nase durch kleine Wellen, die sich am Bug teilten und an den Seiten entlangschäumten. Der Commissaris schaute hoch auf die majestätischen Bäume und hohen silbernen Häuser, die sich vom klaren Himmel scharf abhoben. Dies muß die Biegung der Herengracht sein, das Zentrum der Altstadt, das Sinnbild großartiger Macht, und ich rudere hier entlang, ich bin in Uniform, in legaler Ausübung meiner Pflicht. Ich bin ein Admiral, mit goldenen Streifen an den Ärmeln und Orden an meiner Brust. Ich bin anscheinend ein wichtiger Mann, aber das ist wohl nur eine Illusion, denn ich bin ein einfacher Beamter und diene dem Volk. Inzwischen erfreue ich mich meines Daseins, denn meine Arbeit macht mir Spaß.

Die Gracht wurde breiter, und er konnte die Kais nicht mehr sehen. Dunkelgraue Wolken bildeten sich und standen am Horizont, der Commissaris stützte sich auf die Riemen. Das Wasser um ihn herum schwoll an. Die Oberfläche war bedeckt von faulenden Blättern und schleimigen Pflanzen. Ein anderes Boot näherte sich. Ein Kanu, dachte der Commissaris, bemannt mit Wilden, mit schrecklichen Kannibalen, hör dir die Schreie an. Hoffentlich sind sie nicht hinter mir her.

Er bemerkte ein Schwert an seiner Seite. Er stand auf und zog es aus der Scheide.

Das Kanu glitt am Boot vorbei. Obrian stand an der Spitze, den Mund in einem Angstschrei geöffnet. Die Wesen, die im Kanu knieten, paddelten wie rasend. Sie sehen eher wie Schildkröten aus, dachte der Commissaris, aber nicht so freundlich wie meine zu Hause. Schau dir die harten kleinen Augen an und die offenen Mäuler mit den rasiermesserscharfen Zähnen. Und weshalb brüllen sie?

Ein kleineres Kanu flitzte über das Wasser, viel schneller als das erste. Nur ein Mann stand in dem kleinen Boot, eine Katze hatte sich am Bug festgekrallt, und ein großer, unheilverkündender Vogel saß am Ruder. »Hallo, Onkel Wisi«, rief der Commissaris und winkte mit dem Schwert. »Hallo, Tigri, hallo, Opete.«

Onkel Wisi tippte an sein Perlenkäppchen, hielt aber den Blick auf den fliehenden Obrian gerichtet. Das Fell der Katze war gesträubt, der Schwanz fegte hin und her. Opete schien ebenfalls zornig zu sein, er beugte sich vor, den scharfen Schnabel direkt nach vom gerichtet. Der Geier breitete die Schwingen aus, bereit, loszufliegen.

Der Commissaris steckte das Schwert in die Scheide und griff nach den Riemen. Sein Boot schoß über das Wasser. »Onkel Wisi«, rief der Commissaris. »Überlaßt es mir. Ich werde den Verbrecher ergreifen.«

»Zu spät«, schrie Onkel Wisi. »Faß ihn, Opete!«

Der Geier flog hoch und stieß herab. Obrian versuchte, sich zu verteidigen, während seine Paddler über Bord sprangen und heulend versanken, in die Tiefe gerissen von den Pflanzen, die von allen Seiten nach ihnen griffen. Tigri sprang ebenfalls und klammerte sich an Obrians Rücken, sie zerriß ihm mit den Krallen das Fleisch und biß ihn in den Nacken. Opete hackte mit dem Schnabel in Obrians Kopf.

Onkel Wisi schaute zu. Der Commissaris ebenfalls.

»Ich wollte, Sie hätten das nicht getan«, sagte der Commissaris.

»Ich konnte ihn dir wirklich nicht überlassen«, sagte Onkel Wisi. »Vielleicht ist es zu deinem Besten. Wir haben alle unsere Verantwortung.«

Obrians Skelett verschwand im grünlichen gallertartigen Wasser. Tigri rieb den Kopf an Onkel Wisis Bein. Opete saß auf seiner Schulter und säuberte den Schnabel an einer angehobenen Schwinge.

»Wir können jetzt zurückfahren, Opo«, sagte Onkel Wisi. »Soll ich dich abschleppen?«

»Nein, danke«, sagte der Commissaris. »Das ist mein eigenes Boot, und das Wasser gehört mir auch.«

Der Commissaris erwachte schweißgebadet, lächelnd. Er stand auf und ging nach unten.

Nellie begegnete ihm im Korridor. »Ich bin fast fertig.« Sie zeigte auf eine Schachtel, die im Korridor stand. »Eine Dame hat sie für dich gebracht.«

»Was ist drin?«

»Ich weiß es nicht«, sagte Nellie, »aber ich glaube, daß es lebt.«

»Wie sah die Dame aus?«

»Eine nette alte Dame mit weißem Haar. Sie kam in einem Citroën, aber sie hatte in der zweiten Reihe geparkt und konnte deshalb nicht warten.«

Der Commissaris nahm den Deckel von der Schachtel. Das Stroh darin bewegte sich.

»Huh«, sagte Nellie. »Das ist doch wohl keine Schlange oder so was?«

Ein kleiner Kopf kam aus dem Stroh. »Eine alte Freundin«, sagte der Commissaris. »Du bist gekommen, um mir Gesellschaft zu leisten? Das ist sehr aufmerksam von dir.«

»Ist das deine Schildkröte?«

»Und die Dame ist meine Frau.«

Der Commissaris nahm die Schildkröte heraus.

Der Bauchpanzer paßte genau auf seine Hand, aber der Kopf und die Beine ragten darüber hinaus. »Siehst du, wie zahm sie ist?«

Nellie öffnete die Tür zum Garten, und der Commissaris setzte die Schildkröte auf die Erde.

»Sie ist ganz schön schnell auf den Beinen«, sagte Nellie. »Schau mal, wie sie zu meinem Salat rennt.«

»Halt«, rief der Commissaris.

»Nein, ist schon gut. Sie kann soviel fressen, wie sie will. Wie geht es deinen Beinen?«

»Besser.«

»Siehst du?«

Nellie ging wieder in die Küche, und der Commissaris setzte sich in den Garten. Die Schildkröte fraß an einem Blatt. »Einige deiner Genossen sind in meinem Traum vorgekommen, Schildkröte«, sagte der Commissaris leise.

Die Schildkröte schaute auf, das Salatblatt hing ihr aus dem Maul.

»Aber es waren böse Schildkröten.«

Die Schildkröte fraß.

»Trotzdem ging alles gut aus.«

Nellie kam heraus, deckte den Tisch und stellte eine Flasche Wein und zwei hochstielige Gläser hin. »Du kannst schon mal den Korken herausziehen.«

Er nahm den Korkenzieher. »Nellie?«

»Ja, Onkel Jan?«

»Opete sitzt auf der Mauer. Er wird meiner Schildkröte doch wohl nichts tun, oder?«

»Bestimmt nicht«, sagte Nellie. Sie rieb über den Schild des Reptils. »Du kannst jetzt mit dem Kopf herauskommen, der Vogel ist ein Freund.«

14

»Die Polizeigarage ist ja auch nicht gerade nebenan«, sagte Grijpstra, »und Cardozo ist eben mit unserem Wagen weggefahren.«

»Einen Moment«, sagte Jurriaans. »Einen kleinen Augenblick.« Er holte tief Atem, lehnte sich nach hinten und beugte sich vor. »Ketchup!«

Ketchup tauchte auf und nahm Haltung an.

»Bring die Kollegen zur Polizeigarage.«

»Gute Nachricht?« fragte Ketchup. »Ist was passiert? Endlich Action?«

»Eine Fahrt«, sagte Grijpstra. »Nichts Besonderes. Brigadier de Gier hatte sich die Zeit und Mühe gemacht, heute nachmittag einen Wagen anzuhalten, und jetzt gibt es zusätzliche Arbeit. Als ob wir nichts Besseres zu tun hätten. Eins nach dem anderen, sage ich immer, Scheuklappen angelegt und immer schön geradeaus, dann kommt das Pensionsalter von selbst, aber dem Brigadier beliebt es, die bewährten Pfade zu verlassen.«

»Wie ich«, sagte Ketchup. »Ich erledige am liebsten alles gleichzeitig. Karate auch. Ein bißchen Chaos veranstalten, sagen wir dazu, aber meistens führen wir die Arbeit zu Ende.«

»In Habachtstellung brauchst du deshalb nicht zu sprechen«, sagte de Gier. Ketchup sprang hoch und stand dann mit leicht gegrätschten Beinen und auf dem Rücken zusammengelegten Händen vor ihnen. »Mit den Benimmregeln kommen wir nicht ganz klar, schließlich sind wir nur uniformiertes Fußvolk. Die Kriminalbeamten stehen höher, deshalb achten sie auf ihre Manieren, stimmt's, Brigadier Jurriaans?«

»Weggetreten«, bellte Jurriaans. »Bring die Herren hin und wieder zurück, aber ein bißchen plötzlich.«

Ketchup rannte davon und kam mit einem neuen Renault-Streifenwagen zurück. Grijpstra und de Gier stiegen ein. Die Wagensirene heulte, und das sich drehende Blaulicht wurde in den vorbeihuschenden Fenstern der Bars reflektiert. Grijpstra beugte sich zu Ketchup hinüber. »Langsam, es besteht kein Grund zur Panik, Konstabel.«

»Brigadier Jurriaans hat mich zur Eile gemahnt«, erwiderte Ketchup. Der Wagen kreischte am Prins Hendrikkade vorbei, bremste kaum vor roten Ampeln, drehte wieder vom Fluß ab und raste in die Anne Frankstraat. Grijpstra fluchte, de Gier grinste.

Die Türen glitten auf, der Renault schoß in die große, von weißen Neonröhren beleuchtete Garage, die Sirene seufzte eine letzte Klage. Ein weißhaariger Mann in tadellosem Anzug sprang zur Seite.

»Guten Tag, Mijnheer Ober«, sagte Grijpstra.

»Es bestand kein Grund zur Eile, Adjudant, waren Sirene und Blaulicht auf deine Anordnung hin eingeschaltet?«

Ketchup marschierte heran und salutierte. »Auftrag ausgeführt, Mijnheer.«

»Ich habe dich nicht gefragt, ich spreche mit dem Adjudant.«

»Ja, Mijnheer«, sagte Grijpstra.

»Dann würde ich bei künftiger Gelegenheit etwas weniger Eifer zu schätzen wissen.«

»Ja, Mijnheer.«

Ober wartete.

»Verzeihung, Mijnheer.«

»Ja, Adjudant. Kommt bitte mit. Das ist der Wagen, den wir dank deiner Hilfe erwischt haben. Die Verdächtigen sind in Haft genommen worden. Ein guter Tip, Adjudant.«

De Gier hüstelte.

»Es war nicht meine Idee, Mijnheer«, sagte Grijpstra. »Der Brigadier hat den Verdächtigen entdeckt.«

Ober nahm den Blick nicht vom Gesicht des Adjudant. »Ich glaube, daß ihr beide als Paar arbeitet und du der Ranghöhere bist?«

De Gier stieß Grijpstra den Ellbogen leicht in die Seite.

»Ja, Mijnheer«, sagte Grijpstra.

»Gut, Adjudant.«

Zwei Mechaniker zerlegten die Reste des Mercedes in noch kleinere Stücke. »Ich denke nicht, daß wir noch mehr finden werden«, sagte Ober, »aber wir haben genug, um dem Gericht eine Freude zu machen. Mehr als ein Pfund Heroin baumelte in einem Aluminiumrohr im Benzintank. Die Verdächtigen leugnen selbstverständlich jede Kenntnis von der Ladung, aber sie haben uns bereits etwas erzählt, und die Ermittlungen kommen gut voran. Es würde mich nicht überraschen, wenn weitere Festnahmen folgten, und mit etwas Glück kriegen wir vielleicht sogar die Türken, die das Zeug eingeschmuggelt haben. Nochmals meinen Glückwunsch, Adjudant.«

Ketchup flüsterte: »Wer ist das?«

De Gier flüsterte zurück: »Hoofdinspecteur Ober, Rauschgiftdezernat.« Der Brigadier ging langsam davon, Ketchup folgte ihm.

»Hallo«, sagte ein Polizist mit Schutzhelm, der neben einem Motorrad stand.

»Hallo, Orang«, sagte Ketchup. »Hast du 'ne Minute Zeit?«

De Gier ging weiter und bewunderte die ordentlich aufgebockten schweren Motorräder, die von ehrfurchtsvoll knienden Mechanikern mit Schraubenziehern liebkost wurden. An einigen Motorradsätteln waren Haarbüschel befestigt worden. De Gier berührte eins. »Was ist das?«

»Ein Skalp«, antwortete ein Mechaniker. »Wenn sie einen Hells Angel festnehmen, behalten sie ein Andenken.«

»Echtes Haar?«

»Alles ist hier echt.«

»Und das da? Ist das echtes Blut daran?«

»Das kam von einem Hells Angel, der den Beamten belästigte.«

»Schläge mit dem Gummiknüppel?«

»Der Kerl bekam einen Schädelbruch.« Der Mechaniker zuckte die Achseln. »Das wird sie lehren, sich nicht mit unseren speziell ausgebildeten Motorradpolizisten anzulegen. Wer sind Sie? Ein Journalist?«

De Gier zeigte seinen Ausweis.

»Und das?« fragte de Gier. »Ist das nicht eine Kinderkarre? Oder genauer gesagt, war es eine?«

»Das Kind ist tot«, sagte der Mechaniker. »Von einem Betrunkenen angefahren. Die Polizisten haben den Betrunkenen erwischt.«

»Das ist ja hier fast so schlimm wie im Leichenschauhaus.« De Gier wischte sich mit dem Taschentuch über die Stirn. Er sah

Ketchup, der sich mit dem Motorradpolizisten namens Orang heftig gestikulierend unterhielt. Der Polizist hörte aufmerksam zu. Er war klein und breit, seine langen Arme hingen locker herab und reichten bis zu den Knien. Unter dem Rand seines orangefarbenen Helms glitzerten tiefliegende schwarze Augen über einem Bart, der bis zu den Backenknochen wuchs.

»Das ist Orang-Utan«, sagte der Mechaniker, »einer unserer Schlimmsten, aber er ist der beste Fahrer in der Stadt.«

»Brigadier de Gier?«

De Gier ging zum Hoofdinspecteur. »Mijnheer?«

»Was hat dich veranlaßt, den Mercedes zu stoppen?«

De Gier rieb sich das Kinn. »Tja, Mijnheer, irgend etwas stimmt da nicht, dachte ich. Ein schwarzer Strolch in einem so kostspieligen Wagen. Ziemlich seltsam, dachte ich.«

»Das hört sich sehr nach Diskriminierung an, Brigadier. Hättest du den Verdächtigen angehalten, wenn er weiß gewesen wäre?«

»Moment mal«, sagte Grijpstra.

»Adjudant?«

»Damit bin ich nicht einverstanden, Mijnheer Ober. Im vergangenen Monat haben wir einen jungen Mann angehalten, der ein neues BMW-Kabriolett fuhr. Der Verdächtige trug zerrissene Kleidung und hatte langes blondes Haar. Es stellte sich heraus, daß er den Wagen gestohlen hatte. Er war weiß.«

»Das war kein netter junger Bursche«, sagte de Gier. »Er bewohnte ein verlassenes Hausboot, wo wir eine Minderjährige fanden, die für ihn auf den Strich ging.«

»Ich verstehe«, sagte der Hoofdinspecteur. »Wie wäre es mit einer guten Zigarre für euch beide?«

Die Kriminalbeamten bedankten sich.

»Der Verfall der Gesellschaft ist unaufhaltsam«, sagte Ober und zog an seinem Stumpen. »Aber wir sollten uns bemühen, unsere moralischen Maßstäbe aufrechtzuerhalten. Nehmt beispielsweise den bärtigen Konstabel dort drüben. Er wurde vor kurzem kritisiert, weil er einige verdächtige Jugendliche verletzt hatte.«

»Weshalb wurden sie verdächtigt?« fragte Grijpstra.

»Sie hatten ihm den Weg abgeschnitten und ihn einen Nigger genannt.«

»Aber er ist kein Neger«, sagte de Gier. »Er sieht eher aus wie ein Schlitzauge, würde ich sagen. Aus einer unserer früheren Kolonien im Osten, stimmt's?«

»Brigadier!«

»Mijnheer?«

»Orang-Utan stammt von der Insel Ambon«, sagte Grijpstra. »Die Religion dort ist kriegerisch. Die Ambonesen gelten als sehr mutig. Erst vor kurzem stand etwas über Orang in der Zeitung. Ein kleiner Junge war zwischen die automatischen Türen einer Straßenbahn geraten und wurde mitgeschleift, weil ein Fuß eingeklemmt war. Orang schnitt der Straßenbahn den Weg ab. Das Motorrad war total hin, und Orang wurde verletzt, aber der Junge war gerettet. Können wir sonst noch etwas für Sie tun, Mijnheer?«

»Nein, Adjudant.«

Ketchup setzte den Renault zurück und öffnete die Beifahrertür. Seine Hand glitt zum Armaturenbrett. »Nein«, sagte Grijpstra und schob die Hand des Konstabel weg vom Sirenenschalter.

»Du hast doch nicht etwa Angst vor unserem gestrengen Vorgesetzten, der seinen Spazierstock verschluckt hat, Adjudant?«

»Eine Heidenangst«, sagte Grijpstra. »Benimm dich anständig, dann kriegen wir auch keinen Ärger. Also fahr jetzt vernünftig. Konstabel Rinus?«

»Ja?« fragte de Gier.

»Warum hast du Mijnheer Ober nicht gesagt, daß du den Verdächtigen aus einem Haus hast kommen sehen, wo bekanntermaßen mit Rauschgift gehandelt wird?«

De Gier reckte sich. »Ist das wichtig? Er wurde jedenfalls geschnappt. Der Hoofdinspecteur hat mich ein bißchen irritiert.«

Ketchup überfuhr jede Kreuzung bei Rot. Grijpstra berührte seine Schulter. »Laß das.«

»Verzeihung, Adjudant. Macht der Gewohnheit, nehme ich an. Schaut mal, dort fährt Gustav mit seiner Corvette.« Ketchup winkte.

Der Fahrer des niedrigen Sportwagens schaute weg. »Macht nichts«, sagte Ketchup. »Morgen schnappen wir dich. Luku ist gebraten worden, du wirst geschmort.« Er schaute de Gier an. »Wie ich höre, gehst du morgen mit uns Streife?«

»Ja«, sagte de Gier und stieg aus. »Hallo, Cardozo. Was ist passiert? Wo bist du denn reingefallen?«

»Es ist auf mich gefallen«, sagte Cardozo. »Wenn du mir das

nächste Mal deinen Wagen gibst, dann sag mir gleich, daß sich das Schiebedach nicht schließen läßt.«

»Ist das Farbe?« fragte Grijpstra.

»Nein, die gesammelte Scheiße einer ganzen Schwadron von Möwen, die bis dahin an Verstopfung gelitten hat. Ich sah es kommen, aber das Dach klemmte.«

»Sie tropft aus deinem Haar«, sagte Ketchup. »Würde es dir etwas ausmachen, ein wenig Distanz zwischen uns zu legen?«

Cardozo ging davon.

»Er ist neuerdings nicht gerade ausgeglichen«, sagte de Gier. »Jetzt habe ich ihn immer noch nicht gefragt, was in der kleinen Pappschachtel war.«

»Laß uns etwas essen gehen«, sagte Grijpstra, »jetzt ist genau die richtige Zeit, und dann ins Bett.«

»Und *Hotel Hadde?*«

»Dann stehen wir wieder auf«

»*Hotel Hadde?*« fragte Ketchup. »Seid lieber vorsichtig.«

»Wir sind friedliche Burschen«, sagte Grijpstra. »Wir sind mit jedem gut Freund, wohin wir auch gehen. Komm mit, Brigadier.«

»Ich werde einen Happen essen«, sagte de Gier. »Aber ich brauche keinen Schlaf. Hast du später noch Dienst, Ketchup?«

»Ja, Brigadier.«

»Dann komm ich mit.«

»In Uniform«, sagte Grijpstra.

»Nein.«

»O doch. Und dann ziehst du dich wieder um und gehst in gewöhnlicher Kleidung zum *Hotel Hadde*.«

De Gier wandte sich ab.

»Jeder ist anscheinend seit kurzem etwas gereizt«, sagte Grijpstra zu Ketchup. »Rinus?«

De Gier drehte sich um. »Was ist denn jetzt?«

»Iß.«

»Bah«, sagte de Gier.

15

Jurriaans starrte de Gier an. »Guten Abend, General.« Er verneigte sich. »Du bist also doch ein richtiger Polizist. Kaum zu glauben. Die Uniform steht dir gut.«

»Was hast du denn geglaubt?«

»Ich dachte«, sagte Jurriaans, »du hättest dich kostümiert im Stil der fünfziger Jahre, als Polizisten noch Helden waren. Was kann ich für dich tun?«

»Ich melde mich zum Dienst.«

Jurriaans beugte sich über den ratternden Fernschreiber. »Dann solltest du besser im Süden der Stadt sein. Wieder mal Unruhen. Hausbesetzer, die nicht aus den Villen raus wollen. Wir werden von Panzern unterstützt, um die Barrikaden niederzuwalzen.«

De Gier las die Nachricht ebenfalls. »Tatsächlich Panzer. Kanonen auch?«

»Die Kanonen haben sie abmontiert, aber ein Haus brennt, und es gibt Verwundete. Und einen toten Pekinesen, Gefährte einer einsamen Dame. Wurde von einem Panzerfahrzeug zerquetscht. Hatte die Haare über die Glotzaugen gekämmt. Vor niemand hat man mehr Achtung. Warum machst du nicht mit bei der Schlägerei, bevor die einen Chihuahua erwischen?«

»Ich habe was anderes zu tun«, sagte de Gier. »Ein toter Zuhälter, erinnerst du dich? Ich gehe Streife in dieser Gegend, um mich mit der Atmosphäre vertraut zu machen.«

»Stimmt«, sagte Jurriaans. »Ketchup und Karate sind gleich fertig. Du könntest ihnen inzwischen bei ihrem Bericht helfen. Ihren ersten Versuch habe ich nicht akzeptiert, weil die Beschuldigung unrichtig formuliert war. Sie sind in ihrem Zimmer am Ende des Korridors.«

De Gier fand den Raum. Die Konstabel saßen gemeinsam über eine Schreibmaschine gebeugt. Er las die Überschrift ihres Berichts. *Fahrrad ohne Rücklicht.* »Um so etwas kümmert ihr euch noch?«

»Eigentlich nicht«, sagte Karate, »aber dieses Fahrrad gehört einem Zuhälter. Wir müssen alle verfügbaren Gesetze anwenden, damit die bösen Buben wissen, daß wir noch da sind.«

De Gier las weiter. »Warum benutzte er ein Fahrrad? Ist etwas mit seinem Ferrari?«

Ketchup schob die Schreibmaschine weg und leerte eine Gießkanne über ein paar Topfpflanzen. »Der Verdächtige fährt einen Bentley, aber wir haben Parkprobleme, deshalb ist es einfacher, wenn er die Einnahmen der Huren per Fahrrad kassiert. Ist das richtig so, Karate? Der Farn bekommt viel, die mit den kleinen runden Blättern nur einen Tropfen?«

»Umgekehrt, glaube ich.« Karate tippte weiter mit zwei Fingern. »Dieser Bericht ist wirklich kompliziert, Brigadier. Das Fahrrad des Verdächtigen war mit einem Rücklicht ausgerüstet, aber der Dynamo war nicht an die Reifen gedrückt, weil er behauptete, das Quietschen mache ihn nervös. Zuhälter sind sensible Typen, wie du weißt. Das macht es uns schwierig. Wir hatten ihn beschuldigt, kein Licht zu haben; tatsächlich war es jedoch vorhanden, aber es war nicht an. Laut Brigadier Jurriaans müssen wir einen anderen Paragraphen anwenden, in dem die Beschuldigung deutlicher dargelegt ist, der aber eine geringere Geldstrafe vorsieht.«

»Ihr ärgert den Bürger nur«, sagte de Gier.

Karate legte ein Kohlepapier zwischen zwei Bogen und begann mit der Fortsetzung seines Berichts. »Überhaupt nicht. Wenn wir dies erledigt haben, denken wir uns etwas anderes aus, um den Verdächtigen zu belästigen.«

Ketchup nahm eine Pflanze und goß Wasser aus dem Untersatz in die Pflanze daneben. »Und wenn wir nichts Passendes vorbringen können, klingeln wir einfach an seiner Tür und sagen, daß wir nicht gekommen sind, um ihn festzunehmen.«

Adjudant Adèle kam herein. De Gier stand auf. Sie nickte. Er setzte sich wieder.

»Die Pflanzen machen sich gut, Adjudant«, sagte Ketchup. »Morgen bekommen sie ihre Vitamine. Der Farn scheint zu wachsen.«

»Du ertränkst sie mal wieder«, sagte Adjudant Adèle. Sie las den Bericht. »Meine Güte, seid ihr fleißig gewesen! Und was war mit der Frau, die ihr vorhin in die Zellen geschleppt habt? Hatte sie ihren Mülleimer nach Sonnenuntergang noch draußen?«

»Die Verdächtige war betrunken«, sagte Ketchup, »und führte Selbstgespräche. Zudem war sie barfuß.«

»Habt ihr Handschellen angelegt?«

»Sie hatte ihren Wagen gegen einen Baum gefahren, Adjudant,

und das Fahrzeug hatte keine Zulassungsschilder. Und sie hat hier auf den Fußboden gepißt.«

»Pfui Teufel«, sagte Karate. »Dabei waren wir so höflich gewesen, und sie mußte nur einen Augenblick warten, weil die Toiletten besetzt waren. Aber sie konnte sich nicht kontrollieren und pißte in die Hose. Eine dumme Person, schließlich habt ihr doch auch Muskeln, um das Loch zu schließen, genau wie wir, oder?«

»Das reicht«, sagte Adjudant Adèle.

»Und ich durfte die Bescherung aufwischen«, sagte Ketchup, »weil ich die Frau hereingebracht hatte. Immer muß die Straßenmannschaft die Arbeit erledigen, und die Leute vom Innendienst lungern bloß herum.«

Adjudant Adèle verließ das Zimmer. De Gier schaute ihr nach.

»Ja«, sagte Ketchup.

»Was ja?« fragte de Gier.

»Die Art, wie du den Adjudant betrachtet hast. Ich stimme dir zu. Frauen sind ja doch sinnlicher.«

»Die sinnliche Methode gewinnt am Ende«, sagte Karate.

»Madeleine konnte so auftreten«, sagte Ketchup. »Sie lud einen Mann nie offen ein, aber sie saß in einem Schaufenster, und wenn man das Geld hatte und anständig aussah, durfte man rein. Die meisten von ihnen lächeln und zeigen ein bißchen Fleisch, das scheint zu laufen, aber nach einer Weile stößt es einen ab.«

»Adjudant Adèle«, sagte der Gier, »paßt im Prinzip nicht in diese Kategorie. Jedenfalls hat sie einen Freund.«

»Wie hast du es geschafft, das so schnell herauszufinden?« fragte Karate.

»Einen schwarzen Doktor der Philosophie, Reserve-Brigadier John Varé.«

»Sieger nach Punkten«, sagte Ketchup. »Aber die Mordkommission beschäftigt unsere besten Köpfe. Hat man dir auch gesagt, daß Brigadier Varé verheiratet ist?«

»Er erfährt es jetzt«, sagte Karate. »Vom kleinen Klatschmaul persönlich.«

Ein großer Mann stolperte rücklings in den Raum und stürzte Karates Tisch um. Karate wurde gegen die Wand geworfen. Ein zweiter Mann, so groß wie der erste, hielt sich am Türpfosten fest. Er blutete am Ohr. Drei Konstabel drängten sich an ihm vorbei und zogen den ersten Mann auf die Beine.

Der erste Mann widersetzte sich. Der zweite Mann griff den ersten an. Die Männer schlugen einander mit Fäusten und wurden von den Polizisten geboxt.

»Was soll das?«, riefen Ketchup und Karate.

Die beiden Männer beschimpften einander, während sie sich prügelten. Die Konstabel trennten sie. De Gier ergriff den ersten Mann und übergab ihn einem Konstabel. Handschellen klickten.

»Das ist der eine«, sagte de Gier. »Was ist mit dem anderen?«

Der andere lag auf dem Boden. De Gier bückte sich und zog ihn auf die Beine. »Danke, Brigadier«, sagte einer der Konstabel. »Kommt mit, Leute.«

»Was ist denn passiert?« fragte de Gier.

»Dieser hier«, sagte der Konstabel, »mit dem Matschauge ist ein Strichjunge, und der mit der blutenden Lippe ist sein Kunde. Lippe hat Auge in der Dollebegijnensteeg aufgelesen. Wir sahen die Begegnung vom Streifenwagen aus, griffen aber nicht ein, da es in Ordnung ist, wenn zwei Bürger sich treffen. Als wir sie wiedersahen, war aus dem Treffen eine Schlägerei geworden. Wir erkundigten uns nach dem Grund und erfuhren, Auge habe gegen eine angemessene Vorauszahlung gewisse Gefälligkeiten versprochen, diese aber nicht geziemend erwiesen, jedenfalls sagt Lippe das.«

»Schwule?« fragte Karate. »So gutgebaute Männer?«

»Meine Schreibmaschine ist kaputt«, sagte Ketchup, »und mein Stuhl hat ein Bein verloren. Macht es dir etwas aus, das in deinem Bericht festzuhalten?«

»Mach ich«, sagte der Konstabel. Er wandte sich an die Festgenommenen. »Vorwärts marsch.« Er verließ den Raum.

»Ein tüchtiger und höflicher Konstabel«, sagte de Gier.

»Ein Reserve-Polizist«, sagte Karate. »Die wissen es nicht besser. Jetzt muß ich mir nur eine andere Schreibmaschine und einen neuen Stuhl besorgen und den Bericht noch einmal tippen, weil an der letzten Version alle ihre Schuhe abgewischt haben. Und wenn dann noch Zeit ist, könnten wir sogar auf Streife gehen.«

»Ich habe an meinem Uniformrock einen Knopf verloren«, sagte de Gier. »Gibt es in dieser Wache Nadel und Faden?«

»Bei Adjudant Adèle«, sagte Karate. »Ich zeig dir den Weg.«

»Hier ist die Nadel«, sagte Adjudant Adèle, »und hier der Faden. Nun mach mal.«

De Gier kniff ein Auge zu.

»Sehr gut. Jetzt durch den Knopf und eine Schlinge machen.«

»So?«

»Richtig. Jetzt die Nadel durch den Stoff stechen.«

»Brigadier de Gier?« fragte Ketchup. »Du wirst gewünscht. Brigadier Jurriaans fragt nach dir.«

De Gier folge Ketchup. »Und der Knopf?« fragte Adjudant Adèle.

»Würde es dir etwas ausmachen?«

»Ich tue dir den Gefallen«, sagte Adjudant Adèle. »Aber vielleicht sollte ich es nicht tun. Wenn die Männer lernen könnten, selbst auf sich zu achten und nicht zu unpassender Zeit in unsere Intimsphäre einzudringen, gäbe es vielleicht mehr Ausgeglichenheit und weniger Konflikte.«

»Adjudant Adèle ist ein Arschloch«, sagte Ketchup.

»Aber reizend.«

»Ein reizendes Arschloch«, sagte Ketchup.

»Dieser Herr«, sagte Brigadier Jurriaans, »ist ein Freund unserer Wache und heißt Slanozzel. Und dieser Brigadier ist auch ein Freund dieser Wache und heißt de Gier.«

De Gier schüttelte eine schlanke, sonnengebräunte Hand und stellte fest, Slanozzel war nicht mehr ganz jung, gut und teuer gekleidet und hatte einen Gesichtsausdruck, den man als freundlich, würdevoll und erfahren definieren konnte.

»Guten Abend«, sagte de Gier.

»Mijnheer Slanozzel«, sagte Jurriaans, »besaß bis vor einer halben Stunde eine Brieftasche mit seinen Papieren und einer beträchtlichen Geldsumme. Er hatte eine Frau in der Zoutsteeg besucht.«

»Vielleicht«, sagte de Gier, »besucht er sie noch einmal in meiner Begleitung. Ich bin gleich wieder da. Ich habe meine Uniformjacke oben gelassen.« De Gier rannte die Treppen hinauf. Der Adjudant hatte den Knopf angenäht. »Danke«, sagte de Gier. »Kennst du zufällig einen Mijnheer Slanozzel?«

»Ein richtiger Schatz«, sagte Adjudant Adèle. »Ist er unten? Ich will ihm guten Abend sagen.«

»Jetzt nicht, Adjudant. Da gibt es ein Problem. Was weißt du über ihn?«

»Er ist Geschäftsmann und wohnt auf der Karibikinsel Curaçao.

Ihm gehören Fabriken auf dem Festland in Kolumbien und Venezuela. Er handelt mit Schrott und Häuten, die in Barranquilla gegerbt werden. Er ist reich und ein regelmäßiger Besucher des Viertels.«

»Geschäfte?«

»Vergnügen.«

»Warum kopuliert er hier statt dort, wo er wohnt?«

»Er wird auch dort kopulieren«, sagte Adjudant Adèle, »aber er hat sentimentale Bindungen an diese Stadt. Er wurde hier geboren und flüchtete unmittelbar vor Kriegsausbruch.«

»Ein Jude?«

»Tja.« Ihre Nasenflügel zitterten. »Und?«

De Gier zeigte sein Profil. »Ich habe eine jüdische Großmutter. Bewundere mal die sanfte Krümmung meiner Nase.«

Slanozzel stand noch an der Schranke. De Gier salutierte. »Zu Ihren Diensten. Wollen wir gehen?«

»Ein eigenartiges Gefühl«, sagte Slanozzel, als er mit de Gier ging, »plötzlich ganz ohne Mittel zu sein. Und ohne Ausweispapiere, was mich zur Unperson macht.« Er grinste. »Keine schlechte Idee, meinen Sie nicht auch? Namenlos? Durchsichtig? Wie eine Statue aus Preßluft?«

»Aber Sie möchten Ihre Papiere wiederhaben?«

»Gewiß, Brigadier. Die Freiheit, die das Unbestimmbare bietet, erschreckt mich. Ich habe Sie vorher noch nie hier gesehen, sind Sie neu in der Wache?«

»Ich arbeite in der Mordkommission.«

»Am Fall Obrian?«

»Ja, Mijnheer Slanozzel. Kannten Sie das Opfer?«

»Wir sprachen gelegentlich miteinander. Er war eine Schande für sein Volk, Brigadier, und er hätte ein Geschenk sein können. Ein hervorragender Mann. Dies ist die Zoutsteeg und dort die Frau, die wir sprechen wollen, auf dem Weg zu ihrem Wagen.«

De Gier lief der Frau nach und berührte ihre Schulter. »Mevrouw, ich möchte Sie sprechen. In Ihrem Zimmer. Gehen Sie bitte voraus.«

Das Haar der Frau war gelb gefärbt. Sie hatte kleine Augen in einem schmalen Gesicht, ein Nachteil, der durch eine hohe Stirn gemildert wurde. Ihre Haut schien zu straff über den Schädel gezogen worden zu sein.

»Ich habe nichts getan.« Sie schloß die Tür auf. »Und ich kenne den Mann nicht. Ist er mit dir gekommen?«

»Wir unterhalten uns drinnen.«

Die Frau schaltete eine rote Lampe an und schloß die Vorhänge. »Ist es so nicht gemütlicher? Was wollt ihr beiden von mir?«

»Dürfen wir uns setzen?«

Ihr Lächeln enthüllte eine Zahnlücke. »Ihr könnt euch auch hinlegen. Zwei gleichzeitig? Schnell oder langsam?«

»Dieser Mann hat Sie vor einer halben Stunde besucht.«

»Ja? An Gesichter erinnere ich mich nie.«

»Und Brigadier Jurriaans läßt grüßen. Machen Sie es sich nicht zu schwer.«

Die Frau setzte sich auf den Rand ihres Stuhls und bohrte die Fingernägel in den kurzen Rock. »War der Freier nicht zufrieden?«

»Keine Beschwerden«, sagte Slanozzel. »Aber Sie könnten mir die Brieftasche zurückgeben.«

Die Frau schaute zu Boden.

»Arbeiten Sie schon eine Weile hier?« fragte de Gier.

»Gerade angefangen und schon in Schwierigkeiten.«

»Woher sind Sie?«

»Aus Rotterdam.«

»Ich auch«, sagte de Gier. »Ich wurde im Hertogendam geboren.«

Sie bemühte sich um ein neues Lächeln. »Ich Residentensteeg.«

»Das ist um die Ecke.«

»Ja. Aber du hast den Akzent verloren.«

»Ich bin schon sehr lange hier.«

Sie nahm Zigaretten aus ihrer Handtasche, zögerte, bot aber dem Brigadier das Päckchen an. »Rauchst du?«

»Gern.«

»Und du?«

»Nein, danke«, sagte Slanozzel. »Ich habe Husten.«

Sie steckte de Gier die Zigarette an. »Dieser Jurriaans hat einen guten Ruf. Die Frauen hier sagen es. Er hilft immer, wenn es Ärger mit den Freiern gibt oder mit den Haien, die uns die Zimmer vermieten.«

De Gier streckte die Hand aus. »Die Brieftasche bitte.«

Sie betrachtete einen abgebrochenen Fingernagel. »Kommt es zu einer Anzeige?«

De Gier schaute Slanozzel an.

Slanozzel richtete den goldenen Clip an seiner Seidenkrawatte. »Wenn die Brieftasche wieder da ist, werde ich vergessen, daß ich sie je vermißt habe.«

»Mevrouw?« fragte de Gier.

Die Frau stand auf. »Ich hab sie weggeworfen.«

De Gier stand ebenfalls auf. »Über eine Mauer?«

»Ja. Du mußt rüberklettern.«

De Gier kam mit der Frau zurück. »Hier ist sie, Mijnheer.« Er schaute die Frau an. »Das Geld ist in Ihrer Handtasche?«

»Da hast du's«, sagte die Frau.

»Ich wollte, ich könnte etwas tun, um meine Dankbarkeit zu zeigen«, sagte Slanozzel, als sie wieder in der Wache waren.

»Das ist nicht nötig«, sagte Brigadier Jurriaans. »Unsere Dienste finanziert der Steuerzahler.«

»Ich zahle keine Steuern, da ich offiziell keinen festen Wohnsitz habe. Es gibt Zeiten, da bin ich stolz auf mein schlaues Umgehen der Gesetze, aber bei einer Gelegenheit wie jetzt rührt sich mein Gewissen.«

»Wir alle fühlen uns schuldig«, sagte Jurriaans. »Mit Schuld zu leben stärkt den Charakter.«

De Gier schaute auf seine Uhr. »Ich muß gehen.«

Slanozzel ging mit dem Brigadier. »Kommen Sie gut voran im Fall Obrian?«

»Wir haben nur wenige Anhaltspunkte, Mijnheer. Zu diesem Zeitpunkt zu vage für eine Definition.«

»Ich habe ein Ohr für Sprachen«, sagte Slanozzel, »und ich reise oft nach Surinam. Ich kann nicht sagen, daß ich das schwarze Kauderwelsch fließend spreche, aber ich verstehe das meiste, was sie sagen. Heute nachmittag habe ich ein Bier in einer Bar getrunken, die von Schwarzen frequentiert wird.«

»Sie haben etwas gehört?«

»Obrians Tod wurde bis zur Erschöpfung diskutiert.«

»Wurden Namen erwähnt?«

»Lennie?« fragte Slanozzel. »Gustav? Zwei andere Zuhälter. Ich habe beide kennengelernt.«

»Halten Sie sie für fähig, Obrian mit einer Maschinenpistole umzunieten?«

»Natürlich«, sagte Slanozzel, »aber Zuhälter sind meistens hinterhältige Kerle. Ein Messer in den Rücken, und die Leiche treibt langsam in der Gracht, das ist etwas wahrscheinlicher als eine Maschinenpistolensalve in Reichweite einer Polizeiwache.«

»Was sagten die Schwarzen sonst noch?«

»Sie sprachen über Regeln, die Obrian mißachtet habe, in zweierlei Hinsicht mißachtet, sagte ein älterer Mann.«

»In dieser Gegend gibt es keine Regeln, Mijnheer Slanozzel.«

»Selbst das Chaos ist bestimmten Gesetzen unterworfen, Brigadier. Ich biege hier nach links ab. Ich denke, ich trinke noch ein Gläschen, bevor ich zu Bett gehe.«

De Gier schaute nach unten. »Schon wieder?«

Slanozzel betrachtete den näheren Umkreis. »Haben Sie was gesagt, Brigadier?«

»Dort im Schatten«, sagte de Gier. »Eine schwarze Katze. Es ist das x-te Mal, daß wir uns heute begegnen, und sie starrt mich immerzu an.«

De Gier hockte sich neben die Katze. Sie drückte sich an die Wand und schlich an ihr entlang. Der Brigadier streckte einen Finger aus. Die Katze schnupperte an der Spitze. »Du Höllenkobold«, murmelte de Gier liebevoll, »du bist gerissen, nicht wahr? Mit deinen boshaften gelben Schlitzaugen?«

Die Katze schloß die Augen und rieb den Kopf an seiner Hand.

»Ein richtiges Weibchen«, sagte Slanozzel. »Ich nehme an, Sie kommen gut beim weiblichen Geschlecht an?«

»Manchmal bin ich noch erfolgreich.« De Gier schob die Hand unter die Brust der Katze, hob das Tier an und drehte es in seinem Arm auf den Rücken.

»Ich gehe jetzt«, sagte Slanozzel. »Es freut mich, Sie in guter Gesellschaft zurückzulassen.«

Die Katze schnurrte. De Gier setzte sie wieder auf den Boden. Ihre langen Beine knickten ein, sie ließ sich auf die Seite fallen. Sie miaute leise.

»Hast du noch nicht genug?«

Die Katze miaute lauter.

»Ein andermal«, sagte de Gier. »Ich muß arbeiten, wenn du mich jetzt entschuldigst.«

»Stimmt«, sagte Grijpstra, »so was sehe ich gern. Eine vergammelte Giebelfassade, die sich an eine andere lehnt. Ist diese Ruine das Ziel unserer Suche?«

»*Hotel Hadde*«, sagte de Gier. »Verfallen und dreckig. Ein Schlupfloch für die Unterwelt, wo sie ihre bösen Pläne ausheckt. Aber was ist das Böse?«

Grijpstra kratzte sich am Hintern.

»Tust du das auch?« fragte de Gier.

»Manchmal«, antwortete Grijpstra. »Wenn ich nicht weiter weiß, wie es dir ja auch geht. Wie kann man nur als guter Mensch vom Bösen fasziniert sein?«

»Du bist ein guter Mensch?«

Grijpstras schwerer Kopf sank ein wenig nach vorn. »Hältst du mich für schlecht?«

»Schlecht? Nein.«

»Aber wie findest du mich dann? Weder gut noch schlecht?«

»Auf deiner guten Seite bist du aktiv«, sagte de Gier, »was deinen allgemeinen Charakter beeinflußt haben könnte.«

»Und in meinem Privatleben? Was ist mit der Art, wie ich andere behandle? Vorgesetzte, Gleichgestellte, Untergebene? Meine Frau, die Kinder? Verdächtige?«

»Wir sind jetzt im Dienst.«

»Weiche meiner Frage nicht aus.«

»Na gut«, sagte de Gier. »Ich glaube nicht, daß du schlecht bist. Nein. Bestimmt nicht.«

»Also muß ich gut sein«, sagte Grijpstra. »Aber ich könnte besser sein, womit wir uns jetzt jedoch nicht befassen wollen. Aber mir gefiel dennoch die kleine Geschichte, die du mir vorhin von den Panzern erzählt hast, die im Süden der Stadt rasseln. Große grüne Todesmaschinen, die den Asphalt zermalmen. Das Sinnbild ist jedoch schlecht. Panzer sind Symbole einer bösen Macht. Eine Sintflut der Gewalt, die ich für faszinierend halte.«

»Und der zerquetschte Pekinese?«

»Noch ein hinreißendes Bild. Es ruft natürlich Entsetzen hervor, aber trotzdem ist es von subtiler Schönheit, wage ich zu behaupten.«

»Ja«, sagte de Gier. »Sozusagen ein pulverisierter Pekinese.«

»Ich sollte wohl besser meinem perversen Geschmack nicht nachgeben. Wo ist Cardozo?«

»War er nicht bei dir?«

Grijpstra schaute auf seine Uhr. »Er sollte sich hier mit uns treffen. Ich glaube, ich habe ihn wieder mal geärgert. Er wieselte immerzu um mich herum, und ich habe ihn in die Küche geschickt, damit er das Geschirr abwäscht.«

»Irgend etwas scheint ihn zu quälen«, sagte de Gier.

»Ja, und ich wollte nichts davon wissen. Der Junge redet zuviel. Er ist auch zu laut, wie er da in der Küche herumklapperte. Ich habe ihn angeschrien, und da ist er aus dem Haus gerannt.«

Grijpstra stieg die bröckligen und moosüberwachsenen Stufen zu dem alten Haus hinauf. »Schade, daß du nicht in Uniform bist, Brigadier. Du siehst richtig flott aus in deiner offiziellen Kleidung. Ich werde es in der Werbeabteilung erwähnen, vielleicht bringen sie dich auf ein Plakat.«

De Gier stieß die klapprige Tür zu dem Etablissement auf. »Martialisch, aber sympathisch, wie? Und wieso fühle ich mich immer wie ein Hanswurst, wenn ich in Uniform bin?«

Grijpstra schaute sich argwöhnisch in dem verräucherten Raum um, bevor er sich durch die vielen Gäste den Weg bahnte.

»*Señores?*« fragte ein mürrischer Buckliger. Grijpstra schaute in die müden Augen über dem klebrigen Schnurrbart. »Spanier?«

»*Si señor, a sus ordenes.*«

»*Cervesa por favor.*«

»*Y usted?*« sagte der Bucklige zu de Gier.

»Sprich spanisch«, sagte Grijpstra, »so wie ich. Spanisch ist leicht, und er wird sich besser fühlen.«

»*Un wiski americano*«, sagte de Gier, »*pero con el hielo. EL wiski de la marca Pavo Salvaje.*«

»*Como no, señor.*«

»Übertreib's nicht«, sagte Grijpstra.

»Ich dachte, du wolltest, daß ich Spanisch spreche«, sagte de Gier. »Hast du mich nicht zu dem Lehrgang geschickt, den Jurriaans leitete? Sprachen sind nützlich in unserem Beruf.«

»Du brauchst sie nicht fließend zu beherrschen.«

»Jurriaans ist ein Genie«, sagte Gijpstra. »Außerdem ist seine Frau Spanierin.«

»War«, sagte de Gier.

»Weil sie ihn verlassen hat? Deshalb lebt sie ja wohl noch. Hallo, Cardozo, du kommst spät.«

Cardozo probierte einen Stuhl aus. Er stellte ihn beiseite und nahm einen anderen. »Wißt ihr, daß im Südteil der Stadt Krieg herrscht? Panzer gegen Hausbesetzer?«

»Gar nicht ignorieren«, sagte de Gier, »wir haben mit Zuhältern zu tun.«

»*Señor?*« fragte der Kellner.

»*Un Martini*«, sagte Cardozo, »*con ginebra pura Inglèsa y un poquitiquitico de vermouth.*«

»Was ist pokitikitiko?« fragte Grijpstra.

»Ein winziger Spritzer«, sagte Cardozo. »Man muß das sagen, sonst schütten sie massenhaft Vermouth rein. Habt ihr Gustav gesehen?«

»Der Mann mit dem Haarkranz?« fragte de Gier. »Ich habe ihn vorhin gesehen, als er in seinem Superschlitten vorfuhr, und jetzt ist er an der Bar.«

»Bist du rausgegangen, um die Schlacht zu beobachten?« fragte Grijpstra. »Wie machen sich die Panzer?«

»Phantastisch, wie die die Barrikaden zermalmten. Ein tröstlicher Anblick für meine entzündeten Augen. Und unsere behelmten Roboter schlugen munter drauflos.«

»Ganz und gar nicht«, sagte Cardozo. »Ist dieser Gustav nicht ein absoluter Widerling? Ein Fachmann, um die armen Dinger vom Lande zu süchtigen Nutten zu machen. Er füttert sie mit verschnittenem Heroin. Wer ist der tropische Edelmann, der neben ihm sitzt?«

»Ein gewisser Slanozzel«, sagte de Gier. »Ich habe ihm vorhin wieder zu seinem Geld verholfen. Er war bei einer Nutte gewesen, und Jurriaans bat mich, die Sache zu klären.«

»Weshalb tut er dann so, als kenne er dich nicht?« fragte Grijpstra. »Er hat dich bemerkt und sofort wieder weggesehen.«

»Wohl um meine Arbeit nicht zu gefährden.«

»Nun red mal Klartext«, sagte Cardozo. De Gier erzählte.

»Jurriaans«, sagte Grijpstra, »ist mehr wert, als ich ihm zugetraut hatte. Der Mann erstaunt mich immer wieder. Der ideale Polizist.«

»Weil er die Dinge auf sich beruhen läßt?« fragte de Gier. »Die Nutte hat von Slanozzel ganz schön geklaut, aber ich habe sie nicht einmal angezeigt. Vielleicht macht sie's morgen wieder.«

»Warum hast du sie denn nicht festgenommen? Du warst im Dienst, hast dich um den Vorfall gekümmert.«

»Ich dachte, Jurriaans wäre über eine Festnahme nicht erfreut«, sagte de Gier. »Ich hätte sie anzeigen können, wenn ich allein die Verantwortung gehabt hätte, aber ich wollte mich der hiesigen Art anpassen und die Ordnung wahren.«

Grijpstra brummte.

»Was hättest *du* an seiner Stelle getan, Adjudant?« fragte Cardozo.

»Bitte, Simon.«

Cardozo kaute seine Olive. »Mmh?«

Grijpstra warf ihm einen wütenden Blick zu.

»Ja, Adjudant?«

Grijpstra seufzte. »Muß ich es dir noch einmal vorbuchstabieren? Warum sollen wir mehr Schwierigkeiten machen, wenn wir uns gerade bemühen, sie zu beseitigen? Warum die Gefängnisse füllen? Nutten sind nun mal notwendig, sie bauen männliche Aggressionen ab. Warum sollen wir das Tor zum Weib schließen?«

»Das Tor zum Weib ist gut. Ich nehme euch ins Stedelijk Museum mit, wenn dieser Fall erledigt ist«, sagte de Gier. »Dort ist eine Ausstellung, die wird die Feststellung des Adjudant bestätigen. Dort steht die riesige Statue einer Frau, nackt, mit gespreizten Beinen. Zwischen den Beinen ist eine Tür, die immer offen ist. Man kann in sie hineingehen und das eigene Elend hinter sich lassen. Findet ihr das nicht auch klasse?«

»Darüber muß ich nachdenken«, sagte Cardozo. »Hallo.«

»Hallo«, sagte der junge Mann, der sich zwischen Grijpstra und Cardozo gesetzt hatte. Er lächelte Grijpstra an und nickte diensteifrig. Goldener Schmuck baumelte an seinem Ohr. »Hallo, Adjudant.«

»Kennen wir uns?« fragte Grijpstra. »Ich erinnere mich nicht an die Festnahme.«

De Gier beugte sich vor und betrachtete die mit Kajal betonten Augen des jungen Mannes und dessen Mund, der zu groß geschminkt war. »Bist du Karates Schwester?«

»Ich bin Karate«, sagte er. »Aber man kennt mich hier, deshalb habe ich mich angemalt.«

»Eine Schande«, sagte Grijpstra. »Das werde ich deinem Chef erzählen.«

Karate schmollte. »Brigadier Jurriaans hat mich ja angemalt, und die Perücke kam aus seiner eigenen Trickkiste. Habt ihr Gustav gesehen? Der zweimal im Jahr mit einer Kanone auf Elefantenjagd geht?«

»Haben wir«, sagte de Gier. »Er sieht nicht sehr glücklich aus.«

Karate grinste. »Morgen wird er noch unglücklicher sein.«

»Ich behaupte . . .« sagte Cardozo und wurde vom Kellner unterbrochen, der Karate anlächelte. »Señorita?«

»*Tenga la bondad*«, sagte Karate. »*Un screwdriver con más vodka que jugo de naranja.*«

»Übrigens . . .« sagte Cardozo.

»Jagt er wirklich Elefanten?« fragte Grijpstra. »Ist das nicht ein typischer Zeitvertreib für Zuhälter? Ich dachte, die fliegen Minijets oder spielen Polo.«

»Elefanten sind teurer«, sagte de Gier.

»Darf ich etwas sagen?« fragte Cardozo.

»Dort ist der verrückte Chris«, sagte Karate, »bei einem dreifachen Genever.«

»Ich dachte, der verrückte Chris trinkt Methylalkohol«, sagte de Gier.

»Nicht seit er Fürsorgeunterstützung kriegt«, sagte Karate.

»Ich würde eher meinen . . .« schrie Cardozo. »Psst«, machte Karate.

». . . daß wir unser Vorgehen erörtern«, flüsterte Cardozo. »Wir sind beauftragt worden, nach dem Killer von Luku Obrian zu suchen, stimmt's?«

Seine Zuhörer sahen ihn gespannt an.

»Und nach vielem Überlegen sind wir zu dem Schluß gekommen, daß Gustav der Mörder sein muß.«

»Nicht notwendigerweise«, sagte de Gier.

»Weil wir, wenn Gustav uns enttäuscht, noch Lennie haben?«

»Richtig«, sagte Karate.

»Doch wir ziehen es vor, auch diese Mutmaßung zu ignorieren, weil vielleicht irgendwo am fernen Horizont die tendenzielle Möglichkeit besteht, daß ein anderer Verdächtiger darin verwickelt sein könnte?«

»Mach nur weiter«, sagte Grijpstra.

»Vielleicht bin ich schon zu weit gegangen«, sagte Cardozo. »Vielleicht bin ich wieder einmal zu emsig, was ich nicht sein sollte, wie man mir immer sagt. Ich bin nur ein Assistent in der Mordkommission und sollte nicht mit Theorien herumjonglieren. Ich soll nur Tatsachen ermitteln. Aber die Tatsachen scheinen eine kleine Frage aufzuwerfen.«

»Nämlich?« fragte de Gier.

»Siehst du den verrückten Chris da hinten?«

»Und ob.«

»Nun, ist das nicht derselbe verrückte Chris, der das Personal der hiesigen Revierwache darüber informierte, daß jemand vor dem ausgebrannten Eckgebäude gestanden habe und dann geflohen sei, nachdem Luku Obrian von seiner schwarzen Seele getrennt worden war?«

»Wieso schwarz?« fragte Grijpstra.

»Weil das tatsächlich die Farbe war, Adjudant. Weil die Farbe in diesem Fall wichtig ist. Und weil der Verdächtige, den der verrückte Chris doch nun mal gesehen hat, ebenfalls schwarz war, das heißt seine Kleidung.«

»Halt mal«, sagte Karate. »Der verrückte Chris heißt ja nicht so, weil er geistig gesund ist. Er wird dir alles erzählen, was du gern hören möchtest. Als er in unsere Wache gerannt kam, hatte er keinen Verdächtigen gesehen. Wir eilten sofort nach draußen. *Wir* heißt alle in diesem Augenblick verfügbaren Polizisten, etwa acht Mann. Wir rannten überall herum und alarmierten die Streifenwagen. Jeder, der sich zufällig in der Gegend aufhielt, wurde gründlich verhört.«

»Einschließlich drei rollschuhfahrender Herren?« fragte de Gier.

»Erzähle mir noch etwas über den Verdächtigen, den der verrückte Chris gesehen haben will«, sagte Grijpstra.

»Er trug ein schwarzes Cape«, sagte Cardozo. »Das Gesicht unter einem schwarzen Schlapphut verborgen. Wegen der riesigen Schuhe hatte er einen seltsamen Gang.«

»Und wohin ging das Phantom?« fragte de Gier.

»Als es aus der Olofssteeg kam, bog es nach rechts ab und ging die Straße am Zeedijk entlang. Der verrückte Chris folgte dem Verdächtigen jedoch nicht, denn so bekloppt ist er nicht, daß er sich dem Kugelhagel einer Maschinenpistole aussetzt.«

»Und warum«, fragte Karate, »sollte Chris, der ja verrückt ist, ich betone diese Tatsache, um sicher zu sein, daß sie –« er tippte sich an die Perücke – »euch auch klar ist, tja, warum sollte Chris dir eine andere Geschichte erzählen als uns?«

»Der verrückte Chris gehört zur anderen Seite, nicht zu unserer.«

»Bist du nicht auf unserer Seite?« fragte de Gier. »Warum sollte der verrückte Chris dir die Wahrheit erzählen?«

»Er ist Jude, wie ich«, sagte Cardozo.

»Nun reg dich mal ab«, sagte de Gier. »Wir sind alle gute Freunde und trinken einen in diesem gemütlichen Laden.«

»Letzte Frage«, sagte Cardozo. »Wir haben also vor, morgen Gustav festzusetzen, stimmt's? Karate?«

»Das stimmt.«

»Aber, verehrter Kollege, dann erzähl doch mal, wie du dessen so sicher sein kannst? Benimmt Gustav sich ständig so daneben, daß er nach unserem Belieben jederzeit festgenommen werden kann?«

»Du vergißt«, sagte Karate, »daß dies mein Viertel ist. Ich spüre die unteren Strömungen so gut, daß ich manchmal vorhersagen kann, was passieren wird.«

»Wie nett von dir«, sagte Grijpstra, »daß du uns dann noch gestattest, ein bißchen behilflich zu sein.«

»Nein«, sagte Karate. »So meine ich es nicht. Dies ist hier ein ganz spezieller Bezirk, der sich vom Rest der Stadt grundlegend unterscheidet. Schau bitte mal zum Fenster hinaus, Adjudant. Was siehst du da? Drei Nutten, die unter einer Straßenlaterne ihre Dienste anbieten. Das ist strikt illegal, denn das Gesetz besagt, daß Prostituierte innerhalb einer Entfernung von hundert Metern vom Eingang einer Bar niemand belästigen dürfen. Schau dir die Bar an, in der wir zufällig sind, und stelle auf deiner Uhr die Zeit fest. Schon nach der Polizeistunde. Die dürften hier nichts mehr servieren, aber sie tun's. Weißt du, an wieviel Spielhöllen du auf dem Weg hierher vorbeigekommen bist? Und an wieviel Drogenhändlern und Süchtigen? Gestattet das Gesetz den Verkauf von Rauschgift? Ist es legal, wenn die Süchtigen sich in der Öffentlichkeit die Spritze verpassen?«

Seine Zuhörer tranken.

»Es ist nicht legal«, sagte Karate.

»Da gibt es eine Grauzone«, sagte Grijpstra. »Die uns regieren, wissen, daß nicht nur wir, sondern auch sie selbst nicht das sind, was die Menschheit zu sein vorgibt. Sie gestatten uns deshalb unter besonderen Umständen das Unerlaubte, und zwar auf unseren Wunsch hin, denn wir sind in einem freien Land und wählen die Vollstrecker unserer Gesetze selbst und flüstern ihnen ins Ohr, wie wir die Regeln gern angewendet haben möchten.«

»Und Gustav?« fragte Cardozo.

Grijpstra steckte sich eine Zigarre an. »Gustav geht zu weit.«

»In Argentinien . . .« sagte Cardozo.

»*Tabaco*«, sagte der Kellner und zeigte auf Grijpstras Zigarre. Grijpstra betrachtete die Zigarre und zog die Augenbrauen hoch.

»*Que no*«, sagte der Kellner und zeigte auf den Aschenbecher.

»Du darfst hier keine Zigarren rauchen«, sagte Karate. »Vielleicht solltest du sie ausmachen.«

»Warum?« fragte Grijpstra. »Was könnte mit dieser vorzüglichen Zigarre nicht stimmen?« Er zog die Dose aus seiner Tasche und las den gedruckten Text auf der Innenseite des Deckels. »*Empregando liga de legitimo fumo do Brasil, des melhores procedencias.*«

Der Kellner stützte sich auf Grijpstras Schulter. Er hob einen Finger und wackelte damit vor dem Gesicht des Adjudant.

»*Aqui no. La señora no lo permite.*«

»Der Kellner spricht nur Spanisch«, sagte Karate, »und was du gelesen hast, war Portugiesisch. Er versteht kein Portugiesisch.«

»*Que no, que no, que no*«, schrie der Kellner in Grijpstras Ohr.

»Der arme Kerl hat einen Anfall«, sagte de Gier. »Hier ist schon genug los. Warum machst du die Zigarre nicht aus?«

Grijpstra drückte die Zigarre im Aschenbecher aus.

»Danke«, sagte Karate.

Grijpstra zeigte auf Karates Zigarette. »Worüber beschwerst du dich? Das ist ziemlich starker Tabak, den du da verbrennst.«

»Mevrouw Hadde hat etwas gegen Zigarren«, sagte Karate. »Und hättest du die Zigarre nicht ausgemacht, wären wir an den Ohren rausgezogen worden. In diesem Fall wäre meine Perücke abgegangen, und ich hätte wieder mal wie ein Idiot dagestanden.«

»Und wer hätte uns rausgeworfen?« fragte Cardozo. »Etwa der bucklige Zwerg?«

»Mijnheer Hadde.«

Grijpstra spähte durch den Rauch. »Ich sehe nur ein angemaltes Skelett mit ausgefransten Tauenden auf dem morschen Schädel.«

»Das ist Mevrouw Hadde«, sagte Karate. »Mijnheer Hadde ruht sich aus.«

»Wie kann er denn Gäste hinauswerfen, wenn er sich ausruht?«

»Mijnheer Hadde ist ziemlich begabt.«

»Machen die da Ärger an der Bar?« fragte Grijpstra. »He, passen Sie auf, wohin Sie gehen.«

Ein kahlköpfiger Mann, dessen Lederanzug mit Ketten dekoriert war, stürzte gegen ihren Tisch, geschoben von heranbrandenden Schlägern und zu Fall gebracht vom Bein eines kleinen, alten Betrunkenen in einem altmodischen, abgetragenen Mantel, dessen Kopf, verborgen unter einem breitkrempigen Filzhut, auf seiner Brust ruhte. Eine kleine Flagge aus rot, weiß und blau bemaltem Blech, befestigt an einem verrosteten Draht, fiel zu Boden. Der Störenfried taumelte zurück. Grijpstra bückte sich, hob die Flagge auf und drückte sie mit dem Daumen wieder in die richtige Form. »Man sollte nicht auf der Flagge herumtrampeln, wissen Sie.«

»Willst du 'ne Tracht Prügel?« fragte der Mann.

De Gier stand auf. »Es tut uns schrecklich leid, Mijnheer, daß Sie gegen unseren Tisch gestürzt sind. Es wird nicht wieder vorkommen.«

Der Störenfried hob bebend die Fäuste.

Cardozo wollte sich ebenfalls erheben. Karate schob ihn zurück und lächelte. »Alle Macht den Blumenkindern! Liebe! Nieder mit der Bombe! Ergeben wir uns dem Kommunismus! Tötet die Amis!«

Der Störenfried tätschelte Karates Perücke. »Richtig so, mein Junge.« Er wankte wieder an die Bar.

»Die Zuhälter sind ein bißchen nervös«, sagte Karate. »Der Herrscher des Viertels ist nicht mehr da, und sie bemühen sich, nicht mit ihm zu sterben. Identifizierung mit dem Opfer.«

Die Ordnung an der Bar ließ zu wünschen übrig. Karate zeigte auf die grölenden Männer. »Paßt jetzt mal auf Mevrouw Hadde auf. Könnt ihr sie sehen?«

»Sie wächst«, sagte Grijpstra.

»Sie steigt Stufen hinauf, um an die kleinen Türen hinter der Bar zu gelangen. Sie klopft an die Türen, seht ihr?«

»Dahinter muß sich ein eingebautes Bett verbergen«, sagte de Gier.

»Und ein eingebauter Pavian«, sagte Cardozo.

»Im Pyjama«, sagte Grijpstra, »und zwar aus gestreiftem Flanell. Heutzutage sieht man diese Art von Pyjama nicht mehr allzu häufig.«

»Das ist kein Pavian«, sagte de Gier, »sondern ein Gorilla. Total behaart. Ein Gorilla mit einem Knüppel in den stinkenden Fäusten.«

»Das ist Mijnheer Hadde«, sagte Karate.

Mijnheer Hadde ging in die Knie und stemmte sich hoch, eine Hand auf der Theke. Er sprang über die Bar. Mevrouw Hadde zeigte auf Gäste. Mijnheer Hadde hob den Stock.

»Er wird sie doch wohl nicht umbringen?« fragte Grijpstra.

»Nein«, sagte Karate, »sie haben noch nicht bezahlt.«

Die Gäste drückten Mevrouw Hadde Scheine in die Hand. Es war ruhig im Raum, es herrschte eine unheimliche Stille. Die Gäste waren mitten in der Bewegung erstarrt. Der Kellner lehnte an der Bar und kaute auf einem Streichholz.

»Raus«, sagte Mijnheer Hadde leise.

Die Gäste, auf die der erhobene Knüppel wies, gingen auf Zehenspitzen zur Tür.

»Hopp«, flüsterte Mijnheer Hadde.

Die Zuhälter schlichen schneller. Die Tür knallte hinter ihnen zu. Mijnheer Hadde sprang wieder über die Bar, streckte einen Arm zum Rand des Bettes aus, schwang sich hinein und machte die Türen hinter sich zu.

Eine Uhr ohne Zeiger hing unter der Bettstelle. Mevrouw Haddes knochige Hand klopfte an das gesprungene Glas.

»Zeit, zu gehen«, kreischte sie.

»Bis morgen«, sagte Karate.

»Ich gehe schlafen«, sagte Cardozo. »Ich habe heute viel nachgedacht und wenig verstanden. Das hat mich aufgeregt und macht mich müde.«

»Ich würde lieber noch spazierengehen«, sagte Grijpstra. »Kommst du mit, Brigadier?«

»Ich gehe lieber auch heim«, sagte de Gier. »Darf ich mit dir gehen, Simon, oder bist du noch aufgeregt?«

»Ich bin nicht aufgeregt«, sagte Cardozo zum Brigadier, der neben ihm ging. »Ich bin nur verwirrt.« Er streichelte de Giers Arm. »Sag mir, daß alles in Ordnung ist, Rinus.«

De Gier betrachtete Enten, die sich schläfrig auf der Gracht wiegten.

»Rinus?«

»Es ist *nicht* alles in Ordnung«, sagte de Gier.

17

Grijpstra schritt stetig voran. Der Alkohol hatte seine Mattigkeit weggewaschen, dennoch fühlte er sich nicht in der Lage, in Ruhe über alles nachzudenken. Seltsam, dachte Grijpstra, dabei ist dies meine beste Zeit; die Straßenlaternen sind aus, und die Sonne ist noch nicht da, die Stadt ruht.

Er ging weiter, vergeblich bemüht, sich von der Erinnerung an die gräßliche Kneipe zu lösen, aber immer wieder sah er das Skelett hinter der Theke und den keuleschwingenden Mijnheer Hadde. Er sah auch Karate vor sich mit seiner Perücke, der seinen Vorgesetzten aus schwarzumränderten Augen verliebte Blicke zuwarf und sie mit gespitztem blutrotem Mund provozierte. Der Adjudant schaute auf die stille Oberfläche der Gracht, die die Ulmen widerspiegelte, deren frischbelaubte Zweige sich friedlich nach den Giebeln reckten. Er sah Möwen, die auf das nur hier und da gekräuselte Wasser niederschwebten und wie hübsche Federbälge auf der dunklen Fläche schwammen.

Grijpstra stolperte über eine Wurzel und erlangte wild mit den Armen fuchtelnd das Gleichgewicht wieder. Dabei störte er eine Ratte, die aus einem zerrissenen Müllbeutel fraß. Der Adjudant griff nach dem Außenspiegel eines Autos am Straßenrand, der unter seinem Gewicht nachgab. Die Ratte blieb ungerührt sitzen und nagte an einem Hühnerknochen.

»Hau ab«, sagte Grijpstra, aber die Ratte bewegte sich nicht. Die Ratte war ziemlich groß, aber immer noch beträchtlich kleiner als der Kater, der sich von hinten näherte, flach in den Schatten eines kaputten Handkarrens gedrückt. Es war ein richtiger Straßenkater, mit breiter Brust und eckigem Kopf, die zerrissenen und verkrusteten Ohren zurückgelegt, schlich er weiter.

Der Kater sprang, die Ratte quiekte laut, Grijpstra brüllte. Er versuchte, in das tobende Knäuel zu treten, aber der Kater schleppte seine Beute außer Reichweite. Die Ratte starb mit einem Quietschen. Der Kater drehte die Ratte um und betrachtete ihren weichen Bauch.

Grijpstra lehnte sich an die Motorhaube des geparkten Wagens und tastete nach dem Spiegel, den sein Griff gelockert hatte. Der Wagen war neu. Der Adjudant kritzelte auf seine Visitenkarte: *Entschuldigung. Rechnung bitte zuschicken, wird prompt beglichen.* Er murmelte, als er die Karte hinter einen Scheibenwischer steckte: »Panzer im Süden der Stadt. Kater tötet Ratte.«

Fest entschlossen, jede weitere Gewalttat zu ignorieren, drehte er sich dennoch um, als er ein seltsames Geräusch hörte. Der Kater war dabei, die Ratte genüßlich und sorgsam, mit einer einzelnen scharfen Kralle, die in der Kehle seines Opfers steckte und die er auf sich zu riß, zu zerlegen. Grijpstra sah, wie das Blut aus dem Schlitz spritzte.

Das sollte nicht sein, dachte der Adjudant. Aber so ist es nun mal. Gewalttaten finden überall und in jeder Form statt.

Hier bin ich, ein friedlicher Mensch, der sich am Zauber des Tagesanbruchs erfreuen wollte, an dem mystischen Augenblick, wenn die Dunkelheit zu Licht wird, wenn die Schöpfung sich unter der endlosen Pracht des fahlblauen Himmelszelts erneuert. Ich habe daran ebenso teil wie Gott, als er das Rad in Bewegung setzte, und eigentlich sollte ich bestätigen können, daß alles gut ist, aber das kann ich nicht, weil es nicht so ist.

Er hob den Fuß, um den Kater zu verscheuchen, aber das Tier fauchte wütend. Um seine Bewegung nicht zu verschwenden, lenkte der Adjudant seinen Tritt gegen einen Pappkarton, der neben dem Müllbeutel stand.

Der Kater fraß ungerührt weiter.

»Schluß jetzt«, heulte Grijpstra. Der Kater brummte und fegte mit der Spitze seines zerfledderten Schwanzes den Staub.

Der Adjudant bücke sich und fauchte ebenfalls, er zeigte dem Kater die Faust. Der Kater lief davon.

Grijpstra nahm den Deckel von der Schachtel und schob mit der Schuhspitze die Reste der Ratte hinein. Er legte den Deckel wieder darauf, nahm die Schachtel unter den Arm und ging zum Nieuwmarkt, wo er in ein wartendes Taxi stieg. Der Fahrer startete und drehte den Kopf. »Heute abend alles zu Ihrer Zufriedenheit, Mijnheer?«

Grijpstra nannte seine Privatadresse. Der Fahrer zeigte mit dem Daumen auf den Karton auf dem Rücksitz. »Was ist drin?«

»Ein nützliches Andenken.«

Das Taxi raste die Rokin entlang. Die Augen des Fahrers waren im Rückspiegel zu sehen. »Nicht zu schnell für Sie, Mijnheer?«

»Wie bitte?« fragte Grijpstra. »Nein.«

»Es macht nichts, wenn man nachts etwas zügiger fährt«, sagte der Fahrer. »Es herrscht sowieso kein Verkehr. Ich habe die Schachtel erwähnt, weil es so Vorschrift ist.«

Grijpstra brummte.

»Es ist die Polizei, verstehen Sie«, sagte der Fahrer. »Anscheinend transportieren böse Leute nachts Leichenteile, und die Polizei möchte das wissen, deshalb informieren wir sie über Funk.«

»Wirklich?« fragte Grijpstra. »Ist das nicht gefährlich?«

»Nachdem der Fahrgast das Taxi verlassen hat«, sagte der Fahrer. »So, wir sind da.«

»Warten Sie auf mich«, sagte Grijpstra. »Ich muß etwas holen, bin gleich zurück.«

»Wohin möchten Sie?«

»Wieder zum Viertel.«

»Mijnheer hat aber Energie«, sagte der Fahrer.

Grijpstra stieg aus. Er nahm ein Fischnetz aus dem Schrank und ging die Treppe hinunter. Er hörte, daß das Taxi wegfuhr. Der Karton stand auf dem Bürgersteig. Er hob ihn auf, als ein Streifenwagen um die Ecke bog. Zwei Konstabel sprangen heraus.

»Was ist in der Schachtel?« Der eine Konstabel hockte sich nieder, der andere griff nach seiner Waffe.

»Wenn ihr nichts berührt, dürft ihr einen Blick hinein tun.«

»Fleisch«, sagte der Konstabel, »und Blut.«

»Ekelhaft, was?«

Der andere Konstabel berührte Grijpstras Netz. »Was wollen Sie damit?«

»Dreimal dürft ihr raten«, sagte Grijpstra.

Der Polizist, der die Waffe hielt, sagte mitleidsvoll: »Jetzt, Mijnheer, einfach umdrehen und die Hände hochnehmen.« Er tastete Grijpstras Taschen ab. »Was haben Sie in der Armhöhle?«

»Meine Pistole«, sagte Grijpstra zur Wand. »Und in der Innentasche ist eine Brieftasche. Darin findest du meinen Polizeiausweis. Faß nicht die Pistole an, sonst zerreißt du meine Jacke.«

Der Konstabel las den Ausweis. »Henk Grijpstra ... Adjudant.« Er steckte die Brieftasche wieder in die Tasche.

»Verzeihung, Adjudant. Darf ich fragen, was Sie heute nacht vorhaben?«

Grijpstra ließ die Arme fallen und drehte sich um. »Klar, darfst du fragen. Und weil ihr mich belästigt habt, dürft ihr mich zum Nieuwmarkt bringen.«

Der Streifenwagen hielt neben dem wartenden Taxi. Grijpstra ging davon, die Schachtel unter dem einen Arm, das Fischnetz unter dem andern. Der Taxifahrer stieg aus und ging zum Streifenwagen. »Das ist der Mann, über den ich euch berichtet habe. Ihr laßt ihn wieder frei?«

»Ja«, sagte der Konstabel hinter dem Steuer.

»Aber da war was Blutiges in dem Karton, habt ihr nicht nachgesehen?«

»Eine tote Ratte, seziert.«

»Und damit geht er zu den Nutten? Er war erst vorhin bei den Nutten. Hier ist er eingestiegen. Was will er mit dem Netz?«

»Ich glaube nicht, daß ich das weiß«, sagte der Polizist.

Der Taxifahrer sah der sich entfernenden Gestalt Grijpstras nach. »Dazu noch ein so freundlich aussehender Herr, aber was er tut, sollte verboten sein. Von diesem Typ hatte ich auch schon welche. Vor einigen Tagen hatte ich einen mit einer aufblasbaren Puppe, auch in einer Schachtel. Etwa zur gleichen Zeit wie jetzt. Mein Fahrgast blies die Puppe im Taxi auf. Ihr kennt die Art von Puppe, die ich meine? Die man in Sexläden verkauft?«

»Ja?« fragte der Konstabel.

»Und wohin wollte er?« fragte der andere.

»In den Amstelpark. Irgendwie ungehörig. Aber dieser Kerl ist schlimmer. Die Puppe hat wenigstens nicht geblutet. Warum kommt er denn jetzt zurück?«

»Fahrer?« fragte Grijpstra.

Der Fahrer drückte sich an den Streifenwagen.

»Was ist mit Ihnen?« fragte Grijpstra. »Haben Sie vergessen, daß ich nicht bezahlt habe?«

»Schon gut, Mijnheer«, sagte der Fahrer. »Macht nichts. Gehen Sie.«

»Was tust du da?« fragte Cardozo.

Grijpstra schwang das Netz.

»Willst du etwas fangen?« Cardozo stieg aus seinem Bett. »Kann ich helfen?«

»Nein«, sagte Grijpstra.

»Du gehst fischen, nicht wahr?«

»Nein«, sagte Grijpstra.

Cardozo folgte Grijpstra. »Was ist auf dem Dachboden?«

»Das kümmert mich wenig. Ich gehe aufs Dach.«

»Was ist in dem Karton?«

»Halte mal die Falltür«, sagte Grijpstra. Er kippte die Schachtel aus. »Das war mal eine Ratte, die lege ich aus, um einen Geier zu fangen, verstehst du? Mit dem Netz. Von der Treppe aus, ich verstecke mich unter der Falltür. Geh jetzt zur Seite, damit ich meine Position einnehmen kann, wenn der Geier herunterkommt.«

»Es gibt keine Geier in Amsterdam, Adjudant.«

Grijpstra und Cardozo setzten sich nebeneinander.

»Wir sind jetzt eine halbe Stunde hier«, sagte Cardozo, »und es ist fast fünf. Bist du nicht müde?«

»Bin ich nicht. Es gibt keine Geier in Amsterdam? Und was flattert da?«

Der Geier ließ sich vorsichtig nieder, trippelte um die Rattenteile herum und hackte den Schnabel in das Fleisch. »Aha«, sagte Grijpstra. Cardozo drückte die Falltür hoch. Das Netz senkte sich über den Vogel. »Hab ich dich«, rief Grijpstra.

Der Adjudant betrat das Dach, machte die Schachtel flach und schob sie unter das Netz. »Hilf mir, Simon. Paß auf, daß die Pappe nicht wegrutscht.«

»Und wenn der Geier das Netz zerreißt?«

»Dann ergreifst du seinen Kopf.«

»Was ist das für ein Lärm?« rief de Gier an der Falltür. »Ich kann nicht schlafen, wenn ihr auf dem Dach herumstampft.«

»Wir haben einen Geier gefangen, Brigadier.«

De Gier schaute auf den im Netz gefangenen Vogel. »Tatsächlich. Ein bißchen kleiner, als ich dachte, und was jetzt?«

»Vielleicht in die Küche?« fragte Grijpstra. »In den Mülleimer damit, und einer sitzt auf dem Deckel?«

Cardozo setzte sich auf den Deckel. »Was tut ein Geier in Amsterdam, Adjudant?«

»Ich weiß nicht«, sagte Grijpstra. »Aber das möchte ich gern feststellen. Deshalb habe ich ihn gefangen. Er flog gestern abend über den Olofssteeg.«

»Hast du ihn auch gesehen?« fragte Cardozo de Gier.

»Ja.«

»Warum hast du mir das nicht erzählt?«

De Gier lauschte auf das Kratzen der Füße im Mülleimer. »Ich ziehe es vor, meinen Wahnsinn für mich zu behalten.«

»Könnte der Commissaris den Geier gesehen haben?«

»Ja«, sagte de Gier. Vielleicht ist er deshalb zu den Heilbädern gereist.«

»Eigenartig«, sagte Cardozo. »Ein schwarzer Geier, der über einer schwarzen Leiche fliegt.«

»Ich weiß, zu welcher Spezies dieser Vogel gehört«, sagte Grijpstra. »Wir haben einige im Zoo. Sie kommen aus Surinam, aber auf dem Schild am Käfig steht, daß sie auch in anderen Ländern Südamerikas leben. Geschützte Aasfresser, halten die Straßen sauber.«

Der Geier kreischte. »Armes Ding«, sagte Cardozo. »Sollte er nicht etwas fressen? Er hatte keine Chance, an die tote Ratte zu gelangen. Im Kühlschrank ist Salami.«

De Gier schloß die Küchentür. »Laß ihn raus, wollen mal sehen, was er tut.«

Der Geier hüpfte aus dem Eimer und trippelte auf dem Fußboden herum.

»Er ist zahm«, sagte Grijpstra. Cardozo schnitt Salamischeiben ab und legte sie aufs Linoleum. Der Vogel verbeugte sich höflich und hüpfte zur Nahrung.

»Ein Hausgeier«, sagte Grijpstra. »Er weiß sich zu benehmen. Er muß jemand gehören.«

Der Geier pickte an Cardozos Hose. Cardozo sprang zurück. »Au!«

Grijpstra hockte sich nieder. »Er hat dir nichts getan, nur ein bißchen geschubst. Möchte der nette Vogel noch einen Nachschlag?«

»Aber welcher Blödmann würde sich einen Geier als Ziervogel halten?« fragte de Gier. »Warum lassen wir den Vogel nicht frei und beobachten, wohin er fliegt?«

»Ich kann ja nicht hinterherfliegen«, sagte Grijpstra, »und ich möchte nicht mit einem Geier an der Leine spazierengehen. Wenn der Taxifahrer mich sieht, flippt er aus. Zuerst eine tote Ratte in der Schachtel und jetzt – nein.«

»Ratte?« fragte de Gier.

»Ich habe versucht, eine arme kleine Ratte vor einer armen kleinen Miezekatze zu retten, aber diese hat ihr dennoch den Garaus gemacht, und da ich Aas brauchte, um einen Geier zu fangen, hat sich zum Schluß alles zum Guten gewendet.«

Der Geier hüpfte auf den Ausguß und schaute zum Fenster hinaus. »Er sieht wirklich nicht schlecht aus«, sagte Cardozo. »Wie? Geier?«

Der Vogel schlug mit den Flügeln und schaute sich um.

»Manche Wildtiere sind geschützt«, sagte Cardozo. »Und zu Recht. Dieser Geier sollte frei sein. Dürfen wir ihn fliegen lassen, Adjudant?«

Grijpstra suchte in seiner Tasche und legte die kleine Blechflagge aus dem *Hotel Hadde* auf den Tisch. Er schaute auf die Beine des Vogels.

»Willst du ihn markieren?« fragte Cardozo. »Damit er von anderen Geiern unterschieden werden kann? Ich glaube nicht, daß es in Amsterdam sehr viele Geier gibt.«

Grijpstra legte die Blechflagge um die zähe gelbe Beinhaut und drückte sie zu, während er den Vogel mit der anderen Hand streichelte. Der Geier piepste leise. »Hübscher Vogel. Cardozo?«

»Adjudant?«

»Nimm unseren Liebling. Wir bringen ihn wieder aufs Dach.«

Cardozo warf den Vogel in die Luft. Der Geier flatterte davon, kam zurück und landete neben Grijpstra.

»Er will mehr Salami«, sagte de Gier. »Komm schon. Hopp. Du bist frei. Flieg weg.« Der Vogel hüpfte unentschlossen herum. Der Brigadier hob ihn wieder hoch. »Eins, zwei – drei.«

»Der fliegt aber hoch«, sagte Cardozo. »Ich kann ihn kaum noch sehen.«

»Ich kann ihn überhaupt nicht sehen«, sagte Grijpstra. »Du, Rinus?«

»Gerade eben«, sagte de Gier. »Nein, ich habe ihn auch aus den Augen verloren.«

»Ich sehe ihn«, sagte Cardozo. »Dort kreist er, auf dieser Seite vom Montelbaansturm, etwas rechts davon. Jetzt fliegt er nach unten.«

»Wollen wir mal sehen«, sagte Grijpstra. »Welche Straße ist das? Oude Waal? Nein, die dürfte weiter links sein.«

»Recht Boomssloot«, sagte de Gier. »Dort muß er gelandet sein. Eine uns wohlbekannte Gegend. Wohnt deine Nellie nicht dort?«

»Ja«, sagte Cardozo. »Deine Freundin, Adjudant.«

Grijpstra betrachtete Cardozo nachdenklich.

»Sie ist deine Freundin, stimmt's? Die Frau, die früher eine kleine Bar betrieb und jetzt ein kleines Hotel besitzt?«

»Hmm«, machte Grijpstra.

»Hör mal«, sagte de Gier. »Ich muß heute Zuhälter jagen, und Cardozo sollte noch einmal in der unmittelbaren Nähe herumschnüffeln. Weshalb amüsierst du dich nicht ein bißchen bei Nellie? Du frühstückst in Muße und fragst sie dann vielleicht, ob in der Nachbarschaft ein Geier lebt.«

»Ja«, sagte Cardozo. »Ein Geier ist ein seltener Anblick, oder sollte er nur ganz frühmorgens draußen sein? Wenn er sich an die frühen Stunden hält, wird ihn deine Freundin vielleicht nicht kennen.«

»Frühstück«, sagte Grijpstra. »Und was ist mit euch beiden?«

»Uns geht es gut«, sagte de Gier.

»Darf ich mit dir gehen?« fragte Cardozo.

»Nein, du darfst ins Bett gehen. Du bist müde und redest zuviel.«

»Was habe ich denn jetzt schon wieder Falsches gesagt?« fragte Cardozo, als der Adjudant sich im Badezimmer rasierte. »Sie ist doch seine Freundin, oder?«

»Die Weisen behalten ihr Wissen für sich«, sagte de Gier. »Deinen Übereifer mußt du loswerden, wir haben schon mal darüber gesprochen. Zunächst sammelt man Tatsachen, dann erwägt und überlegt man, und dann darf man bescheiden und vorsichtig versuchsweise seine Meinung äußern.«

»Aber sind wir nicht unter uns?« fragte Cardozo.

»Auch unter uns gilt das«, antwortete de Gier.

Karate saß hinter seinem Schreibtisch und starrte in einen Spiegel, der von einem Aktenordner gestützt wurde. Er hatte Augen-Make-up aufgetragen und die Hülse vom Lippenstift abgeschraubt, um die Bemalung aufzufrischen. Über der Lehne seines Stuhls hing sein modisches Jackett, auf das das Haar seiner sorgsam gekämmten Perücke fiel. Sein Seidenhemd stand über der haarigen Brust offen, auf der er ein Goldmedaillon trug mit dem Bild einer nackten Frau, die der Königin ähnlich sah.

De Gier hüstelte. Karate schaute auf. »Guten Morgen, Brigadier.«

De Giers schlanke, große Gestalt füllte den Rahmen der offenen Tür des kleinen Büros. Die Knöpfe an seinem Uniformrock blitzten, das Koppel glänzte, die Falten an seiner dunklen Hose mit den blauen Seitenstreifen waren messerscharf, seine Schuhe funkelten, die Mütze steckte ordentlich zwischen Brust und Unterarm. Er beugte sich vor und betrachtete das Medaillon. »Eine recht stattliche Frau.«

»Guten Morgen, Brigadier«, sagte Ketchup. Er hatte sein eigenes Haar mit Frisiergel hochgekämmt und mit grüner und purpurner Farbe besprüht. Seine Lederjacke war mit bunten Reklamebuttons bedeckt, die bestickten purpurnen Jeans steckten in gelben Plastikstiefeln.

»Gibt's heute eine Party?« fragte de Gier. »Hat euer Chef Geburtstag?«

Karate sprang auf und goß Kaffee in Pappbecher. »Nein, Brigadier, das ist unsere Jagdkleidung. Wollen wir nicht Gustav schnappen? Du mußt auch die Uniform ausziehen, und dann möchten wir dein Auto leihen, unseres ist ja als Streifenwagen markiert.«

De Gier betrachtete das klumpige Milchpulver, das in seinem Becher schwamm. »Hinterrücks den armen Kerl überfallen? Drei gegen einen?«

»Zwei«, sagte Ketchup. »Wir haben eine Münze geworfen, ich habe verloren. Ich nehme ein Fahrrad und warte zwischen den geparkten Wagen vor seinem Haus, bis er kommt. Du bist mit Karate in deinem Wagen um die Ecke. Sobald Gustav abhaut, gebe ich Nachricht.«

»Und dann? Den Verdächtigen beschatten, bis er ein Verkehrsdelikt begeht? Gegen sein Schienbein treten und ihn wegen Widerstands gegen die Staatsgewalt festnehmen, wenn er sich wehrt? Was seid ihr nur für Polizisten?«

»Niemals«, sagte Karate. »Wie kommst du denn darauf? Wir haben richtige Pläne geschmiedet.«

»Eine Überraschung«, sagte Ketchup. »Bist du nicht vorübergehend unserer Streife zugeteilt? Wir wissen schon, was wir tun, du brauchst nur mitzukommen. Es wird eine Abwechslung für dich sein, und vielleicht können wir irgendwann dir mal helfen.«

De Gier fuhr den Volkswagen. Ketchup achtete auf sein tragbares Sprechfunkgerät.

»Hallo?« tönte es aus dem Gerät.

»Hier«, sagte Karate.

»Gustav steigt in einen Peugeot 203, die Zulassungsnummer kann ich von hier aus nicht sehen. Kein neuer Wagen, hat eine Beule im hinteren Kotflügel. Fährt Oude Waal entlang, Richtung Kromme Waal.«

»Gut«, brummte eine dunkle Stimme.

»Wer ist das?« fragte de Gier. »Wer ist noch auf dieser Frequenz?«

»Wir fahren«, sagte Karate.

»Viel Glück«, kam es aus dem Gerät.

»Wer hat da soeben gesprochen?« fragte de Gier, als der Volkswagen um die Ecke bog.

»Siehst du den Peugeot?«

De Gier erhöhte das Tempo. »Fährt Gustav nicht eine neue Corvette?«

»Gustav hat viele Wagen«, sagte Karate. »Er fährt jeden Tag einen anderen. Paß auf, Brigadier, der Lieferwagen versucht, sich zwischen uns einzuordnen.« Er sprach ins Gerät: »Peugeot nähert sich Prins Hendrikkade.«

»Ich sehe ihn«, sagte die dunkle Stimme. »Ich habe ihn im Rückspiegel.«

»Antwortest du mir oder nicht?« fragte de Gier. »Wessen Stimme ist das?«

»Orang-Utans, Brigadier. Er fährt vor uns, auf dem Oosterdokskade.«

147

Der Volkswagen folgte dem blauen Peugeot in einer Kurve. De Gier entdeckte das weiße Motorrad mit dem ambonesischen Polizisten. Orang-Utans vierschrötiger Oberkörper bildete einen Winkel von neunzig Grad mit seinem hinteren Schutzblech. De Gier gab Gas, um vor dem aufdringlichen Lieferwagen zu bleiben. Der Peugeot fuhr ebenfalls schneller.

»Gustav hat Orang gesehen«, sagte Karate. »Gustav wittert Blut. Hast du gesehen, wie er sich aufrichtete?«

»Und jetzt?«

»Einfach folgen, Brigadier. Wir werden etwas zu sehen bekommen. Orang-Utan ist der beste Motorradpolizist in der ganzen Truppe.«

Die Polizei-Guzzi fuhr langsam, ganz rechts auf dem Asphalt, sie berührte fast die Bürgersteigkante. Der Hauptbahnhof kam in Sicht. Ein Schwarm Tauben flog von einem der Bahnhofstürme auf und landete auf einem Lastkahn im Fluß. Der Peugeot bremste und fuhr scharf nach rechts, kam in Kontakt mit Orang-Utans Hinterrad. De Gier fluchte. Karate rief hurra. Der Volkswagen fuhr nach links, um dem Peugeot auszuweichen. Ein Bus hupte, Radfahrer klingelten. Der Peugeot schoß nach vorn. Das Polizei-Motorrad donnerte auf den Bürgersteig und neigte sich stark zur Seite. De Gier fuhr ebenfalls auf den Bürgersteig. Orang-Utans behandschuhte Finger zogen den Bremshebel am Motorradlenker an. Er versuchte, die Maschine wieder ins Gleichgewicht zu bringen, indem er sich nach links neigte. Der Motorradfahrer richtete sich auf und hätte die Maschine wieder auf die Straße gebracht, aber er mußte erneut die Richtung ändern, um einer dicken Frau auszuweichen, die ihre Einkaufstasche hochhielt, um das Unglück abzuwehren. Orang-Utan benutzte beide Bremsen, aber seine Maschine fuhr weiter.

Das Motorrad flog anscheinend in Richtung auf ein Schiff, das am Kai festgemacht hatte, aber statt dessen schlug es aufs Wasser auf. De Gier wollte aus dem Wagen steigen. »Nein«, schrie Karate. »Schnapp dir Gustav, ich kümmere mich hier schon drum.«

Er knallte die Tür hinter sich zu. De Gier setzte zurück, um die schreiende Frau herum. Der Volkswagen holperte vom Bürgersteig herunter. Der Peugeot war noch zu sehen, er wartete zwischen Bussen und Lastwagen vor den Ampeln am Hauptbahnhof. De Gier behielt die Hand auf der Hupe, während sich der Wagen seinen Weg zwischen den Radfahrern bahnte. Er nahm das Mikrophon. »Präsidium, hier drei-vierzehn.«

»Ja, drei-vierzehn«, sagte die sanfte, wohlartikulierte Stimme eines weiblichen Funk-Konstabels.

»Kollege in Schwierigkeiten«, sagte de Gier. »Ein Motorradpolizist, bekannt als Orang-Utan. De Ruijterkade, Hauptbahnhof. Kollege wurde absichtlich in den Fluß gestoßen von einem blauen Peugeot, den ich jetzt verfolge. Westerdokskade, Richtung Westen.«

»Verstanden.«

»Ich fahre einen unmarkierten weißen Volkswagen, Kriminalpolizei, Brigadier de Gier.« Er ließ das Mikrophon am Kabel baumeln. Der Volkswagen war hinter dem Peugeot. Gustav schaute in seinen Rückspiegel. De Gier zog die Pistole und winkte damit nach rechts. Der Peugeot erhöhte das Tempo. De Gier blieb hinter dem kleinen blauen Wagen, die Hand auf der Hupe, er fluchte über Gustavs gebräunte Schädeldecke, die mit dem von südlicher und kostspieliger Sonne gebleichten Kranz unordentlicher, schütterer Locken kontrastierte.

Gustav fuhr bei gelber Ampel weiter. De Gier folgte bei Rot. Jäger und Beute erreichten die westliche Umgehungsstraße, und ihre Tachos kletterten auf illegale Höhen. Die PS-schwachen Motoren jaulten in höchsten Tönen, die Stoßdämpfer knarrten.

Was vorhin passierte, dachte de Gier, und seine Knöchel am Lenkrad wurden weiß, war ein gemeiner und eindeutiger Mordversuch an einem uniformierten Polizisten. Oder war es nur Totschlag, wenn wir annehmen, Gustav wußte nichts von einer möglichen Begegnung mit Orang-Utan? Mord setzt Vorsatz voraus. Wie vorsätzlich war Gustavs Versuch?

Wieder näherten sie sich einer Ampel. Beide Fahrer knurrten und ignorierten einfach das rote Licht. Die Bremslichter des Peugeot leuchteten auf, während der Wagen sich auf die Seite neigte. Sein Auspuff stieß eine häßliche kleine Wolke aus, als der Wagen nach rechts spurtete. Der Volkswagen schleuderte, aber er fand seine Richtung wieder und schnaufte und rauschte durch einen kurzen Tunnel.

Wunderbar, dachte de Gier und trat abwechselnd auf Gas- und Bremspedal, so gefällt es mir. Ich muß mich nicht mehr um die Angemessenheit meiner Aktivitäten sorgen, mich jetzt nicht um Ver-

149

hältnismäßigkeit kümmern, keinen Gedanken an die Bürger verschwenden, die ihrer gesetzmäßigen Tätigkeit nachgehen. Ich räche einen Angriff auf den Staat selbst, und meine Gewalttätigkeit ist gerechtfertigt. Der Brigadier lächelte höhnisch, während die beiden alternden Mittelklassewagen immer wieder die Richtung änderten und die verzwickten Kurven der Gassen nahmen. Er lachte, als Radfahrer sich an Zäune drückten, Wagen an Laternenmasten, Fußgänger an Mauern. Unbarmherzige Verfolgung, dachte de Gier, Verfolgung des verdorbenen Satans, um ihn einzuholen und kaltblütig zu beseitigen, zu zerquetschen und zu zerschmettern. Aber zuerst muß ich ihn haben.

Gustavs Wagen war schwer zu fassen. Immer wieder tauchte er auf und verschwand. Gassen wurden zu Kreiseln, und plötzlich fuhren die Wagen aufeinander zu, aber der Peugeot setzte zurück, wollte wenden, zertrümmerte die Türen einer Werkstatt, kam wieder heraus und raste mit quietschenden Reifen davon. Der Volkswagen verlor Zeit wegen einer Frau, die ihr Kleinkind und geplatzte Einkaufstüten einsammelte. Der Peugeot verlor weiter unten in der Straße ebenfalls Zeit, denn ein Botenjunge traf ihn mit einer Milchflasche, die auf der Motorhaube zerbrach und ihren Inhalt an die Windschutzscheibe spritzte. Gustav schaltete die Scheibenwischer ein, aber er hatte gebremst und dem Jungen die Gelegenheit gegeben, sein Fahrrad dem Wagen in den Weg zu schieben. Das Fahrrad zerknickte unter dem Peugeot und reckte die gebrochenen Speichen hoch, so daß sie die Reifen des folgenden Volkswagens durchbohren konnten. Eine alte Frau schrie verzweifelt, als sie sah, daß ihr Regenschirm-Speer das dämonische Vehikel verfehlte. Eine sportliche Frau, dachte de Gier, ich habe sie früher schon mal gesehen, sie hat mir die Kotflügel mit diesem Schirm zerkratzt. Immer wieder gerate ich in diese Straßen. Ein kahlköpfiger Mann, der zu einer Haustür rannte, kam ihm ebenfalls bekannt vor. Der Brigadier hupte einen Lastwagen an, der langsam und bedrohlich aus einer Nebenstraße rollte und sich zwischen Peugeot und Volkswagen schieben wollte, deren Abstand kleiner wurde. Der Fahrer schüttelte die Faust. Gustav wurde ebenfalls bedroht von gebeugten, langsam vorrückenden Fußgängern, die einander festhielten, um sich gegenseitig zu stärken. Er zielte mit seinem Wagen auf sie und ließ den Motor aufheulen. Wieder gab es verschwommene rote Ziegelwände, unterbrochen von gähnenden Lücken und dürren Bäumen, aber die Straße war eine Sackgasse, die vor einem hohen Zaun endete, den aufgestapelte graue Müllsäcke teilweise verdeckten.

Der Peugeot tauchte in die lockere Masse ein und kam heraus mit einem Wimpel aus benutzten Damenbinden an der Antenne, bevor er gegen Pfosten prallte und Bretter losriß. Er landete auf einem schlammigen Acker. Seine Räder kreischten, bevor sie auf Unkrautbüscheln Halt gewannen. Der Wagen schleuderte herum und verfehlte mehrmals den Volkswagen. Hinter dem Wasser glänzte der Fluß, aber de Gier konnte das funkelnde Wasser nicht sehen, denn eine geballte Mülladung bedeckte seine Windschutzscheibe. Der Brigadier fluchte, stieg aus und hörte, wie die letzte Luft aus seinen Reifen zischte. Er war jetzt glücklos, Gustav würde entkommen. Der Peugeot raste zum zerbrochenen Zaun zurück.

Gustav konnte auch nichts sehen. Seine Scheibenwischer verschmierten eine grünliche Flüssigkeit auf dem Glas. Der Peugeot fuhr gegen aufgestapeltes modriges Isoliermaterial. Gustav sprang heraus und rannte zum Fluß. Auch de Gier rannte. Gustav stolperte und fiel. De Gier wollte sich auf ihn werfen, aber er stolperte selbst, machte eine Schulterrolle und kam wieder auf die Beine. Gustav kroch außer Reichweite. »Halt«, rief de Gier. »Oder ich schieße.«

Der Brigadier feuerte, die stets bereite moderne Walther auf einen Busch gerichtet, den er traf, denn sie trifft laut Informationsblatt jedes Ziel in einer Entfernung bis zu zweihundert Metern. Der Knall einer Patrone mit sehr starkem Sprengstoff hätte den Flüchtigen stoppen sollen, aber Gustav hörte ihn nicht; ein Frachter durchpflügte geräuschvoll den Fluß und tutete sein lautstarkes Horn, das jedes andere Geräusch übertönte.

Gustav war aufgestanden und rannte wie ein Wahnsinniger. De Gier kniete nieder, zielte sorgfältig und zog sanft am Hahn. *Jetzt*, dachte er, noch ein hundertstel Millimeter und bamm. Kein Bamm, der Abzug federte in die Ausgangsposition zurück. Der Brigadier schnippte mit dem Fingernagel gegen den Sicherungshebel. Warum? dachte de Gier beim Aufstehen. Weshalb den Bastard verwunden? Ich weiß ja, wer er ist. Ich schnappe ihn ein andermal. Er greift mich nicht an, im Gegenteil, er rennt davon. Er läuft nirgendwohin, hier ist nur das Feld und dahinter der Fluß.

Ein bißchen Sport, halten wir uns an die Regeln. Er steckte die Pistole wieder ein.

Gustav fiel und verschwand.

De Gier blickte den Deichhang hinab. »Gustav?«

Gustav rollte weiter. Sein fallender Körper traf eine Eisenstange, die zwischen den Pflastersteinen steckte. Prächtiger Kerl, dachte der Brigadier, deine Personalien und Adresse sind bekannt, du kannst später festgenommen werden, aber ich will es jetzt tun.

Gustav prallte von der Stange ab und stieß weiter unten gegen einen großen Stein. De Gier folgte langsam, er fand Halt in den Ritzen zwischen den Steinen. Er ergriff Gustav am Kragen und ruckte vorsichtig.

Es vergingen zehn Minuten mit Zerren und Rutschen und Hochziehen und der Suche nach dem richtigen Hebelansatz, ehe Gustav wieder auf dem Feld war, wo er auf dem Rücken zwischen hochstengeligen gelben Blumen lag, die sich in der Brise wiegten. De Gier ging neben seinem Gefangenen auf die Knie.

»Arschloch«, sagte de Gier.

»Schmerzen«, sagte Gustav.

»Wo?«

»Mein Bein. Ich habe es an der Stange gebrochen.«

De Gier steckte den Finger in einen Riß in Gustavs Hose und zog. Er sah einen blutigen Knochen, der aus der bleichen, pickeligen Haut ragte.

»Du wirst mir doch nicht etwa weglaufen«, fragte de Gier, »während ich zu meinem Wagen gehe und die Hilfe anfordere, die du nicht verdienst?«

Gustav wimmerte. Der Brigadier klopfte ihm auf die Schulter. »Weißt du, daß du mir leid tust? Ich muß verrückt sein.« Er stand auf und ging zum Volkswagen. Der Motor lief noch. De Gier drehte den Schlüssel und drückte auf den Mikrophonknopf.

»Präsidium? Hier drei-vierzehn.«

»Drei-vierzehn«, sagte die sanfte Frauenstimme.

»Eine Ambulanz bitte«, sagte de Gier. »Zu einem Feld mit blühendem Löwenzahn, irgendwo hinter dem Ende der Houtmanstraat. Und Kollegen, viele Kollegen, denn der Wagen ist im Eimer, und bald dürfte der Mob hinter mir her sein, wir könnten einige Unfälle verursacht haben.«

»Der Verdächtige?«

»Verletzt.«
»Ist mit dir alles in Ordnung?«
De Gier seufzte.
»Drei-vierzehn?«
»Alles in Ordnung hier«, sagte der Brigadier. »Ich denke, ich laß dich jetzt in Ruhe und übergebe mich eine Weile.«
»Ich heiße Marike«, sagte die zarte Stimme. »Ruf mich an, wenn du Zeit hast. Ende.«

19

Cardozo schleppte sich die Stufen zur Polizeiwache hinauf. Die Tür flog auf und traf ihn. Cardozo schwang die Arme schützend hoch und umarmte den Konstabel, der herausgerannt kam.
»Langsam«, sagte Cardozo.
»Hurra!« rief der Konstabel.
»So glücklich?« fragte Cardozo.
»Ja, Mijnheer«, sagte der Konstabel. »Was können wir heute für Sie tun? Sind Sie überfallen worden? Hat Ihnen jemand Kuhscheiße statt Haschisch angedreht? Möchten Sie wissen, wo die gesunden Nutten sind? Sind Sie betrunken und möchten nach Hause gefahren werden? Sagen Sie Ihren Wunsch. Wir werden uns um alles kümmern.«
»Ich bin's«, sagte Cardozo.
Der Konstabel befreite sich aus Cardozos Umarmung. »Ah, richtig. Ich habe dich nicht erkannt. Es tut gut, dich wiederzusehen.«
»Ich möchte Kaffee«, sagte Cardozo, »und Kuchen.«
»Dazu lade ich dich ein, Simon, denn heute ist wieder einmal ein großer Tag.«
»Ich dachte, du wolltest irgendwo hin«, sagte Cardozo in der Kantine. »Du ranntest aus der Wache, erinnerst du dich?«
»Ich wollte die gute Nachricht verbreiten. Hier ist dein Kaffee. Und hier dein Kuchen.«
»Ist ein anderer Superzuhälter erschossen worden?«
»Festgenommen«, sagte der Konstabel, »und verletzt. Geschnappt von eurem Brigadier de Gier, unserem Helden. Hurra!«

»Und warum?«

Der Konstabel lachte, dann flüsterte er: »Du möchtest den Grund wissen? Weil dieser Superzuhälter, unsere verdorbene Satansbrut, Gustav persönlich, ohne die geringste Herausforderung einen Kollegen angegriffen hat. Na, was sagst du dazu?«

»Erzähl mal alles ganz genau.«

Der Konstabel lieferte die Tatsachen. »Na?«

»Ich verstehe«, sagte Cardozo.

»Na? Na? Na?«

»Ist Brigadier Jurriaans zufällig in der Wache?« fragte Cardozo.

»Oben. In seinem privaten Büro.«

»Danke für Kaffee und Kuchen.« Cardozo stand auf

»Hast du mal eben Zeit, Brigadier?« fragte Cardozo.

Jurriaans zeigte auf einen Stuhl.

Cardozo setzte sich. »Glückwünsche.«

»Du hast die letzten Neuigkeiten gehört?«

»Ja«, sagte Cardozo. »Und ich habe noch mehr erfahren. Darf ich dir berichten? Und könnte ich danach eine Frage stellen?«

»Alles, was du willst.« Jurriaans hob den Telefonhörer ab. »Kaffee vielleicht? Etwas Kuchen?«

»Nein, danke, Brigadier.« Cardozo nahm die angebotene Zigarette. »Ich habe vorhin die Waffenkammer im Präsidium besucht und vom Brigadier dort gehört, daß die gestern von mir übergebenen Kugeln aus der Schmeisser, die wir hier auf dem Schießstand abgefeuert haben, identisch mit denen sind, die aus Obrians Leiche entfernt wurden.«

Jurriaans nickte. »Die Schmeisser haben alle Kaliber neun Millimeter.«

»Nein«, sagte Cardozo. »Dieselben Kratzer, dieselben Riefenspuren hat der Brigadier gesagt, glaube ich. Meine Geschosse und die des Mörders kamen aus derselben Waffe.«

»Erstaunlich.«

»Ja, nicht wahr?« Cardozo steckte seine Zigarette an. »Tja, weißt du vielleicht, wie wir es geschafft haben, zufällig die Schmeisser zu finden, die wir suchten?«

Jurriaans lächelte.

»Und warum wir diesem Zusammentreffen keine Beachtung schenkten? Und wir uns nicht fragten, ob die gefundene Schmeisser die gesuchte war?«

Jurriaans schloß die Augen. »Absolut erstaunlich.«

»Du hältst das nur für erstaunlich?«

Jurriaans öffnete die Augen. »Möchtest du nicht warten, bis dein Brigadier de Gier zurückkommt?«

»Das möchte ich nicht«, sagte Cardozo. »Und er ist nicht mein Brigadier de Gier.«

Jurriaans spreizte die Hände auf dem Löschblatt, das genau in der Mitte seines Schreibtisches lag. Er schob die Hände etwas heftig zusammen. Das grüne weiche Papier hob sich und riß an den Knicken. »In Ordnung. Gut. Woher kam die Waffe? Hat Brigadier de Gier sie nicht auf der Straße gefunden?«

»Nein«, sagte Cardozo. »Das habe ich zwar in der Waffenkammer gesagt, aber ich war gebeten worden, zugunsten des Brigadiers zu lügen.«

»Jetzt weiß ich das auch«, sagte Jurriaans. »Die Schmeisser wurde in einem Zimmer gefunden, das Mijnheer Jacobs bewohnt, *unser* Mijnheer Jacobs, Chef des Leichenschauhauses. Hat de Gier nicht gesagt, Jacobs sei nicht richtig im Kopf und die Gesellschaft müsse vor Verrückten geschützt werden, die glauben, eine automatische Waffe in ihrem Zimmer aufbewahren zu müssen?«

»Stimmt«, sagte Cardozo. »Aber können wir jetzt nicht fragen, ob die Gesellschaft nicht auch vor dem Wahnsinn des Brigadiers de Gier geschützt werden sollte? Können wir wirklich ruhig zusehen, wenn der Brigadier Situationen schafft, in denen dieser Orang sein Motorrad in den Fluß fahren muß und jener Kerl sich das Bein bricht? Müssen wir einen Verstand ertragen, der so verwirrt ist, daß er seinen Besitzer zwingt, mit dem Wagen durch dichten Verkehr zu rasen, unschuldige Bürger auf Laternenmasten und Bäume zu jagen, daß alte Frauen durch Schaufensterscheiben stürzen und Versicherungen ein Vermögen zur Abdeckung von Blechschäden ausgeben müssen«?

»Hör auf«, sagte Jurriaans. »Wer sorgt sich um Versicherungsgesellschaften, außer ihnen selbst? Außer Gustav wurde niemand verletzt, und er ist ein verdorbener Satan, und sein Bein wurde inzwischen gerichtet.«

Cardozo nahm einen Bleistift aus einem Becher auf Jurriaans Schreibtisch.

Jurriaans nahm den anderen Bleistift aus dem Becher und richtete ihn auf Cardozos Brust. »Brigadier de Gier ist ein erfahrener

Kriminalbeamter, der sich so oft bewährt hat, daß wir wissen, er trifft die richtigen Entscheidungen. Er kam, sah und siegte.«

»Ha«, sagte Cardozo.

»Du glaubst mir nicht?«

»Ich glaube, daß Brigadier de Gier höchst erregt war, Gespenster sah und verlor.«

»Du wühlst in deinen Eindrücken«, sagte Jurriaans. »Wie ein Maulwurf. Blind. Ohne Persönlichkeiten und Tatsachen zu berücksichtigen.«

Cardozo zerbrach seinen Bleistift, betrachtete die beiden Hälften und warf sie in den Papierkorb. Jurriaans gab ihm den anderen Bleistift. »Und das ist falsch, denn sowohl Persönlichkeiten als auch Tatsachen müssen in Betracht gezogen werden. Du bist ein Maulwurf, Cardozo, und du weißt, was die tun. Die verpfuschen den Rasen und kriegen Dreck ins Maul.«

Cardozo zerbrach den zweiten Bleistift. »Brigadier?«

»Bitte.«

»Glaubst du, daß Jacobs den Obrian erschossen hat?«

»Nein«, sagte Jurriaans. »Jacobs schießt nur auf die Gestapo, und die ist seit Jahren nicht in seiner Nähe gewesen. Wenn das Böse keine deutsche Uniform trägt, schießt Jacobs nicht. Soviel weiß ich, denn ich habe Jacobs oft zugehört. Weißt du, wo er wohnt?«

»Ich kenne ihn persönlich«, sagte Cardozo. »Er wohnt am Ende vom Recht Boomssloot.« Er warf die Hälften des zweiten Bleistifts in den Papierkorb. Jurriaans öffnete eine Schublade und gab ihm einen dritten Bleistift.

»Du kennst das Haus«, sagte Jurriaans. »Jacobs hat dort ein Zimmer. Da sind noch mehr Leute untergekommen, darunter einige junge Frauen, die für Gustav arbeiten. Sie stellen sich hier in den Fenstern zur Schau, aber sie wohnen in dem Haus. Gustav besucht diese Frauen in ihrer Wohnung. Er kennt Jacobs. Er weiß, daß Jacobs eine Schmeisser besitzt. Er weiß, daß Jacobs sich oft betrinkt und auf dem Bett das Bewußtsein verliert. Vielleicht hat sich Gustav Jacobs' Schmeisser geliehen.«

»Hat Gustav das gesagt?«

»Vielleicht«, sagte Jurriaans. »Bis jetzt weiß ich nur, de Gier hat Gustav festgenommen. Ich bezweifle, daß Gustav den Mord an Obrian je gestehen wird, aber wir haben ihn wegen versuchten

Totschlags an Orang-Utan. Die Anklage wird halten. Was macht es aus, wenn andere Beschuldigungen es nicht tun?«

Cardozo stand auf.

»Wohin gehst du?«

»Zu Jacobs' Haus«, sagte Cardozo. »Im Leichenschauhaus ist er nicht, also ist er wahrscheinlich in seinem Zimmer.«

»Aber warum? Jacobs weiß nichts.«

»Ich geh trotzdem hin, um mich zu vergewissern.«

Der Bleistift knarrte in Cardozos Händen. »Eine bessere Marke«, sagte Jurriaans. »Das Holz ist stärker.«

Der Bleistift zerbrach. »Brigadier?« fragte Cardozo.

»Ja, Kollege?«

»Es kann nicht sein.«

»Was kann nicht sein, Kollege?«

»Es ist nicht möglich«, sagte Cardozo, »daß de Gier Gustav verfolgte, als dieser Orang-Utan angriff.«

Eine große Fliege landete auf Jurriaans ruiniertem Löschblatt. Seine flache Hand schlug auf die Fliege. »Hast du das gesehen, Kollege?«

»Du hast eine Fliege umgebracht.«

»Genau. Diese Fliege hat mich seit einer Stunde geärgert, und so lange jage ich sie, aber sie konnte mir entkommen. Ich behielt sie jedoch im Auge. Geduld und Glück, diese Begriffe sind austauschbar.«

»Also wirklich, Brigadier.«

Jurriaans lächelte hoffnungsvoll.

»Auf Wiedersehen, Brigadier«, sagte Cardozo und zog die Tür hinter sich zu.

20

Adjudant Grijpstra seufzte zufrieden in dem Rohrstuhl an einem Tisch, auf dem eine rotweißkarierte Decke lag. Er hatte die Jacke ausgezogen und die Krawatte gelockert.

»Na, mein Schatz, mein großer Schmusekater«, sagte Nellie. »War's im Bett nicht wunderbar? Ist es hier nicht gemütlicher als in deiner vollgestopften Wohnung an der kleinen, modrigen

Gracht? Schau nur, wie du da sitzt, ganz glücklich und entspannt. Keine Sorgen und alles zur rechten Zeit auf dem Tisch. Was möchtest du jetzt? Ein halb durchgebratenes Steak auf Toast? Ja? Mit einem Gürkchen dazu?«

»Nein«, sagte Grijpstra, »ich muß gehen.«

»Willst du wirklich gehen?«

Der Adjudant faltete die Hände auf dem Bauch und rieb sich die Schultern an der Stuhllehne.

»Du willst ja gar nicht gehen.«

»Ich muß arbeiten«, sagte Grijpstra. »Ich weiß jetzt, daß der Geier deinem Nachbarn gehört und er nicht zu Hause ist. Nur zu warten bedeutet Zeitverschwendung. Ich muß mir die Gegend ansehen und mehr Informationen sammeln.«

Nellie beugte sich über ihn und küßte seine kahle Schädeldecke. »Sammle Informationen von mir. Ich weiß wahrscheinlich mehr, als du zu erfahren brauchst.«

»Solltest du nicht arbeiten?« fragte Grijpstra.

»Rede ich zuviel?« fragte Nellie. »Möchtest du ein kleines Nikkerchen machen? Soll ich die Hängematte holen? Oder möchtest du lieber vorher Kaffee?« Sie lief in die Küche.

Hier ist es nett und ruhig, dachte Grijpstra. Ein guter Gedanke, einen Hinterhof zu haben. Du bist geschützt in deiner eigenen Welt. Ein Hof, um zu denken. Ruhig. Logisch selbstverständlich. Alles an richtiger Stelle. Wo war ich jetzt? Fangen wir von vorn an. Ohne die geringste Eile, sehr sorgfältig, jedem Detail Beachtung schenken. Verbinde Ursachen mit Ereignissen. Ich schließe die Augen und konzentriere mich. So. Ich konzentriere mich nicht zu sehr, sondern halte nur den Faden fest. Obrian. Welcher Obrian? Was für ein Obrian?

Was kümmert mich Obrian? dachte Grijpstra. Er sah eine Straße im alten Amsterdam vor sich mit Bürgersteigen, hinter denen geschlossene Türen die Zurückgezogenheit der Patrizierhäuser schützten. Eine würdevolle Stille erfüllte die Straße, und Grijpstra, der seinen besten blauen Dreiteiler trug, genoß sie. Er war vorhin beim Friseur gewesen und hatte seine Schuhe geputzt. Er war selbst ein Patrizier, und die Straße gehörte ihm. Zwei Frauen kamen vorbei – er kannte sie, brauchte aber diese Bekanntschaft nicht zu bestätigen. Die Frauen gingen langsam vorbei. Er betrachtete sie von vorn, von der Seite und von hinten. Sie waren sich trotz der gelassen gesenkten Blicke bewußt, daß er ihnen seine vollste Aufmerksamkeit schenkte, reagierten aber nicht darauf nicht etwa, weil sie ärgerlich über ihren Freier waren oder nicht wissen sollten, daß er da war, sondern weil sie ganz einfach bewundert werden wollten, und auch, weil jede Aktivität von seiner Seite unangebracht gewesen wäre. Er mußte nur wissen, daß sie da waren, eine Bedingung, die Grijpstra im stillen billigte. Die Frauen trugen geflochtene Strohhüte mit rotweißkarierten Bändern, die ihnen über die nackten Schultern und Rücken hingen. Ihre Röcke waren ebenfalls aus kariertem Stoff, eigentlich nur Tücher, die sie locker um die Hüften gewickelt und die Zipfel eingesteckt hatten. Ob sie Schuhe trugen, wußte Grijpstra nicht, weil die Röcke bis zum Boden reichten. Die eine barbusige Frau war Nellie, die andere Adjudant Adèle.

Sie müssen Schuhe tragen, dachte Grijpstra, ihre Absätze klappern auf den Pflastersteinen, aber das Geräusch kam von den Kaffeetassen, die Nellie auf den Tisch stellte.

»Was hat dich so lange aufgehalten?«

»Tja«, sagte Nellie, »ich konnte nichts dafür. Onkel Jan wollte ein Bad nehmen, aber der eine Hahn sitzt fest, so daß ich einen Hammer suchen mußte, um ihn loszuschlagen.«

Grijpstra rührte seinen Kaffee um.

»Onkel Jan ist ein Gast«, sagte Nellie. »Ein alter Mann, der hier manchmal wohnt. Er kommt aus Utrecht.«

»Hallo Tigri«, sagte Nellie zu einer Katze, die aus den Büschen auftauchte. Grijpstra streckte eine Hand aus. Die Katze kam und drückte sich an seine Handfläche.

»Gehört die Katze auch deinem Nachbarn?«

»Ja«, sagte Nellie. »Ist sie nicht schön? So zart auf den langen Beinen. Sie besucht mich manchmal nachts, wenn ich allein im Bett liege, dann kommt sie durchs Fenster.« Nellie grinste. »Sie krabbelt immer in meinen Arm, legt mir die Pfoten an den Hals und schnurrt mir ins Ohr, und manchmal dreht sie sich um und möchte, daß ich ihr den Bauch kraule.«

Grijpstra hob das Tier auf »Magst du auch Männer?« Tigri streckte ein Bein aus und berührte mit der Pfote den Adjudant an der Nase.

»Oh«, sagte Nellie, »nun schau dir das an. Du kannst wirklich mit Tieren umgehen. Sie macht sich sonst überhaupt nichts aus Fremden.«

»Diese Tigri«, sagte Grijpstra, während er die Katze sanft schüttelte, »ist eine Zeugin, denn sie war gestern morgen in der Olofssteeg, und der Geier, den ich suche, flog über den Dächern dieser Gasse.«

»So?«

Grijpstra hob die Stimme. »Hältst du das nicht für seltsam?«

»Überhaupt nicht«, sagte Nellie. »Irgendwo müssen sie ja sein, nicht wahr? Der Geier fliegt morgens früh herum, wenn alles ruhig ist, und Tigri ist ein Nachttier. Sie waren neugierig, nehme ich an. Sie wollten wissen, was in der Gasse los war.«

Grijpstra setzte die Katze nieder und stand auf.

»Bleib noch ein bißchen.«

»An die Arbeit«, sagte Grijpstra zu sich.

Sie drückte ihn wieder auf seinen Stuhl. »Und was wäre, wenn ich Obrian ermordet hätte? Würdest du dann bei mir bleiben?«

»Du?«

»Ich. Ich schieße ziemlich gut. Ich habe Obrian verabscheut. Ich bin einfach aus dem Bett gehüpft, bamm, bamm, bamm, und wieder hineingehüpft. Warum könnte ich es nicht gewesen sein?«

»Du bist keine gute Schützin.«

»Natürlich, und hab's dir schon mal erzählt. Erinnerst du dich nicht an die Deutschen, die ihre Sachen bei Kriegsende auf dem Hof meines Vaters zurückließen? Und wie mein Bruder deren Ausrüstung viele Jahre später gefunden hat? Und wie wir auf Krähen geschossen haben?«

»Du hast es erzählt, habt ihr damals nicht ein Gewehr benutzt?«

»Eine Maschinenpistole, ein häßliches schwarzes Ding mit kurzem Lauf und Patronen, die in ein Magazin gedrückt wurden, das man von unten einschieben mußte.«

»Hat dein Vater nicht den Ortspolizisten gerufen, um alle Waffen beschlagnahmen zu lassen?«

»Du bist mir vielleicht ein Kriminalbeamter. Könnte ich nicht gelogen haben? Über den Polizisten und so?«

Grijpstra schüttelte den Kopf

Sie lächelte und hielt seine Hand. »Glaubst du wirklich, ich würde dich nicht belügen?«

»Du solltest mich nicht belügen. Ich bin dein Freund.«

Sie schob ihren Stuhl neben seinen. »Du bist mein Geliebter.«

»Also gut«, sagte Grijpstra, »nehmen wir an, du hast gelogen. Du hast eine Schmeisser. Aber eine zu haben und damit zu schießen ist nicht dasselbe. Du bist eine liebe Frau. Du könntest niemand umbringen.« Grijpstra streichelte ihr Haar. »Warum solltest du auch? Du hast ja mich, nicht wahr? Ich werde dir immer helfen. Bei der geringsten Schwierigkeit komme ich hereinmarschiert.«

»Und du erschießt Obrian?«

Grijpstra zog seinen Arm an sich. »Habe ich dich nicht beschützt, sogar vor Obrian?«

»Eigentlich nicht.«

Grijpstra drehte den Kopf. Sie schaute weg. »Obrian war hinter mir her, Henk, er versuchte mich festzunageln. Ich wurde ziemlich nervös. Ich wußte, was er von mir wollte.« Sie lachte.

Grijpstra starrte sie an.

Sie schaute auf und schob sein Gesicht zur Seite. »Guck nicht so.«

»Ich verstehe nicht«, sagte Grijpstra. »Wir sprechen über Mord. Was ist plötzlich so komisch?«

»Etwas, das mir eingefallen ist. Soll ich es dir erzählen?«

»Ja, bitte.«

»Vielleicht hilft es dir, die Frauen besser zu verstehen. Erinnerst du dich an die Hitzewelle im vergangenen Monat? Ich wollte meine Sachen zur Wäscherei bringen, und auf dem Weg dorthin kaufte ich Bananen. In der Wäscherei herrschten vierzig Grad, und ich saß da und wartete. Neben mir wartete ein Mann in Shorts. Es gab nichts zu tun, man konnte nur zusehen, wie die Wäsche sich drehte. Er rückte mit seinem Schemel immer näher, und als meine Maschine schließlich fertig war und ich zu dem Mann aufschaute, wurde er ganz erregt. Du weißt, was ich meine?«

»Ich möchte es nicht wissen«, sagte Grijpstra.

»Sei jetzt nicht albern. Sein Pint war ganz steif, und ich konnte es sehen, weil ich auf dem Boden kniete. Es ärgerte mich, weil ich nur wegen meiner Wäsche dort war und seine Aufmerksamkeit nicht brauchte. Also ging ich zum Leiter des Waschsalons, um mich zu beschweren, aber der wollte ganz genau wissen worüber.«

»Du brauchst mir das wirklich nicht alles zu erzählen.«

»Nein, warte, es kommt noch schlimmer. Der Leiter tat so, als ob er nicht versteht, wovon ich rede, und er hatte ebenfalls Shorts an, verrückt, dabei trägt heutzutage kaum noch jemand eine kurze Hose. Ich war es leid, mich zu wiederholen, und ich wußte, er würde sowieso nichts unternehmen. Und da meine Wäsche noch in der Maschine war, kniete ich wieder nieder. Als ich aufschaute, hatte sich auch der Leiter gesetzt und war ebenfalls erregt.«

»Bitte«, sagte Grijpstra. »Was ist das für eine Geschichte? Warum bist du nicht einfach gegangen?«

»Das ist der springende Punkt. Ich hätte gehen sollen, weißt du, aber ich wurde so nervös und hatte die Bananen und aß sie plötzlich, eine nach der anderen, nur um etwas zu tun.«

»Nellie«, flehte Grijpstra.

»Hältst du es für verrückt, Bananen zu essen, wenn zwei bei dir sind, die einen schweren Atem bekommen?«

»Bah«, sagte Grijpstra.

»Tut mir leid«, sagte Nellie. »Ich wollte dich nicht aus der Fassung bringen. Dir gefällt das nicht sehr, nicht wahr? Aber es ist gar nicht ungewöhnlich, weißt du. Alle Frauen tun das bei ihrem Mann. Ich würde es bei dir auch tun, wenn ich wüßte, daß es dir Spaß macht.«

Grijpstra starrte auf die Fliesen zwischen seinem Stuhl und dem Tisch. Er atmete schwer. Nellie streichelte seine Hand. »Ist dir nicht gut?«

Grijpstra kratzte sich an der Kehle. »Das wollte Obrian von dir?«

»Ja, aber ich hätte ihm nicht nachgegeben.«

»Hast du ihn deshalb erschossen?«

»Ich habe ihn nicht erschossen«, sagte Nellie. »Ich habe dich nur aufgezogen. Ich kann auf mich aufpassen, besonders seit ich dich kenne. Ein verrückter Schwarzer kann mich nicht dazu bringen, etwas zu tun, das mir zuwider ist. Aber mit Madeleine war es anders, sie war allein, deshalb mußte sie nachgeben und hat sich später erhängt.«

Grijpstras Kopf lag auf ihrer Schulter. Sie legte ihren Arm um seinen Nacken. »Armer Henk, so schwer arbeitet er, und ich helfe ihm nur, indem ich schmutzige Geschichten erzähle.«

»Wer hat also den Bastard erschossen?« fragte Grijpstra. »Was ist das überhaupt für ein Fall? Was tue ich dabei? Der Commissaris hätte ihn längst gelöst, es gibt Hinweise genug, aber ich kann nur einen Geier aufbringen, und die schießen nicht mit Maschinenpistolen. Dies hat etwas mit Hexerei oder Religion oder so was zu tun. Du hättest Obrians Altar sehen sollen. Jesus Christus im Strohröckchen und eine nackte Frau, die sich an einer Ketchupflasche reibt, und Schädel und verrückte Trommeln. In einem Raum, in dem Lumpen an den Wänden hängen. Vermutlich hat er darin gebetet. Was soll ich davon halten?«

»Armer Henk.«

»Sogar die Niederländische Reformierte Kirche hat mir schon Schiß gemacht«, sagte Grijpstra, »und das ist Kinderkram im Vergleich damit. Der Psalmengesang und das Blut, das wir Ostern trinken mußten, und die Knochen, die sie mich zu benagen zwangen. Gewiß, es war nur Wein und Brot, aber der Geistliche sagte, wir äßen den Körper Jesu. Ich wurde ohnmächtig und ging nie mehr hin.«

»Ich weiß«, sagte Nellie. »Das ist mir auch passiert. Ich war selbstverständlich katholisch, aber *ich* konnte den Weihrauch nicht ausstehen, und einmal wollte das Gebet nicht aufhören, und ich schaute auf und sah Christus an der Wand. Er war aus Gips, aber für mich sah er echt genug aus, und an seinem Bein lief Blut hinunter. Ich habe mir damals in die Hosen gepinkelt.«

»Ja«, sagte Grijpstra.

»Und die Träume«, sagte Nellie. »Als ich noch gläubig war, habe ich fast jede Nacht geträumt. Von brennenden Kirchen, deren Keller aber noch heil waren. Und ich mußte hineingehen, Altäre gab es da unten auch mit lebenden Männerschwänzen, die etwas nach vorn gebogen waren und mich mit ihrem einen Auge lüstern angrinsten.«

»Nein«, sagte Grijpstra.

»Doch. Aber es machte mir nichts aus, glaube ich, weil ich damals wußte, daß auch Gott dreckig und das mit der Heiligkeit und Sünde und so alles großer Quatsch ist.« Sie küßte Grijpstras Nakken. »In der vergangenen Nacht habe ich auch geträumt.«

»Nicht von Bananen«, sagte Grijpstra. »Und nicht von Augen.«

»Nein, es war etwas anderes. Ich war wieder in einer Kirche mit der Statue eines Teufels oder Dämons oder so was, aber er war eigentlich nicht schlecht. Er hatte einen großen, dicken, und ich mußte niederknien . . .«

»Bitte, Nellie.«

»Nein, nein, nur niederknien und beten. Wenn ich gut betete, fiel Obst in meine Hände, köstliche Äpfel. Aber wenn ich nicht wußte, was ich betete, fielen die Äpfel auf meinen Kopf und taten mir weh.«

»Äpfel«, sagte Grijpstra.

»An Äpfeln ist doch nichts unrecht, oder? Es waren welche von der Sorte Granny Smith, aber ich dachte mir, daß es seltsam ist, denn woher kamen die Äpfel? Na? Von der Rückseite selbstverständlich.«

»Des Dämons?«

»Ja. Ich glaubte nicht, daß Gott mich wirklich belohnte oder bestrafte, deshalb schlich ich davon und stellte fest, was hinter der Statue geschah. Und wie ich es mir gedacht hatte, waren da viele kleine Priester und warfen dem Teufel die Äpfel in den Arsch. Das war alles nur Zirkus, weißt du, um die blöden Leute zu beschummeln.«

»Ein guter Traum«, sagte Grijpstra.

Nellie hob eine Hand. »Ich glaube, ich habe etwas gehört. Onkel Wisi muß heimgekommen sein. Möchtest du ihn jetzt kennenlernen?«

21

»Onkel Wisi«, sagte Nellie, »das ist der Mann, von dem ich dir immer erzähle. Er möchte deinen Geier kennenlernen.«

»Guten Tag«, sagte Onkel Wisi und schob das Perlenkäppchen auf den Hinterkopf, um sich am Ohr zu kratzen. »Es ist warm draußen, sogar für einen Neger. Opete? Besuch für dich.«

Der Geier hüpfte unter einem blütenbeladenen Zweig hervor.

»Mein gottloser Liebling«, sagte Onkel Wisi. »Was hast du denn da an deinem Bein, Opete?« Er kniete nieder und betastete den sehnigen Knöchel des Vogels. »Da. Die Trikolore des Vaterlands?«

Der Geier kreischte.

»Die Flagge steht dir gut, Opete.« Onkel Wisi fuhr mit dem Finger an Opetes Schnabel entlang. »Man hat dich gefangen und ausgezeichnet, und du hast die Würde akzeptiert. Wirst du schwach in deinen alten Tagen?«

»Verrückt«, sagte Nellie. »Wer sollte Opete fangen wollen? Aber sie haben ihn wieder freigelassen, deshalb müssen sie es gut gemeint haben.« Sie hob den Arm, der Geier schlug mit den Schwingen und sprang auf ihr Handgelenk. Sie streichelte den Kopf, der sich ihrer Brust zuneigte.

»Ich bin Polizeibeamter«, sagte Grijpstra.

»Ich weiß«, sagte Onkel Wisi. »Nellie hat es mir gesagt. Du bist eine Autorität, wie, Beamter? Hat dieser Besuch etwas mit dem Tod meines Landsmannes zu tun?«

»Ja, mit Luku Obrian, Mijnheer.«

»Onkel«, sagte Onkel Wisi, »ich bin jetzt Onkel für alle und jedermann, unabhängig von Rasse oder Religion. Komm rein, Beamter. Nellie sagt, du trommelst gut.«

Nellie folgte ihnen mit Opete, der sich bemühte, auf ihrem Arm das Gleichgewicht zu bewahren. »Au.« Sie schob den Geier sanft von ihrem Arm. »Wenn er in den Knien einknickt, kneift er mit den Fußnägeln meine Haut.« Opete flog zu einem Schrank.

»Ein Beamter, der trommelt«, sagte Onkel Wisi. »Das gibt mir ein heimisches Gefühl.«

»Henk ist wirklich gut«, sagte Nellie. »Er spielt in seinem Büro auf einem Schlagzeug, das ihm das Fundbüro gegeben hat.«

»Das ist nichts Besonderes«, sagte Grijpstra. »Ich habe früher in der Schulkapelle gespielt und jetzt wieder angefangen. Hin und wieder mal zu trommeln schlägt die Zeit auf angenehme Art und Weise tot.«

»Und sein Partner spielt Flöte«, sagte Nellie. »Er ist auch ein wirklicher Künstler. Sie spielen alte Musik, Choräle und Sonaten. Und die anderen Polizisten kommen dann alle, um zuzuhören.«

Onkel Wisi schob seinem Gast einen Schemel zu. Grijpstra betrachtete die vielen Gegenstände in dem niedrigen, kleinen Zimmer. »Ich muß jetzt gehen«, sagte Nellie. »Onkel Jan möchte bald zu Abend essen. Ich werde auf dich warten, Henk, bis du hier fertig bist.«

»Ja, Nellie«, sagte Grijpstra.

»Kommen wir zur Sache, Beamter«, sagte Onkel Wisi, »oder wolltest du nur meinen Geier sprechen.«

Opete kreischte auf seinem Sitz.

»Ich wollte nur wissen, wem der Vogel gehört.«

»Das ist mein Vogel«, sagte Onkel Wisi ernst.

Grijpstra sprach schnell. »Der Geier war in der Gasse. Sint

Olofssteeg. In der Nähe der Leiche. Obrians Leiche. Der Geier gehört Ihnen. Die Katze auch. Die Katze Tigri. Auch in der Gasse.«

»Aber war *ich* in der Gasse, Beamter?«

»Waren Sie dort?«

Onkel Wisi trat einen Schritt zur Seite. »Ich ...« er ging zurück, »... war ...« er sprang hoch, »... nicht dort. Ich war nämlich hier.«

»Sie haben also Obrian nicht umgebracht?«

Onkel Wisi nahm sein Käppchen ab, steckte die Finger in das krause, graue Haar und setzte die Kopfbedeckung wieder auf. »Ja und nein, Beamter.«

Grijpstra lehnte sich zurück, aber der Schemel bot keinen Halt; er wedelte verzweifelt mit den Armen, um nicht herunterzufallen. »Ja oder nein, Onkel Wisi?«

Onkel Wisi setzte sich auch. »Weißt du, Beamter, das macht es so kompliziert. Unsere Methoden sind unterschiedlich. Ich sage nicht, daß deine nichts taugen, denn sie sind eindeutig in vielerlei Hinsicht zweckdienlich. Wenn es *dies* nicht ist, muß es *das* sein, so kann man mathematisch argumentieren, und wenn man geschickt ist, hat man eine Rakete hergestellt, ehe man überhaupt weiß, was man geschafft hat. Deine Methode funktioniert gut, aber meine ist anders. Ja und nein, sage ich. Ja *oder* nein, sagst du. Und keiner von uns hat unrecht.«

Grijpstra wedelte mit seinem Taschentuch. »Haben Sie geschossen?« Er schneuzte sich die Nase. »Oder nicht?« Er wischte sich den Schweiß von der Stirn.

»Nein.« Onkel Wisi lachte. »Eine Maschinenpistole gehört nicht zu meinen Arbeitsutensilien.«

Der Mann ist sehr alt, dachte Grijpstra, und er hat noch alle Zähne und nicht zuviel Falten, aber mir gefallen seine Augen nicht, sie sind zu scharf.

»Obwohl ich mal eine Schußwaffe hatte«, sagte Onkel Wisi. »Drüben. Ich habe damit auch geschossen. Es war mein Zaubergewehr.«

»Ein echtes Gewehr?«

Onkel Wisi nickte. »Sehr echt. Es gehörte euren Leuten, und bei euch ist alles echt, stimmt's? Ein alter Vorderlader aus der Zeit des Sklavenhandels. Eure Leute haben mit Kugeln geschossen, aber ich verwendete nur Schießpulver, um Krach zu machen, um dem

Yorka zu helfen, seiner Wege zu ziehen. Man muß das manchmal tun, weißt du, weil der Geist sich ängstigt und bleiben möchte, und man hilft ihm weiterzukommen, in der Rolle des Zauberers.«

»Sie waren der Zauberer?«

»Ich *bin* der Zauberer«, sagte Onkel Wisi,

»Oha«, sagte Grijpstra. Er zeigte auf den Tisch. »Sie haben auch einen.«

»Worauf zeigst du?«

»Auf den Christus im Röckchen.«

»Ich habe noch mehr«, sagte Onkel Wisi und hielt ein gerahmtes Porträt hoch. »Das ist der große Indianer, der den Dschungel beherrscht, in dem seine Anhänger unseren freien Menschen gestatteten, sich niederzulassen. Wir haben den großen Indianer auch angenommen. Und selbstverständlich Jesus, denn eure Leute sagten uns, er sei der Sohn des Massa Gran-Dado, der uns angeblich liebt. Weshalb sollten wir euch nicht glauben? Und auch dies haben wir.« Er zeigte auf einen Geneverkrug. »Ein Gläschen, Beamter?«.

»Ich bin im Dienst«, sagte Grijpstra.

»Ich auch«, sagte Onkel Wisi. Er schenkte ein und gab Grijpstra einen bis zum Rand gefüllten Eierbecher. »Auf dein Wohl, Beamter.«

»Auf Ihr Wohl, Onkel Wisi.«

Onkel Wisi setzte sich und schaute durch sein Glas mit einem stark vergrößerten Auge Grijpstra an.

»Auf die Magie«, sagte Grijpstra. »Ist Ihre weiß oder schwarz?«

»Ich bin schwarz«, sagte Onkel Wisi und hielt seine Hand neben die von Grijpstra. »Siehst du? Meine Großeltern waren alle Schwarze.«

»Das meine ich nicht damit.«

»Oh«, sagte Onkel Wisi. »Du meinst die Farbe meiner Kunst? Die war mal schwarz.« Er sang. »*Mächte im Jenseits, Mächte da unten, der schwarze Tod, langsam, aber sicher.*«

Grijpstra konnte sich nicht erinnern, jemals einen so starken Genever getrunken zu haben. Jede Spannung war aus seinem Körper gebrannt worden, und er fühlte sich leicht gelähmt. »Der langsame Tod, Onkel Wisi?« Zu seinem Erstaunen erkannte er seine eigene Stimme, die sich freundlich wißbegierig und ganz klar anhörte.

»Aber die Macht wirkt in beiden Richtungen«, sagte Onkel Wisi. »Wie der Bumerang, den die schwarzen Brüder in Australien benutzen.« Er lächelte seinen Gast an. »Die Menschen bekamen Angst vor mir, Beamter, so wie sie auch dich fürchten. Die Menschen mögen keine Macht in anderen Menschen. Und die anderen Wisis kamen zusammen und richteten ihre Altäre her und sangen und tanzten. Sie brannten Feuerwerke ab und baten den Gado, der unter ihren Maulbeerbäumen lebt, mich zu jagen, und ich mußte meine ganze Zeit und Kraft aufbieten, um mich zu verteidigen.« Onkel Wisi grinste schlau. »Aber ich hatte Gold, denn ein guter Wisi-Mann nimmt nicht nur Geld, und die Welt ist groß. Ich ging auf die Reise ins Land der Königin.« Er berührte achtungsvoll sein Käppchen. »Sie ist die große, heilige Geist-Frau, die nicht nur euch beschützt, sondern auch uns. Ihr Foto hing in meiner Hütte. Ich betete zu ihr und unterrichtete sie über mein Kommen, und sie empfing mich gut.« Onkel Wisi griff nach seinem Eierbecher, trank und schmatzte. »Eine gute Frau, und ich wurde ebenfalls gut, denn schlecht war ich schon gewesen, und ein Mensch muß sich bewegen, meinst du nicht auch?«

»Sind Sie es noch?« fragte Grijpstra. »Gut, meine ich?«

Onkel Wisi schaute zu Boden.

»Ja?«

Die scharfen Augen leuchteten auf und starrten Grijpstra an. »Nein«, sagte Onkel Wisi. »Das ist alles zu einfach. Ist gut nicht ebenso dumm wie schlecht? Ich bin seit langem nicht gut gewesen.« Seine Stimme wurde leiser. »Aber es erforderte einige Anstrengung, sich über Befehle hinwegzusetzen oder ihnen zu entschweben; so kann man es auch ausdrücken, obwohl das nicht gerade bescheiden klingt. Wir müssen einfach bleiben, sonst könnte die Falle wieder zuschnappen.«

Grijpstra zog die Nase kraus. »Wie Sie wollen.«

»Du verstehst nicht?«

»Nein.«

»Das ist überhaupt nicht schwierig«, sagte Onkel Wisi. »Oder es ist eher gar nichts, es dauerte eine Weile, ehe ich das einsehen konnte, aber ich hatte selbstverständlich mehr Zeit. Ich bin älter als du. Noch einen Schluck?«

»Nein, danke«, sagte Grijpstra. »Ich sollte mich auf den Weg machen. Sie wissen also auch nicht, wer Obrian beseitigt hat? Wer ihn erschossen hat, meine ich?«

Onkel Wisi hob die Hand. »Moment mal, Beamter. Wir könnten diese Angelegenheit gemeinsam verfolgen.«

»Wie, Onkel Wisi?«

»Tja.« Onkel Wisi nahm seinen Schemel und rückte ihn näher an Grijpstra heran. Er setzte sich wieder und richtete sein Gewand. »Hör mal, Beamter. Wie ich schon sagte, du hast deine Methode, und ich habe meine. Deine wirkt jetzt nicht, weil du jemand finden mußt, der gesehen hat, was passiert ist, und es scheint niemand zu geben, bis auf den, der mit der Waffe gefeuert hat, und der will sich nicht zeigen, stimmt's oder nicht?«

»Stimmt, Onkel Wisi.«

»Dann laß es uns auf meine Weise versuchen. Du bist so etwas wie ein Trommler, nicht wahr?«

»Magie?« fragte Grijpstra.

»Erschreckt dich Magie?«

»Ja«, sagte Grijpstra. »Nein. Ich weiß nichts über Magie.«

»Aber ich. Es ist leicht, Beamter. Ich verbrenne trockene Kräuter, damit es gut riecht, und du spielst auf einer Trommel, ich auch, und wir sind in jener Gasse, du und ich, wir drehen die Zeit zurück und sehen dann, was geschieht.«

»Wir gehen in die Gasse?«

»Wir bleiben hier«, sagte Onkel Wisi. »Aber bewahre deine Kaltblütigkeit, sonst wirkt meine Methode auch nicht. Und wir singen. Bist du sicher, daß du keinen Genever mehr willst?«

»Einen kleinen vielleicht.«

Onkel Wisi schenkte ein. »Auf den Yorka.«

»Auf wen?«

»Auf den Geist der Toten, Obrians in diesem Fall, er muß auch dabeisein.«

Grijpstra nickte mürrisch.

»Eine Trommel für dich«, sagte Onkel Wisi, »und eine für mich. Glaubst du, daß du mit dieser Art von Trommel fertig wirst?«

Grijpstra fuhr mit den Knöcheln über das straffe Trommelfell. »Ja, fühlt sich gut an, Onkel Wisi.«

»Moment«, sagte Onkel Wisi und mischte in einer Steingutschüssel zerstampfte Kräuter. Er goß Genever auf das Gemisch und riß ein Streichholz an. Eine Flamme schoß aus der Schüssel, und scharfer Rauch kräuselte hoch. Onkel Wisi nahm seine Trommel. »Gut. Fertig?«

Grijpstra hob die Hand.

Zusammenhanglose Improvisation, dachte Grijpstra, so kommen wir zu nichts. Der Alte trinkt zuviel.

Aber ganz so war es nicht, mußte Grijpstra einräumen. Trokkene Knochen und hohle Gelenkpfannen, dachte der Adjudant, Onkel Wisi schüttelt ein Skelett.

»*Iii*«, sang Onkel Wisi. »*Iiihii, iiihii.*«

Grijpstra schaute auf. Der Geruch der schwelenden Kräuter, der grüne Dunst der Pflanzen um ihn, die zarten Farben der Getreidekörner und Samen in den Krügen auf den Regalen schienen eine Melodie anzudeuten, die Onkel Wisi bereits spielte, und einen Rhythmus, den der Adjudant seiner eigenen Trommel entlockte. *Wamm-trrrick, wamm-trrrick* ratterten Grijpstras kurze, dicke Finger. Dies mag primitiv erscheinen, dachte der Adjudant, aber in Wahrheit ist es unmöglich kompliziert; die Formel ist irgendwo zwischen dem leisesten Kratzer und dem lautesten Schlag, und es ist das Nichts, nach dem de Gier immer sucht, wenn er auf seiner Flöte bläst, und die er in vereinzelten Momenten auch findet, aber jetzt muß ich ihm nicht weiterhelfen, denn Onkel Wisi hat seinen Mittelpunkt gefunden, und ich kann ihm folgen, ohne aufmerksam zu sein. *Trrrim, trrram.*

Phantastisch. Gute Musik. Aber ich könnte ohne die Gespenster auskommen. Da ist Obrian, die Marionette Obrian. Onkel Wisi zieht an den Fäden, und Obrian springt und tanzt nach unserer Melodie.

Die Leiche wird wieder lebendig.

Grijpstra spielte nachdrücklich. Onkel Wisi übernahm die Soli, aber der Adjudant drückte Einleitungen und Ausklänge aus, immer in den richtigen Intervallen, wobei er nie einen Takt ausließ. Er freute sich. Onkel Wisi sang hübsch, meistens offene Vokale, darin eingestreut kurze Fremdwörter, um der Leiche zu befehlen.

Leichen lenken mich nicht ab, dachte Grijpstra. Ich habe schon so viele gesehen. Dies Zeug wirkt gut. Wir sind in der Olofssteeg, der Tag ist noch nicht angebrochen, dort drüben schlendert Obrian herum und wird gleich erschossen. Obrian tut so, als wisse er nicht, was ihm passieren wird, er spielt die Szene aus, ein sehr hilfreicher Kerl, in einer Minute wird er genau erklären, weshalb er ermordet werden mußte, wenn er bloß nicht seine eigene Sprache benutzt, weil ich dann nicht verstehe, was er sagt.

Aber wie, dachte Grijpstra und trommelte inbrünstig, sind wir jetzt auf diese kleine Brücke geraten? Wir verlieren die Spur. Es ist nicht mehr dunkel, die Sonne scheint. Die Frau ist auf den Knien und rutscht langsam vorwärts. Sie bittet Obrian mit ihrem Lächeln, und er stimmt zu, und ihr Mund, ihr Mund . . .

Die Trommel fiel Grijpstra aus den Händen, Speichel rann an seinem Kinn herunter. Er wankte und fiel krachend zu Boden.

»Schade«, sagte Onkel Wisi.

»Wo bin ich?« fragte Grijpstra.

»Bei deiner Nellie.« Sie streichelte seine Wange. »Du bist ziemlich schwer, weißt du. Onkel Wisi und ich hätten uns fast das Kreuz gebrochen, als wir dich in die Hängematte hoben. Hast du gut geschlafen?«

»Ich habe Durst«, flüsterte Grijpstra.

Sie brachte ein Glas Wasser. Es schmeckte bitter.

»Was hast du in das Glas getan?«

»Obia, zubereitet von Onkel Wisi, damit du dich besser fühlst.«

»Bin ich krank?«

»Nein«, sagte Nellie. »Aber du bist vorhin ohnmächtig geworden. Jetzt geht es dir wieder gut.«

»Schade«, sagte Grijpstra.

Sie küßte ihn. »Bist du nicht ein komischer Kerl? Und ihr beide habt so schön getrommelt. Ich konnte es hier hören. Aber dann hörte es plötzlich auf, und Onkel Wisi holte mich. Ich machte mir überhaupt keine Sorgen, bei Onkel Wisi bist du sicher.« Sie stieß gegen die Hängematte. Grijpstra schwang langsam.

»Onkel Wisi ist ein Dingsbums«, sagte Grijpstra mit schwerer Zunge.

Nellie lachte.

Grijpstra legte den Kopf auf die Seite und starrte sie düster an.

»Das Land«, sagte Nellie verträumt, »das Dingsbums. Als kleines Mädchen war ich mal bei meiner Oma, und der Himmel war an dem Tag so blau, überhaupt keine Wolken, alles schien leer zu sein, und ich fragte sie, was hinter dem Himmel sein könne, denn alles geht immer weiter. Aber alles hat auch ein Ende, und das verstand ich nicht, denn wenn der Himmel zu Ende ist, muß dahinter noch etwas sein.«

Grijpstra schaute nach oben. Der Himmel war blau und leer.
»Hinter dem Himmel?«

»Ja, und meine Oma sagte, hinter dem, was wir kennen, sei das Land des Dingsbums.«

Grijpstra stöhnte.

»Armer Henk.«

Er wand sich, bis er auf der Seite lag. »Du bist mir am liebsten, Nellie.«

»Und du mir, Henk.«

Grijpstra winkte mit der Hand. »Was ist das? Zwischen deinem Salat?«

»Wo, Henk?«

»Das ist eine Schildkröte«, sagte Grijpstra anklagend.

»Die Schildkröte gehört Onkel Jan.«

»Ein wohlbekanntes Exemplar«, sagte Grijpstra.

Sie hielt seine Hand fest. »Weißt du, Henk, vielleicht hast du recht. Ich glaube wirklich, Onkel Wisi ist ein Dingsbums.«

»Du hast zu viele Onkel«, sagte Grijpstra, »und kennst zu viele Dingsbums.«

Sie ließ seine Hand fallen. »Armer Onkel Jan, er ist noch im Bad, und ich hatte ihm Kaffee versprochen.«

»Dann ist es wohl besser, wenn du ihm seinen Kaffee bringst«, sagte Grijpstra.

Er schaute aus der Hängematte heraus. Er versuchte sich zu erinnern, wie die Frau ausgesehen hatte, die auf Obrian zugekrochen war. Ihre Haarfarbe? Rot? Wie Nellies?

Ich sollte in der Lage sein, mich zu erinnern, dachte Grijpstra.

22

Cardozo schaute auf Ehazar Jacobs' Türschild und las die Worte darunter: *Der an das Gute glaubt.* Er stellte fest, daß er zitterte. »Mir ist nicht gut«, sagte er laut. »Wahrscheinlich habe ich Grippe.« Er hatte keine Grippe, wie er wußte, er war nicht einmal erkältet. Er las die Worte noch einmal, ohne Überraschung, denn es war nicht das erste Mal, daß er Jacobs zu Hause besuchte. Ich kenne ihn auch aus der Synagoge, dachte Cardozo, wir sind Glaubensbrüder. Welchen Glaubens? An welches Gute? An das Gute, das Dachau erschaffen hat? An IHN, der alle Möglichkeiten erschuf, als er das ganze Ding in Gang setzte? An IHN, der sich in seiner Güte nicht die Mühe machte, alle Einzelheiten zu erschaffen – du kannst ihm nur den Ursprung vorwerfen, fügte Cardozo hinzu –, und es zuließ, daß die schrecklichen Ergebnisse durch das geschaffen wurden, das er selbst erschuf? Macht das einen Unterschied?

Oder glaubt Jacobs an das Gute, das ihm zu überleben gestattete, um sich an die äußerste Grausamkeit des Überlebens zu erinnern? Was weiß ich überhaupt davon? dachte Cardozo. Ich kam erst später auf die Welt, und seither ist das Böse weitergezogen nach Argentinien und in andere ferne Länder. Da ich hier und nicht in Argentinien bin, kann ich weiterhin an das Gute glauben, ich brauche nur zu ignorieren, was das Böse in der Ferne anstellt, und Eliazar braucht nur zu vergessen. Wühle ich wieder im Dreck? dachte Cardozo.

Er klingelte. Im Haus blieb es ruhig. Er versuchte es noch einmal und lauschte an der Tür. Die Klingel funktionierte.

Was könnte an einer Schmeisser das Gute sein? Das perfekte Funktionieren der Waffe?

Die Tür ging auf, Cardozo wäre fast in den Korridor gefallen. Eine schlanke Schwarze schaute ihn freundlich an. »Ja?«

»Guten Tag, Juffrouw«, sagte Cardozo mit zittriger Stimme. »Ist Mijnheer Jacobs da?«

»Eliazar ist auf Urlaub.«

»Schade«, sagte Cardozo. Er rieb sich die Wangen. Gleich klappern meine Zähne, dachte Cardozo, aber dies ist nicht der richtige Augenblick. Er gab ihr seinen Ausweis. »Ich bin Polizist, Juffrouw, und muß Eliazar dringend sprechen.«

Die Frau musterte Cardozos zerknitterte Cordjacke, an den Ellbogen verstärkt durch Lederflicken, von denen der eine an einem Faden hing. »Sie sind Konstabel?«

»Kriminalbeamter, Juffrouw. Aber ich bin auch Eliazars Freund, und es ist wichtig, daß ich ihn spreche.«

»Eliazar macht Ferien«, sagte die Frau, »und wird mindestens zwei Wochen fort sein. Er ist in Jerusalem, um an der Klagemauer zu weinen, er reist oft hin.«

Cardozos Unterlippe bebte. Sie gab ihm den Ausweis zurück. Er holte tief Atem, aber ihm versagten die Worte, statt dessen schluckte er nur. Er lächelte ein Lebewohl.

Cardozo setzte sich auf eine Bank an der Wasserseite und starrte auf die gekräuselte Fläche des Recht Boomssloots. Sein Verstand funktionierte wieder, und er versuchte, Fakten zu einer Theorie zu ordnen. Die Waffe, der Zeitpunkt, der Tatort, das Opfer, das Motiv. Er klatschte sich auf den Schenkel, als die Fakten in Bewegung gerieten, schwankend, wie Eliazars Kopf, der sich abwechselnd der Mauer näherte und von ihr entfernte, ohne sie zu berühren. Cardozo wußte, wie die Klagemauer in Jerusalem aussah, ein Zeitschriftenfoto von ihr hatte er ausgeschnitten und über sein Bett gehängt. Er vergegenwärtigte sich die graugrünen Steine, quadratisch oder rechteckig, die in feierliches Schwarz gekleideten Beter, die stark behaarten Köpfe, mit breiten, dunklen Hüten bedeckt, sie verbeugten sich vor der Mauer, weinten an der Mauer, wehklagten in Hingabe. Sie wehklagten im allgemeinen, nicht so sehr über ihren eigenen Schmerz – Jacobs würde das auch nicht tun.

Cardozo zitterte nicht mehr. Ich bin froh, daß ich jetzt weine, dachte er, denn es beseitigt die Spannung, aber die Tränen waschen auch meine Fakten und die Theorie fort. Es wäre vielleicht besser, mit dem Weinen aufzuhören, weil es nicht gut aussieht, ich bin hier nicht in Jerusalem.

Das Schluchzen dauerte an, es schien am untersten Punkt seines Rückgrats zu entstehen und langsam nach oben zu pulsieren. Sich zurückzuhalten schien nutzlos zu sein. Es würde besser sein, daß sich sein Leiden – oder was sein Kummer auch sein mochte – freie Bahn schaffen konnte. Vielleicht würde das Weinen ihn reinigen, zumindest innerlich, denn äußerlich war er ziemlich schmuddelig. Er wischte die Tränen nicht mehr fort und half dem Schluchzen weiter, indem er fleißig nickte.

Die Musik, die er hörte, paßte gut dazu, und er begriff nur, daß die Klänge von außerhalb seines beengten Körpers stammten, als die Musikband an seiner Bank vorüberglitt. Die Musiker saßen in einem ziemlich großen Boot, das von zwei jungen Frauen gerudert wurde. Ein Klavier stand auf Brettern in der Bootsmitte, ein Saxophonist stand am Bug, der Schlagzeuger am Heck. Die Musik war traurig, aber mit fröhlichen Untertönen, als wolle sie ein wenig das Leben widerspiegeln oder auch nur seine eigene Stimmung. Die Mädchen ruderten langsam. Während das Saxophon die Luft mit massigen Klangwolken anfüllte, ertönte leise die Trommel und setzte mit dem Klavier die Konturen.

Das Boot bewegte sich langsam weiter. Cardozo stand auf und ging im Takt der Musik, wobei er mit den Füßen vorsichtig auftrat, bis er die nächste Brücke erreichte. Er beugte sich über das Geländer, zuerst auf der einen Seite, dann auf der anderen, so daß er das Gefühl hatte, das Boot würde verschlungen und langsam wieder auftauchen. Unter der Brücke klang die Musik noch wehmütiger, zuerst hart akzentuiert durch das Schlagzeug, dann abgemildert durch das leise Klagen des Saxophons.

Cardozo schlenderte weiter, sah, wie das Boot festmachte und die Musiker das Ufer erkletterten. Die drei jungen Männer trugen blaue Rollkragenpullover und verblichene Jeans, die Mädchen altmodische Baumwollkleider mit Blumenmuster. Die Mädchen gingen ebenfalls an Land, schraubten eine Thermosflasche auf und packten aus einem Korb belegte Brote aus. Cardozo blieb stehen, den Kopf seltsam schief, als höre er der Musik noch zu.

»Hören Sie noch zu?« fragte der Pianist.

»Warum weinen Sie?« fragte der Schlagzeuger.

Wenn ich denen erzähle, dachte Cardozo, daß ich wegen Eliazar weine, der in Jerusalem das Leid der Welt auf sich nimmt, weil er ein disziplinierter Mann ist, der sich in der Tagesroutine behaglich fühlt, dann würde meine Erklärung wahrscheinlich durchaus einleuchtend sein.

Er schaute die Mädchen an, denn ihre Gesichter waren sanfter. »Ich weine nicht mehr.«

»Das ist gut«, sagte der Saxophonist. »Möchten Sie ein Brot mit Schinken oder lieber mit geschnetzelter Hühnerleber?«

Im Korb lag ein Apfel. »Könnte ich den Apfel haben?« fragte Cardozo. »Warum macht ihr Musik?«

Der Klavierspieler erklärte erst später, warum sie gemeinsam musizierten, nachdem die benutzten Servietten wieder im Korb lagen, denn sie hatten es nicht eilig, und Cardozo hatte sich Zeit gelassen, seinen Apfel zu schälen und gründlich zu kauen.

»Ihr seid also eine Gesellschaft«, sagte Cardozo.

»Ja«, sagte der Pianist. »Die Geheimgesellschaft Namenlos. Manchmal machen wir etwas Ungewöhnliches, so daß wir die Schöpfung aus neuen Blickwinkeln betrachten können, aber wir tun das nur gelegentlich, um uns nicht an das Ungewöhnliche zu gewöhnen, denn dann wären wir wieder da, wo wir angefangen haben. Was auch immer wir tun, muß so perfekt wie möglich ausgeführt werden, und immer neue Möglichkeiten zu ersinnen ist zu schwierig und außerdem unnötig. Jetzt haben wir unsere Übungswoche, wir haben sowieso Ferien und verlieren deshalb keine Zeit.«

»Ihr arbeitet?«

»Wir studieren.«

»Was?« fragte Cardozo.

»Mathematik«, sagte der Schlagzeuger. »Medizin«, sagten die Mädchen. »Psychologie«, sagte der Saxophonist.

»Und du?«

»Polizeiakademie«, sagte der Klavierspieler.

Cardozo nahm die Apfelschale und warf sie über die Schulter. Er schaute sich um, damit er sehen konnte, welche Form sie angenommen hatte. »Ein abgeflachter Kreis«, sagte der Schlagzeuger, »nein, eine Null, vermutlich die beste Form, die man werfen kann, denn alles paßt in nichts.«

»Heute habt ihr musiziert«, sagte Cardozo. »Genau, was ich brauchte. Ich danke euch. Was habt ihr gestern gemacht?«

»Gestern sind wir Rollschuh gelaufen«, sagte der Saxophonist. »Von Mitternacht bis fünf Uhr früh. Wir hatten unsere besten Anzüge an und Aktentaschen dabei. Wir hielten uns innerhalb der Grenzen der Innenstadt auf, meistens die Grachten entlang. Die Erfahrung war durchaus schön, aber was sie uns gebracht hat, ist noch unklar. Möglicherweise entdecken wir es später – oder nie.«

»Ihr habt nicht zufällig gesehen, wie ein Neger erschossen wurde?« fragte Cardozo.

»Haben wir«, sagte der Schlagzeuger. »In der Olofssteeg. Die Schießerei selbst haben wir nicht gesehen, aber gehört, und das Opfer war schwarz, stand in der Zeitung.«

»Und ihr habt nicht zufällig gesehen, daß jemand aus einem ausgebrannten Gebäude gekommen ist, Ecke Zeedijk und Olofssteeg?«

»Wir haben eine Frau gesehen«, sagte der Klavierspieler. »Groß. Schwarzer Hut, schwarzer Rock. Große Schuhe. Ein Cape bedeckte halb den Rock. Sie überquerte die Straße und ging den Zeedijk entlang. Wir hätten sie fast umgefahren.«

»Wie spät?« fragte Cardozo.

»Um drei«, sagte der Saxophonist. »Das Glockenspiel der Kirche Sint Nicolaas erklang.«

»Wir sind nicht Rollschuh gelaufen«, sagte ein Mädchen. »Wir sind noch keine richtigen Mitglieder, sondern nur auf Probe dabei.«

»Was meinst du?« fragte der Schlagzeuger.

»Ich bin Kriminalbeamter«, sagte Cardozo, »und wenn ihr nichts einzuwenden habt, würde ich mir gern eure Namen notieren.«

»Müssen wir als Zeugen auftreten?« fragte der Pianist.

»Wahrscheinlich nicht«, sagte Cardozo.

»Hast du um den toten Schwarzen geweint?« fragte der Schlagzeuger, als Cardozo begann, sich zu verabschieden.

»Ich habe um alles geweint, glaube ich«, sagte Cardozo, »aber das Schlimmste ist vorbei. Hat eure Gesellschaft viele Mitglieder?«

»Dreizehn«, sagte der Klavierspieler, »und die Mitglieder, die ihr Universitätsexamen machen, müssen gehen. Danach besteht die Übung aus der täglichen Arbeit – oder was man sonst zufällig macht.«

»Du arbeitest bereits«, sagte der Saxophonist.

»Und seid ihr auf bestimmte Ergebnisse aus?« fragte Cardozo.

»Davon muß man die Finger lassen«, sagte der Schlagzeuger, »denn es vernichtet den Zweck der ganzen Sache.«

»Ich habe dich nicht bemitleidet, als du weintest«, sagte das eine Mädchen. »Es wäre entwürdigend gewesen.«

Das andere Mädchen küßte ihn.

»Danke«, sagte Cardozo.

23

Es war Dienstagabend und fast dunkel. In der ersten Etage der Revierwache im Viertel fand eine Sitzung statt, in einem feierlichen Raum mit hoher Decke, unter goldgerahmten Porträts von Offizieren der Schützengilde in stählerner Rüstung über dem Seidenhemd und das scharfe Schwert in den blaugeäderten Händen, als Zeichen der Bereitschaft, den Frieden zu hüten.

Auch die gegenwärtigen Rechtshüter waren bereit, was

Grijpstra dadurch bewies, daß er den rechten Arm über der Brust nach links gestreckt hatte, so daß sein kleiner Finger auf dem Griff der Pistole lag, die sich unter dem Stoff seiner Jacke abzeichnete. Jurriaans' Arm hing herab. Mit der Handfläche berührte er seine Waffe, die unter dem Uniformrock verborgen war. Alle Anwesenden waren bewaffnet, einschließlich Adjudant Adèle, deren altmodische Pistole mit dem verkürzten Lauf – das Damenmodell – zu sehen war. Sie lehnte sich zurück, um Reserve-Brigadier Varé besser betrachten zu können, wobei die Pistolentasche durch die Bewegung am Koppel entlangrutschte, bis sie frei von ihrem Rock herunterhing.

Varé saß zwischen de Gier und Ketchup, gegenüber von Adjudant Adèle, und hob sich von den anderen ab, nicht so sehr wegen seiner Hautfarbe, sondern eher wegen seiner entspannten Haltung.

Karate grinste Varé an, der Reserve-Brigadier grinste zurück. Ich sitze nur einfach hier, dachte Varé. Du sitzt nur einfach da, dachte Karate. Er war froh, daß zumindest ein Mitglied dieses Sonderkommandos nicht ganz von den gegenwärtigen Ereignissen vereinnahmt worden war. Man sollte nie etwas übertreiben, dachte Karate, obwohl es wichtig sein könnte, daß sie etwas später an diesem nebligen Abend den gefürchteten Lennie festnehmen, den dritten und letzten Kopf des schuppigen Ungeheuers, das das Viertel so in seinen Klauen hatte. Karate sagte sich, Lennie ist der Teufel, den wir erwischen und beseitigen müssen – damit er in einem Loch, gegraben von einem Schaufelbagger, verscharrt oder aus einem Flugzeug gestoßen oder pulverisiert werden kann. Aber, dachte Karate, es ist auch gut zu wissen, daß diese wahnsinnige Aktivität nicht total die Oberhand gewinnt, denn schließlich sind wir Amsterdamer Bürger und sollten nicht vergessen, daß am Ende alles gut wird, und zuviel Sorge ist sowohl ärgerlich als auch ermüdend.

Varé wahrte tatsächlich Distanz, weil er wissenschaftlich geschult und daran gewöhnt war, in Ruhe zu beobachten. Außerdem hatte er gut zu Abend gegessen und saß jetzt bequem und genoß die Zigarre, die Grijpstra ihm gegeben hatte. Darüber hinaus erzählte de Gier gerade eine interessante Geschichte.

Jurriaans unterbrach de Gier: »Gustav gesteht also den Mord an Obrian nicht?«

»Nein.«

»War zu erwarten«, sagte Jurriaans, »wenn man berücksichtigt, daß Gustavs Bein erst kurz vorher gerichtet worden und er noch von Drogen betäubt war. Ein Verdächtiger voller Morphium, zwischen sauberen Laken und mit Krankenschwestern, die auf jeden Wink und Ruf kommen, fühlt sich sehr sicher. Er kann es sich leisten, uns freundlich anzulächeln.«

»Gustav hat es leid getan«, sagte de Gier.

»Daß er Orang-Utan in den Fluß gestoßen hat?«

»Daß nicht er es war, der Obrian mit einer Schmeisser erschossen hat. Gustav hätte Obrian liebend gern umgebracht, aber jemand anders war schneller. Deshalb ist er jetzt betrübt.«

»Du hast ihn dir so richtig vorgenommen, wie?« fragte Grijpstra beunruhigt. »Vielleicht hättest du mich rufen sollen. Es ist einfacher, wenn wir zu zweit sind.«

»Ich konnte dich nicht finden«, sagte de Gier. »Manchmal kann ich auch allein arbeiten. Er weiß, wie schwach seine Position ist. Sein Angriff auf Orang-Utan wird von Karate und mir bezeugt, er wird unsere Beschuldigungen nicht widerlegen, ergo hat er seine Freiheit verloren; daran zweifelt er nicht. Besitz ist Macht, aber ihm gehört nichts mehr, denn die Steuerfahnder haben sein Haus durchsucht und Beweise für nicht angegebenes Einkommen in der Form von deutschen Banknoten, schweizerischen Obligationen und von Goldbarren gefunden.«

»Drogen?«

»Mijnheer Ober ist zufrieden. Dreißig Gramm Heroin, und Gustavs Frauen plaudern uns seine Verbindungen aus.«

»Aber ist Gustav sich über seine katastrophale Lage im klaren?« fragte Jurriaans. »Verdächtige neigen manchmal zum Optimismus, vor allem wenn sie glauben, die ›richtigen‹ Anwälte zu haben.«

»Wollen Anwälte kein Geld?« fragte de Gier. »Hat Gustav denn noch was? Er kriegt vom Finanzamt eine Geldbuße aufgebrummt, die höher ist als das, was die Fahnder gefunden haben.«

»Gut«, sagte Jurriaans, »aber du sagst, er wird den Mord an Obrian nicht zugeben. Was ist, wenn wir ein bißchen nachhelfen würden? Könnten wir dann das Geständnis nicht auch bekommen?«

»Das glaube ich kaum.«

»Weshalb nicht?«

De Gier lächelte hilfsbereit.

»Na?« fragte Grijpstra.

»Tut mir leid«, sagte de Gier, »aber ich bin mir ziemlich sicher, daß Gustav unschuldig ist.«

»Gustav ist Jäger«, sagte Ketchup. »Er schießt auf Elefanten mit einer Kanone. Weshalb sollte er einen Kokurrenten nicht mit einer Maschinenpistole erschießen?«

De Gier lächelte entschuldigend. »Gustav ist ein Feigling.«

»Ein Feigling? Ein Elefant ist so hoch.« Karate zeigte an die Decke. »Und er hat große Zähne.« Er hielt seine Finger an den Mund. »Wenn der aus dem Busch gedonnert kommt . . .«

»Und wenn deine Kanone direkt auf die Brust des armen Jumbo zielt?« fragte de Gier. »Wenn du am Steuer deines Jeeps einen erfahrenen Mann hast? Wenn der Rückwärtsgang bereits eingelegt ist? Wenn der Safariführer direkt hinter dir ist und mit einer anderen Kanone zielt? Weißt du, daß alle Jäger immer sicher ins Lager zurückkehren? Wo der Champagner im Eiskübel wartet?«

»Jagd ist Jagd.«

De Gier lächelte unwillig. »Und wo war Obrians Jäger postiert? In einer ausgebrannten Ruine in Rufweite der Polizeiwache. Er schoß und ist in derselben Sekunde abgehauen, eine baufällige Treppe runtergerutscht. Und er war allein.«

»Darf ich mal kurz unterbrechen?« fragte Varé.

»Bitte«, sagte Adjudant Adèle. »Sag du auch was, John.«

»Ich bin Soziologe«, sagte Varé in entschuldigendem Ton, »und lese gelegentlich die Fachliteratur. Zufällig geriet ich vor kurzem an einen Artikel über Zuhälter. Sie leben vom Erlös weiblicher Unzucht, und Frauen gelten als das schwächere Geschlecht. In dem Artikel wurde die Hypothese zu beweisen versucht, daß Zuhälter nicht mutig sind.«

»Ist das irgendwie gelungen?« fragte Jurriaans.

Ich gerate in eine ganz gemeine Stimmung, dachte Grijpstra, weil Varé schwarz ist und ich ein Rassist bin. Unerfreulich, aber wahr. Ich bin verwundert, denn offenbar habe ich immer gedacht, daß Neger per definitionem dumm sind. Ich sehe in Schwarzen immer noch befreite Sklaven, die nur bis auf die Ebene eines Briefträgers oder Busfahrers aufsteigen sollten, aber Varé ist ein Gentleman und Wissenschaftler, und ich, ein Weißer, bin weder das eine noch das andere.

»Tatsachenmaterial«, sagte Varé, »kann leicht fehlinterpretiert werden, aber ich glaube doch, daß die Studie ausreichend Beweise bot, basierend auf gründlich ausgeführten Tests, um anzunehmen, daß Zuhälter im allgemeinen Feiglinge sind.«

»Also war es nicht Gustav«, sagte Adjudant Adèle, »Und jetzt? Wir haben noch Lennie. Also ist Lennie als nächster dran.«

Varé wandte sich an Jurriaans. »Bist du sicher, daß Obrian von der Konkurrenz beseitigt worden ist?«

»Wäre das nicht logisch?« fragte Jurriaans. »Ich persönlich glaube, daß unsere Theorie stimmt. Wir wissen, daß der Mord auf hinterhältige Weise von irgendeinem ganz gewöhnlichen Mann verübt worden ist.«

»Oder von einer ganz gewöhnlichen Frau, die ein Cape und einen Schlapphut trug?« fragte Cardozo.

»Das hat dir der verrückte Chris erzählt«, sagte Grijpstra. »Wie war das noch? Groß? Schwarze KIeidung? Unsicherer Gang? Ging Zeedijk entlang in Richtung Damrak?«

»*Verrückter* Chris«, sagte de Gier. »Besoffener Chris. Wir haben ihn im *Hotel Hadde* gesehen. Ein alter zahnloser Penner, blauhäutig vom Methylalkohol, den er früher gesoffen hat.«

»Von Landstreichern mit Gehirnerweichung weiß man, daß sie halluzinieren«, sagte Grijpstra. »In unserem Bericht steht, die Schießerei fand um drei Uhr zwanzig früh statt. Vielleicht haben betrunkene Penner zu der Zeit nicht ihre lichtesten Momente.«

»Brigadier de Gier?« fragte Cardozo.

»Ja, Eerste Konstabel Cardozo?«

»Erinnerst du dich, was du an dem Morgen noch gesehen hast? Auf dem Weg zur Olofssteeg?«

De Gier dachte nach.

»Rollschuhläufer«, sagte Cardozo. »Herren im dreiteiligen Anzug mit Aktentasche.«

»Genau. Die waren da? Nicht nur Penner halluzinieren. Grijpstra hat sie nicht gesehen.«

»Ich habe mich nicht umgedreht«, sagte Grijpstra. »Das müßte in der Nähe vom Nationaldenkmal auf dem Dam gewesen sein. Du bist wieder mal gerast, und ich starrte gebannt nach vorn, um auf den möglichen Unfall gefaßt zu sein.«

»Ich habe diese Rollschuhläufer wiedergetroffen«, sagte Cardozo. »Sie behaupten, sie hätten die Schießerei um drei Uhr gehört und gesehen, wie eine Person aus dem Eckhaus kam. Sie beschrieben sie als Frau. Ihre Aussage stimmt mit der des verrückten Chris überein.«

»Erzähl mir mehr von den Phantomen«, sagte Jurriaans. »Von den Zeugen, die das Ergebnis zwanzig Minuten vor dem tatsächlichen Geschehen sahen. Von den drei hellseherischen, rollschuhlaufenden Herren.«

Cardazo berichtete.

»Die Geheimgesellschaft Namenlos?« fragte Ketchup. »Die am Montag Rollschuh läuft, am Dienstag zum schwimmenden Orchester wird? Was machen die wohl am Mittwoch? Masturbieren im Schaufenster eines Warenhauses?«

»Interessant«, sagte Varé. »Die Technik des spontanen Handelns ist allgemein bekannt. Man findet sie heutzutage in der Gestaltpsychologie und in der extra-sensoriellen Perzeption, oh, entschuldigt den Fachjargon, in der übersinnlichen Wahrnehmung, wollte ich sagen, und sogar im Zen-Buddhismus. Dieser Mystiker aus Armenien, dieser Guru Gurdjeff, hat sie aus Tibet mitgebracht. Die Idee ist, daß man sich zwingt, eine fast unmögliche Aufgabe unter unwahrscheinlichen Umständen auszuführen. Eine Technik, die auf Bewußtseinserweiterung abzielt. Aber es gibt nichts Neues unter der Sonne; in Afrika werden beispielsweise die jungen Stammesmitglieder auf diese Weise in die Geheimnisse des Urwalds eingeführt; in Surinam haben Medizinmänner die Methode am Leben erhalten. An dieser Materie habe ich vor kurzem gearbeitet. Voodoo, wie es von den zivilisierten Schwarzen praktiziert wird, eine Sache, die noch nicht ausreichend erforscht ist.«

»Wie werden Medizinmänner in deinem Land genannt?« fragte Grijpstra.

»Mein Land sind die Niederlande«, sagte Varé. »Ich habe einen niederländischen Paß, aber privat versuche ich, mich von Nationalität nicht belästigen zu lassen. Freiheit bietet mehr Raum für Arbeit.«

»Aber wie werden sie genannt, diese Medizinmänner in Surinam?« fragte Grijpstra.

Varé löste die Lippen von seiner Zigarre. »Wollen mal sehen, es gibt sie in verschiedenen Arten. Die sogenannten guten sind die

Obia-Männer und ihre Gegenspieler die Wisi-Männer. Aber gut und
schlecht sind zufällige Begriffe. Wenn wir analysieren, bemühen wir uns immer, Raum für Nuancen zu bewahren.«

»Gottverdammemeineblödeseeleinewigkeit«, sagte Grijpstra.

»Wie bitte?«

»Entschuldige«, sagte Grijpstra, »ich mußte mal kurz fluchen. Dir sind die Begriffe offenbar bekannt. Obrians Vorname war Luku. Was bedeutet Luku?«

»Tja«, sagte Varé, »da gibt es Variationen. Luku-Männer im allgemeinen sind psychisch begabt. Einige können die Zukunft voraussagen, und diese Gabe geht oft einher mit hypnotischer Macht. Luku-Männer sind immer talentiert, aber nur die Wisi-Männer wissen, wie diese Kraft zu handhaben ist. Man könnte sagen, ein Wisi-Mann beginnt als Luku, aber wie das Talent genutzt wird, hängt von einer Reihe von Faktoren ab.«

»Brrr, hier zieht's«, sagte Adjudant Adèle.

»Soll ich das Fenster schließen?« fragte Cardozo.

»Nein, dann wird es zu verqualmt.«

»Der Luku ist also Lehrling des Wisi-Mannes?« fragte Grijpstra.

»Ja«, sagte Varé. »Wisi-Männer brauchen Schüler und ziehen die Lukus zu sich heran. Der Luku möchte vielleicht nicht einmal vom Wisi beeinflußt werden, denn er muß sich einem möglichen *Kinu* ausliefern, dem Fluch, der die Ausbildung immer begleitet. Und er wird wirksam, wenn der Luku das Tabu bricht, das der Wisi in seine Behandlung einbezieht. Wißt ihr, der Luku hat seine Gaben, sein Talent, und der Wisi wird diese Kraft in seinem Schüler entwickeln, aber dabei sind gewisse Regeln einzuhalten. Jede Entwicklung ist beladen mit Tabus, mit Bedingungen, könnte man sagen.«

»Ah, ja«, sagte Grijpstra.

Jurriaans schaute auf. »Danke, Varé, aber es gibt noch Arbeit, und wir sollten jetzt etwa zum Aufbrechen bereit sein. De Gier, hat sich Herr Kriminalhauptmeister Röder heute bei uns gemeldet?«

»Ich habe ihn am Nachmittag gesprochen«, sagte de Gier. »Er sollte heute abend auf dem Amsterdamer Flughafen eintreffen und wollte nicht abgeholt werden, weil er sich hier auskennt. Er wohnt im *Hotel Americain* und will sich hier um Mitternacht melden.« Er warf einen Blick auf seine Uhr. »Es ist jetzt zehn nach zwölf, vermutlich wartet er unten.«

»Moment mal«, sagte Grijpstra. »Wie ist der Angriff auf Lennie geplant?«

Jurriaans ging zur hinteren Wand des Raums und nahm einen Stadtplan herunter. »Hier ist die Kattenburgergracht, auf der Lennies Luxusbordell schwimmt. Du und de Gier, ihr geht gleich rein und tut so, als ob ihr Gäste seid, die mal feiern wollen. Röder wird ebenfalls hineingehen. Er spielt die Hauptrolle in unserer Scharade, er soll Stunk machen, während du dich mit deinem Brigadier beiseite hältst.«

»Ist das Boot nicht ziemlich exklusiv?« fragte de Gier. »Vielleicht läßt man uns nicht einmal hinein.«

»Ihr habt eine Empfehlung, Slanozzel wird euch einführen, er sollte jetzt in seinem Maserati auf dem Nieuwmarkt warten.«

»Slanozzel ist mit Lennie bekannt?«

»Er geht oft dorthin.«

»Armer Kerl«, sagte Grijpstra. »Nach dieser Nacht wird er nicht mehr so willkommen sein. Geht der Mann nicht unnötige Risiken ein? Stellt euch vor, wir verursachen eine Katastrophe.«

»Ihr *werdet* eine Katastrophe verursachen«, sagte Jurriaans, »aber Slanozzel behauptet, er schulde uns etwas, und es ist nicht wohltätig, alle Geschenke abzulehnen.«

»Warum marschieren wir nicht einfach hinein?« fragte Cardozo. »Warum nicht in den Laden stürzen, die Pistole in der Hand? Wenn wir das Schiff auseinandernehmen, werden wir alles finden, wonach wir suchen, vorausgesetzt, die Schmuggelware ist an Bord.«

De Gier setzte sich an den Tisch. »Simon, mein Junge.«

»Wieder falsch?« fragte Cardozo.

»Nein, richtig«, sagte Jurriaans, »und schlau. Nur, was du vorschlägst, ist unter diesen Umständen nicht zweckmäßig. Razzien sind im Viertel aus der Mode. Ich kann nicht genau sagen, weshalb, aber Razzien bringen uns nichts ein. Wir haben unsere Taktik geändert. Wir schleichen uns lieber ein, statt hineinzustürzen.«

»Ohne Unterstützung von draußen?«

»Ich werde auf der anderen Seite des Fensters sein«, sagte Jurriaans, »und Glas bricht leicht. Guck dir die Position des Boots an. Die Kattenburgergracht ist die vertikale Linie im T, die horizontale ist die Dijksgracht. Falls Lennie sich entschließt, die Kurve zu kratzen, wird er übers Wasser flüchten, und dort wird ein Boot der Wasserpolizei sein und meins auch.«

»Die Wasserpolizei ist unterrichtet worden?«

»Das geschieht erst im letzten Augenblick. Wenn sie kommen, werde ich bereits an Ort und Stelle sein, mit Karate und Ketchup an den Riemen.«

»Und wo werde ich sein?« fragte Cardozo.

»Und ich?« fragte Adjudant Adèle.

»Kann ich mich nicht auch anschließen?« fragte Varé.

Jurriaans schaute den Reserve-Brigadier an. »Du? Nach elf Uhr abends?«

Varé nahm aus der Brusttasche seines Uniformrocks einen gefalteten Bogen und gab ihn Jurriaans. »Mein Dispens, Brigadier, seit ich in der Offiziersausbildung bin, gelten die Sonderbestimmungen für die Reserve nicht mehr für mich.«

Jurriaans gab das Papier zurück. »Du bist eingeladen, aber mein Boot ist voll.«

»Ich werde ein Boot besorgen«, sagte Cardozo, »falls ich mitkommen darf.«

»Du mußt Uniform tragen, damit du nicht versehentlich beschossen wirst. Haben wir dafür noch genügend Zeit?«

»Ich wohne in der Nieuwe Keizersgracht«, sagte Cardozo, »wo auch meine Uniform ist, und mein Bruder hat ein Boot, fünf Meter lang, mit Außenbordmotor. Wo treffe ich euch?«

»Unter der Brücke an der Marinierskade.«

»Und ich?« fragte Adjudant Adèle. »Welche Streifentour gehe ich?«

»Adèle«, sagte Jurriaans. »Du bleibst beim Büropersonal.«

»So?«

»Und du bist eine Frau.«

»Hör mal zu«, sagte Adjudant Adèle. »Ich bin eine qualifizierte Polizistin und habe alle Schwimmprüfungen bestanden. Ich schieße fast genauso gut wie du. Seit Jahren praktiziere ich Judo. Mein Rang ist höher als deiner. Ich komme entweder mit oder rufe in der nächsten Minute den Hoofdcommissaris an.«

»Vielleicht möchte der auch mitkommen«, sagte Karate. »Wie ich gehört habe, ist er ein ziemlich abenteuerlicher Typ.«

Jemand klopfte an die Tür. »Ja«, sagte Jurriaans.

Ein weiblicher Konstabel kam herein. »Unten ist ein Deutscher, der auf den Tisch gehauen hat.«

»Ich komme.«

»Und Mijnheer Slanozzel hat angerufen. Er sagt, er langweile sich allmählich.«

»Ja«, sagte Jurriaans. »Habt ihr jetzt alles verstanden?«

»Hast du?« fragte de Gier Grijpstra.

»Nein«, sagte Grijpstra.

De Gier fuhr mit der flachen Hand über Grijpstras Bürstenhaar.

»Ich verstehe nie etwas«, sagte Grijpstra, »aber mir scheint, wir werden mal wieder in einen Schlamassel hineingezogen.«

»Ja.«

»Grinse nicht so.«

»Grinse ich?« fragte de Gier. »Vielleicht gefallen mir solche Sachen. Ich hoffe, daß um das Schiff ein Höllenglühen ist und die Enten auf der Kattenburgergracht Skelette sind, die weiß aufleuchten und im schleimig grünen Wasser schwimmen. Die Frauen sollten alle nackt sein, und giftgelbe Flammen werden aus unseren phallischen Waffen blitzen. Die Musik ist von Wagner, aber manchmal ist es still, und dann wirst du, wenn du wirklich lauschst, Johann Sebastians Cembalo hören. Und das Klirren von Ketten, die über scharfe Steine geschleppt werden.«

»Wenn es still ist, gibt es nichts zu hören«, sagte Adjudant Adèle, »und wenn es dir nichts ausmacht, behalte ich meine Kleidung an.«

»Du kennst dich in den Phantasien des Brigadiers nicht aus«, sagte Grijpstra.

»Noch nicht.« De Giers' ermunternde Bemerkung wurde begleitet von einem Aufblitzen seiner strahlend weißen Zähne, einer leichten Verbeugung aus der schlanken Taille heraus, einem Strecken seiner ansehnlichen Schultern, einem Zurschaustellen seiner kurzen, aber lockigen Haare, einer leichten Geste seiner Hände, die sich dem Körper Adèles näherten.

»Geh mir aus dem Weg!« sagte Adjudant Adèle. Sie marschierte am Brigadier vorbei.

»Ich glaube nicht, daß sie sich etwas aus dir macht«, sagte Grijpstra.

De Gier stimmte ihm zu. »Aber sie ist dennoch eine herrliche Frau. Das dunkle Haar, das ein zierliches Gesicht einrahmt, und die grünen Katzenaugen mit dem tiefen Blick. Sie ist exotisch, meinst du nicht auch?«

»Wie Opete«, sagte Grijpstra. Er bekam keine Antwort und schaute zur Seite. Varé hatte de Giers Platz eingenommen.

»Opete?« fragte Varé. »Ich dachte, du wüßtest nichts über Voodoo.«

»Ich weiß nur, daß ein Geier Opete gerufen wird.«

»Opete«, sagte Varé und beobachtete, wie Adjudant Adèle zur Tür hinausmarschierte. »Dieser Begriff bedeutet eine besondere Macht, und man sagt, Geier würden oft von ihr ergriffen. Opete ist der Flug des Wisi-Mannes, die Kraft, die in seinen Schwingen lebt, damit er sich von der Erde lösen und vom Himmel aus beobachten kann.«

»Und Tigri?« fragte Grijpstra. »Was bedeutet das Wort?«

»Die Kralle des Wisi-Mannes. Was sie berührt, das läßt sie nicht mehr los.« Varé seufzte. »Das ist ziemlich unangenehm für das Opfer, aber dessen Lage ist auch nicht viel besser, wenn der Wisi-Mann es doch noch losläßt.«

24

»In dieser Uniform sehe ich ganz schön blöde aus«, sagte Cardozo zum Spiegel, »und außerdem macht sie mich kleiner.« Er verließ das Zimmer und traf im Korridor seinen Bruder. »Admiral«, sagte der Bruder, » wozu willst du mein Boot haben? Ich habe es gerade erst frisch lackiert. Du wirst es mir zerkratzen.«

»Kann ich es haben oder nicht?« fragte Cardozo.

»Nein.«

»Dann beschlagnahme ich hiermit dein Boot.«

Der Bruder legte ihm die Hände auf die Schultern. »Möchtest du eine Tracht Prügel, Simon?«

»Tätlicher Angriff auf einen Beamten ist ein ernstes Vergehen.«

»Ich gebe zu«, sagte der Bruder, »ich habe den Kommunisten mein Parteibuch zurückgegeben, aber diese Geste bedeutet nicht, daß ich den gegenwärtigen Bedingungen beipflichte. Ich bin immer noch gegen alles.«

»Laß mich gehen.«

»Nein.«

Mevrouw Cardozo stolperte die Treppe hinauf.

»Mutter«, sagte Simon Cardozo, »er will mich nicht loslassen, und ich muß arbeiten und brauche sein Boot. In staatlichem Auftrag. Sag ihm, er soll mir den Schlüssel geben.«

»Gib Simon den Schlüssel, Samuel«, sagte die Mutter, »und ich möchte, daß ihr aufhört, euch zu zanken, euer Vater hat Kopfschmerzen.«

»Ich muß telefonieren«, sagte Simon.

»Dann mußt du leise sprechen.«

Simon ging auf Zehenspitzen ins Wohnzimmer und nahm den Hörer ab. »Pst«, machte sein Vater. »Ja, Papa, ich bin bestimmt ganz leise.«

»Wen rufst du an?« fragte die Mutter.

»Den Commissaris.«

»Hat der Commissaris nicht Urlaub?«

»Ja?« fragte die Frau des Commissaris.

»Hier ist Cardozo, Mevrouw. Es tut mir leid, daß ich Sie um diese Nachtzeit belästigen muß.«

»Ja«, sagte der Vater. »Du belästigst alle. Ich kann nicht schlafen und habe Kopfschmerzen und sitze deshalb hier. Du hast soeben deine Mutter mit deinem Stampfen und Schreien geweckt.«

»Mich hat er auch geweckt«, sagte Samuel, »und ich muß morgen arbeiten. Er wird mir das Boot zerkratzen. Sag ihm, daß ich ihm den Schlüssel für den Außenborder nicht zu geben brauche.«

»Mein Mann ist nicht hier«, sagte die Frau des Commissaris.

»Ich weiß, Mevrouw, er ist in Österreich, aber ich muß ihn dringend sprechen. Die Dinge laufen hier nicht richtig.«

»Das stimmt«, sagte der Vater. »Warum geht ihr nicht alle aus dem Zimmer? Ich war hier ganz für mich, tat keinem etwas zuleide, und es ist ein Uhr nachts. Hier geht es zu wie im Hauptbahnhof, und ich habe Kopfschmerzen.«

»Vielleicht kann ich ihn aufspüren«, sagte die Frau des Commissaris. »Soll ich ihm etwas ausrichten?«

»*Etwas* ist hier nicht das richtige«, sagte Simon.

»Möchtest du ein Aspirin?« fragte die Mutter den Vater.

»Ich möchte etwas Stille«, sagte der Vater. »Ich bin pensioniert. Ich habe ein Recht auf Ruhe und Frieden.«

»Für das Boot sind noch einige Zahlungen fällig«, sagte Samuel.
»Aber ganz richtig laufen die Dinge nie, nicht wahr?« fragte die Frau des Commissaris.
»Warum gehst du nicht zu Bett?« fragte die Mutter den Vater.
»Weil du schnarchen und mich wecken wirst.«
»Er will mein Boot beschlagnahmen«, sagte Samuel. »Ich glaube, es herrscht wieder Krieg im Land.«
»Vielleicht sollte Ihr Mann zurückkommen«, sagte Simon.
»Hausbootbesetzer«, sagte Samuel, »hinter denen werden sie jetzt her sein. Zuerst kamen sie mit Panzern, und jetzt werden Kriegsschiffe dort sein. Mir ist das alles gleich, aber ich sehe nicht ganz ein, weshalb ich mein Boot verlieren muß.«
»Ich werde es ihm ausrichten«, sagte die Frau des Commissaris.
Cardozo legte den Hörer auf Er streckte die Hand aus.
»Gib Simon den Schlüssel, Samuel«, sagte die Mutter.

25

Ein eleganter Wagen glitt geräuschlos über die glatten Pflastersteine der Kattenburgerkade, schob seine schlanke Nase durch den Nebel, zeichnete Lichtstreifen unter den großen orangefarbenen Kegeln, die die Straßenlaternen in die feuchte Luft strahlten. Slanozzel schaltete mit einem leichten Druck der langen sonnengebräunten Finger auf einen Knopf den Motor aus.
»Wir sind da, meine Herren.«
»Das ist alles?« fragte de Gier. »Eine Villa auf einer Badewanne?«
»Ein Bordell«, sagte Slanozzel. »Drei Etagen voller kostpieliger Freuden, einst verboten, aber heutzutage geht alles. Ich glaube, in der viktorianischen Zeit hatten wir mehr Spaß.«
De Gier ließ sein Fenster herunter. Musik kreischte aus dem Hausboot nach draußen. »Gewalttätige Violinen«, sagte de Gier. »So was hatte ich kaum erwartet. Und eine Frau, die vulgäre Lieder singt. Wie kann jemand einen hochkriegen, wenn sie einem die Ohren mit solchem Mist vollstopfen?«
»Das ist nicht sehr schwierig«, sagte Slanozzel. »Die Damen sind hilfreich, und ein Tropfen Alkohol stimuliert.«

Grijpstra brummte hinten im Wagen. »Ihr seid zu verwöhnt, eure Generation hat Mühe, überhaupt noch etwas zu genießen.«

De Gier drehte sich nach hinten. »Höre ich ein Bedauern?«

»Ja«, sagte Grijpstra. »Aber du wurdest zu spät geboren. Das waren bessere Zeiten, als du noch nicht da warst.«

»Was weißt denn du? Hast du in ferner Vergangenheit jemals ein solches Etablissement besucht?«

Grijpstra lächelte. »Meine Vergnügungen waren immer einfacher Natur. Ein Abend im Viertel war damals nicht so teuer wie jetzt. Beim Chinesen konntest du ein anständiges Essen für ein paar Gulden haben und später dann noch einmal zehn fürs Saufen, in einer Kneipe, in der amerikanische Neger mit ihrer Trompete einen Blues hinlegten und wilde Weiber ihre Titten hüpfen ließen.« Grijpstra nickte. »Sie strecken einem sogar die Zunge raus.«

»Hast du sie ihnen auch rausgestreckt?«

»Ich war an der Bar«, sagte Grijpstra freundlich. »Ich hatte nichts zu tun, brauchte nur meinen Gedanken nachzuhängen.«

»Ich erinnere mich an das Lokal, das Sie im Sinn haben müssen«, sagte Slanozzel. »Am Zeedijk war es. Keine Schnüffelei oder Schießerei, Sie haben recht, es waren einfache Freuden, aber ich hatte damals schon zuviel Geld und zechte später am Abend weiter. Ich erinnere mich lieber an noch früher, als ich nur wenig, zudem schwer verdientes Geld in der Tasche hatte und die Grachten durchstreifte, um Weiberritzen zu bewundern, dauernd mit der Auswahl beschäftigt, aber nie kam man ganz zu einer Entscheidung, bis man sich am Ende doch entschließen mußte, um das Verlangen loszuwerden, aber immer zu früh.«

»Genau«, sagte Grijpstra, »und dann war das Pulver verschossen, aber der letzte Augenblick dürfte die Mühe wert gewesen sein, denn man hatte nicht einfach die Frau seiner Wahl, sondern eine Mischung von allen, die man an dem Abend gesehen hatte.«

»Was hat sich geändert?« fragte de Gier. »Ich umarme Marike und denke an Adjudant Adèle.«

»Hast du das schon getan?« fragte Grijpstra.

»Es dürfte bald geschehen«, sagte de Gier. »Ich könnte es sogar umgekehrt machen.«

»Sprechen Sie jetzt von Stellungen oder Personen?« fragte Slanozzel.

»Mir scheint, umgekehrt ist es schwer zu verwirklichen«, sagte Grijpstra.

»Ein schwimmendes Haus«, sagte de Gier. »Die schlechte Imitation einer Vorstadtvilla, gebaut aus Hartfaserplatten, besprüht mit Plastikfarbe. Sollte dies ein der Wollust geweihter Tempel sein? Mit toten Topfpflanzen auf dem Balkon? Es ist nur gut, daß dies Ding in Nebel gehüllt ist.«

Nebelfetzen schwebten niedrig über den öligen Wellen, die sich langsam an der Grachtmauer brachen. Grijpstra hatte sein Fenster ebenfalls heruntergekurbelt und lauschte auf das träge Plätschern an den algenüberwachsenen Steinen, die von auf und ab wiegendem Abfall umgeben waren. Ein Taxi durchbrach den Dunst und fuhr langsam zur Gangway. Ein Mann, dessen Beine der Nebel weggewischt hatte, schwebte an Bord.

»Röder«, sagte Grijpstra. »Ich wußte nicht, daß er ein Komiker ist. Er hat den Jackenkragen hochgestellt, um anonymer zu sein.«

Slanozzel lachte. »Polizisten müssen Schauspieler sein.«

»Nur die Kriminalbeamten«, sagte Grijpstra. »Der uniformierte Teil braucht nicht zu schauspielern, die Beamten starren nur grimmig drein unter ihrem Mützenschirm oder auch ohne.«

»Dieser Röder mag uns jetzt helfen«, flüsterte de Gier, »aber er ist trotzdem ein Faschist. Das letzte Mal, als wir das Vergnügen hatten, Röder kennenzulernen, wollte er mit unserem Verdächtigen privat einige Worte wechseln. Als wir den armen Kerl wiedersahen, glühte sein Gesicht wie eine rote Lampe im Viertel, und Röder zog die Handschuhe aus.«

»Der Verdächtige war ebenfalls Deutscher«, sagte Grijpstra und stieß einen Seufzer aus. »Dennoch. Und jetzt benutzen wir den Teufel, um den Beelzebub zu schnappen. Die Mittel besudeln den Zweck.«

»Sie sind beunruhigt?« fragte Slanozzel. »Aber nicht doch. Heroin rechtfertigt eine zweifelhafte Methode. Ich meine vielmehr, Lennie sollte mit illegalen Mitteln dingfest gemacht werden.«

Grijpstra zeigte seine Zähne hinten im dunklen Wagen. »Sind Sie ein moralischer Mensch, Mijnheer Slanozzel? Ich hoffe, Sie nehmen mir die Frage nicht übel. Ich zweifle oft, ob ich Moral habe. Aber haben Sie eine?«

Er sah das wie gemeißelt wirkende Profil Slanozzels mit einer dichten, buschigen Braue und dem Schimmer eines dunklen Auges über der sanft gebogenen Nase.

»Ich weiß nicht. Ich würde lieber keine Moral haben, an nichts glauben, ein solcher Mangel würde mir das Leben erleichtern, aber bis jetzt erfolglos.« Slanozzel lächelte höflich. »In Geschäften bin ich vertrauenswürdig, aber ich frage mich, ob dieser noble Zug auf hohe Prinzipien zurückzuführen ist. Es könnte auch sein, daß ich mein Wort halte, weil ich weiß, Zuverlässigkeit verbessert auf lange Sicht den Gewinn.«

»Drogenhandel liegt außerhalb Ihres Bereichs?«

Slanozzels anderes Auge starrte Grijpstra ebenfalls an. »Der Drogenhandel ist kein Geschäft. In einem Geschäft profitieren beide Seiten, und der Kunde hat den Nutzen vom Gebrauch des Produkts. Ich verkaufe auch keine Schußwaffen, da sie dazu neigen, den Kunden umzubringen.« Slanozzels erhobene Hände unterstrichen seine Frage. »Kann ich einer Leiche etwas verkaufen?«

»Sie verkaufen Schrott und Leder«, sagte de Gier, »jedenfalls hat man mir das erzählt.«

»Ihr Informant hat recht.«

»Werden Waffen nicht manchmal aus Schrott und Peitschen aus Leder hergestellt?«

»Gewiß«, sagte Slanozzel. »Ich verkaufe auch Chemikalien, oft sind sie giftig. Sprengstoffe werden ebenfalls aus Chemikalien gemacht. Wissen Sie vielleicht, wo das anständige Geschäft beginnt und wo es aufhört?«

De Gier senkte den Kopf.

»Ich war nur neugierig.«

»Wir schätzen Ihre Hilfe«, sagte Grijpstra und berührte Slanozzels Schulter.

»Warum helfe ich Ihnen eigentlich?« fragte Slanozzel. »Weil dies auch meine Stadt ist? Ich kann meine Motivation nicht immer genau erkennen.«

De Gier öffnete seine Tür und machte eine einladende Geste, damit Slanozzel als erster zum Hausboot gehen konnte. Die Gangway war schmal und vom Portier versperrt. Baf nahm die Mütze ab. »Mijnheer Slanozzel! Wir haben Sie vermißt.« Er drückte sich an die Reling.

»Das sind meine Freunde, Baf.«

»So sind es auch unsere Freunde. Kommen Sie herein, meine

Herren. Wir haben noch nicht viel zu tun, so daß Sie die Auswahl unter den Damen haben. Das Angebot ist noch abwechslungsreicher als sonst.«

Die Brust des Portiers, die sich unter einem schwarzen T-Shirt wölbte, glich einem Zweihundert-Liter-Faß und sein Kopf einem Ball, festgeschraubt auf einem massigen Hals. Sein Haar war millimeterkurz, seine kleinen Augen spähten aus tiefen Höhlen, eingebettet in dicken Fettpolstern. Er ging mit seinen Gästen weiter, bis sie in einen rosenholzgetäfelten Korridor kamen, der zu einem niedrigen, großen Raum führte, in dem Sessel und Couches eine runde Bar umgaben. »Mijnheer Slanozzel«, sagte der Barmann, »Wir freuen uns über Ihren Besuch.«

»Guten Abend, Henri«, sagte Slanozzel, »ich habe dir zwei Gäste gebracht, die auch meine sind.«

»Willkommen«, sagte Henri und nahm Slanozzels Kreditkarte, die er in seine Maschine schob. Er riß den Zettel ab und schraubte die Kappe von einem dünnen Füllfederhalter ab. »Dreimal der übliche Preis. Bitte seien Sie so freundlich und unterschreiben hier, Mijnheer.«

Henri war groß und trug einen weißen, knapp sitzenden Anzug, verziert mit schmalen Goldepauletten. Ehemaliger Kapitän eines Kreuzfahrtenschiffs, dachte de Gier. Eines Abends zuviel Champagner, dachte Grijpstra, und der Stolz der Flotte fuhr gegen einen Eisberg. Die Passagiere ertranken, nachdem der Kapitän das Schiff als erster verlassen hatte.

»Sie waren Seemann?« fragte de Gier.

Henris falsche Zähne glänzten. »Kann man das noch sehen?«

»Erzähl meinen Gästen von den Regeln«, sagte Slanozzel.

Henri kicherte. »Es gibt keine. Sobald der Eintritt bezahlt ist, wie in Ihrem Fall, komme ich für die Getränke auf, und die Damen erweisen ihre Gunst gratis.«

Grijpstra griff nach dem Kreditkartenabschnitt, den Henri gerade in eine Schublade legen wollte. Er zog sein Etui hervor, nahm die Halbbrille heraus, putzte sie mit seinem Taschentuch und setzte sie vorsichtig auf die Nasenspitze. Er las den Betrag, den Henri niedergeschrieben hatte. Er schob den Zettel fort und schüttelte den Kopf.

»Ist da etwas falsch, Mijnheer?«

»Ganz und gar nicht. Aber die Zettel, die ihr verwendet, sind zu klein, die letzte Null konnte kaum noch hineingequetscht werden.«

Henri runzelte die Stirn. »Ich werde Ihre Anregung an das Management weitergeben.« Er zeigte auf die Flaschen, die hinter ihm aufgereiht waren, sortiert nach Farben. »Was darf es sein?«

Henri schenkte mit sicherer Hand ein, trotz der leichten Bewegung des Schiffes. Eis klingelte, silberne Rührstäbchen steckten zwischen den Würfeln. Damastservietten glitten über die Nußbaumtheke. Kristallschüsseln tauchten auf, gefüllt mit Nüssen, heißen Pasteten und rohen Fischscheibchen auf Toast.

Grijpstra trank und zählte Mädchen. Er war bei zehn, als er von vorn anfangen mußte. Sie waren ständig in Bewegung, kamen und gingen durch Seitentüren und die Treppe hinauf und herunter. Er zählte auch die Gäste und kam auf acht. Einer war er selbst, und drei andere waren ihm bekannt. Ein älterer, fetter kleiner Mann könnte der Dirigent eines berühmten Orchesters sein und sein Begleiter ein Ölscheich, der sich hinter der obligaten Sonnenbrille versteckte, und die beiden jungen Männer in poppiger, aber billiger Kleidung dürften Arbeitskräftevermittler sein, die illegale Ausländer dem meistbietenden Bauunternehmer liehen oder die Regierungsvertreter bestachen, um wertvolle Verträge direkt zu erhalten. Die Mädchen waren schlicht Nutten, aber angesichts des hohen Betrages, für den Slanozzel unterschrieben hatte, hätten sie schon eine besondere Note vorweisen können. Warum, dachte Grijpstra, sehen sie nicht schöner aus? Ist Lennies Geschmack beschränkt, oder ist dies das Beste, das vorhanden ist? Was ich hier sehe, dargeboten auf Rindledersofas und in Sesseln à la Ludwig dem Soundsovielten, diese Frauen, geschmückt mit ein bißchen Spitzentüll oder mit gar nichts, sind nicht attraktiver als das, was in einer Zeitschrift im Wartezimmer eines Zahnarztes zu sehen ist.

De Giers Gedanken gingen in eine ähnliche Richtung. Der Brigadier hatte die Inneneinrichtung des Edelpuffs mit der des königlichen Schlosses verglichen. Nehmen wir an, überlegte der Brigadier, das königliche Schloß repräsentiert das Beste des Landes und Lennies Haus das Schlechteste, dann müssen wir einräumen, daß das Böse nicht besser als das Gute ist.

»Guten Abend, Lennie«, sagte Slanozzel zu einem Mann, der gerade hereingekommen war.

Der Mann ist auch nur ein Mensch, dachte Grijpstra, und dennoch gehört er zu den ganz Großen unter den Zuhältern. Er strahlt nichts Außergewöhnliches aus. Seine Kleidung wird in den meisten Warenhäusern verkauft. Er hat ein Gesicht wie tausend andere, und er kann mir zehnmal in der Leidsestraat begegnen und wird mir nicht auffallen. Lennie gleicht Herrn Jedermann, aber er ist die Verkörperung des Beelzebub, und das Treiben auf diesem Boot ist nur ein Teil seines verbrecherischen Tuns. In unseren Akten steht, er habe seine Finger in den neunzig Prozent aller Drogen, die wir nie finden können, und seine Fangarme reichen bis in die höchsten und mächtigsten Kreise. Er hat das alles getan und wird es morgen wieder tun und tut es sehr wahrscheinlich jetzt in diesem Augenblick. Da steht er und schüttelt Slanozzel die Hand.

»Liebe Gäste«, sagte Lennie, nachdem er Grijpstra und de Gier begrüßt hatte. »Ich bin dankbar, daß ihr euch hier amüsieren wollt. Noch eine Runde, Henri. Laßt uns das Glas erheben auf den Ärger, der nicht existiert.«

»Prost, Lennie«, sagte Slanozzel.

De Gier lächelte über sein Glas hinweg. Ein Mann wie er sollte vernichtet werden, dachte de Gier, damit wir die Hälfte unserer Verwaltung abschaffen können. Aber wie können wir diese schleimige Krake erwischen? Das Mädchen dort mit der linken nackten Hinterbacke und der rechten nackten Brust ist minderjährig, aber wenn ich es wage, diese Tatsache zu erwähnen, wird sie sofort einundzwanzig sein, wobei eine Batterie von Anwälten diese gefälschte Altersangabe stützt. Falls wir hier Drogen finden, wird man uns sagen, sie seien irgendwie an Bord geweht worden, und wenn wir auf das Roulette zeigen, wird es sich in das königliche Schachspiel verwandeln, und das Geld auf dem Tisch lag nur zufällig da.

»Ruhe!«

»Hat da vielleicht jemand etwas gesagt?« fragte Lennie.

Henri verschwand unter der Bar und tauchte mitten im Raum wieder auf. Baf kam aus dem Korridor gerollt. Hinten im Raum zeigte sich Unruhe. »Ich denke, ich werfe mal einen Blick darauf«, sagte Lennie und ging eilig davon.

Er kam zurück. »Ein mürrischer Gast.« Er lächelte beruhigend. »Ein Deutscher, der behauptet, seine Seele schreie wegen der Geigen. Henri wird die Kassette auswechseln. Das Tonband wird über Bord geworfen. Der Gast ist König, und ich mache mir auch nicht viel aus Geigen.«

Die Violinkassette flog zu einem Fenster hinaus und wurde ersetzt durch ein elektronisches Klavier, begleitet von einem Kontrabaß. Dschungelstimmen sangen Undefinierbares. Ein chaotischer Mittelteil ging zum Schluß in Trommelschläge und ein gedämpftes Trompetensolo über. Grijpstra lauschte. De Gier lauschte ebenfalls. Beiden gefiel, was sie hörten. Sie zogen die Schultern ein und schlossen halb die Augen und sahen nur die Damen, die sich bei Slanozzel vorstellten, als die Suite zu Ende war.

»Ich bin Eugénie«, sagte eine Schwarze, von Kopf bis Fuß in Weiß gekleidet, denn sie trug auch einen Schleier. »Charlène«, sagte ein Mädchen, das außer hohen Absätzen und Schuhriemchen nichts anhatte. »Virginia«, sagte eine rundliche Blondine, deren toupiertes Haar auf und ab wippte und deren himmelblaue Augen glänzten. Sie trug ein einfaches Kleid, bedruckt mit einem Muster kopulierender Schmetterlinge. »Ich heiße so, weil ich noch Jungfrau und überfällig für eine Vergewaltigung bin. Es sollte also besser heute nacht geschehen. Wer möchte mich richtig gründlich vornehmen, brutal und gemein und so schmerzhaft, daß ich vielleicht danach nicht mehr dasein werde, um dieser Schändung zu applaudieren?«

»Ihr könnt wählen oder uns abwechselnd haben, ganz wie ihr wollt«, schlugen die Mädchen vor.

»Sind die Herren bereit?« fragte Lennie.

»Es ist noch früh«, sagte Slanozzel.

Lennie klatschte in die Hände. »Ab mit euch. Steigt auf die Bühne. Entjungfert Virginia, die sich nicht mucksen darf. Nach einer passenden Einleitung sollt ihr so wild und gemein sein, wie es eure geile Neigung zuläßt. Zerreißt ihr das Kleid, aber laßt euch Zeit, denn die Gäste haben es nicht eilig. Besitzt sie, soweit ihr angesichts eures Mangels an Hervorstehendem dazu fähig seid, und macht die Scheinwerfer an.«

Na, dachte de Gier, vielleicht passiert ja doch noch etwas. Wollen wir mal versuchen, Lennies schöpferischem Gedankenflug zu folgen. Lennie ist nicht so durchschnittlich, wie er aussieht – er kann es nicht sein, sonst hätte er es nicht so weit gebracht.

Lennie drückte auf ein paar hinter der Bar verborgene Knöpfe, und die im Raum verstreuten roten Lichter leuchteten auf. Baf zog

Vorhänge zur Seite und enthüllte eine Bühne. Die Musik wechselte wieder – eine feinfühlige Hand zupfte eine Laute. Virginia, ergriffen von Baf und sanft wieder hingestellt, trippelte zu einem gußeisernen Rokokogartentisch und setzte sich auf einen dazu passenden Stuhl, schob dabei aber ihren Rock hoch. Ihre Schuhe saßen zu eng, so daß sie sich bücken und die Riemchen lockern mußte. Dann juckte ihr der Nacken. Daraufhin flog ein Insekt zwischen ihre Beine und mußte entfernt werden. Sie kletterte auch auf den Stuhl, um eine Weintraube zu pflücken, die sie essen mußte, süß zwischen die Lippen gepreßt, köstlich mit der Zunge zerdrückt. Die Pantomime dauerte eine Weile, das Publikum war fasziniert, aber unglücklich, als Virginia mit einer kleinen Glocke klingelte, um das Mädchen zu rufen.

Das Mädchen war Charlène in der Kleidung einer Dienerin. Sie gehörte zu dem unterwürfigen Typ, der so oft in pornographischen Magazinen mißhandelt wird. Sie deckte den Tisch mit Tassen und Untertassen, aber so ungeschickt, daß die Herrin sie schelten und sogar schlagen mußte. Virginia legte Charlène auf ihren Schoß und schlug heftig auf den nackten Hintern. Charlène weinte, trocknete aber ihre Tränen, weil eine Besucherin kam. Es war Eugénie in einem bescheidenen Kostüm. Sie setzte sich und wurde mit Tee und Bonbons bedient. Sehr höfliche Unterhaltung. Komplimente wurden ausgetauscht. Über Kleidung, Schmuck, die feine Haut. Die Damen standen auf, drehten sich umeinander und betasteten sich gegenseitig. Eugénie ging zu weit. Die Zuschauer verstanden, daß die Besucherin, selbst ungemein attraktiv, allzusehr in Frauen vernarrt war, aber die arme Virginia schien es nicht zu kapieren. Sie glruckste und kicherte, während sie sich weiteren unzüchtigen Annäherungen hingab. Der Lautenspieler zupfte die Saiten nicht mehr, sondern der Musiker zerrte daran und schlug auf sie und degenerierte sie zu einer Rockgitarre; er war nicht mehr in der Lage, seine niederen Lüste zu bezähmen. Die Dienerin Charlène mißhandelte ihre Arbeitgeberin jetzt, und Virginia begriff endlich, daß sie sowohl von den Bewohnern Sodoms als auch Gomorrhas angefallen wurde, und schrie um Hilfe, aber Eugénies Hand machte den verzweifelten Wunsch zunichte.

Virginia heulte. Sie war rücklings auf den Tisch gestoßen worden, nachdem Charlène das Teegeschirr weggefegt und die Scherben zerstampft hatte. Virginia schluchzte, als Eugénie ihr Kleid zerriß, die Fetzen fortwarf. Virginia stöhnte, als Charlène, ihre vertraute Magd, sie an den Haaren hochriß und ihr gleichzeitig die Unterwäsche auszog.

»Ruhe!«

Ob Kriminalhauptmeister Röder von der Hamburger Polizei kam, um Virginia zu retten, oder ob er, uneingeschränkt von deutschen Vorschriften, dem unbewußten Teil seiner Seele Luft verschaffen wollte, war den verblüfften, aber gebannt dreinblickenden Zuschauern nicht klar.

»Baf!« rief Lennie.

Baf kam grunzend. Aber er kam nicht graziös, sondern fiel, weil Grijpstra ihm mit dem Bein den Fuß hochriß, und verletzte sich das Kinn am Bühenrand. »O weh!« rief de Gier, schwang sich über die Bar und ergriff Henri. »Hilfe!« brüllte de Gier in Henris Ohr. Aber Henri konnte nicht viel Unterstützung bieten, weil de Gier ihn festhielt. Vielleicht zu fest, denn Panik kennt ihre eigene Kraft nicht. De Giers hysterisch wackelnder Kopf stieß gegen Henris Kinn. Henri wurde es flau im Magen. De Gier, überrascht von Henris gleichgültigem Schweigen, ließ Ios. »Möchtest du dich hinlegen?« fragte de Gier. Henri legte sich hin.

Baf stemmte sich auf die Bühne, aber er rutschte zurück, weil Grijpstra ihn am Bein zog. »Rettet die arme Frau«, rief Grijpstra.

Lennie schlug sich mit den beiden jungen Arbeitskräftevermittlern, die ebenfalls helfen wollten und irrtümlich glaubten, er wolle sie davon abhalten. De Gier warf mit Flaschen. Eine traf einen der jungen Männer am Kopf. Der junge Mann hob abwehrend die Hände und traf Lennies Nase. Der Barmann war wieder aufgestanden, aber de Giers Ellbogen traf ihn zufällig noch einmal am Kinn. Henri seufzte und hielt sich an einem Regal fest, das umkippte. Mehr Flaschen fielen und wurden von de Gier aufgefangen. Er zielte jetzt besser und traf Scheinwerfer, die explodierten. Es roch scharf nach etwas Brennendem.

Etwas Licht drang vom Kai durch die Tüllvorhänge, und Röders Missetaten auf der Bühne waren nur zu gut zu erkennen. Sogar Skeptiker wußten in diesem Augenblick, daß es keinen Gedanken an gute Absichten mehr gab. Die unglückliche Virginia wurde tatsächlich vergewaltigt.

Der Brandgeruch wurde schärfer.

»Polizei!« rief Slanozzel.

»Feuer!« rief Jurriaans.

Brigadier Jurriaans kam durch die Tür herein, Karate und Ketchup durch die Fenster. Glasscherben klirrten auf dem Hartholzfußboden und wurden zermahlen von einem wütend ausschreitenden Baf, den Röder jetzt endgültig von der Bühne vertrieben hatte. Röders Schuh hatte Baf ins Gesicht getroffen, und weil er sich Blut in die Augen rieb, war seine Sicht behindert.

Die Arbeitskräftevermittler kämpften furchtlos weiter und fielen nur Frauen an, die ihre Kleider verloren, während sie hin und her hüpften.

»Licht!« rief Karate.

De Gier drückte auf die Knöpfe an der Bar.

»Feuerlöscher!« rief Ketchup.

De Gier verteilte sie.

Das Feuer bestand aus einigen Funken in einer hinteren Ecke, aber die Löscher enthielten viele Liter Schaum. Röder war endlich zurückhaltend. Er war mit Virginia fertig und bearbeitete Eugénie, die jetzt auf dem Tisch lag, und seitlich von ihr Charlène, die um Gnade bettelte, bis sie den Mund zumachen mußte, getroffen von einem Schaumstrahl.

De Gier sah, daß der Dirigent und der Scheich entkommen wollten, und besprühte sie, als sie um die Bar krochen, ließ sie jedoch aus Mitleid und mangelndem Interesse in Ruhe – aber Lennie ging jetzt ebenfalls. Lennie ging durch ein Fenster nach draußen. De Gier war schnell, aber dennoch nicht schnell genug, die Arbeitskräftevermittler warfen ihm eine Frau zu, die kratzte. Jurriaans war schneller. Er sah, daß Lennie in ein Rennboot sprang. Jurriaans ging ebenfalls durch das Fenster hinaus, aber das Rennboot fuhr los. De Gier hörte das Aufklatschen und machte einen Hechtsprung durch das Fenster.

Das Rennboot setzte zurück. Jurriaans und de Gier schwammen aus seinem Sog heraus. Das Rennboot machte einen Satz nach vorn, hob den Bug und hinterließ weiße Wellen, die gegen seine Verfolger klatschten.

»Endlich«, sagte Adjudant Adèle, die am Bug des Bootes von Cardozos Bruder Ausschau hielt. »Etwas kommt auf uns zu. Petri Heil, Kollegen.«

Cardozo zog das Startseil des Außenbordmotors. Die Maschine rülpste und schwieg. Cardozo ließ das Seil wieder aufrollen.

»Laß mich mal versuchen«, sagte Reserve-Brigadier Varé und stolperte zum Heck des Boots. Varés Position war backbords. Cardozo, der heftig an seiner Schnur riß, rückte ebenfalls nach Backbord. Und Adjudant Adèle, die immer noch das sich im grauen Nebel schnell nähernde Rennboot beobachtete, beugte sich auch auf der Backbordseite nach vorn. Das Boot kenterte.

Patrouillenboot M-3 der Amsterdamer Polizei startete seine beiden Maschinen, während die Besatzung, sechs Konstabel, ihre Positionen einnahm. Lennie sah die kommende Gefahr, erhöhte das Tempo und warf das Ruder scharf herum. Das Rennboot schoß in einem Bogen nach vorn und kollidierte mit dem Boot von Cardozos Bruder.

Cardozo schwamm. Er sah Lennies Kopf.

»Ich kann nicht schwimmen«, sagte Lennie.

»Ich hole dich raus«, sagte Cardozo. »Leg dich schlaff auf den Rücken.«

Lennie gehorchte. Cardozo umschwamm ihn. Lennie drehte sich wieder um, grinste, er griff Cardozos Hals mit beiden Händen und drückte.

Lennie sah Varé nicht, dieser jedoch ihn. Varé umfaßte mit der rechten Hand sein linkes Handgelenk, machte zwei Fäuste und ließ sie kraftvoll auf Lennies Kopf heruntersausen. Lennie ließ Cardozo los.

»Alles in Ordnung?« fragte Varé Cardozo.

Lennie tauchte wieder auf.

»Sie sind festgenommen«, sagte Varé. »Verhalten Sie sich ruhig, sonst lasse ich Sie ertrinken. Schwimmen Sie zum Ufer. Sie dürfen telefonieren, und wenn Sie sich keinen Anwalt leisten können, wird der Staat Ihnen einen stellen.«

»Warum begleitest du den Verdächtigen nicht«, sagte Adjudant Adèle, »dann kann ich Cardozo retten. Leg dich auf den Rücken, Cardozo, und mach nicht solche Stielaugen.«

»Hallo«, riefen die Wasserschutzkonstabel. »Ist da jemand im Wasser?«

Die Konstabel zogen alle heraus.

»Der Kerl«, sagte Jurriaans, »braucht Handschellen.«

»He, laß das!« schrie de Gier.

»Nein«, sagte Jurriaans, »nicht der, der andere. Das hier ist ein Polizist.«

»Verzeihung«, sagte der Wasserschutzkonstabel. »Aber in diesem Nebel kann man kaum etwas erkennen.«

»Und bring uns zur Kattenburgerkade«, sagte Jurriaans. »Das wäre ungefähr alles, was du für uns tun kannst. Danke für die Hilfe.«

»Es war uns ein Vergnügen«, sagte der Wasserschutzpolizist.

»Was sollen wir jetzt tun?« fragte Karate Ketchup. »Um das Feuer hat man sich gekümmert.«

Karate schaute sich um. Slanozzel lag auf einer Couch und rauchte eine Zigarre. Baf blutete noch, er lehnte an der Bühne und an Henri, der ebenfalls blutete.

»Die beiden werden nicht abhauen«, sagte Ketchup. »Weißt du was? Wir beginnen mit den Verhören.« Er schnappte sich Charlène. »Du kommst mit mir.« Karate schnappte sich Eugénie.

»Wo möchtest du mich haben?« fragte Charlène.

Ketchup zeigte auf eine Tür. »Dort hinein, aufs Doppelbett.«

»Und jetzt?« fragte Charlène und machte auf dem Bett die Beine breit. »Möchtest du die Unterbrechung genießen? Warum fängst du nicht an?«

»Nein«, sagte Ketchup. »Du erzählst mir, wo das Heroin aufbewahrt wird. Wir werden es sowieso finden, aber das erfordert Zeit, und gleich sind alle wieder hier und kommen mir in die Quere.«

»Ich weiß nicht, wovon du redest, Liebling«, sagte Charlène und breitete die Arme aus. »Komm schon, damit wir es hinter uns bringen.«

»Meine Liebste«, sagte Ketchup, »zeig mal ein bißchen Zusammenarbeit, ja? Lennie ist erwischt worden. Du mußt dich nach einer anderen Arbeit umsehen. Versuche zur Abwechslung mal zu helfen.«

Charlène machte die Beine noch breiter. »Nur für einen Augenblick? Streng dich mal an, Schatz.«

»Ich hätte nichts dagegen«, sagte Ketchup, »aber jetzt *arbeite ich*. Sag mir, wo Lennie seinen Stoff hat.«

Charlène setzte sich hin und kreuzte Beine und Arme. »Spielverderber. Das Heroin ist im Safe, und der ist in Lennies Büro.«

Die Tür flog auf. »Was ist hier los?« fragte Brigadier Jurriaans, der triefend auf dem teuren Teppich stand. »Seit wann sondern wir uns ab und betatschen unbekleidete Frauen?«

»Mach mit«, sagte Charlène und griff nach einem rosa Telefon. »Soll ich für dich auch ein Mädchen rufen?«

»Es ist im Safe«, sagte Ketchup. »Und der Safe ist im Büro.«

Jurriaans zog Ketchup in den großen Raum. »Wo?«

»Im Safe, Brigadier, die bemühen sich nicht einmal mehr, das Heroin zu verstecken.«

Karate schaute hinter einer halb offenen Tür hervor. »Die Zeugin hier sagt, daß es im Safe ist.«

»Ich hole den Schlüssel«, sagte Jurriaans.

Adjudant Adèle stand auf der Gangway. »Ich habe die Revierwache angerufen, die schicken uns einen größeren Wagen und Decken, damit wir uns nicht erkälten.« Sie wrang ihr Haar aus. »Pfui Teufel, dieser Dreck.«

Lennie stand hinter Adjudant Adèle und vor Varé, der ihn bewachte.

Jurriaans streckte die Hand aus. »Den Safeschlüssel.«

»In der rechten Jackentasche«, sagte Lennie, »ich trage Handschellen.«

Jurriaans *betrachtete den Schlüssel*. »Du bewahrst es wirklich in deinem Safe auf?«

»Wo sonst?« fragte Lennie. »Ist ein Safe denn nicht sicher? Weißt du, was Heroin *heutzutage kostet*, Brigadier?«

»Ja?«

»Rühr es nicht an, Brigadier. Im Safe ist auch ein Notizbuch mit den Namen von denen über dir. Die werden nicht hinter mir her sein, wenn du mit meinem Stoff herumpfuschst, sondern hinter dir.«

Jurriaans legte den Finger auf Lennies Nase und drückte.

»Au!« sagte Lennie.

»Du redest zuviel«, sagte Jurriaans. »Du wirst schmoren, verlaß dich drauf.«

26

»Rufen Sie aus Österreich an?« fragte Brigadier Jurriaans.

»Nein«, sagte der Commissaris, »aus meinem Garten.«

Jurriaans runzelte die Stirn, nahm den Hörer vom Ohr und betrachtete ihn mißtrauisch. Er legte ihn wieder ans Ohr. »Wollen Sie sich nach dem Fall Obrian erkundigen?«

»Das will ich«, sagte der Commissaris, »aber nicht jetzt. Wie wäre es mit heute abend, Punkt acht in deiner Wache, und sorge bitte dafür, daß alle Kollegen, die an dem Fall gearbeitet haben, anwesend sind.«

»Mijnheer«, bestätigte Jurriaans.

»Und, Jurriaans?«

»Mijnheer?«

»Sag ihnen nicht, daß ich dasein werde.«

»Mijnheer.«

Es war Abend und das Wetter trübe, die Fenster des Raums standen offen. Der Commissaris saß allein da und lächelte die gerahmten Offiziere der Schützengilde an. Die Offiziere sahen grimmig aus, aber nicht ganz unbarmherzig, denn der kleine alte Mann war ihr Nachfolger und so angesehen wie sie; sie verziehen ihm den mangelnden Hut mit Federbusch und das fehlende Schwert.

Die Kollegen traten ein. »Willkommen«, sagte der Commissaris. Er stand auf. »Guten Abend, Adjudant Adèle.« Er setzte sich wieder. »Hallo, Brigadier Jurriaans, hallo, Grijpstra, hallo, de Gier, hallo, Cardozo.« Er stand wieder auf »Ich glaube nicht, daß wir uns kennen.«

Varé stellte sich vor. Der Commissaris gab ihm die Hand. »Es freut mich, Ihre Bekanntschaft zu machen, Brigadier. Ihren Namen habe ich schon gehört. Der Chef dieser Wache schätzt Ihre Mitwirkung ebenso wie wir im Präsidium.«

Varé und der Commissaris nickten einander zu. Er zeigte auf einen Stuhl. »Nehmen Sie Platz, Brigadier. Und hier haben wir die Tapferen, die die Nachhut bilden. Hallo, Ketchup, hallo, Karate.«

Die Untergebenen scharrten mit den Stühlen. Der Commissaris lehnte sich zurück, faltete die Hände über der Weste und zog die Augenbrauen hoch.

Die Kollegen murmelten.

»Nun?« fragte der Commissaris.

Die Kollegen schwiegen.

»Ich bin hier«, sagte der Commissaris, »weil man nach mir geschickt hat. Irgend etwas, sagte man mir, scheint hier verkehrt zu sein. Was ist es?«

De Gier bewunderte sein Gesicht in der spiegelblank gewachsten Tischplatte. Er sprach zu seinem Spiegelbild: »Sollten Sie nicht in Bad Gastein sein?«

»Ich bin hier«, sagte der Commissaris, »weil einer von euch meine Frau angerufen hat, die mich dann verständigte.«

»Wer?« fragte Grijpstra.

»Ich«, sagte Cardozo.

»Du?« fragte de Gier.

»Warum?« fragte Grijpstra.

»Weil ich dachte«, sagte Cardozo, »daß da etwas nicht richtig läuft. Ich hatte gehofft, ich könnte den Commissaris privat sprechen.«

»Es geht doch nichts über gemeinschaftliche Arbeit«, sagte Brigadier Jurriaans.

Cardozo blickte starr nach vorn.

Der Commissaris hüstelte und strich über seine Nase. Er nahm die Brille ab und hauchte die Gläser an. »Als ich ging«, sagte er leise, »hinterließ ich die Anweisung, daß Obrians Mörder zu ergreifen ist. Es gab zwei Verdächtige, Gustav und Lennie. Ich bin heute nachmittag im Präsidium gewesen und habe alle Berichte gelesen. Gustav und Lennie sind festgenommen worden.« Er zog ein Taschentuch aus der Brusttasche und putzte die Brille.

»Darf *ich* rauchen?« frage Grijpstra.

»Nein«, sagte Adjudant Adèle.

»Darf ich rauchen?« fragte der Commissaris.

»Gewiß, Mijnheer.«

»Dürfte Grijpstra mit mir rauchen?«

»Gewiß, Mijnheer.«

Der Commissaris und Grijpstra bissen das Ende ihrer Zigarre ab und steckten Streichhölzer an. Sie pafften den Rauch in Richtung Fenster.

»Was ist also verkehrt?« fragte der Commissaris. »Ich würde sagen, die vorläufigen Ermittlungen sind abgeschlossen, denn in euren Berichten wird nichts von der Möglichkeit erwähnt, neue Tatsachen zu finden.« Er faltete die Hände und sprach mit der Zigarre im Mund. »Aber es scheint doch seltsam zu sein, daß ihr weder Gustav noch Lennie des Todes an Obrian beschuldigt, obwohl so ziemlich jeder andere Anklagepunkt in das Formular hineingestopft worden ist. Wer möchte das erklären?«

»Mijnheer«, sagte de Gier, »die Verdächtigen sind des Mordes an Obrian wegen mangelnder Beweise, weil sie hartnäckig leugnen und wegen der möglichen Gültigkeit einer Theorie nicht beschuldigt worden.«

»Welcher Theorie?«

De Gier murmelte.

»Wir sind nun schon mal hier«, sagte der Commissaris, »und Theorien können durchaus interessant sein. Erzähle mir deine Gedanken, Brigadier, ich kann etwas Unterhaltung brauchen.«

»Kaffee?« fragte Jurriaans und legte die Hand auf ein Telefon. »Etwas Kuchen?«

»Gern«, sagte der Commissaris.

Kaffee und Kuchen wurden gebracht. Alle waren beschäftigt mit dem Aufreißen von Zuckerbeutelchen und dem Weitergeben des Milchkännchens. Es wurde fleißig umgerührt.

»Gustav«, sagte de Gier, »wurde zuerst gefaßt, und ich habe mir seine Erklärungen angehört. Mein Eindruck ist, Gustav hat Obrian nicht umgebracht, aber er hat einen versuchten Totschlag an Orang-Utan verübt und ist mit Sicherheit ein geistesgestörter und gefährlicher Verbrecher. Er sollte für lange Zeit ins Gefängnis gehen für das, was er getan hat und noch tun würde, wenn er nicht eingesperrt wäre.«

»Kein netter Mensch?« fragte der Commissaris.

»Nein, Mijnheer«, sagte de Gier. »Ich denke, daß Gustav verhaftet werden mußte. Um diese Absicht zu verwirklichen, mußte die Revierwache des Viertels mit ernsten Beweisen aufwarten. Da es zufällig im Moment keine gab, mußten sie fabriziert werden. Sie wurden durch Manipulationen fabriziert.«

»Wer hat wen manipuliert?«

De Gier schaute Karate an.

»Ich?« fragte Karate. »Wieso ich? Was kann ich, ein einfacher Konstabel, manipuliert von höheren Mächten, manipulieren?« Er runzelte traurig die Stirn. »Ich, gefangen in der Banalität einer anonymen Existenz, ich, ein bloßer Knirps ...«

De Gier schaute Ketchup an.

Ketchup schneuzte sich.

De Gier wartete.

Ketchup steckte das Taschentuch ein. Sein kleines Gesicht grinste sauertöpfisch. »Könnte ich, der Kollege meines Kollegen, auch nur die kleinste Abweichung im Lauf des Schicksals verursachen?«

»Armselige Bescheidenheit ist eine Waffe, die auch ich lerne zu handhaben, aber laßt mich weiter theoretisieren«, erwiderte de Gier. »Orang-Utan ist ein Bruder mit gewalttätigem Ruf. Er ist mehrmals getadelt worden. Sein letztes Vergehen war ein Angriff auf Unruhestifter, die eine Harley fuhren. Sie hatten ihn Nigger genannt, aber er ist Ambonese.«

»Die braun sind«, sagte Varé.

»Und Obrian war schwarz. Ich erwähne die Farbe«, de Gier knetete sein Kinn, »aber sie paßt kaum in meine Theorie. Was jedoch paßt, ist, Orang-Utan verabscheute Gustav. Er drangsalierte ihn. Gustav fuhr gewöhnlich eine Corvette. An dem Morgen, als er Orang-Utan attackierte, fuhr er einen Peugeot. Ich habe herausgefunden, warum Gustav nicht die Corvette fuhr. Die Polizei hatte den Wagen abgeschleppt, aber der wurde nicht auf dem Parkplatz gefunden, wo unsere Leute ihren Fang gewöhnlich deponieren.«

»Weshalb war die Corvette abgeschleppt worden?«

»Weil sie in der zweiten Reihe parkte, Mijnheer. Das Strafmandat hatte Orang-Utan ausgestellt. Nach meinen Informationen machte Orang-Utan es sich zur Gewohnheit, der Corvette Strafmandate zu verpassen und dann über Funk die Abschleppwagen zu benachrichtigen, so daß sie das Auto mit Beschlag belegen konnten.«

»Eine Fehde zwischen Gustav und Orang-Utan«, sagte der Commissaris. »Sehr gut. Die beiden kannten einander? Hat es Streit gegeben?«

»Ja, Mijnheer.«

»Und bei dieser Gelegenheit war die Corvette nicht zum richtigen Platz gebracht worden. Warum nicht? Mein Wagen ist auch schon abgeschleppt worden, aber ich habe ihn leicht wiederbekommen. Ich brauchte nur das Bußgeld dem Beamten zu geben, der den Platz bewachte.«

»Mir wurde gesagt, der Abschleppwagen habe Probleme mit der Maschine gehabt und die Corvette irgendwo unterwegs stehenlassen.«

»Du glaubst nicht, daß der Abschleppwagen Ärger mit dem Motor hatte?«

»Nein, Mijnheer. Der Fahrer des Abschleppwagens und Orang-Utan sind Freunde.«

»Kannst du diese Beziehung beweisen?«

»Ja, Mijnheer. Aber der Fahrer und Orang-Utan bestreiten, daß sie Gustav belästigten. Gustav mache es sich zur Gewohnheit, in zweiter Reihe zu parken, und solche Wagen würden nun einmal abgeschleppt. Es sei außerdem bekannt, daß auch Abschleppwagen gelegentlich Motorprobleme hätten.«

»Wie ist es dir denn gelungen, Gustav festzunehmen?«

Ketchup hob die Hand. »Im Bericht steht klar, was passiert ist.«

Der Commissaris nickte. »Was steht nicht im Bericht?«

»Daß Orang-Utan«, sagte de Gier, »der vor Gustav fuhr, über Sprechfunk benachrichtigt worden war, der Verdächtige folge ihm.«

»Also war die Frequenz der Sprechfunkgeräte dieselbe wie die des Motorradpolizisten«, sagte der Commissaris, »was ein Zufall ist, weil es so viele Kanäle gibt.«

»Ein zu großer Zufall, Mijnheer.«

Jurriaans entfernte ein Staubkorn von seinem Ärmel. »Zufälle kommen vor.«

De Gier entfernte ebenfalls einen Staubfussel von seinem Ärmel. »Und worüber haben Ketchup und Orang-Utan gesprochen, als sie sich am selben Tag vorher in der Polizeigarage trafen?«

»Über das Wetter?« schlug Ketchup vor.

»Wir sollen nicht provozieren«, sagte der Commissaris, »aber auch Provokationen müssen erst einmal bewiesen werden. Ich sprach darüber mit dem Staatsanwalt, der diese Möglichkeit nicht erwähnte. Der Verteidiger kann das selbstverständlich vorbringen, aber da gibt es noch das Heroin, das in Gustavs Haus gefunden wurde, und die Anzeigen, die Prostituierte gegen ihren früheren Arbeitgeber gestellt haben. Wie es scheint, haben wir nun doch noch einigen Erfolg, aber eigentlich arbeiteten wir am Fall Obrian, oder irre ich mich vielleicht?«

»Gustav ist gebraten«, sagte Jurriaans.

»Und da war noch ein Verdächtiger. Lennie.«

»Schauen Sie mich an, Mijnheer?« fragte Grijpstra.

»Irgend jemand muß ich anschauen«, sagte der Commissaris. »Ich kann aber auch jemand anders anschauen, wenn es dir lieber ist.«

»Lennie«, sagte Grijpstra, »wurde wegen der Beschuldigung festgenommen, einen Polizeibeamten tätlich angegriffen zu haben, Cardozo nämlich, den er zu erdrosseln und zu ertränken versuchte. Den Bericht hat Cardozo selbst unterzeichnet, und der Zeuge John Varé, der ebenfalls Polizist ist, hat dazu eine eidesstattliche Erklärung abgegeben. Lennie wurde außerdem wegen Drogenhandel festgenommen, wir fanden zwei Kilo Heroin in seinem Safe.«

»Und Kokain, ein Pfund«, sagte Jurriaans.

»Und Haschisch«, sagte Ketchup.

»Und einige Krüge mit einer Inhalierdroge«, sagte Karate.

»Und auf Grund der Beschuldigung, eine Minderjährige zu unzüchtigen Zwecken zu beschäftigen, eine gewisse Charlène, fünfzehn Jahre alt«, sagte Grijpstra.

»Ein gutgebautes Kind«, sagte Karate.

»Zu gut gebaut«, sagte Ketchup. »Wenn man ihre eine Hälfte nicht beachtet, würde man immer noch glauben, sie sei zehn Jahre älter.«

»Meine Herren«, sagte der Commissaris, »es ist eine Dame anwesend.« Er verbeugte sich vor Adjudant Adèle. Er wandte sich an Grijpstra. »Du hast den Bericht nicht unterzeichnet.«

»Ich habe unterzeichnet, Mijnheer«, sagte Jurriaans, »ich habe den Verdächtigen festgenommen. Grijpstra und de Gier besuchten zufällig auf Einladung meines Freundes Mijnheer Slanozzel das Bordell. Es gab Schwierigkeiten, jemand rief nach der Polizei, und da ich zufällig in der Gegend auf Streife war, betrat ich das Etablissement.«

»Von der Wasserseite her?« fragte der Commissaris. »Seit wann machst du Streife in einem Boot?«

»Wir benutzten ein Boot, Mijnheer, weil es Klagen gegeben hatte. Lennies Bordell hat einen schlechten Ruf, und wenn wir uns dem Unruheherd vom Kai her genähert hätten, wären wir gesehen worden. Der Kai ist hell beleuchtet.«

»Du warst also auf dem Wasser, begleitet von fünf Beamten, und Grijpstra und de Gier waren im Bordell und machten Radau.«

»Nein, Mijnheer«, sagte Grijpstra, »wir waren nur zufällig da, weil wir wissen wollten, wie es in dem Bordell aussieht, und auch um Mijnheer Slanozzel einen Gefallen zu erweisen, der uns gebeten hatte, ihn zu begleiten. Es wäre unhöflich gewesen, die Einladung angesichts seiner Freundschaft mit Brigadier Jurriaans abzulehnen.«

»Wer hat den Ärger verursacht?«

»Irgendein Deutscher«, sagte de Gier.

»Und wo ist er geblieben?«

»Er ist fortgegangen«, sagte Grijpstra, »wohin, haben wir nicht gesehen. Es war soviel los, und dauernd fiel jemand in die Gracht.«

»Ein Deutscher«, sagte der Commissaris. »Ich frage mich, wer das sein könnte.« Er nahm die Brille wieder ab und musterte die Gläser.

»Mijnheer?« fragte Jurriaans.

»Heraus damit, Brigadier.«

»Wir brauchten keine Zeugen, deshalb wurden auch Grijpstra und de Gier in dem Bericht nicht erwähnt. Die Anschuldigungen sind klar genug, nackte Tatsachen brauchen nicht verhüllt zu werden.«

»Das würde ich auch sagen«, sagte Ketchup. »Das Mädchen, das ich verhörte, war wohlgestaltet genug.«

»Und hast du die Blondine gesehen?« fragte Karate. »Um die sich der Deutsche gekümmert hat?«

»Hmm«, sagte der Commissaris. Er schlug mit der kleinen Faust auf den Tisch. »Dieser Deutsche.« Er zeigte auf Grijpstra. »Hatten wir da nicht mal einen Kriminalhauptmeister Röder von der Hamburger Polizei? Hast du ihn holen lassen?«

Grijpstra betrachtete seine Hände.

»Ich habe nach ihm geschickt«, sagte de Gier. »Röder ist hier Zivilist. Er kann soviel provozieren, wie er will.«

»Ihr habt also zuerst eine ganze Menge getrunken«, sagte der Commissaris, »auf Kosten dieses Mijnheer Slanozzel. Dieser Name ist mir fremd.«

»Vier Bourbon«, sagte de Gier.

»Vier Genever«, sagte Grijpstra.

»Mijnheer Slanozzel ist ein aufrechter Bürger«, sagte Jurriaans. »Ein Geschäftsmann von jenseits des großen Teichs, dem das Viertel gefällt. Ein wohlhabender Mann.«

»Legal wohlhabend?«

»Das nehme ich an«, sagte Grijpstra.

»Und habt ihr Beziehungen mit einer der Frauen aufgenommen?«

»Nein, Mijnheer.«

»Obwohl Sex im Preis einbegriffen war«, sagte de Gier, »aber wir konnten sowieso nicht. Es war zuviel los, Schlägereien, Feuer, durch Fenster hereinstürmende Polizisten...«

»Falls du dich nicht von der menschlichen Situation freimachen konntest«, sagte der Commissaris zu Karate, »und dein Kollege nicht fähig war, das Schicksal zu beeinflussen, dann dürfen wir vielleicht die wohlbegründete Müdigkeit des Adjudants und die rechtmäßige Unwissenheit des Brigadiers entschuldigen.« Er drückte seine Zigarre aus. »Falls.« Er lächelte freundlich. »Aber wir könnten noch versuchen, die Lage in dem Etablissement zu analysieren.« Er schaute Adjudant Adèle an. »Du hattest den höchsten Rang, also dürfen wir annehmen, daß du die Razzia geleitet hast. Würdest du sagen, es habe eine Provokation gegeben?«

»Ich sage nicht immer, was ich denke, Mijnheer.«

»Was würdest du sagen?«

»Ich«, sagte Adjudant Adèle, »würde sagen, daß wir auf Streife waren und Bürger um Hilfe rufen hörten. Wir reagierten. Wir fanden alles so vor, wie es im Bericht steht.«

»Ja.« Der Commissaris schüttelte den Kopf.

»Lennie wird geschmort«, sagte Karate.

»Und hat Lennie Obrian ermordet?«

»Er sagt, er habe es nicht getan«, sagte Jurriaans, »und in meinem Bericht wird die auf Obrian bezogene Beschuldigung nicht erwähnt. Wir werden den Verdächtigen weiter verhören, aber denken Sie nicht, daß wir bereits genug Material gegen Lennie haben?«

»Eigentlich habe ich noch nicht angefangen zu denken«, sagte der Commissaris. »Ja, Cardozo, du möchtest auch etwas sagen?«

Cardozo nahm den erhobenen Finger wieder runter und lächelte verschmitzt. »Ich habe ebenfalls eine Theorie.«

»Nämlich?«

»Ich glaube«, sagte Cardozo, »daß weder Gustav noch Lennie mit Obrians Tod etwas zu tun haben.«

»Aber deine Theorie enthält einen Verdächtigen, hoffe ich.«

»Gewiß, Mijnheer.« Cardozo richtete sich eifrig auf. Er schlug mit der Faust auf den Tisch.

»Wen?« fragte der Commissaris.

27

Cardozos wirre Locken gaben seinem gutmütigen Gesicht eine fröhliche Note. Die um den Tisch versammelten Polizisten waren entspannt und fühlten sich trotz der feierlichen Umgebung des Raums sehr wohl unter den soliden Balken, die die neuverputzte Decke sowohl stützten als auch verzierten. Sanftes Licht lag auf den tiefen Fensterbänken und wurde reflektiert im frischen Grün der Blätter und im gedämpften Rot zierlicher Blumen. Das stattliche Blau der steifen Uniformröcke des Revierwachenpersonals, das sich vom tadellosen Weiß der Hemden abhob und durch fehlerlos gebundene schwarze Krawatten verstärkt wurde, trug zur vertrauten Atmosphäre bei. Der helle Anzug aus Schantungseide des Commissaris und Grijpstras Nadelstreifen stellten einen würdevollen Kontrast zu der zurückhaltend legeren Kleidung de Giers dar.

»Du hast einen Verdächtigen?« fragte de Gier.

Cardozo zupfte an seinen Locken. »Ja, Brigadier.«

»Und wer könnte dein Verdächtiger sein?«

»Du.«

Cardozo ließ die Hände auf den Tisch fallen und erstarrte. Alle anderen wurden unruhig. De Gier reagierte am bemerkenswertesten, er verbarg das Gesicht in den Händen und stöhnte. Grijpstra zermalmte seine Zigarre. Jurriaans brachte lediglich ein Wort heraus, das nur aus Konsonanten bestand. Adjudant Adèle biß auf den rechten Zeigefingernagel. Ketchup beugte sich vor, Karate lehnte sich zurück. Reserve-Brigadier Varé drückte sich mit dem Daumenknöchel die Nase platt. Der Commissaris rülpste hinter seinem Taschentuch.

»*Ich*«, sagte de Gier. »Ich war es? Das Ende naht.«

»Aber, Simon«, sagte Grijpstra, »was ist denn mit dir? Das warme Wetter vielleicht? Ärger zu Hause?«

»Nein«, sagte Cardozo. »Ich fühle mich prächtig. Ich habe meine Tatsachen und meine Theorie. Wenn ich die Tatsachen auf andere Art und Weise zusammenfüge, verliere ich mich im Absurden. Wenn sie jedoch zusammenpassen, weisen sie auf de Gier als Mörder hin. Ist es meine Schuld, daß de Gier Obrian erschossen hat?«

Seine Frage wurde nicht beantwortet.

»Es ist nicht meine Schuld«, sagte Cardozo mit fester Stimme.

»Und diese Tatsachen?« fragte der Commissaris. »Dürften wir auch einmal versuchen, sie zusammenzufügen?«

»Ich werde die Tatsachen darlegen.« Cardozo öffnete sein Notizbuch. »Wir haben den Bericht über Obrians Ermordung, den Brigadier Jurriaans geschrieben und unterzeichnet hat. Tatsache ist, daß im Bericht eine Unwahrheit enthalten ist. Im Bericht steht, die Schießerei habe morgens um zwanzig nach drei stattgefunden, aber Obrian wurde um drei Uhr erschossen.«

»Du hast Zeugen?«

»Drei rollschuhlaufende junge Männer«, sagte Cardozo, »die den Zeedijk entlangfuhren und hörten, wie die Schüsse das Gebimmel des Glockenspiels der hiesigen Kirche zerrissen.«

»Ich habe also gelogen?« fragte Jurriaans.

»Ja, Brigadier.«

»Aber ich bin nicht de Gier.«

»De Gier –« Cardozos Stimme quiekte, so daß er sich räuspern mußte – »ist dein Freund. Er hat Obrian auf deinen Wunsch erschossen. Du hast gelogen, um de Gier zu schützen. Hättest du nicht gelogen, könnte man ihn verdächtigt haben, und du wärest mitschuldig gewesen, weil du ihm die Waffe besorgt hast.«

»Tatsache?«

»Und die komische Kleidung«, sagte Cardozo. »Nein, keine Tatsache, Brigadier. Entschuldige, dieser Teil ist nur eine Vermutung.«

»Du machst Witze«, sagte Grijpstra.

»Ich mache keine Witze. Hier ist die nächste Tatsache. Die Tatwaffe gehörte Eliazar Jacobs, was ich beweisen kann, weil mir die Experten sagten, die Geschosse, die Obrian beseitigten, seien aus seiner Schmeisser gekommen. Eine andere Tatsache ist die Freundschaft zwischen Jurriaans und Jacobs. Wiederum eine Tatsache: Jacobs wohnt von der Olofssteg fünf Minuten zu Fuß entfernt. Jacobs trinkt häufig zuviel. Den Abend vor dem Mord verbrachten Jurriaans und Jacobs zusammen, zeitweise im *Hotel Hadde*. Jurriaans brachte Jacobs nach Hause. Jetzt wieder eine Vermutung: Jurriaans brachte Jacobs zu Bett, nahm die Schmeisser, gab sie de Gier. Der erschoß Obrian. De Gier gab Jurriaans die Schmeisser zurück. Jurriaans brachte die Schmeisser wieder in Jacobs' Zimmer.«

»Jacobs wußte von nichts?« fragte der Commissaris. »Sprechen wir von dem Jacobs, der im Leichenschauhaus arbeitet?«

»Ja, Mijnheer. Er schlief, und zwar tief und fest, weil er betrunken war.«

De Gier öffnete den Mund, klappte ihn zu und wieder auf. »Cardozo, kleiner Freund, darf ich etwas sagen?«

»Ja«, sagte Cardozo.

»Warum habe ich denn später die Waffe in Jacobs' Zimmer gefunden? Weshalb habe ich alle damit schießen lassen? Weshalb habe ich dich gebeten, sie ins Präsidium zu bringen?«

Cardozo lächelte.

»Nein«, verlangte Grijpstra, »du mußt diese Fragen beantworten. Bist du denn von allen Geistern verlassen?«

Cardozo sprach leise. »Ich bin geistig normal, Adjudant. Und ich bin traurig. Du weißt, warum de Gier diese Situation provoziert hat. Du kennst ihn länger und besser als ich. Du kennst die bizarren Scherze, die ihm gefallen.«

»Ich?« fragte de Gier. »Hältst du mich nicht für einen ausgezeichneten Polizisten?«

»Du bist ein absolut großartiger Polizist«, sagte Cardozo. »Deshalb bewundere ich dich auch so. Du bist ein Held für mich. Ein Idol. Der Unsinn, den du machst, enthält fast immer einen Sinn. Weil du ein guter Polizist bist, hast du die Waffe beschlagnahmt. Sie hatte ihre Aufgabe in vertrauten Händen erfüllt, aber Jacobs ist verrückt, und du wolltest nicht, daß er bewaffnet ist.«

»Ich bin ein bizarrer, großartiger Polizist?« fragte de Gier.

Cardozo strich über den Tisch. Er schaute auf. »Ich weiß nicht, was du bist, Rinus. Ich habe seit langem versucht, mir ein Bild von dir zu machen, aber du paßt nie zu meinen Definitionen. Du bist ein Polizist, der einen üblen Zuhälter ermordet, hältst du das für übertrieben?«

»Mir kommt es übertrieben vor«, sagte der Commissaris.

»Der Feind meines Freundes ist mein Feind«, sagte Cardozo. »Jurriaans ist de Giers Freund. Obrian war Jurriaans Feind. Jurriaans gilt als König des Viertels. Obrian war nur ein Fürst. Der Fürst hat versucht, den König zu stürzen. Ich kenne diese Revierwache, ich habe hier eine Reihe von Jahren gedient. Die Brigadiers tragen die Verantwortung für die Revierwache, und Jurriaans ist der Brigadier der Brigadiers. Sein Wort ist Gesetz. Er regiert mit einer einzelnen Geste im richtigen Augenblick. Er schützt und hält zurück. Er wird geachtet.«

»Sprichst du von mir?« fragte Jurriaans.

Cardozo nickte Jurriaans zu. »Ja. Deine Autorität wurde geschwächt, jeden Tag ein bißchen mehr, und immer durch Obrian. Teile und herrsche, danach hast du immer gehandelt; du hast die Fürsten im Gleichgewicht gehalten. Fürst Obrian, Fürst Lennie, Fürst Gustav. Obrian hatte seine Brüder hinausgedrückt, und du konntest das Gleichgewicht nicht wiederherstellen. Obrians Schatten wurde größer, du konntest die schwarze Wolke nicht aufhalten.«

»Zuhälter können verhaftet werden«, sagte Jurriaans. »Wie du gesehen hast.«

»Warum hast du sie denn nicht früher gefaßt, Brigadier? Du hast de Gier veranlaßt, Gustav zu ergreifen, weil du die Kontrolle verloren hattest. Ihr seid alle rausgegangen, aber das konntet ihr nur, weil Obrian beseitigt worden war. Du warst gelähmt, als er noch da war.«

»Wieso war Obrian so stark?« fragte der Commissaris.

Cardozo überlegte.

»Irgendeine seltsame Macht vielleicht? Ein Gott?«

»Ja«, sagte Cardozo. »Der Teufel ist auch ein Gott. Obrian war ein Mensch, der sich die Schattenmacht zunutze machen konnte. Ich habe mir das gedacht, als ich sein totes, böses Lächeln sah. Und dann gibt es diese Geschichte, die einer Frau namens Madeleine zugestoßen ist.«

»Ja, das wissen wir«, sagte Grijpstra.

»Was ist passiert?« fragte der Commissaris.

Ketchup beschrieb den Vorfall.

Cardozo schüttelte den Kopf. »Eine so hinreißende Frau in einer so entwürdigenden Haltung, dazu in der Öffentlichkeit.«

»Bitte«, sagte Grijpstra.

»Es war demütigend«, sagte Karate.

»Es gilt immer noch als Tabu«, sagte Varé. »Obwohl es allgemein praktiziert wird, seit die Menschheit existiert. Ich habe prähistorische Bildnisse gesehen, die den oralen Sex darstellten. Ich vermute, das Tabu ist viktorianischen Ursprungs, denn außerhalb von Westeuropa zieht niemand eine Augenbraue hoch.«

Grijpstra schloß die Augen.

»Du darfst sie wieder aufmachen«, sagte de Gier, »wir werden das Thema wechseln. Und wie preßt du mich in deine Theorie hinein, Cardozo?«

»Du hast Jurriaans geholfen«, sagte Cardozo, »weil du sein Freund bist und seine mißliche Lage bedauertest, aber auch, weil die Herausforderung neu für dich war, denn ich bin mir sicher, du hast vorher noch nie einen Zuhälter erschossen. Du bist ein Abenteurer, und es macht dir Spaß, den Helden zu spielen.«

»Du sprichst von deinem Brigadier, als sei er ein Punk«, sagte Adjudant Adèle.

»Vielleicht drücke ich mich nicht gut aus«, sagte Cardozo. »Ich bewundere Brigadier de Gier wirklich. Er ist furchtlos, und wenn er denkt, er solle etwas tun, hält ihn nichts zurück. Ich zögere immer, wenn ich mal mutig sein will, und schaffe es gewöhnlich nur, mich zum Narren zu machen.«

»Mutig?« fragte der Commissaris. »Einen Mann mit einer automatischen Waffe niederzumähen, wenn er draußen einen Spaziergang macht?«

»Doch«, sagte Cardozo. »Nicht so sehr die Tat selbst als vielmehr die Idee, daß der Brigadier etwas tat, was gegen alle Vorschriften ist.«

»Ich habe also eine gute Schau abgezogen«, sagte de Gier. »Und wenn ich dir jetzt sage, daß ich friedlich schlief, als Obrian seine Strafe bekam? Möge Täbris meine Zeugin sein, denn sie lag ausgestreckt in meinem Arm.«

»Wer ist Täbris?« fragte Adjudant Adèle. »Deine Freundin?«

»Seine fette Katze«, sagte Grijpstra, »zusammengeflickt aus den Resten abgewetzter Perserteppiche. Ein elendes Luder, das gern Glas zerbricht und vergnügt maunzt, wenn man sich in den Zeh schneidet.«

»Ein sehr schönes Tier«, sagte de Gier.

»Du hast eine gute Schau abgezogen«, sagte Cardozo, »und machst uns jetzt wieder etwas vor. Du hast Obrian nachts mit einer Waffe erschossen, die dir nicht vertraut war. Dann hast du das ausgebrannte Eckgebäude verlassen, den Zeedijk überquert und die Polizeiwache durch einen Seiteneingang betreten. Jurriaans hat deine Waffe und die Verkleidung entgegengenommen, und du hast die Wache wieder verlassen. Du bist nach Hause gefahren, was du zu dieser Nachtzeit in zehn Minuten hättest schaffen können. Jurriaans hat dich angerufen. Du hast Adjudant Grijpstra angerufen. Du hast ihn abgeholt und bist wieder zur Wache gefahren.«

»Und habe auf dem Weg drei rollschuhlaufende Herren gesehen, die später gegen mich aussagen würden. Aber weil ich mir gern wirklichen Ärger mache, habe ich dir von diesen Witzbolden erzählt, damit du sie finden und beweisen konntest, daß Jurriaans und ich den Zeitpunkt meines Verbrechens geändert haben.«

»Das hast du getan«, sagte Cardozo, »weil es dir einerlei war. Ich halte das für großartig.«

»Du schaffst gern ein Chaos«, sagte Grijpstra zu de Gier, »mir ist diese Neigung oft aufgefallen. Und du tust häufig das Gegenteil von dem, was die Umstände erfordern.«

»Und Grijpstra?« fragte de Gier. »Steckt er ebenfalls in diesem Ränkespiel?«

»Adjudant Grijpstra spielt in meiner Theorie keine Rolle«, sagte Cardozo, »aber Ketchup und Karate. Sie haben bei der Inszenierung mitgewirkt.«

»Du wirst doch jetzt nicht etwa persönlich, Simon, oder?« fragte Karate.

»Du willst doch jetzt nicht deine engsten Freunde verleumden, nicht wahr, Simon?« fragte Ketchup.

»Cardozo ist durchaus ein cleverer Bursche«, sagte Jurriaans, »aber einige Einzelheiten seiner Theorie sind mir noch nicht klar. Warum habe ich nicht selbst Obrian erschossen? Seit wann brauche ich andere, die sich meiner Probleme annehmen? Ich bin ein ziemlich guter Schütze, ich brauche keine Filmhelden, die meinen Platz einnehmen.«

»Ich dachte, wir seien Freunde«, sagte de Gier.

»Nein«, sagte Grijpstra, »du mußtest de Giers Talente benutzen, weil du im Dienst warst. Du mußtest im Dienst sein, damit du die Leiche finden konntest, sobald das Verbrechen gemeldet worden war.«

»Und ich bin ein bequemes Werkzeug«, sagte de Gier. »Ein Roboter, den irgendwer zur rechten Zeit einschalten kann. Ich bringe Obrian für euch um und am Tag darauf auf Wunsch der Konstabel auch noch Gustav zur Strecke. Nur gut, daß ich mein Temperament zügeln konnte, sonst läge der Teufel ebenfalls auf Eis.«

»Aber was ist denn verkehrt?« fragte der Commissaris. »Wenn ich euch so höre, dann ist doch anscheinend alles ordnungsgemäß erledigt worden, nach der argentinischen Methode.«

»Nach welcher Methode?« fragte Adjudant Adèle.

»Der argentinischen. Die Polizeikommandos, die Verdächtige aus den Betten zerren und nach Belieben erschießen. Die Gerichte dort draußen arbeiten anscheinend nicht sehr gut, deshalb erledigt die Polizei die Angelegenheiten gern selbst. In anderen südamerikanischen Ländern ist die Routine ziemlich ähnlich. In Kolumbien werden Landstreicher gejagt und erschossen, sogar streunende Kinder, die von Abfällen und Diebstahl leben. Und in Peru arbeitet die PIP, das ist auch eine Polizei. Wenn die einen Verdächtigen verhören, entkleiden sie ihn zuerst, ziehen ihm einen Plastikbeutel über Kopf und Schultern und schlagen ihn so lange mit dem Gumiknüppel, bis er gesteht.«

»Mir gefällt diese Methode nicht besonders«, sagte Cardozo, »selbst wenn es die Ordnung wiederherstellt. Deshalb habe ich den Commissaris angerufen.«

Im Raum wurde es still. Der Commissaris schaute auf seine Uhr. »Eine Pause.« Er stand auf. »Ich möchte euch alle in einer halben Stunde hier wiedersehen.«

28

Die Gesellschaft sammelte sich im Korridor, beruhigt durch Aufenthalte in der Kantine und in den Toiletten. Grijpstra ließ Adjudant Adèle den Vortritt aus gewohnter Höflichkeit, Cardozo aus Achtung vor ihrem Rang und de Gier aus Bewunderung ihrer Schönheit. Jurriaans trat ebenfalls einen Schritt zurück und erblickte ein paar lärmende Spatzen in einer Dachrinne. Ketchup und Karate gingen zu ihm ans Fenster.

»Dieser Cardozo, was ist mit ihm, Brigadier?«

»Mmh«, brummte Jurriaans.

»Wird es noch lange dauern, Brigadier?«

»Das hängt davon ab, wie stark die Schnüre des Commissaris sind.«

»Welche Schnüre, Brigadier?«

Jurriaans berührte Ketchups Schultern mit den Fingerspitzen. »Die Schnüre, an denen wir Marionetten befestigt sind.«

Der Commissaris hatte sich bereits gesetzt und sprach mit Varé. Er stand auf, nickte Adjudant Adèle zu und zeigte auf Varé. »Unser Kollege kommt auch mit einem Verdächtigen und einer Theorie, in die der Mörder passen könnte. Er wird jetzt seine Feststellungen darlegen.«

»Ähem.« Varé räusperte sich. »Ich weiß es zu schätzen, daß ihr meine Ideen ernsthaft erwägen wollt. Als Mitglied der Reserve gehöre ich eigentlich nicht zur Szene, was ich oft bedaure, aber manchmal freue ich mich auch darüber. Aus der Ferne beobachten zu können verschafft vielleicht eine bessere Sicht.«

Seine Zuhörer starrten ihn an.

»Ähem. ja. Es mag auch gut sein, daß ich einer Minderheit angehöre, da Obrian schwarz ist und ihr alle weiß seid, so daß wir zwangsläufig eine unterschiedliche Perspektive einnehmen. Der Fall ist sozusagen schwarz, so schwarz wie Opete, unser kleiner Todesengel, der über der Gasse schwebte, und wie Tigri, der dunkle Spion, der an der Leiche schnüffelte und um eure Beine strich.«

Adjudant Adèle lächelte. »Du drückst dich gut aus.«

»Danke.« Varé ließ eine schwarze Hand mit einer weißen Manschette vorschnellen. »Und wer sind diese düsteren Mächte, dieser Opete und dieser Tigri? Sie sind die verlängerten Arme eines Zauberers.« Varé schaute den Commissaris an. »Dies ist so etwas wie eine wissenschaftliche Vorlesung, Mijnheer, und wenn meine Ausdrücke zu poetisch oder kompliziert sind, dürfen Sie mich gern zurechtweisen. Ich bin Soziologe und arbeite gegenwärtig an einer Studie über die Kultur der Schwarzen in den Niederlanden. Die Kultur schließt Religion mit ein, deren schwarze Variationen Winti-Kult genannt wird. Er ist magisch wie alle Religionen. Wir Soziologen gehen davon aus, daß Neger auch Menschen sind und deshalb die Notwendigkeit empfinden, im Chaos eine Ordnung zu suchen. Wenn die Anstrengung nicht funktioniert, wird ein Experte geholt. Der Experte in unserem Fall ist der Zauberer Onkel Wisi, den ich jetzt als unseren Verdächtigen vorstelle. Onkel Wisi ist uns bekannt, Adjudant Grijpstra hat ihn besucht. Onkel Wisi war Luku Obrians Lehrer.«

»Ein sehr alter Mann«, sagte Grijpstra. »Weder senil noch verkrüppelt, aber unfähig, eine automatische Waffe abzufeuern und schnell zu fliehen.«

Varé nickte. »In der Tat. Sein Alter macht ihn unfähig zu diesem Verbrechen, aber er kennt Jacobs und wohnt in seiner Nähe. Onkel Wisi konnte deshalb an die Waffe gelangen, und verkleiden kann sich jeder. Ich räume jedoch ein, daß ich in ihm nicht den eigentlichen Mörder sehe.«

»Er ist dennoch dein Verdächtiger? Du verdächtigst ihn der intellektuellen Urheberschaft?«

»Ja«, sagte Varé. »Mir ist diese Konstruktion vertraut, da sie zu dem Material gehört, das ich für meine Prüfung zum Inspecteur studieren muß. *Wer einen anderen benutzt, um ein Verbrechen zu verüben . . .*«

»Eine Konstruktion, die nicht leicht vor Gericht zu präsentieren ist«, sagte der Commissaris.

»In der Tat nicht, Mijnheer, aber sie ist leicht in eine Hypothese einzubeziehen.«

»Das Motiv?« fragte de Gier.

»Darauf komme ich noch, Brigadier. Ich hoffe, es stört dich nicht, wenn ich dir sage, daß ich eigenmächtig ein bißchen herumgeschnüffelt habe. Ich spreche Surinamesisch und bin ohne Uniform ein normaler Bürger, während ihr vierundzwanzig Stunden täglich Polizisten seid. Mein Status als Bürger macht mich harmlos.«

»Wo warst du?« fragte Adjudant Adèle. »In den Schlafgemächern der Damen?«

»Das Viertel ist dazu bestimmt, den einsamen Mann zu beherbergen.«

»Ja, ja«, bemerkte Adjudant Adèle kritisch.

»Wo war ich jetzt stehengeblieben?« fragte Varé.

»Beim Winti-Kult«, sagte der Commissaris.

»Danke«, sagte Varé. »Die sogenannten städtischen Schwarzen, die aus dem Westen eingewandert sind – und die meisten der jetzt in Amsterdam lebenden Neger gehören zu dieser Kategorie –, haben ihre ursprüngliche Religion nie ganz vergessen. Sie mögen sich Christen nennen und sogar zur Kirche gehen, und doch verlassen sie sich häufig auf ihren heimischen Altar. Soziologisch gesehen ist es gut, daß alte Bräuche nur schwer aussterben, da eine andere Kultur häufig ihre Anhänger stärkt. Der Kult gelangte mit den Schwarzen auf die Sklavenschiffe, die sie nach Westen brachten und auf denen man sie lehrte, an einen einzigen Gott, den Schöpfer des Universums, zu glauben. Cado Gran-Massa, eine Macht, die außerhalb der Reichweite für Anbetung ist, da sie außerhalb unserer Dimensionen existiert. Die Schwarzen sind praktisch, wenn etwas nicht notwendig ist, verschwenden sie keine Zeit daran, und sie haben nie Tempel zu Ehren des ursprünglichen Mysteriums gebaut. Die geheiligten Gebäude des Kults sind für die Wintis bestimmt, und diese sind Projektionen von Ihm, der sich nicht zu erkennen gibt, Geister oder Götter der Natur und später auch der Städte. Der Kult verehrt die Wintis, die sich zu unserem Nutzen und auch durch unsere Wahl in gut oder böse teilen.« Varé hob einen Finger. »Ursprünglich sind die Wintis jedoch neutral und ohne jede Dualität. Wir beten zu den Wintis und versuchen, sie uns dienstbar zu machen!«

»Wir?« fragte der Commissaris.

»Sie«, sagte Varé, »aber ich identifiziere mich jetzt mit meinem Thema, damit mein Vortrag leichter verständlich ist.«

»Ich verstehe«, sagte der Commissaris. »Nur zu, Brigadier.«

Varé verbeugte sich. »Ich verneige mich vor meinem Altar.« Er murmelte. »Ich spreche geheiligte Formeln aus.« Er schenkte aus einer imaginären Flasche aus und löffelte Speisen auf einen unsichtbaren Teller. »Ich biete Gaben an.« Er trommelte. Er blies eine Trompete. Er hob die Arme und stampfte mit den Füßen.

»Ich tue das alles«, sagte Varé, »um den Winti zu erfreuen. Wenn ich es aus gutem Grunde tue, sagen wir, um jemand glücklicher oder weniger traurig zu machen, dann wird der Winti antworten, indem er positive Kraft produziert. Wir nennen diese Kraft *Opo*. Sie kann Gegenstände oder Substanzen besitzen, die verwandeln sich dann in *Obia*, was Medizin ist. Aber ich kann den Winti auch anders wirken lassen, um mich beispielsweise zu bereichern, auf diese Weise stelle ich dann *Wisi* her, das auch in etwas hineinfahren kann, das wir ebenfalls *Wisi* nennen.«

»Du bist also ein Wisi-Mann«, sagte Grijpstra. »Aber erzähle mir nicht, daß Onkel Wisi dem Teufel dient. Ich habe den Mann ein bißchen kennengelernt, und irgendwie mag ich den alten Gnom.«

Varé klatschte in die Hände. »Es freut mich, daß du das sagst, Adjudant, denn ich teile deine Gefühle. Onkel Wisi ist ein hervorragender alter Bursche, aber dennoch nennt er sich Wisi. Tja, wie würdest du diesen Schnörkel in seinem Charakter deuten?«

»Ich deute gar nichts«, sagte Grijpstra.

»Dann will ich es versuchen«, sagte Varé. »Wie wäre es, wenn Onkel Wisi in einen Obia-Mann verwandelt wurde, der seinen früheren Namen behalten hat?«

»Obrian war schlecht«, sagte de Gier, »und er hatte anscheinend Verbindungen zu Onkel Wisi.«

»Dem stimme ich zu. Aber erinnere dich bitte daran, daß ich gesagt habe, die Wintis seien im wesentlichen neutral. Der Winti verschafft Kraft, und es liegt an uns, wie sie genutzt wird.«

»Einen Moment«, sagte der Commissaris. »Hast du nicht vorhin gesagt, du hättest eigene Ermittlungen angestellt? Was kannst du uns über Obrians Herkunft sagen?«

Varé runzelte die Stirn. »Luku war früher bei einer der niederländischen internationalen Holzhandlungen beschäftigt, bei einer Gesellschaft, die wertvolle Bäume im Dschungel schlägt, ohne sich zu bemühen, Setzlinge zu pflanzen. Obrians Mutter war eine Prostituierte, und sein Vater dürfte während einer Zwangsarbeit gestorben sein. Aber es ist schwer zu glauben, daß Luku wußte, wer sein Vater war, denn die Kinder von Prostituierten kennen dessen Namen gewöhnlich nicht. Luku war keineswegs dumm, und das erfolgreiche Bestehlen seines Arbeitgebers machte ihn zu einer Autorität unter seinen Freunden. Er war ein Würdenträger des Kults. Die Gesellschaft warf ihm Betrug vor, und er floh in die Niederlande. Luku brachte Opete mit, ein unter seinem Arm ausgebrütetes Geierküken, genauer gesagt, ist es ein Schmutzgeier oder Straßenvogel, wie wir sie nennen. Der Straßenvogel hat auch eine Funktion im Kult, denn er verkörpert angeblich einen Winti, nicht immer, aber gewiß in einem Fall, wenn er in engem Kontakt mit einem Eingeweihten aus dem Ei geschlüpft ist.«

Karate und Ketchup kratzten sich in den Armhöhlen und schauten einander an.

»Oha«, sagte Karate.

»Donnerwetter«, sagte Ketchup.

»Ruhe bitte«, sagte der Commissaris.

»Obrian ist hier angekommen«, fuhr Varé fort, »und hat sich sofort betrunken. Er blieb mehrere Tage ununterbrochen betrunken. Die Trunkenheit ist eine Form erhöhter Wahrnehmung. Nach drei oder vier Tagen forderte sein Geisteszustand seinen Zoll, sein Körper wurde gelähmt, und er hatte Schaum vor dem Mund. Seine Freunde brachten ihn zu Onkel Wisi. Dieser, so könnte man sagen, hat seinen Patienten geheilt, aber ich glaube eher, daß Onkel Wisi in Obrian einen Luku erkannte und dessen Zustand nutzte, um ihn ein bißchen weiter zu öffnen.«

»Zu einem heilsamen Zweck?« fragte der Commissaris.

»Unbedingt«, sagte Varé. »Ich bin überzeugt, Onkel Wisi wollte Obrians Kraft stärken, damit dieser seine Leute hier besser führen und repräsentieren konnte.«

»Nun, er hat versagt«, sagte Jurriaans. »Obrian wurde ein Superzuhälter, ein Drogenhändler, ein widerlicher Sadist.«

Varé hob die Hände zum Himmel. »Das menschliche Wesen ist frei. Wir können immer wählen.«

»Hat Onkel Wisi sich nicht für das geschämt, was er zustande gebracht hatte?« fragte de Gier.

»Du sagst es«, sagte Varé. »Das war sein Motiv.«

»Aber Onkel Wisi hat Obrian nicht erschossen«, sagte Grijpstra grämlich. »Das werde ich nie glauben. Dieser freundliche alte Clown ballert nicht mit einer Schußwaffe herum.«

»Es gibt Befehle und Verbote«, sagte Varé. »Kein Meister wird seine Kraft ohne Bedingungen weitergeben. Onkel Wisi stärkte Luku Obrians Gabe, mit der Kraft umzugehen, aber er muß ihn auch mit einem Tabu bedacht haben, und wenn das gebrochen ist, wird *Keenu*, der Fluch, ausgelöst. Sobald der Keenu freigelassen ist, stirbt der Jünger.«

»Indem man mit einem Knochen in eine Richtung zeigt?« fragte Karate. »Ich habe das vor kurzem im Fernsehen gesehen. War bei den Papuas irgendwo in Neuguinea, glaube ich. Ein paar vertrocknete alte Kerle hocken grunzend und brummend um ein Feuer, und ganz plötzlich ergreift einer einen Knochen und hält ihn in irgendeine Richtung, und wer am anderen Ende ist, egal wie weit entfernt, kratzt mit Sicherheit ab. Er hat einen Unfall oder wird krank oder so was.«

»Meine Güte, was soll das«, sagte Ketchup. »Obrian wurde erschossen. Er starb nicht durch Unfall, und krank war er auch nicht.«

»So einfach ist das nicht«, sagte Varé. »Wenn man erschossen wird, hat man in gewisser Weise einen Unfall. Ich würde annehmen, Onkel Wisi hat den Keenu ausgelöst, Obrian damit geschwächt und ihn dadurch seinen Feinden ausgeliefert.«

»Onkel Wisi hat also nicht mit einem Knochen gezielt«, sagte der Commissaris, »sondern mit einer Maschinenpistole in den Händen eines anderen.«

Varé nickte und setzte sich.

»Aber welches Tabu hat Obrian gebrochen?« fragte der Commissaris.

»Hmm«, machte Varé.

»Du hast eine Idee?«

»Haben es dir deine weiblichen Informanten nicht erzählt?« fragte Adjudant Adèle.

»Ich denke«, sagte Varé, »und zwar denke ich jetzt mal laut, daß Obrians Tabu irgendwie mit dieser Polizeiwache verbunden war. Onkel Wisi steht auf gutem Fuß mit uns. Er ist, könnte man sagen, ein spezieller Schützling von Brigadier Jurriaans. Heute ist Onkel Wisi eine geachtete Person in dieser Gegend, aber sein Status war anders, als er ins Viertel zog. Die Bewohner hielten ihn für einen Affen, der aus dem Urwald entkommen war und gehänselt werden durfte. Brigadier Jurriaans ließ das nicht zu.«

»Aha«, sagte Cardozo, »Obrian sollte also der Revierwache Respekt erweisen.«

»Respekt?« fragte Karate.

»Ist es gestattet, mal leise zu lachen?« fragte Ketchup.

»Interessant«, sagte der Commissaris. »Sehr interessant. Was meinst du, Brigadier Jurriaans?«

»Ich habe aufmerksam zugehört, Mijnheer.«

»Und du könntest nichts hinzufügen?«

»Als Obrian erschossen wurde«, sagte Jurriaans, »war ich unten in der Wachstube.«

»Ich habe dich da gesehen«, sagte Karate.

»Ich auch«, sagte Ketchup. »Und wegen der Tatzeit mach dir keine Sorgen, das Glockenspiel geht immer falsch.«

»Die offizielle Aussage eines Brigadiers«, sagte Grijpstra, »bestätigt von zwei Konstabels. Sogar der Oberste Gerichtshof wird sich schweigend verneigen.«

Der Commissaris schaute auf seine Uhr und reckte sich. »Es wird nicht früher, vielleicht sollten wir dies angenehme Zusammensein vertagen.«

Seine Zuhörer rückten mit den Stühlen.

»Aber dennoch«, fuhr der Commissaris fort, »etwas beschäftigt mich noch. Es muß einen direkten Anlaß gegeben haben, denke ich immer wieder. Mijnheer Obrian war eine Enttäuschung für Onkel Wisi, aber der alte Mann kann die Hoffnung nicht so schnell aufgegeben haben. Er muß seinen Jünger bei mehreren Gelegenheiten gewarnt haben. Bis etwas geschah, das dem Meister bewußt werden ließ, daß der Jünger beseitigt werden muß. Da erst wurde der Keenu erweckt durch Gesang und Trommeln, brannten die Kräuter, flog Opete über der Gasse und schlich Tigri vorbei, die Zähne gefletscht und mit gesträubtem Schwanz. Und in diesem Augenblick blitzten die Feuerstrahlen und schossen Obrian in die Verdammnis. Aber was war der direkte Anlaß, der das alles zustande brachte? Was könnte der spezielle Grund gewesen sein?«

Das Schweigen als Antwort war bedrückend und nur durchbrochen durch Adjudant Adèles Versuch, mit der rechten Hand einen schwarzen Kugelschreiber zu zerbrechen.

»Adjudant Adèle?« fragte der Commissaris. »Gestattest du, daß ich dir eine Frage stelle?«

Ihre Unterlippe zitterte.

»Ich habe den Eindruck«, sagte der Commissaris, »daß du Brigadier Varé gut kennst.«

»So ist es«, sagte Adjudant Adèle.

»Ein Verhältnis?«

Adjudant Adèle nickte.

Der Commissaris lächelte hilfreich.

Adjudant Adèle knöpfte die Brusttasche ihres Uniformrocks auf und steckte den Kugelschreiber hinein. »Ich habe Schwarze gern.«

Der Commissaris nickte ermutigend.

»Obrian war ebenfalls schwarz«, sagte sie, »und für mich besonders attraktiv. Dennoch verabscheute ich ihn auch, besonders seit er seinen Wunsch geäußert hatte.«

»Du hast ihn kennengelernt?«

»Ja, auf der Straße. Von da an war er in all meinen Träumen. Ich wußte, ich würde nachgeben müssen.«

Die Stimme des Commissaris war tonlos. »Auf der Brücke?«

»Ja, Mijnheer. Er gab den Ort genau an.« Sie blickte den Commissaris ruhig an.

»Sie sollte in Uniform sein, Mijnheer, in aller Öffentlichkeit«, sagte Jurriaans.

»Du wußtest Bescheid?« fragte der Commissaris.

»O ja, Mijnheer. Sie hat sich mir anvertraut. Mir war klar, daß da etwas sehr verkehrt lief. Ich führte sie zum Abendessen aus.«

Das Ticken des Eherings vom Commissaris auf dem Tisch brach die Spannung.

Ketchup kicherte. »Die Vorführung von Madeleine war eine Kleinigkeit verglichen mit dem, was auf uns zukam.«

Karate zerkrümelte die Zigarette, die er sich gedreht hatte. »Stellt euch vor, unser Adjudant Adèle, in Uniform, auf den Knien, an einem sonnigen Morgen, hihihi.«

»Aber wir hätten ihn erschossen«, sagte Ketchup.

»Und uns selbst kurz darauf«, sagte Karate.

»Das wäre nicht nötig gewesen«, sagte Adjudant Adèle ruhig. »Ich verhinderte die letzte Kraftprobe.« Ihre Augen blickten flehentlich. »Ich konnte doch die Polizei nicht entehren. Ich wußte, ich selbst mußte Obrian erschießen. Ohne Hilfe, ohne jemand hineinzuziehen. Es war meine Schwäche, der Sieg würde ebenfalls mir gehören. Es war einfacher, als ich dachte. Jacobs wußte nicht, daß ich seine Waffe ausborgte. Der Zeitpunkt war richtig, es gab keine Zeugen. Ich wohne in der Nähe. Hinterher brauchte ich nur die lächerliche Verkleidung in einen Eingang zu werfen und nach Hause zu gehen. Als Jurriaans anrief, stand ich unter der Dusche.« Ihr Mund wurde hart, als sie versuchte, den Blick des Commissaris zum Ausweichen zu zwingen. »Es tut mir leid.«

»Wir machen jetzt keine Tricks mehr, oder?« fragte Grijpstra. »Was jetzt gesagt wird, ist die reine Wahrheit?«

De Gier strich das linke Ende seines Schnurrbarts nach oben und das rechte nach unten. »Wirst du Adjudant Adèle festnehmen, Adjudant?«

»Ich?« fragte Grijpstra. Seine Lider senkten sich trübselig. »Auf Grund welcher Beschuldigung? Der Möglichkeit einer Unmöglichkeit? Im Vertrauen auf eine einzige Aussage? Gibt es irgendeinen Beweis? Tritt jemand vor, um Zeugnis abzulegen? Was ich sehen kann, ist überhaupt nichts. Was würde das für ein Gerichtsfall werden?«

Der Commissaris wedelte mit der Zigarre. »Wir sind noch nicht fertig. Adjudant Adèle sagte, es tue ihr leid. Was tut dir leid, meine Liebe?«

»Daß sie ihn *nicht* erschossen hat.« Brigadier Jurriaans war aufgestanden. Seine Hände ergriffen den Tischrand, als er sich zum Commissaris vorbeugte. »Ich wollte es nicht zulassen, daß sie die Ehre der Revierwache verteidigt, Mijnheer. Ich bin sehr für Emanzipation und Gleichberechtigung, aber wir sollten dennoch das bessere Geschlecht verteidigen. Ich griff ein, bevor es zu spät war. Sie hat die Schmeisser nicht abgefeuert.«

»Du?« fragte Grijpstra. »Bist du dir jetzt sicher?«

»Wer sonst?«

»Du gestehst, das Verbrechen verübt zu haben?« fragte der Commissaris.

Jurriaans streckte den Rücken und nahm die Schultern zurück. Seine Hände klatschten auf die Schenkel. »Ja, ich gestehe.«

»Noch eine Frage«, sagte der Commissaris. »Ich hätte gern ein Urteil.« Sein Blick wanderte um den Tisch herum, bis er auf de Gier ruhen blieb. »Brigadier?«

»Mijnheer?«

»Würdest du uns deinen persönlichen Urteilsspruch hierüber mitteilen?«

De Gier schaute weg.

»Brigadier?« fragte der Commissaris leise.

»Ich habe keinen Kommentar, Mijnheer.«

Der Commissaris stand auf. »Euch allen meinen Dank.« Er knöpfte die Jacke zu und ging zur Tür. Jurriaans öffnete sie.

»Danke, Brigadier Jurriaans.«

Jurriaans folgte dem alten Mann in den Korridor. »Werden Sie die Ermittlungen fortsetzen, Mijnheer?«

»Ich?« Der Commissaris zog energisch an der Zigarre, bevor er versuchte, einen Rauchring zu blasen. »Nein. Ich gehe nach Hause zu einem späten Abendessen.«

Jurriaans' Hand umfaßte den Arm des Commissaris. Der Brigadier führte seinen Vorgesetzten zum Fenster.

»Was soll ich tun, Brigadier? Die Spatzen beobachten?«

»Ihre Meinung«, flüsterte Jurriaans. »Ich darf doch wohl annehmen, daß Sie sich eine Meinung gebildet haben.«

Der Commissaris schaute auf. »Du verlangst meine Billigung?«

Jurriaans versuchte zu lächeln.

»Du hast meine Mißbilligung.«

Jurriaans ließ den Arm des Commissaris los.

»Guten Abend«, sagte der Commissaris.

»Guten Abend, Mijnheer«, sagte der Brigadier.

29

Der Citroën des Commissaris steckte zwischen einem geparkten Lastwagen und mehreren Fahrrädern fest, die an einen Laternenmast gekettet waren. »Soll ich aussteigen?« fragte Grijpstra. »Dann kann ich Sie dirigieren.«

»Nicht nötig«, sagte der Commissaris. »Dieses vortreffliche Fahrzeug ist mit einer Servolenkung ausgestattet. Paß auf, Adjudant.« Er drehte das Lenkrad mit einem Finger und ließ den Hebel für die Getriebeautomatik mit einem anderen einrasten. Der Wagen reagierte geräuschlos. »Haha«, sagte der Commissaris, als der Citroën frei war und in die Gasse glitt. »Die moderne Wissenschaft kennt keine Grenzen.« Er bremste, weil die Gasse von einem Lieferwagen blockiert wurde, der große Büchsen ausspuckte, die schweigende Riesen auffingen und auf den Bürgersteig stellten. Der Commissaris stellte den Motor ab und öffnete das Schiebedach. »Ein bißchen frische Luft, Grijpstra.«

Grijpstra schaute nach oben und sah eine pechschwarze Wolke, durchschossen von roten Flammen. Er versuchte, seine Tür zu öffnen, aber die Gasse war zu schmal. Er stellte sich auf seinen Sitz, schaute sich um und setzte sich wieder. »Nur ein Fabrikschornstein, der Ruß auskotzt.«

»Im Viertel ist keine Industrie.«

»Es muß da sein, wo sie die alten Nutten einäschern. Ich habe mich immer gefragt, was am Ende aus ihnen wird.«

Der Lieferwagen fuhr schließlich weiter, gefolgt vom Citroën. Der Commissaris grinste, als sie zu einer Hauptdurchfahrtsstraße kamen.

»Noch ein Verkehrsstau«, sagte Grijpstra und hielt sich fest, als der Commissaris auf eine für Straßenbahnen reservierte Spur in der Fahrbahnmitte fuhr. »Es ist ungesetzlich«, sagte der Commissaris, »aber meine Frau macht heute abend Chicorée, und ich möchte mich nicht verspäten. Magst du Chicorée?«

»Ganz kroß überbacken, Mijnheer?«

»Selbstverständlich.«

»Köstlich«, sagte Grijpstra und hielt sich die Hand vor die Augen, denn der Wagen fuhr weiter unter Mißachtung einer roten Ampel.

»Du bist eingeladen«, sagte der Commissaris, »denn ich hörte, deine Frau sei in die Provinz gezogen. Du kannst jetzt wieder die Augen aufmachen, ich bin eigentlich gar nicht bei Rot gefahren.«

»Sie tun es schon wieder.«

»Niemals«, sagte der Commissaris. »Und du solltest mehr über die städtischen Verkehrsampeln wissen. Die Ampeln für Straßenbahnen haben unten kleine weiße Punkte, und wenn einige von denen da sind, kann man passieren.«

»Dies ist keine Straßenbahn«, sagte Grijpstra. »Scheiße, Mijnheer, vor uns ist ein Tor.«

»Das geht auf, wenn man dagegen drückt«, sagte der Commissaris, als er durch das Tor krachte und nach rechts abbog.

»Raus, Mijnheer«, sagte Grijpstra, »diese Straße ist nur für Fußgänger.«

»Ich weiß und fahre langsam.«

Grijpstra schaute nach hinten. »Der Polizist dort drüben hat Ihre Nummer notiert.«

»Ich werde es per Post bekommen und gleich zahlen. Wir kommen gut voran, Adjudant, und sind fast da. Spürst du das?« fragte der Commissaris.

»Ob ich was spüre?«

»Das Kitzeln? Meinst du nicht, daß es erregend ist? Dies ist die einzige Stelle in der Stadt, wo dies Gefühl auftritt. Hier haben sie eine rauhe Ziegelart verwendet, die den Wagen vibrieren läßt. Ich kann es in den Knochen spüren.«

»Durchaus stimulierend«, sagte Grijpstra.

»Ich fahre etwas langsamer, damit es länger dauert.«

Ein Wagen hinter ihnen hupte.

»Nur zu«, sagte der Commissaris, »du wirst mir mein Vergnügen nicht verderben.«

Grijpstra hielt die Augen wieder bedeckt.

»Ich kenne die Breite dieses Wagens genau«, sagte der Commissaris. »Weshalb die Bremsen abnutzen, wenn man bequem hindurch kommt? Da sind wir. Daheim. Einen kalten Genever im Garten. Ich hoffe, wir haben noch Zeit für ein Gläschen in Ruhe. Ich esse abends gern spät, aber man sollte eine friedliche halbe Stunde haben, um den Appetit anzuregen.«

Grijpstra betrachtete den Rohrsessel, auf den der Commissaris gezeigt hatte. »Zu schwach?« fragte der Commissaris. »Mein Gewicht hält er aus, aber du bist vielleicht ein bißchen schwerer. Nimm den anderen Sessel, wenn du willst. Danke, Schatz.« Er hielt sein Glas hoch. »Ich denke, der Adjudant ist ebenfalls bereit für eine Erfrischung. Ich hoffe, es hat dir nichts ausgemacht, daß ich einen unerwarteten Gast mitgebracht habe.«

»Überhaupt nicht«, sagte die Frau des Commissaris, während sie Grijpstra einschenkte, »denn Gastlichkeit hält dich zu Hause. Ich bin froh, daß es dir gelungen ist, wieder aufzutauchen.« Sie brachte eine Schale mit Nüssen. »Ihr müßt euch noch ein Weilchen gedulden. Der Backofen ist langsam. Ich lasse den Krug hier. Trinkt nicht alles aus. Ich möchte nicht, daß ihr beim Essen eine schwere Zunge habt.«

»Dein Wohl«, sagte der Commissaris.

»Auf Ihr ganz spezielles Wohl, Mijnheer. Sollen wir auf den Abschluß unseres Falles trinken?«

»Der Fall war abgeschlossen, als er begann.« Der Commissaris schaute auf das Unkraut neben seinem Sessel. »Schildkröte, mußt du so herumtrampeln?«

Sie ging schwerfällig weiter und rieb ihren Schild an Grijpstras Schuh. Grijpstra kraulte die harte Haut im Nacken des Reptils.

»Die Schildkröte mag dich«, sagte der Commissaris, »sie ist die einzige ihrer Art, die zum Streicheln einlädt.«

»Sie ist auch die einzige ihrer Art, die diese eigentümliche hellgrüne Verfärbung auf dem Schild hat.«

»So?« fragte der Commissaris und beugte sich weit vor. »Ich sehe, vielleicht hast du recht. Ich dachte, sie hätten alle den gleichen Abdruck.«

»Haben sie nicht«, sagte Grijpstra. »Ich habe diese Spezies im Zoo gesehen, und die ist überall viel dunkler.«

»Ist das wahr?« Der Commissaris nahm sein Glas, trank jedoch nicht.

»Und«, sagte Grijpstra, »ich habe zufällig eine Schildkröte getroffen, bei Nellie, um genau zu sein, die diese eigentümliche grüne Verfärbung hatte *und* zum Streicheln einlud.«

Der Commissaris leerte sein Glas und schenkte es wieder voll. »Möchtest du noch einen?«

»Gern.«

»Eine gute Frau«, sagte der Commissaris. »Diese Nellie. Warum ziehst du nicht zu ihr?«

»Wäre es dann nicht wieder alles das gleiche?«

»Sie ist ganz anders als deine Frau.«

Grijpstra dachte nach.

»Ach, Unsinn«, sagte der Commissaris, »Nellie wird nie fett.«

»Vielleicht werden sie durch mich alle fett«, sagte Grijpstra. »Weil sie meinetwegen immerzu fernsehen.«

»Bist du nicht ein bißchen negativ?«

»Außerdem«, sagte Grijpstra, »wollte ich immer in einer leeren Wohnung leben. Da habe ich endlich Platz zum Malen. Ich muß ernsthaft mit der Malerei anfangen. Ich habe Ideen und kenne ein bißchen von der Technik, in einer leeren Wohnung kann ich alles ausarbeiten.«

»Du solltest Nellie häufiger besuchen; wenn du wegbleibst, machst du sie unglücklich. Du hast vielleicht eine Verpflichtung.«

Grijpstra betrachtete sein Glas. »Sie sagten vorhin im Wagen, als wir auf den rauhen Ziegeln vibrierten, Sie wüßten, daß meine Frau jetzt in der Provinz wohnt.«

Der Commissaris massierte seine Wange. »Ein Ausrutscher. Ich glaube wirklich, daß ich alt werde.«

»Nur Cardozo könnte Ihnen diese Information gegeben haben.«

»Oder de Gier.«

Grijpstra schüttelte den Kopf. »Rinus redet nicht viel.«

»Cardozo aber?«

»O ja. Er wiederholt auch, was andere ihm gesagt haben.«

»Unterschätze Cardozo nicht, Adjudant. Er ist ein sehr intelligenter junger Bursche.«

»Ein intelligenter junger Bursche beschuldigt keine Unschuldigen.«

Der Commissaris schenkte wieder ein. »Er hatte den Auftrag dazu bekommen, Adjudant, von mir, im Laufe des Tages in Nellies Hotel. Cardozo war so freundlich, auf mein Verlangen hin von seinem Talent Gebrauch zu machen. Er sollte sich blöd anstellen, und das ist ihm gut gelungen.«

»Gut«, sagte Grijpstra. »Ich bin froh, daß Sie es mir gesagt haben. Mußte er so weit gehen?«

Der Commissaris lächelte unschuldsvoll. »Ich habe nur das alte Spielchen getrieben, Adjudant. Dir hat man auch beigebracht, es zu spielen. Beschuldige die falsche Person, und der schuldige Teil fühlt sich sicher. Dann wechsle den Angriff.«

Grijpstra stellte sein Glas hin, seufzte erfreut und faltete die Hände auf dem Bauch.

»Übrigens, Adjudant, wann hast du es gewußt?«

Grijpstra antwortete nicht. Der Commissaris wartete.

»Das mit dem Mord, Mijnheer?«

Der Commissaris schwieg beharrlich.

»Die mögliche Unmöglichkeit, Mijnheer?«

Der Commissaris nippte.

Grijpstra lächelte schuldvoll. »Fast sofort, Mijnheer. In der Revierwache mußte der Hauptverdächtige sein, denn Obrian wurde in unmittelbarer Nähe erschossen. Niemand wußte etwas. Es war einfach unmöglich, Mijnheer«

»Und de Gier?«

»Ich glaube, Rinus hat es auch gleich geschnallt. Wir haben nie über die Angelegenheit gesprochen.«

»Zu schmerzlich?«

Grijpstras hellblaue Augen starrten nachdenklich. »Ja.«

»Und dann? Du wirst zugeben, daß ihr euch habt mißbrauchen lassen. Warum? Um der Revierwache beim Frühjahrsreinemachen zu helfen?«

»Ein Mißbrauch?« fragte Grijpstra. »Ganz so würde ich es nicht ausdrücken. Sollte die Stadt nicht gereinigt werden? Sind wir nicht genau zu diesem Zweck angestellt worden? Aber de Gier hat sich ein wenig beklagt. Daß man uns beispielsweise nur zwei Verdächtige überreichte und diese, nämlich Gustav und Lennie, in diese Position schwerlich hineinpaßten. Er hat diesen Punkt erwähnt, wie ich mich erinnere. Wir brauchen nicht deutlicher zu werden, wir arbeiten schon so lange zusammen«, er zuckte mit den Achseln, »es ist nicht immer gut, alles auszusprechen.«

»Hast du Jurriaans im besonderen verdächtigt?«

»Sie nicht? Warum sind Sie so plötzlich gegangen?«

»Hast du den Grund meines Verschwindens verstanden?«
»Ich dachte, Sie wollten mit dem Fall nichts zu tun haben.«
»Du hättest die Angelegenheit dem Justizministerium melden können. Es beschäftigt Spezialfahnder, die die Polizei überprüfen können.«

Grijpstra ließ die Hände auf seinen Bauch fallen. »Das kann nicht Ihr Ernst sein, Mijnheer.«

Der Commissaris umfaßte die Seitenlehnen seines Sessels. »Laß mich dein Urteil hören, Adjudant. Ein Kollege verübt einen Mord. Was ist deine Meinung?«

»Nein.«

»Dein Urteil ist negativ?«

»Ich habe kein Urteil.«

Der Commissaris seufzte. »De Gier weigerte sich ebenfalls. Ich schuf die Gelegenheit, aber da waren wir nicht allein. Hier sind nur wir jetzt, denn die Schildkröte ist nicht wirklich interessiert.«

»Jurriaans mag sich selbst verurteilen.« Grijpstra flüsterte fast. »Ich lehne es ab zu wählen. Wir dienen dem Gesetz, aber das Gesetz könnte falsch sein. Jurriaans zog es vor, die Regeln zu mißachten, die wir selbst uns gegeben haben, nicht wahr, Mijnheer?«

»Hättest du Obrian erschossen?«

»Hoffentlich nicht.« Grijpstra betrachtete den Erdboden. »Gut und böse, ich bin vielleicht nicht fähig, den Unterschied aufzuzeigen. Ich war mir meiner Dummheit nicht bewußt, aber dieser Fall hat das geklärt.« Er schaute auf. »Weiß und schwarz, ich bin vielleicht irgendwo dazwischen, verloren in den grauen Zonen. De Gier auch, aber er ist noch nicht ganz so gesetzt wie ich. Ihn kümmert es nicht so sehr. Ja. Das ist besser.« Er rieb sich über den Magen. »Dann nagt es nicht so sehr.«

»Und mittlerweile darf das Übel wachsen?«

»Nein, nein.« Grijpstra senkte die Stimme noch mehr. »Wir haben ja etwas unternommen, nicht wahr? De Gier hat die Waffe gefunden, die er hätte verstecken können, aber er brachte sie zum Vorschein, wir haben sogar alle damit geschossen. Cardozo drängte, wir konnten ihn kaum zurückhalten. Ich wußte, er würde sich schließlich mit Ihnen in Verbindung setzen.«

»Und wenn ich nicht gekommen wäre?«

»Daran habe ich auch gedacht, Mijnheer. Ich wollte de Gier und

Jurriaans bitten, mit mir einen zu trinken, in der kleinen Kneipe auf Prinseneiland, wohin Sie manchmal mit uns gehen.«

»Du hättest die angemessene kleine Unterhaltung geführt und den Verdächtigen in eine Ecke gedrängt? So daß es keinen Ausweg gibt, nur das offene Geständnis?«

Grijpstra versuchte zu lächeln.

»Gut«, sagte der Commissaris. »Die Übung geht weiter, sie wird neue Situationen schaffen.«

Die Schildkröte zertrat Unkraut auf ihrem Weg zu einem Kohlkopf. Die Frau des Commissaris lief hinterher und hob sie auf. »Du weißt, du sollst nicht ans Gemüse gehen. Ab in deine Kiste, du Ungeheuer.«

»Arme Schildkröte«, sagte der Commissaris.

»Kümmere dich nicht um die arme Schildkröte, und höre sofort auf zu trinken. Das Essen ist fertig.«

Der Commissaris stand auf. »Ja, Schatz.«

Sie schob ihn nach drinnen. »Wirklich, überhaupt keine Disziplin, du und die Schildkröte, ihr könnt jetzt eine Weile keine Besuche mehr machen.«

30

Der Commissaris schaute durch sein Bürofenster nach draußen. Die vor dem Präsidium geparkten Wagen hatten sich in glatte, gerundete Schneeskulpturen verwandelt, und ein einzelner Radfahrer, überlistet vom Eis, bemühte sich, wieder auf die Beine zu kommen, verlor jedoch erneut den Halt. »Häßliches Wetter«, sagte der Commissaris. »Es überrascht mich, daß es euch beiden gelungen ist, unversehrt hier anzukommen. Ich habe unterwegs einen Laternenmast angefahren, aber da ich schon fast hier war, bin ich einfach weitergeschlittert.«

»Ich habe die Berichte gelesen«, sagte de Gier. »Nur Verkehrsunfälle. Wenn die Temperatur so niedrig bleibt, können wir ebensogut Urlaub machen.«

Ein Konstabel brachte die Morgenpost. Der Commissaris durchblätterte die Umschläge. »Kennen wir jemand in Kolumbien?« Er drehte den Brief um. »Kein Absender. Marihuanaschmuggel? Vielleicht Kokain? Das ist kaum mein Ressort, würde ich denken.«

Grijpstra zog sein Stilett, drehte es um und bot es dem Commissaris an.

»Du hast es immer noch bei dir? Schon vor Jahren habe ich dir gesagt, du sollst es in der Waffenkammer abliefern. Ein Messer mit feststehender Klinge gehört nicht zur offiziellen Ausrüstung eines Kriminalbeamten.«

»Aber ich kann jetzt damit werfen, Mijnheer.«

De Gier sah zu, wie das Messer den Umschlag aufschlitzte. »Du könntest etwas anderes versuchen, Adjudant. Sobald man eine Kunst beherrscht, gibt es nichts mehr zu tun. Ich kann dir ein Blasrohr mit einigen Pfeilen besorgen.«

Der Commissaris las die Unterschrift auf dem Brief. »Erik Jurriaans, also läßt er wieder mal von sich hören. Wie war das, wann hat er seinen Abschied genommen?«

»Vor etwa drei Monaten«, sagte Grijpstra.

»Und er wohnt jetzt in Barranquilla. Ist das nicht ein Hafen in der Karibik?« Der Commissaris überflog den Brief. »Interessant. Soll ich ihn euch vorlesen? Schenkst du den Kaffee ein, Grijpstra?«

Grijpstra setzte sich in den Besuchersessel und de Gier auf den Stuhl für Verdächtige. Der Commissaris rührte seinen Kaffee um, während er den Brief mitten auf seine Schreibunterlage schob.

»*Meine Herren*«, las der Commissaris. »*Plural, denn ich habe euch immer als ein Mehrfaches gesehen, Sie, Mijnheer, und Adjudant Grijpstra und den Kollegen, Ex-Kollegen, sollte ich jetzt sagen, de Gier, als unzertrennliche Teile eurer Dreieinigkeit. Ich schulde euch noch einige Erklärungen und vielleicht ein Wort des Dankes, und ich will jetzt versuchen, das alles zu formulieren. Ich sitze hier auf einem Balkon, in diesem Land Mezzanin genannt, in einer Gerberei, von wo aus ich, geschützt durch Fenster und gekühlt von einer Klimaanlage, die Tätigkeit in dieser riesigen Halle überwachen kann. Die Gerberei hat nur zwei Wände, der Rest ist offen, so daß die Arbeiter ungehindert hereinkommen können, da die meisten von ihnen keine Menschen sind, sondern Vögel, Chulos, Aaskrähen, die in Surinam Straßenvögel heißen. Sie picken die auf Rahmen gespannten Häute sauber und verrichten ihre Arbeit so gut, daß wir sie nach einem Tag abnehmen, verpacken und neue aufspannen können. Draußen kann ich Palmen sehen und mannshohes Gras. Meine Gehilfen sind Schwarze, spanischsprachige Desperados, bewaffnet mit*

Macheten. Ich bin in Barranquilla, wie ihr aus dem Poststempel gesehen haben werdet, und Amsterdam existiert kaum noch, aber heute muß ich an euch denken und an den Grund, der mich hergebracht hat, und ich glaube, ich sollte den Brief nicht mehr länger aufschieben.

Sie hatten recht, Mijnheer, als Sie Ihre Mißbilligung ausdrückten. Da wußte ich, daß ich meinen Abschied nehmen mußte. Sie sind das Symbol des Dienstes, ein Patriarch, geschätzt von jedem Kollegen, bewundert wegen Ihrer Klarheit, und als Sie nicht bestätigen wollten, daß ich die Ehre der Polizei rettete, indem ich Luku Obrian beseitigte, wußte ich, daß meine Arbeit zu einem Ende gekommen war. Ich konnte nicht sofort verschwinden, weil die Fälle Lennie und Gustav noch nicht vor Gericht verhandelt worden waren. Sobald diese Schurken verurteilt waren, ging ich, ohne Ihnen einen Besuch abzustatten, und das bedaure ich jetzt. Daher dieser Brief.

Ich möchte Ihnen sagen, damals habe ich noch geglaubt, ich hätte recht getan und Sie hätten die Ausnahme akzeptieren sollen, aber gestern habe ich meine Meinung geändert.

Slanozzel war zur Inspektion hier. Er ist der Besitzer dieser Gerberei und vieler anderer, jener Mijnheer Slanozzel, der Ihnen bekannt sein dürfte. Er ist mehr wert, als ich erwartet habe, als ich ihn in Amsterdam kennenlernte, und schon in jenen Tagen hat er mich sehr beeindruckt.

Nein, Slanozzel ist kein Wisi-Mann, kein Obia-Mann, kein fleischgewordener Winti, Begriffe, die Varé uns so gut erklärt hat. Ich bin nicht sein Jünger und will es auch nicht sein. Ich arbeite für den Mann, weil ich meinen Lebensunterhalt verdienen muß, aber auch, weil er so freundlich war, mir die Genehmigungen zu verschaffen, die mich nach Kolumbien brachten. Ich unterschrieb einen Vertrag – ich mußte, um das Visum zu erhalten –, aber Slanozzel sagt, er wolle mich nicht zur Einhaltung der Aufenthaltszeit von drei Jahren zwingen. Ich möchte jedoch bleiben, um ihm den Gefallen zu vergelten und vielleicht auch die Geldstrafe zurückzuzahlen, denn das Flattern von tausend Vogelschwingen kann entnerven, und Kolumbien ist beileibe nicht der Himmel. Immerhin hat Slanozzel hier viel Geld investiert und einige äußerst unzuverlässige Angestellte, und wenn ich die Augen offenhalte, werden seine Gewinne steigen. Es hilft, daß ich Spanisch spreche. Ich werde Karate und Ketchup sagen, sie sollen ihren nächsten Urlaub hier verbringen. Sie haben ein bißchen von der Sprache mitbekommen, als sie meinen Lehrgang besuchten, und sie sollten ihre Kenntnisse in die Praxis umsetzen. Ihr Cardozo würde hier ebenfalls seinen Spaß haben. Ich habe auch ihn eine Weile un-

terrichtet, der Junge hat ein ausgezeichnetes Gedächtnis, das die kompliziertesten Konstruktionen wiederholen kann.

Slanozzel ist ein schlauer Kerl im besten Sinne des Wortes. So schlau wie der listige Fuchs in der Fabel, dem er übrigens ähnlich sieht. Obwohl er unvorstellbar reich sein muß, konnte ich an seinen Geschäften nichts Verwerfliches entdecken, und mir ist seine Verwaltung vertraut. Aber er scheint gelegentlich ziemlich eigensinnig zu sein, obwohl er seine Ansichten nie äußert, aber man kann seine Meinung aus seinem Verhalten folgern.

›Was hätten Sie also getan?‹ fragte ich mit Hinweis auf meinen Angriff auf Obrian, und er schüttelte den Kopf.

›Hätten Sie im Schatten Obrians leben wollen?‹ fragte ich. Er fragte, ob das nötig gewesen sei, womit er zu verstehen gab, daß das nicht der Fall war.

Damit endete diese Unterhaltung. Wir sprachen noch über Gerbereien, und er sagte, wenn ich alles über Leder wisse, würde eine Versetzung erfolgen, und zwar in sein Schrottgeschäft auf den Antillen. Der Betrieb ist noch größer als dieser, und hier ist das Ausmaß schon enorm. Schiffsladungen mit Häuten, alle sauber gepickt von den Opetes, unglaublich.

Gestern nacht habe ich nachgedacht, neben der summenden Klimaanlage und dem schlafenden Mädchen. Ich schaue sie lieber an, als ihren schönen Körper zu umarmen. Wenn wir uns lieben, wird sie zu aktiv. Sie, Commissaris, hätten Obrian nicht erschossen, weil Sie die Wintis manipulieren und sich selbst frei davon halten. Die Götter sind in uns, ich glaube, das hat Slanozzel gemeint, als er mein Verbrechen mißbilligte, wie vorher Sie. Jede Magie hat ihre Antimagie, und der schlaue Mensch benutzt letztere, aber vernünftig und bescheiden, wenn er neben sich selbst tritt, denn unser tieferes Sein ist frei. Ich fange an, das wirklich zu glauben. Adjutant Adèle war nicht so stark wie ich. Ich hätte sie zurückhalten können. Was mich verführte, den Schmeisser-Wisi gegen Obrian anzuwenden, war Wut, der sogenannte gerechte Zorn, mein enttäuschter Ärger über sein endloses Quälen. Ich zeigte meine Schwäche, was ich bedaure. Die niederländischen Gesetze sind gut genug, und unsere Revierwache verfügte über ein ausreichendes Personal, um Luku Obrian wegen kleinerer Vergehen zu fassen, die, wenn wir jedem einzelnen nachgegangen wären (denn sogar Luku machte Fehler), sich zu beträchtlichen Verbrechen summiert hätten. Ich war zu sehr damit beschäftigt, den König zu spielen, so daß der Fürst mich zur Seite schieben konnte.

Slanozzel spielt nicht König. Gestern beklagten sich die Angestellten, daß eine neue Chemikalie, die für einige der kostspieligen Häute angewendet wird, Schmerzen an den Händen verursache. Slanozzel war zufällig in meinem Mezzanin, und ich wollte ihnen sagen, sie sollten mich in Ruhe lassen, als er fragte, ob er meinen Overall borgen könne. Er zog sich aus, stieg in meine Arbeitskleidung (die ihm einige Nummern zu groß ist) und schuftete stundenlang. Ich arbeitete mit ihm, um das Gesicht nicht zu verlieren. Die Säure war tatsächlich schrecklich. Slanozzel gab die Methode auf und denkt sich eine neue aus, wobei er inzwischen Geld verliert, weil wir einige gewinnbringende Aufträge nicht erfüllen können. ›Was du nicht willst, daß man dir tu, das füg auch keinem andern zu.‹ Ich hielt diesen Spruch immer für moralisierend kindisch, aber sobald man ihn anwendet, wird seine Weisheit offenbar.

Es ist nicht etwa so, daß ich Slanozzel als das leuchtende Beispiel herausstellen möchte. Der Kerl hat so viel Geld ins Viertel getragen, daß er davon ein komplettes Waisenhaus hätte finanzieren können, und es ist ein Wunder, daß er nicht verseucht bis auf die Knochen ist (vielleicht sollte auch ich besser aufpassen, die kleinen Lieblinge, die mit mir das Bett teilen, sind vermutlich Träger all der venerischen Mikroben, obwohl sie immer wieder sagen, sie suchten regelmäßig das Krankenhaus auf). Slanozzel ist kein Sozialist, und ich bin immer Anhänger dieser Partei gewesen. Slanozzel ist Kapitalist, nur auf Gewinne bedacht. Dem Himmel sei Dank. Wo wäre ich, wenn er mir nicht Arbeit verschafft hätte? Noch in der Revierwache, gepeinigt vom schlechten Gewissen? Die Hand aufhaltend? (Ich halte Fürsorgeunterstützung für schmutzig.)

Wie Sie sehen, bin ich noch weit davon entfernt, meine Fragen zu beantworten. Was ich in der vergangenen Nacht gedacht habe, ist erst der Anfang, aber ich weiß, ich hätte Obrian leben lassen sollen. Sie hatten recht, mir nicht auf die Schulter zu klopfen. Wer weiß, was dann passiert wäre? Ketchup und Karate sind bereit, alle Zuhälter und Drogenhändler in ein Massengrab zu befördern. Diese kleinen Burschen brauchen ein Vorbild, das rechtschaffen ist. Sie erhalten diese Rolle gewiß, und Grijpstra und unser Filmheld, wenn sie nicht verknöchern (so was geschieht leicht genug bei der Polizei) und die Wintis weiterhin angemessen und arglos anwenden, sind Ihre geeigneten verlängerten Arme. Es ist gut, dies zu wissen, wenn die Aasvögel um mich herum schreien. Sie können kreischen wie ein Stück Kreide an einer Wandtafel, aber ich will nicht klagen.

Dieser Brief ist etwa zehnmal so lang, wie ich ursprünglich vorhatte, und etwas Heimweh dürfte hier und da noch einen Satz hinzugefügt haben. Wie ich höre, haben Sie einen eiskalten Winter. Hier brennt die Sonne in unsere Seelen, und wenn es regnet, verwandeln sich die Straßen in Flüsse. Die Straßenkinder bauen Brücken aus Brettern und verlangen einen Peso, bevor man passieren darf. Ich grüße Sie, Commissaris, und die Ex-Kollegen.«

Der Commissaris faltete die Bogen mit der krakeligen Handschrift zusammen und steckte sie wieder in den Umschlag.

»Werden Sie antworten?« fragte Grijpstra.

»Es gibt keine Adresse.«

»Die kann ich herausfinden«, sagte de Gier. »Die Polizei in Curaçao kann ihn aufspüren.«

»Nein, Brigadier. Jurriaans erwartet keine Antwort. Aber es ist gut, daß er sich ausgesprochen hat, für ihn, für euch, für mich. Wer die Wintis bewußt manipulieren will, sollte sie achten, und jeder Fehler, sei er absichtlich oder nicht, sollte analysiert und künftig vermieden werden. Ich habe all das vermutet, und Jurriaans war so freundlich, mir meinen Verdacht zu bestätigen.« Der Commissaris nahm ein Gießkännchen aus dem Schrank und machte sich an seinen Pflanzen zu schaffen.

»Was macht Ihr Rheuma?« fragte de Gier. »Ich habe Sie seit einiger Zeit nicht mehr mit dem Stock gesehen.«

»Besser«, sagte der Commissaris. »Onkel Wisis Obia wirkt gut. Er hat mir noch eine neue Portion zurechtgemacht, aber anscheinend ist es schwierig, die Kräuter zu bekommen. Er hat sie aus Surinam eingeführt, aber dort hat es politische Unruhen gegeben, und die Lieferungen an ihn gehen verloren oder verzögern sich.«

»Vielleicht kann man sie anderswo bekommen.«

»Man kann«, sagte der Commissaris. »Er hat mir die lateinischen Namen gegeben. Ich habe auch ein Rezept für die Salbe.«

»Würde es nicht ziemlich mühsam werden, nach exotischen Pflanzen zu suchen?«

Der Commissaris setzte das Gießkännchen ab. »Wurde ich nicht ausgebildet, das schwer Faßbare aufzuspüren?«

De Gier starrte verträumt auf den wolkenverhangenen Himmel. »Der südamerikanische Urwald. Tapire planschen durch dampfenden Schlamm. Bunte Vögel fliegen durch den Wald. Affen in den Bäumen.« Er schaute den Commissaris an. »Ich würde Sie gern begleiten, wenn Sie hinreisen.«

»Ich habe genug für ein Jahr.«

»Ich kann ein Jahr lang warten«, sagte de Gier.

Der Commissaris runzelte verärgert die Stirn. »Nein, Rinus. Such dir deine eigenen Kräuter. Und geh jetzt an die Arbeit. Oder passiert hier nichts mehr?«

»Unser Patriarch«, sagte de Gier in der Kantine, »unser bewunderter Archetyp. Und der Kaffee ist heute wieder schrecklich.«

»Was stimmt denn nicht mit dem Kaffee?« fragte Grijpstra. »Stark und aromatisch, würde ich sagen. Ich glaube wirklich, du solltest nicht mehr erleuchteten Lehrern folgen. Vielleicht solltest du nach deiner eigenen Erlösung suchen, du unglückliche Person, ganz allein.«

»Und du, Großer Geist?«

Grijpstra setzte nachdenklich die Tasse ab. »Köstlicher Kaffee.«

»Allein«, sagte de Gier abends zu Täbris, die sich auf seinem Schoß festgekrallt hatte. »Eigentlich kein schlechtes Wort. Hat einen ziemlich guten Klang, meinst du nicht auch?«

Täbris wollte schnurren, bekam aber den Schluckauf. Sie wälzte sich auf den Rücken, ruderte mit den kurzen Beinen in der Luft und brummelte etwas.

De Gier machte plötzlich die Beine breit, so daß die Katze auf den Rücken plumpste. »Du sollst dich umdrehen, wenn du fällst. Richtige Katzen können das. Was hast du eigentlich gemeint mit ›joho‹?«

Das Telefon klingelte.

»Marike«, sagte de Gier, »wie nett von dir, daß du mich heute abend besuchen willst, aber es ist leider unmöglich.«

De Gier lauschte.

»Du hast kalten Champagner und möchtest ihn mit mir teilen? Aber ich schaffe es beim besten Willen nicht.«

Er legte den Hörer auf, trug einen Stuhl auf seinen Balkon, sammelte Täbris vom Teppich auf und legte sie wieder auf seinen Schoß.

»Ich muß nachdenken«, sagte er zu der Katze, die immer noch hickste. »Die Zeit ist gekommen.«

Die Katze wurde schlaff unter seiner streichelnden Hand und schlief ein.

»Nicht schlafen«, murmelte de Gier. »Denke mit mir nach. Ob

ich auf dem richtigen Weg bin oder vielleicht drastisch die Richtung ändern sollte.«

Täbris schnarchte.

De Gier träumte. Er paddelte einen Einbaum quer über einen breiten Fluß. Luku Obrian saß am Bug. Obrian steuerte das Boot, indem er backbord oder steuerbord rief, damit de Gier wußte, wo er das Paddel eintauchen mußte.

»Sind wir auf dem richtigen Weg?« fragte de Gier.

Obrian drehte sich um und grinste. De Gier sah das Gold in seinem Mund glänzen und die schwarzen Augen, die unter dem Rand des zerfledderten Strohhuts aufblitzten.

»Ja«, sagte de Gier, »aber das letzte Mal bist du völlig falsch gegangen.«

»Das muß man hin und wieder«, sagte Obrian und legte seine ganze Kraft in einen einzigen Paddelschlag. Der Einbaum sauste nach vorn.

»Wir sind auf dem richtigen Weg«, rief Obrian, »weil das die Richtung ist, die du gewählt hast.«

Ein Wasserfall gurgelte, scharfe Felsen erhoben sich aus dem schäumenden Wasser.

De Gier erwachte mit einem Schrei. Täbris sprang von seinem Schoß und bekam neue Schluckaufanfälle. Sie setzte sich und versuchte wieder zu schnurren.

»Es ist kompliziert«, sagte de Gier. »Was hatte ich in der Gesellschaft dieses verruchten Kerls zu suchen? Und wohin könnten wir gegangen sein?«

Täbris schob verzweifelt die Oberlippe hoch.

»Sag du mal was«, sagte de Gier.

»*Joho*«, sagte Täbris.